BASTEI LÜBBE

Konsalik

DIE BLUT MAFIA

BASTEI LÜBBE

BASTEI-LÜBBE-TASCHENBUCH
Band 12 166

Erstveröffentlichung

Lizenzausgabe: Gustav Lübbe Verlag GmbH, Bergisch Gladbach
Printed in Germany, Juli 1994
Einbandgestaltung: Bayer Eynck, Berlin
Titelfoto: Fotostudio Noak, Köln
Satz: MPM, Wasserburg
Druck und Bindung: Elsnerdruck, Berlin
ISBN 3-404-12166-x

Der Preis dieses Bandes versteht sich einschließlich
der gesetzlichen Mehrwertsteuer.

Erstes Buch

Er nahm das Kinn hoch, um dem gleißenden Licht der Fernsehscheinwerfer auszuweichen. Die Menschen dort unten konnte er erkennen, nichts nahm er wahr als schattenhafte Reihen, eine hinter der anderen gestaffelt, bis zum Ende der riesigen Halle. Er kniff die Augen zusammen und drückte mit den Fingerspitzen gegen die Schläfen, als könne er so das pochende Räderwerk in seinem Schädel dämpfen. Doch es half nichts. Es waren die beschissenen Scheinwerfer. Es war die Fahrt. Es war der ganze Wahnsinn hier.

»Auf-hören! Auf-hören! – Abpfiff!«

Wie in Wellen kam es aus der Halle hoch, drang von den hinteren Reihen nach vorne, füllte bald den ganzen riesigen Raum.

Aber Wegner, dieser Idiot, machte einfach weiter. Sein »Wäre gut, wenn Sie mich ausreden ließen« brachte die Menge noch mehr in Rage. Wegner ratterte Fakten herunter, lieferte seine Zahlen – trocken wie der Erbsenzähler von Buchhalter, der er nun mal war: Internationale Rezession, Auftragseinbrüche in allen Bereichen, Neustrukturierung der Stahlwirtschaft unter europäischen Gesichtspunkten. Die Spanier, die Italiener, die Portugiesen, die die Brüsseler Subventionen abschöpfen – ja, und dann die Pleite mit der Stornierung des Libyenauftrags, und überhaupt die Lage im Nahen Osten, dazu noch die Konkurrenz der asiatischen

Billigproduzenten – leiert und leiert und könnte es doch besser bringen, hat aber keine Lust, und das merken sie natürlich und fangen schon wieder an zu brüllen.

»HALT DIE KLAPPE!«

Dieter Reissner nickte insgeheim zustimmend.

»LÜG-NER! BE-TRÜ-GER!«

Den Tisch hatten sie auf die Hebebühne gestellt. Vier Bohlenbretter auf ein paar Böcken, darüber ein grünes Tuch. Rechts und links, wo zwei Eisentreppen zum Hallenboden führten, standen die Leute vom Werkschutz. Und irgendein Witzbold hatte tatsächlich ein Zitronenbäumchen aufgetrieben. Als sei dies eine Hochzeit und keine Beerdigung.

»AUF-HÖREN! AUF-HÖREN! AB-PFIFF!« – Es kam von den hinteren Reihen nach vorne, rhythmisch, flog ihnen um die Ohren, füllte bald die ganze Halle.

»Hören Sie! So geht das ja nun wirklich nicht«, nahm Wegner einen neuen hilflosen Anlauf. »Ich will Ihnen doch nur …«

»VERBRECHER – WESSI-SCHWEINE – PLATTMACHER!«

Ja, es rollte heran wie die Brandung, klang nach Gewalt, hämmerte, pulsierte, ließ die vier Stockwerk hohe Eisenkonstruktion bis hinauf zu den Dachstreben vibrieren, schmerzte in seinen Ohren: »PLATTMACHER! … SPEKULANTEN! … LÜGNER! … BETRÜGER! …«

Dieter Reissner legte jetzt den Kopf in den Nacken, um dem gleißenden Licht zu entgehen. Er blickte an den Konvertern hoch, hinauf zu den gewaltigen Gebläserohren, den eisernen Laufkatzen, und sie schienen zu zittern, zu schwanken.

Cool bleiben? Was nützt es jetzt? Er dachte an Linder, sein Lapidares: »Ich weiß, daß es schwierig werden wird. Aber das schaffen Sie, Dieter! So was haben Sie immer geschafft. Keiner hat bei derartigen Aufträgen so gute Nerven bewiesen wie Sie …«

Nerven? Was nützen dir Nerven? Und wo sind sie jetzt? Nein, nichts hilft gegen den Schweiß, den er auf einmal am Rücken spürt, auf dem Haarboden, unter den Augen; nichts gegen die Scheißkameras, gegen diese Dreckstypen von Journalisten, Aasgeier, Hyänen, jawohl ... Wo's stinkt, da triffst du sie an.

Und hier stinkt's.

»Halt doch endlich die Klappe, Fettsack!«

Es war immer derselbe, der den Anführer spielte. Ein Zweizentnerbrocken. Reissner konnte ihn jetzt deutlich erkennen. Wenn er brüllte, nahm er die Hände vors Gesicht, als ob man ihn nicht auch so hören könnte.

Und wieder hörte er Linders Stimme:

»Kommen Sie Dieter, Sie müssen da hin. Diese Betriebsschließung ist notwendig wie ein chirurgischer Schnitt. Und Sie wissen es! Ich baue auf Sie – wie immer ...«

Dieser Dreckskerl wärmt sich jetzt den Arsch in seinem Vorstandssessel. Wieso hockt er nicht hier oben? Aber nein, er wartet in seinem feinen Büro, bis er den Bericht kriegt, daß alles »in die Reihe gebracht« worden ist. Aber hier gibt's nichts mehr in die Reihe zu bringen.

Das lange Stativ des Tongalgens wurde jetzt wieder nach links zum Arbeitgebertisch geschwenkt.

Wegner schaltete das Mikro ab. Er schien zu kapitulieren. Die Menge dort unten übernahm.

»SACHSEN-STAHL WIRD LEBEN!« kam es aus der Halle. Sprechchöre wie Schläge. Revolution haben sie nur einmal geübt, dachte er. Jetzt proben sie den Aufstand gegen dich. Und du? Kannst du was dafür? Geht dich das alles was an? Ja, wenn du wenigstens in Form wärst ...

... WIRD LEBEN! ...

Der Kameramann kam näher. Das Gerät hatte er wie eine Waffe an die Schulter gepreßt. Nun machte er einen Schwenk in die Halle, dann aber drehte sich das Glasrund des Objektivs Reissner zu, starrte ihn schwarzfunkelnd an.

Gottes Auge! dachte er plötzlich und hatte alle Mühe, Ruhe zu bewahren, dasselbe starre Gesicht wie zuvor zu zeigen, nicht einfach die Hände hochzureißen.

Der ratlose, ohnmächtige Zorn in ihm steigerte sich nun derart, daß er kaum mehr wahrnehmen konnte, was um ihn vorging.

Gottes Auge ... Wieso denn Gottes Auge? ... Warum nahm der Drecksack nicht endlich die Kamera weg?

»Herr Doktor!«

Er drehte den Kopf.

»Sollten wir vielleicht nicht besser abbrechen?«

Er gab keine Antwort.

Rainer Soltau, der Assistent, hatte braune Augen, und seit Reissner ihn kannte, wohnte darin lässige Coolneß. Aber jetzt? Angst, braune, flackernde Kinderangst stand darin. Noch eine Flasche!

Wegner preßte die Hände zusammen, als würde er beten. Und dieser Idiot von Ossi-Geschäftsführer – was macht Bornbacher? Er zieht den Kopf zwischen die Schultern. Kein Mucks, kein Wort, das er absondert. Doch, jetzt, jetzt steht er auf!

Aber da waren sie auf der rechten Seite bereits auf der Bühne, rempelten sich an den Sicherheitsleuten vorbei, blieben jetzt zwar stehen, aber bildeten eine Terrorriege, zehn, fünfzehn Typen vielleicht, alle im »blauen Anton«, alle die Arme über der Brust verschränkt, alle denselben starren, haßerfüllten Blick.

Dieter Reissner zog das Mikrophon an sich.

»Moment mal, Herrschaften! Also, wie ich die Situation hier sehe, stehen wir vor der Frage, ob wir in einer Diskussion Tatsachen klären wollen oder ...«

Gejohle. Getrampel.

»Also, Freunde, nun seid doch mal für ein paar Minuten vernünftig ...«

»Freunde?! Freunde sagt der Arsch!«

»Beleidigungen ändern doch nichts. Und Geschrei hat noch nie ein Resultat gebracht.«

Er hatte jetzt das Mikrophon ganz nah vor sich, versuchte seiner Stimme einen suggestiven, warmen, fast väterlichen Klang zu verleihen: »Ich versteh' doch, daß Sie Ihrem Ärger Luft machen müssen. Und ich weiß auch, daß das, was hier geschieht, für viele unter Ihnen traurige, tragische Konsequenzen hat. Meinen Sie vielleicht, es macht uns Spaß, ein Werk wie ›Sachsen-Stahl‹ zu schließen? Aber gegen die Bedingungen, die in letzter Konsequenz eine Jahrhundertrezession geschaffen hat, helfen weder Zorn noch Trauer, da hilft nur ...«

Den nächsten Satz brachte er nicht mehr hervor.

Der Schmerz meldete sich im Rücken, etwa in der Höhe der Lendenwirbel, ein Schmerz, so scharf wie ein Schwerthieb – keilförmig steigt er auf, nimmt die Luft, treibt den Schweiß am ganzen Körper aus den Poren, ergreift die Eingeweide. Es ist, als würden sie von Stahlfäusten zusammengepreßt. Und über den Schmerz hinweg noch spürt er eine Woge von Wärme, die ihm den letzten Rest von Kontrolle zu rauben droht.

Die Tabletten! dachte er. Herrgott, die Tabletten ... Ich hab' sie doch genommen! Mehr davon, als ich sollte. Warum helfen sie nicht?

Er stöhnte und schloß die Augen.

Und selbst durch die aufeinandergepreßten Lider drang in winzigen roten Wirbeln das Licht der Scheinwerfer. Raus! Mehr konnte er nicht denken. Raus – sofort!

»Herr Doktor ... Mein Gott, Herr Doktor, ist etwas?«

Soltau. Er schluckte, wollte etwas sagen, konnte nicht.

Mit einem Schlag war es ganz still in der Halle. Ein paar lachten. Aber auch das hörte bald auf.

»Brauchen Sie vielleicht einen Arzt, Herr Doktor?«

Er schüttelte den Kopf. Er stand auf, versuchte es wenigstens. Doch die Beine waren so schwach, und er spürte wieder die Lähmung, und nun kam die Angst, eine grauenhafte Angst … Gottes Auge … Gottes Strafgericht … Wieso du, wieso ausgerechnet jetzt?

Soltau war neben ihm und stützte ihn. »Ist es vielleicht das Herz, Herr Doktor?«

Nun war auch Bornbacher da. Sie nahmen ihn in die Mitte, führten ihn über die Plattform, über diese endlos lange, graue, nietenbestückte Fläche. Nach Öl roch es, nach Ruß, Kohle und vergammeltem Schmierfett. Und er – er roch seinen Schweiß …

Dann die Treppe. Er wußte nicht, wie er das schaffen sollte. Schweratmend blieb er stehen, die Hand auf den Bauch gepreßt. Verdammt, wo ist hier eine Toilette? So was muß es doch irgendwo geben?

Und weiter. Endlich eine grau gestrichene Tür. Irgend jemand hielt sie für ihn auf. Da waren weißschimmernde Kacheln, Waschbecken, Schüsseln und eine ganze Reihe von Kabinen. Er betrat die erste, schlug die Tür hinter sich zu, riß Knöpfe auf, ließ sich sinken, und die Tränen schossen aus seinen Augen. Warum … Warum …

Von irgendwoher hörte er: »Sachsen-Stahl wird leben!«

Er schüttelte den Kopf und konnte nichts tun gegen das Schluchzen, das aus seiner Kehle quoll, nichts gegen das Wasser in den Augen – und nichts gegen dieses Gefühl, ins Bodenlose zu fallen, fortgerissen von einem Strudel aus Scham, Demütigung und Schwäche …

Er hatte sich in den letzten Sitz der schmalen Flugzeugkabine gedrückt. Es war ein Einzelsitz. Den Piloten, der an der Bar des kleinen Warteraums herumhing, hatte er gebeten, ihn zur Firmenmaschine zu begleiten. Der Mann hatte nur genickt und ihn aufmerksam von der Seite gemustert. Auch er schien bereits Bescheid zu wissen. Aber Reissner hatte abgewehrt, als der Mann ihm den Arm reichen und ihn beim Einstieg in den Firmenjet stützen wollte. Nicht reden müssen, das war alles. Nicht reden – und nicht denken!

Zwanzig Minuten später waren die anderen Mitglieder der Konzerngruppe aufgetaucht. Der dicke Wegner mit wehendem Mantel voran, dahinter Soltau, dann Bachmann, schließlich Leipschütz, der Tarifrundenspezialist und Personalkoordinator. Am Schluß aber, auf Stöckelabsätzen, die Müller-Neubert, blond und unnahbar wie immer. Selbst die kalten Böen, die über den kleinen Flugplatz sausten, schienen ihrer Frisur nichts anzuhaben.

Sie winkten ihm zu, als sie einer nach dem anderen die Leiter hochkletterten, die Köpfe einzogen und ihre Sitze in der Kabine suchten. Und sie machten alle dieselben verklemmten und zugleich bemüht-gelassenen Gesichter. Ja, es war ein Begräbnis erster Klasse. Und sie zeigten genau die Gesichter, die zu einer solchen Situation gehören.

Als sie grüßten, hob Reissner nicht einmal die Hand. Er starrte zum Fenster hinaus. Wann lag das alles endlich hinter ihm?

Doch nun gab es nur noch ihn selbst. Er hatte wieder Tabletten genommen und deshalb das Gefühl, als sei sein Magen einen Stock tiefer gesunken, ja, als existiere nichts mehr unterhalb der Gürtellinie.

NUR NOCH DU SELBST.

Jakob Linder würde auf ihn verzichten müssen. Die anderen konnten ihm ja berichten. Und das würden sie mit Begeisterung tun! Auf ihn würden sie deuten, um die eigene Haut zu retten.

Doch auch das war nicht wichtig.

Jeder ist sich selbst der Nächste, nicht wahr, Herr Linder?

Die Maschine rollte endlich an, pfiff über den Platz, dann zogen die Düsen den Lear-Jet durch die schmuddelige graue Wolkendecke.

Dieter Reissner sah hinaus: Der Ausläufer des Thüringer

Walds, weiter links mußte irgendwo Zwickau liegen, das Kaff schob sich mit Kirche und seinen Straßen einem Hang zu. Ein letzter Blick aufs Werk. Von oben sah es grau und kläglich und spielerisch aus. Nun schoben sich weißliche Wolken davor.

Vorbei und abgehakt.

Sie flogen fünfzig Minuten. Dann tauchten unter der Tragfläche die Baumwipfel des Erdinger Forstes auf.

Soltau schob sich aus seinem Sitz und drehte ihm den Kopf zu: »Wie ist das nun, Herr Doktor, fahr' ich mit Ihnen zur Firma?«

Reissner schüttelte den Kopf. »Steigen Sie bei Wegner ein. Ich hab' noch in der Stadt zu tun.«

Es war siebzehn Uhr vierzig, als die Maschine aufsetzte ...

Jakob Linder drückte den Knopf der Sprechanlage. »Frau Frahm, hat sich Dr. Reissner gemeldet? Wissen Sie endlich Bescheid?«

»Nein, Herr Linder.«

»Was ist mit seinem Assistenten? Wie hieß er noch?«

»Soltau. Herr Soltau war gerade bei mir. Er sagte, Herr Dr. Reissner habe am Flugplatz seinen eigenen Wagen genommen. Und er habe davon gesprochen, daß er noch etwas in der Stadt erledigen müsse.«

»Ist der Mann denn völlig übergeschnappt?«

»Jedenfalls kann sich Herr Dr. Reissner unmöglich im Haus befinden, Herr Linder. Herr Soltau hat auch den Parkplatz abgesucht – sein Wagen ist nirgends zu finden.«

»Und Wegner?«

»Der ist genauso ratlos. Er kann sich das alles nicht erklären.«

»So? Kann er nicht? Ich auch nicht. Rufen Sie mal den Wegner, verdammt noch mal! Nein, sagen Sie ihm, er soll sofort zu mir kommen. Und den ganzen Verein, der mit in Sachsen war, soll er gleich mitbringen.«

Jakob Linder warf sich gegen die schwarze Lehne des Chefsessels. Dann schob er sich hoch und marschierte durch das riesige Büro hinüber zum Fenster. Die Zentrale des ACS-Konzerns befand sich im achten Stock. Der Blick ging über das Autobahnkreuz Frankfurter Ring bis hinüber zum Waldstreifen entlang der Isar.

Jakob Linder trommelte gegen die Scheibe und überlegte: Reissner? Was, zum Teufel, war in den Mann gefahren? Schon bei der letzten Besprechung, als es um die elende Sachsen-Geschichte ging, hatte er irgendwie ... nun ja, zerstreut konnte man nicht sagen, aber teilnahmslos, in sich gekehrt, abwesend. Und jetzt? Jetzt fährt er die Karre derartig in den Sand. Dabei hast du ihn aufgebaut. Keine Frage: Reissner ist dein Mann! Du hast seine Ernennung zum Leiter der Stabsabteilung »Rationalisierung« durchgesetzt und ihm damit sogar den Weg zu einer Vorstandskarriere geöffnet. Immer hast du dich für Reissner stark gemacht. Und warum? Warum denn nicht, gottverdammt noch mal?! Tüchtig wie er war. Tüchtig und stur. Und er hat immer zu dir gehalten. Jetzt aber, jetzt werden sie dir im Aufsichtsrat genau das ankreiden. Und du kannst noch nicht mal was dagegen machen ...

Jakob Linder betrachtete die Verkehrsströme unten auf der Straße, er sah Reihenhäuser, Bäume und in der Ferne einen Zwiebelturm. Und er sah einen grau verhangenen Himmel – und sah alles doch nicht.

Reissner – ausgerechnet Reissner!

Hinter ihm war das leise Geräusch einer sich öffnenden Tür.

Er drehte sich um. Linder war untersetzt, muskulös, hatte einen runden Kopf. Er war ein Kraftpaket in Nadelstreifen, das seine Energie nur mühsam zu dosieren wußte: Wenn der Chef hochgeht, geht's rund.

Der Blick der eisgrauen Augen war wie eine Sperre. Sie blieben in der Mitte des großen Raumes stehen.

»Wie schön! Da seid ihr ja!« Seine Stimme troff vor Hohn: »Wie schön, Sie hier zu sehen.«

Sie sahen sich an. Und schwiegen.

»Damit gleich alles klar ist: Das Thema heißt im Moment nicht ›Pleite in Stollberg‹, es heißt Reissner. Wieso ist er nicht hier? Wo, zum Teufel, steckt er? Was ist in ihn gefahren? Wie kommt er dazu, eine derart erbärmliche Vorstellung abzuliefern?«

Wegner zog die buschigen Augenbrauen hoch. »Ja nun ...«, sagte er. Und dann nichts mehr.

»Ja nun?« höhnte Linder. »Ist das alles, Herr Wegner? Nach dem, was ich bisher in Erfahrung bringen konnte, war Stollberg so ziemlich der übelste und kläglichste Auftritt, den sich Manager dieses Konzerns jemals geleistet haben. Und das auch noch in dieser Situation! Und dann Reissner. Einfach abzuhauen, sich wie ein Schuljunge zu verstecken, kein Wort der Erklärung abzuliefern ... Wie kam es dazu? Wie erklären Sie sich das, Herr ... Herr Soltau? Schließlich sind Sie sein Assistent.«

Der junge Soltau machte eine ruckartige Bewegung mit der rechten Schulter. Sein Mund war starr.

»Ich hab' Sie was gefragt.«

»Verzeihung, Herr Linder, aber ich verstehe die Frage nicht.«

»Nein? Sie verstehen nicht? Wahrscheinlich haben Sie hier noch nie was verstanden. Aber vielleicht können selbst Sie nachvollziehen, daß ich nicht daran denke, diese Blamage auf mir sitzenzulassen. Also nochmals: Was wurde zuvor abgesprochen? Welche Schritte hat Ihnen Reissner vorgegeben? Wie war die Planung?«

»Wir sollten zunächst die Betriebsführung, dann die Belegschaft ...«

»Die Planung? Irgendwelche Abmachungen müßt ihr doch getroffen haben! Wie benahm sich denn Reissner?«

Ilse Müller-Neubert gestattete sich ein kleines Lächeln,

dünn zwar, aber doch aufschlußreich genug, um zu demonstrieren, daß sie mit dieser ganzen Geschichte nichts zu tun hatte. Ihre Sache war das Protokoll. Und natürlich ein erster Vorausbericht an Linder. Den hatte sie abgegeben. Und auch sonst war ihr nicht anzusehen, was hinter ihr lag. Sie hatte sich eine frische Bluse angezogen, die Locke in perfekte Fassung gebracht – und ihr Lächeln, ja nun, ihr Lächeln war so unterkühlt wie immer.

»Wenn Sie so fragen, Herr Linder, ja, da muß ich schon sagen, daß es Herrn Dr. Reissner von Anfang an nicht besonders gut zu gehen schien.«

»Von Anfang an?«

»Ja, schon während des Fluges. Er war sehr schweigsam. Außerdem ...«

»Ja?«

»Vielleicht hat das nichts zu bedeuten, ich hab' mir auch nicht viele Gedanken darüber gemacht, aber vielleicht gab's da irgendwelche körperlichen Schwierigkeiten. Jedenfalls bat er schon beim Hinflug den Copiloten um ein Glas Wasser. Er brauchte es für seine Tabletten. Er schien sie sehr nötig zu haben.«

»Aber Reissner verträgt doch das Fliegen!«

»Deshalb fiel's mir ja auch auf! Er hatte ständig die Hand am Magen, irgendwie so, als fühle er sich schlecht oder als habe er Schmerzen. Und geredet? Nein, geredet hat er, mit Ausnahme von ein paar Sätzen zu Herrn Soltau, kein Wort. Nicht wahr, Herr Soltau?«

Der junge Soltau nickte nur.

»Was Frau Müller sagt, ist vollkommen richtig«, mischte sich jetzt Wegner ein. »Ich versuchte Herrn Reissner ein paarmal anzusprechen, doch es blieb bei nichtssagenden Auskünften. Man werde schon vor Ort sehen, was los ist. Und wir könnten uns ja noch im Hotel unterhalten.«

»Und dann, im Hotel?«

»Da wurde nichts draus«, erwiderte Wegner. »Wir sind

direkt ins Werk gefahren. Dort hat er sich mit dem Geschäftsführer und seinen Leuten zu einer Konferenz zusammengesetzt. Ich war nicht dabei, Herr Linder. Ich bereitete meine Rede vor. Jedenfalls, wenn ich mir das alles überlege ... Dr. Reissner war sehr verändert. Da war nichts von dem alten, zuversichtlichen Reissner festzustellen, den er sonst so drauf hatte.«

»Herr Linder!« Die Sekretärin meldete sich aus dem Vorzimmer. »Herr Puttkammer ist jetzt da. Soll ich ihn reinschicken?«

»Hat er die Aufnahme?«

»Die Überspielung ist beendet. Er bringt die Kassette gleich mit.«

»Dann soll er kommen.«

Andreas Puttkammer war der Medienreferent des Konzerns. Was er den meisten der sich ihrer Bedeutung durchaus bewußten »Entscheidungsträgern« in der Führungsetage voraus hatte, war nicht nur sein bayerischer Dialekt, sondern auch die Tatsache, daß er einer alteingesessenen Münchner Familie angehörte. Und das genoß Puttkammer. Er stellte es auch zur Schau, indem er, wo immer er konnte, auf Krawatten verzichtete und statt dessen in Loden und Pullis herumlief und damit die korrekt gekleideten Nadelstreifenherren bis zur Weißglut ärgerte.

An diesem Tag hatte Puttkammer seinen Gutsherrnauftritt: Graue Schnürsamthosen, hochgeschlossener schwarzer Janker, darunter ein jagdgrüner Seidenjersey.

Zum ersten Mal seit Beginn der Besprechung zeigte Linders Gesicht den Anflug eines Lächelns.

»Hat's geklappt, Andreas?«

Neben Reissner war Puttkammer der einzige aus der Führungsetage, den Linder mit Vornamen anredete. Beruflich war der Typ völlig uninteressant. Solche wie ihn gab's im Dutzend und billiger. Gesellschaftlich aber konnte er gefährlich werden. Linder hatte da seine Erfahrungen.

»Grüß Gott mit'nand!« Andreas Puttkammer winkte lässig in die Runde und steuerte mit der Selbstverständlichkeit eines Menschen, der sich bei Freunden zu Hause fühlt, die Fernsehanlage des Büros an. Weder von dem massiven Unbehagen, das im Raum lastete, noch von der Gruppe, die in der Mitte des Teppichs aufgepflanzt wartete, schien er Kenntnis zu nehmen.

Er nahm die Fernsehkassette, die er mitgebracht hatte, und schob sie ein. »Ist ja lustig. Also wirklich, genau das Gerät, das ich auch zu Hause habe. Na, dann gibt's ja keine Schwierigkeiten.« Er drehte den Kopf: »Klappte übrigens viel besser, als ich dachte, Herr Linder. Ich hab' da 'nen alten Spezi, der war mal Kameramann beim Bayerischen Rundfunk, und den hab' ich dem MDR vermittelt.«

»Aha«, knurrte Linder ungeduldig.

»Ist doch gut, wenn man überall seine Leute hat, finden S' nicht?«

Puttkammer drückte auf einen Knopf. Schneegeflimmer. Dann das erste Bild. Es war gestochen klar. Es zeigte die Einfahrt eines Mercedes auf das Werksgelände. Die Münchner Delegation. Sie steigt aus der schwarzfunkelnden Limousine. Begrüßung durch Bornbacher, den Geschäftsführer. Nun ein Schwenk auf die großen Transparente, die sich hinter dem Werkstor von einem Elektromast zum anderen spannen: SACHSEN-STAHL WIRD LEBEN! – Im Hintergrund Arbeiter. Dutzende, nein, es mögen wohl hundert sein! Sie haben die Schutzhelme auf dem Kopf und zeigen verbissene Gesichter. Einer unter ihnen, vermutlich ein Mann vom Betriebsrat, nimmt das Megaphon vor den Mund.

»Das interessiert doch nicht, Andreas.«

»Moment, Herr Linder. Ich weiß, was Sie interessiert.«

Den leisen, singenden Laut, den der Vorlauf des Gerätes von sich gab, empfand Linder wie einen Zahnarztbohrer. Er betrachtete seine Fingernägel, dann nahm er den runden Kopf kurz hoch: »Was stehen Sie eigentlich hier rum? Setzen Sie sich doch endlich.« Dann starrte er wieder auf die Schreibtischplatte.

Und da füllte Reissners Stimme den Raum.

Linder riß den Kopf zurück. Reissner, tatsächlich! Hatte den linken Arm gehoben, den Mund geöffnet, rief: »Ich weiß auch, daß das, was hier geschieht, für viele von Ihnen traurige, ja tragische Konsequenzen hat ...«

Schweißperlen glänzten auf seiner Stirn. Von den Nasenflügeln zogen sich tiefe Furchen zu den Wangen.

»Machen Sie doch den Ton schärfer.«

Und wieder Reissners Stimme. Es war die Stimme eines Ertrinkenden, der verzweifelt gegen den Ansturm der Brandung ankämpft: »... helfen weder Zorn noch Trauer, da hilft nur ...«

Soltau flüsterte irgend etwas.

Und dann sahen sie es alle: Sahen, wie Soltau sich zu Reissner beugt, einem Reissner, der sich über den Tisch krümmt, wie nun auch Wegner herankommt, wie beide Reissners schlaffen Körper in die Mitte nehmen. Soltau hält Reissners Hand fest, die über dessen Schulter hängt. Der Mann scheint kaum gehen zu können, der Kopf liegt auf seiner Brust – und dann verschwinden alle drei hinter einer Metallstrebe ...

»Schalten Sie bloß ab!«

Das Bild erlosch.

Linder sah in die Runde. Er preßte den Nagel seines Daumens gegen das Kinn. »Der Mann ist ja krank ...«

Soltau nickte eifrig. »Es muß irgendwas mit der Verdauung sein, Herr Linder. Er war vollkommen fertig. Er hat kein Wort mehr zu uns gesprochen. Er konnte einfach nicht. Jedenfalls war das unser aller Eindruck. Und auch auf dem Flug nach München blieb er völlig – wie soll ich sagen – in sich gekehrt.«

Krank? dachte Linder. Was ist mit Reissner, verdammt?

Irgendwann war da doch eine Geschichte mit einem Unfall. Aber das war vor vielen Jahren. Wieso hat er nie etwas gesagt? Warum, Himmelherrgott noch mal, ließ er sich nicht, wenn er sich mies fühlte, untersuchen? Wieso übernahm er eine derartige Aufgabe? Das war doch alles absurd!

»Na gut, Herr Soltau, und auch Sie, Herr Wegner – sehen Sie zu, daß Sie feststellen, wo er sich aufhält. Und bitte, informieren Sie mich sofort, wenn Sie etwas rausgebracht haben. Sie können mich auch zu Hause anrufen. Vor allem aber: Halten Sie mit Dr. Reissners Frau Kontakt. Bei ihr muß er schließlich irgendwann mal auftauchen ...«

Auf der Flughafen-Autobahn Erding–München herrschte starker Verkehr.

Reissner hielt sich auf der mittleren Fahrbahn. Elektronische Leuchtanzeigen, die sich quer über die Autobahn zogen, regulierten die Kolonnen-Geschwindigkeit: 50 Km – 40 Km – 30 Km.

Der Stau war zu Ende, es ging wieder flott.

Der große weiße Firmen-BMW der Fünfhunderter-Klasse summte fast lautlos dahin. Aus den Lautsprechern klang Musik. Eigentlich wußte Dieter Reissner gar nicht so recht, wieso er das Radio eingeschaltet hatte. Oder doch? Er hatte gehofft, daß der Bayern-Funk irgend etwas über die Vorgänge in Stollberg, über die Krise bei der Stahlverarbeitung und die Werksschließung bringen würde. Doch wen interessierte das schon in München?

Nun hüllten ihn die vier Lautsprecher mit klassischer Musik ein; irgend etwas Schwermütiges, Slawisches, sehr Pathetisches – Tschaikowsky vielleicht? Jedenfalls etwas, das er jetzt nicht brauchen konnte, weil es zu sehr seiner Stimmung entsprach. Er kannte die Falle des Selbstmitleids. Es war stets der alte Film, der zu nichts führte als zu Angst und Verwirrung. Was er jetzt brauchte, war Klarheit, nichts als Klarheit.

Als er den Arm ausstreckte, um die Musik auszuschalten, scherte vor ihm auf der linken Seite ein roter Volvo aus, drängte sich rücksichtslos in seine Kolonne, und Reissner spürte, wie sein Herz nach einem kurzen Entsetzen wie wild zu rasen begann, ihm den Schweiß auf die Stirn und die Schwäche in den Körper trieb.

Das hast du schon mal erlebt. Vor sechs Jahren. Der Wagen vor dir, dann der Krach ... Nein, nicht einmal den bekamst du mit. Das erste, was du wieder aufnehmen konntest, war das Licht der Operationslampen ...

Damals aber hat das ganze Elend begonnen.

Er lehnte sich zurück und zwang sich, ruhig zu atmen.

Dann erspähte er eine Lücke, setzte sich auf die ruhige Fahrspur ab und ließ all die Verrückten an sich vorüberrasen.

Er lehnte den Kopf gegen das Polster. Die Vorstellung war zu Ende. Reissner, der »Trouble-Shooter«, hatte sich selbst ins Bein geschossen. Ins Bein? In beide Beine. Und schlimmer noch: Er hatte keine Lust mehr, sie zu gebrauchen. Natürlich müßte er Linder jetzt anrufen. Und sicher würde er toben, er kannte ihn doch. Na und?

Und Hanne?

Auch das hatte Zeit. Zuerst kam etwas Wichtigeres.

Er griff zum Autotelefon und tippte Jans Nummer ein. Er hatte den Termin offen gelassen. Er wußte ja nicht, um welche Stunde sie in München landen würden. Nun war es bereits kurz vor sechs. Es meldete sich auch nicht die Sprechstundenhilfe; Jan selbst war am Apparat.

»Herzog.«

»Ich bin's, Alter. Dieter. Wie ist das, es ist zwar schon ziemlich spät, aber kann ich trotzdem noch bei dir vorbeikommen?«

»Natürlich kannst du das.«

»Hast du die Ergebnisse schon?«

»Ja. Sie sind heute morgen gekommen.«

»Und?«

»Darüber können wir nachher reden. Es ist ...« Eine gerade auf dem Flugplatz gestartete Maschine donnerte über die Autobahn hinweg. Sie machte Geräusche wie ein Güterzug. Der widerwärtige Pfeifton riß Herzogs Stimme ab. Dann aber war sie wieder da: »Jedenfalls wäre es ganz gut, wenn du noch bei mir hereinschautest. Wo bist du denn?«

»Auf der Autobahn.«

»Okay, dann komm.«

Reissner nickte und legte auf. Die Angst wollte sich wieder melden, aber wie man sie verdrängt, hatte er gelernt. Hatte es lernen müssen.

Er blickte in den Rückspiegel, zog das Steuer nach links und gab Gas.

Und dann dachte er: Immer weiter fahren, immer der Straße nach, einfach so nach Süden, den Alpen entgegen, über die Alpen hinweg ... Rom, irgendwann dann Palermo, aber auch in Sizilien nicht hängenbleiben. Dort warten Fähren ... Afrika ...

Tränen stiegen in seine Augen.

Er schüttelte den Kopf, als könne er sie herausschleudern. Wieder dachte er an Hanne. Aber das half ja nichts. An Hanne und an Elfi zu denken machte alles noch schlimmer.

Am blödesten aber war das, was er jetzt tat: Die Hand in die Hosentasche zu schieben und durch den dünnen Stoff die Leiste abzufühlen, um dort den schmerzhaften, harten Punkt zu suchen, der ihn erwartete, obwohl er sich so danach sehnte, daß er einfach wie durch ein Wunder verschwunden wäre.

Nein. Er war da!

Nach Süden ...

Und weiter als Italien – Afrika ...

Hanne hatte vor ein paar Wochen einen ganzen Stapel

glänzender, farbiger Prospekt aus dem Reisebüro mit nach Hause gebracht. Inseln sah man darauf. Karibik-Inseln ... Strohgedeckte Bungalows, Sandstrände, Palmen und ein Wasser, so leuchtend, so klar, daß man nur träumen konnte.

Er und Hanne am Strand. Mit der kleinen Elfi Sandburgen bauen ... Ja, und ein Bungalow unter Palmen. Wieso denn nicht? Personal war ja billig. Eine Köchin vielleicht ... Oder es gab ein Hotel in der Nähe, und irgendein netter kaffeebrauner Kellner würde ihnen das Essen bringen. Und Vollmondnächte mit Hanne ... Draußen auf der Terrasse im Mondlicht baden. Oder in diesem unglaublichen Meer in einem weißen Motorboot herumkurven. Und angeln. Und, und, und – weiß der Teufel was.

Er hatte es vor sich gesehen, in allen Details. Schon oft hatte er das, viel zu oft.

Und was war dann geschehen? Der Plan wurde als »unrealistisch« abgehakt.

»Später vielleicht, Hanne.«

Er hatte sie einfach auf das nächste Frühjahr, den nächsten Sommer vertröstet.

LÜG-NER, BE-TRÜ-GER ...

Richtig. Aber auch an dir selbst.

Was, verdammt noch mal, hast du bloß aus deinem Leben gemacht?

Und – was wird jetzt kommen?

Vor drei Jahren, als sie die Villa bezogen, hatte Hanne Reissner es hübsch gefunden, auf dem Rasen neben dem Pool zwei Rotbuchen zu haben, und sie hatte Dieter so lange in den Ohren gelegen, bis er nachgab. Eines Tages war dann ein riesiger Lastwagen mit den Bäumen angerollt und mit Gärtnern, die Löcher gruben. Dieter wiederum fluchte herum und behauptete, die Rotbuchen würden nie anwachsen. Aber sie taten es. Und wie! Und nun warfen sie ihr Laub über den Rasen, und Litzka, der den Garten besorgte, hatte jedes Jahr seine liebe Not damit.

Hanne Reissner zog ihre Lederjacke an. Sie wollte das verdammte Laub weghaben. Aber wollte sie das wirklich? Wußte sie überhaupt, was sie wollte?

Was sie mit Sicherheit wußte, war, daß sie es drinnen im Haus nicht mehr aushielt, daß sie verrückt werden würde, wenn jetzt wieder das Telefon läuten und irgendein Firmenidiot nach Dieter fragen würde.

So ein elender Mist! Was war nur in ihn gefahren? Wieso konnte er sie auf diese Weise sitzenlassen? Die Maschine war längst gelandet. Warum kam er dann nicht nach Hause? Warum lud er ihr statt dessen all diesen Ärger auf den Hals?

Hanne Reissner zog so erbittert den Rechen durch den Rasen, daß ihr richtig heiß wurde. Mit den naßglänzenden Blättern wurde sie trotzdem nicht fertig. Sie überlegte sich, ob sie den Besen holen sollte, das Zeug klebte schließlich auch an der Schwimmbadumrandung ...

»Mami! – Mami!«

Sie warf den Rechen weg. Elfi hatte es tatsächlich geschafft, ihr Dreirad auf das braungekachelte Zementrechteck zu zerren, das das Becken einrahmte. Und nun war sie auch noch im Begriff, auf den Sattel zu klettern und loszustrampeln.

»Bist du wahnsinnig geworden? Hör mal, was machst du denn da?«

Elfi gab keine Antwort. Sie fuhr.

»Elfi! Laß das! Laß das, hab' ich gesagt!«

Aber wie immer dachte die Kleine nicht daran.

Hanne rannte los. Sie hatten das Wasser in diesem Jahr noch nicht eingelassen. Im Bassin gab es nach einem Zweimetersturz nichts als harten Beton.

»Hast du mich gehört, Elfi?«

»Nein!«

Elfi strampelte, als Hanne sie hochhob und an sich drückte. Sie spürte ihre Wärme, und unter all der zornigen Empörung, die sich da in ihren Armen schüttelte, spürte sie Hilflosigkeit.

»Ist ja gut.« Sie strich über das blonde Haar ihrer dreijährigen Tochter und küßte es. »Ist doch gut, Kleines. Man kann halt nie richtig spielen, was? Nun laß uns ins Haus gehen. Was suchen wir überhaupt hier?«

»Mein Dreirad!«

»Holen wir nachher.«

Das Kind zu tragen machte Hanne nichts aus. Sie war eine schlanke, hochgewachsene Frau mit einem schönen, klargeschnittenen Gesicht, von dem ihr Mann behauptete, es habe eine gewisse Ähnlichkeit mit Faye Dunaway. »... Tu mir den Gefallen und schmink dich so wie das letzte Mal. Ist doch richtig aufregend. Weißt du, dann habe ich das Gefühl, ich würde mit 'nem Filmstar ins Bett gehen.«

Ins Bett gehen? – Auch das war lange her. Seit Jahren hatten sich ähnliche Wünsche und Spielchen eingestellt. Seit wieviel Jahren eigentlich? Seit dem Unfall und der Operation ...

Was anschließend kam, na, man nennt so was wohl Eheroutine. Küßchen am Morgen, wenn er losfährt, Küßchen am Abend, wenn er zurückkommt, ein bißchen Streicheln, viel, viel Verständnis – und viele Erklärungen, die zu nichts führen. Aber irgendwie hatte alles mit dem Unfall zu tun. Seitdem hatte er sich geändert, keine Frage. Gut, die Ärzte hatten den gesprungenen Beckenknochen wieder mit Draht zusammengeflickt, und auch die Gelenksache bekamen sie in die Reihe, so perfekt sogar, daß nur dem, der Dieter von früher kannte, auffiel, daß sich sein Gang seither leicht verändert hatte. Und selbst das versuchte er zu tarnen. Was zeigt ein Dieter Reissner schon nach außen? Das ist nicht sein Stil. War es nie ...

Aber kaum war er damals aus dem Krankenhaus entlassen worden, hatte er sich noch besessener als zuvor in seine Arbeit gestürzt. »Workaholic« – schön, aber auch dieses Wort erklärte nichts. Nein, es war mehr als eine Droge, das war schon ein Fanatismus, dessen Quelle sie nicht kannte. »Wenn man den Tiger reitet, Hanne, muß man oben bleiben ...« Doch was nützte ihr ein Mann, der einen Tiger reiten wollte? Und die anderen so furchtbar »dynamischen« Konzern-Leuchten. Was wollte Dieter ihnen eigentlich beweisen?

Aber von diesem Zeitpunkt an schien er noch rastloser, raste wie ein Verrückter kreuz und quer durch Europa – für die Firma, für wen sonst – und hatte für all ihre Bitten nichts als ein Schulterzucken oder ein: »Später, Hanne ...«

Sie hatte das Haus erreicht.

Es war aus weißverfugten Backsteinen erbaut und hufeisenförmig angelegt. Dieter hatte es geschafft, den Besitzer dazu zu bringen, noch einen Tennisplatz an die Nordfront zu bauen. Er war zwei- oder dreimal bespielt worden. Seitdem lag darauf nur Laub.

Trotzdem: Ein wunderschönes Haus! Und es lag dazu in einer der besten Gegenden der Stadt, in Harlaching.

Am wichtigsten war Dieter gewesen, daß nur vier Straßen weiter, in einem ähnlich großen Grundstück versteckt, auch Jakob Linder seine Villa hatte. Allein für diese Tatsache war er bereit, Monat um Monat ein Vermögen hinzublättern.

Jetzt aber, jetzt schien sich Dieter einen Dreck darum zu kümmern, was Linder von ihm hielt ...

Sie zog die breite, gläserne Tür auf, die zum Garten führte.

Elfi strampelte nicht länger. Beide Ärmchen hatte sie um den Hals der Mutter geschlungen und drückte den Kopf an ihre Wange.

»Frau Reissner, wie ist das, soll ich den Schmorbraten in den Ofen geben?«

Schmorbraten mit Bohnen war Dieters Lieblingsspeise.

Jedesmal, wenn er von einem schwierigen Auftrag zurückkam, fand er ihn zu Hause auf dem Tisch. Eine Art unausgesprochener Vertrag war es. Früher hatte sich für Hanne damit auch noch die romantische Vorstellung von dem Ritter verbunden, der ausreitet, um in den heißen Schlachten des Lebens seine Beute zu erobern.

Auch das war längst vorbei.

»Lassen Sie mal, Iris. Wieso auch? Weiß der Teufel, wo er sich rumtreibt.«

Iris nickte nur. Manchmal ging Hanne so viel fettgepolsterte Gemütsruhe auf den Nerv. Aber heute war sie dankbar.

»Übrigens, da war wieder derselbe Herr am Apparat.«

»Was für ein Herr?«

»Sie wissen doch, der, der vorhin schon angerufen hat. Soltau oder so. Ich sagte, Sie seien draußen im Garten, und er meinte, er würde gleich wieder anrufen.«

Da läutete es schon.

»Ich könnte das verdammte Ding an die Wand schmeißen!« schrie Hanne. »Und den Soltau mit dazu!«

Sie ging an den Apparat und hob ab.

»Soltau. – Frau Reissner!«

»Ja. Er ist noch nicht da.«

»Das habe ich mir schon gedacht, gnädige Frau. Aber falls er kommt ... wir hätten da noch ein Problem. Das heißt, Herr Linder hätte gerne etwas gewußt.«

»So? Und was?«

»Ja nun, es ist so ... Ihr Mann schien sich schon auf dem Flug nach Stollberg nicht besonders wohl zu fühlen. Und auch dort ging es ihm gesundheitlich nicht besonders gut. Deshalb würde es Herrn Linder sehr interessieren, zu erfahren, ob Ihr Mann in letzter Zeit vielleicht in ärztlicher Behandlung gewesen ist.«

»Nicht, daß ich wüßte, Herr Soltau. Und wie sollte ich es auch wissen? Mir hat er jedenfalls nichts gesagt. Außerdem

– wann bekomme ich ihn schon zu Gesicht in der letzten Zeit?«

»Natürlich, natürlich«, murmelte Soltau.

Mit der Schulter schob er die Tür auf.

Es war eine alte, schwere, massive Holztür, die von einem vernarbten Lederpolster daran gehindert wurde, ganz ins Schloß zu fallen. Es war eine Tür, wie man sie nur noch in dieser Gegend finden konnte, am Rosenheimer Platz, wo es noch immer Altbauwohnungen zu einigermaßen erträglichen Preisen zu mieten gab. Sein Freund Jan, Dr. Jan Herzog, brauchte beides: Viel Platz für die Praxis – und den möglichst billig.

»Ich will Menschen um mich sehen, Dieter. Ich hab' nun mal was gegen deine neurotischen Schickimickis ... Wenn's dir mal wirklich dreckig geht, kannst du ja trotzdem zu mir kommen. Bloß ... Wenn sie dir dein Bankkonto auf den Hintern tätowieren oder den goldenen Firmenstempel, dann such dir gefälligst einen Professor, der das wieder weg macht.«

Es ging ihm wirklich dreckig. Und er hatte aufgehört, den Professoren zu glauben. Er pfiff auf sie.

Die Treppe war breit, dunkel und roch nach Bohnerwachs. Er ging ganz langsam hoch. Er kam sich vor wie ein alter Mann und hatte dabei das Gefühl, er sollte noch langsamer gehen.

Da war das Messingschild: ALLE KASSEN.

Na sicher! Was sonst?

Er drückte die Klingel.

Es war Jan, der ihm aufmachte, und er tat es so unmittelbar und rasch, als habe er hinter der Tür gelauert.

»Na, Alter?«

Jan Herzog war groß und lang, und er hatte so ein bestimmtes Begrüßungsgrinsen. Reissner erwartete es heute vergeblich.

»Komm, gehen wir in mein Zimmer.«

Der Arzt ging voran. Wie viele große und hagere Leute, ging er mit eingekrümmten Schultern. Unter den breiten Sohlen seiner Schuhe knarrte das Parkett.

Normalerweise herrschte in den großen, weißgestrichenen Räumen ständig Betrieb. Nun war es still, still wie auf dem Friedhof. Merkwürdig: Kein Husten aus dem Wartezimmer, kein Kinderplärren, nichts. Nur diese knarrenden Sohlen ...

Reissners Unbehagen verstärkte sich.

Am liebsten wäre er jetzt einfach umgedreht und zur Tür gerannt. Raus. Fort. Aber er nahm sich zusammen. Er hatte es sich vorgenommen: Ruhig bleiben, ganz cool. Vor allem einen klaren Kopf – was immer passiert.

Jan verstaute ihn in seinem Besuchersessel, lehnte sich zurück, und nun lächelte er. Aber dies war nicht sein Lächeln. Oder wenigstens nicht das, welches Dieter Reissner vertraut war. Denn er kannte dieses Gesicht wie kaum ein zweites: Dunkle, buschige Brauen und dunkle, tiefliegende Augen, dazu ein breiter Mund, der manchmal ziemlich empfindsam wirken konnte.

Ja, er kannte es seit zwanzig Jahren, seit ihrer gemeinsamen Studienzeit in Heidelberg. Beide hatten sie gejobbt, Jan, der angehende Mediziner, auf dem Bau, er, der Betriebswirt, war ein bißchen cleverer: Er spielte Getränkeausfahrer ... Und an jedem freien, schönen Tag, den Gott schenkte, waren sie dann in die Berge gezogen. Jan hatte ihm das Klettern beigebracht, obwohl er kaum etwas mehr haßte als Steilwände, Kamine und sonstigen Unsinn. Er hatte sich trotzdem hochgequält; es blieb ihm ja nichts anderes übrig. Jan war damals der einzige Freund, den er besaß.

Und wenn man es genau betrachtete, war es heute noch so.

Jan – der einzige Freund! Mehr noch: der einzige, dem er vertraute ...

Er begann zu sprechen. Er erzählte die ganze Katastrophe seines Auftritts in Stollberg ziemlich knapp und wunderte sich, daß Jan ihn nicht mit Zwischenfragen unterbrach. Er sah ihn nur an. Als Reissner fertig war, beschwerte er sich über seine Tabletten.

»Für mich sind es die Scheißdinger, die mich derartig in Schwulitäten gebracht haben. Ich habe mehr genommen, als du mir gesagt hast. Fast das Doppelte, Jan ... Und bis Nachmittag hielt die Wirkung ja auch an. Aber ausgerechnet dann, als ich sie brauchte, kam die Katastrophe.«

Jan nickte erneut. Dann widmete er ihm wieder diesen langen, aufmerksamen Blick.

Reissner spürte die Wärme, die im Nacken hochkroch.

»Antibiotika nützen hier nicht«, sagte Dr. Herzog schließlich. »Oder nicht länger. Auch wenn wir sie noch so stark dosieren, Dieter, du brauchst was anderes.«

»Was denn?«

Wieder zögerte der Arzt. Und wieder schien ihm das Sprechen Mühe zu machen. Und wieder mußte Reissner diesen Blick ertragen.

»Immunstärkende Mittel. Gammaglobuline, zum Beispiel ... Und vor allem Ruhe. Junge. Wie oft soll ich dir das noch sagen? Viel, viel Ruhe. Der Schwachsinn, in den du dich treiben läßt, der bringt dich noch um.«

»Gammaglobuline« – das Wort hatte sich in ihm festgehakt, schlimmer noch, es war ihm bekannt, deshalb bekannt, weil es genau in dem Zusammenhang diskutiert wurde, vor dem er sich am meisten fürchtete.

Hanne ..., dachte er. Er dachte den Namen völlig sinnlos.

Und dann dachte er: O nein! Das doch nicht! Gott im Himmel, bitte ...

Er benötigte all seine Kraft für die Frage: »Jan! Hast du die Untersuchungsergebnisse bekommen?«

Jan Herzog nickte. Fiel ihm heute nichts anderes ein als zu nicken, verdammt noch mal?

»Und?«

Jan sagte nichts, aber seine Augen waren plötzlich nah. Er hatte seinen langen Oberkörper weit über den Tisch gebeugt.

Seine Hand suchte Dieters Hand und hielt sie fest. Dieter spürte den Druck – und wußte alles.

»Nein!«

Er spürte wieder, wie sich sein Magen zusammenkrampfte, wie es weiter unten zu wühlen begann und wie die Haut feucht wurde. NEIN – NEIN! dachte er, schrie es in ihm.

Er hörte Jan sprechen. Es klang wie von ganz weit her.

»Ich hab' die ganze verfluchte Praxis deinetwegen leergeschaufelt. Ich hab' sie alle rausgeschmissen. ›Dringender Notfall‹, hab' ich behauptet – und dann auf dich gewartet. Und jetzt hockst du hier ... Ich wußte so viele gute Sprüche. Aber mir fällt keiner mehr ein.«

»Positiv?«

Jan nickte.

Sie schwiegen beide.

Jan hatte in der Praxis doppelverglaste Fenster anbringen lassen, sie waren sein ganzer Stolz, er hatte sie Dieter gezeigt. Aber trotz der »perfekten Schalldämmung« hörte er nun jemand unten auf der Straße lachen. Und dann ein Kind. Es schrie irgend etwas. Und ein Auto schaltete. Er hörte es ganz genau.

»Du mußt mit Hanne sprechen«, sagte Jan eindringlich. »Und das tust du am besten heute noch. Ich mach' dir einen Vorschlag: Wir setzen uns alle drei zusammen und sprechen die Situation durch.«

»Die Situation« ... Natürlich, was sonst? Es war eine klare, recht leicht objektiv zu betrachtende und nicht einmal sehr seltene Situation. Er war einer unter vielen anderen ...

Aber warum? Wieso trifft es dich? Warum nicht einen anderen? Ausgerechnet du? Der Boden öffnete sich; er fiel, fiel ...

Gottes Auge ...

Plötzlich sah er wieder das Rund des Fernsehobjektivs vor sich, blitzend und kalt, tiefschwarz und böse.

»Es wäre wirklich das Beste ... Und vor allem: Du mußt dich jetzt schonen. Und dann bringen wir dich schon wieder auf die Beine. Keine Frage. Aber wir müssen das gemeinsam tun ...«

Hanne! Nichts war in ihm als der Name.

Sonderbar, von nun an war es einfach zu sprechen. Er sprach wie nach einem Dialogentwurf. Schließlich – hatte er ein solches Gespräch nicht schon ein dutzendmal vor sich gesehen? Na also! Dich nicht überraschen lassen, von nichts! Und dazu gehörte, die schlimmste Situation vorwegzunehmen und die eigene Reaktion, die dann notwendigen Entschlüsse vorauszuplanen. Klar bleiben. Klar und pragmatisch.

Eines seiner Karriereprinzipien. Weit hatte er es gebracht!

»Hanne?« fragte er stockend. »Wie groß ist die Wahrscheinlichkeit, daß auch sie ...«

Jan legte den Kopf schief. Dann faltete er die Hände, bettete sein Kinn darauf und sah ihn aus seinen dunklen Augen an. »Es gibt verschiedene Statistiken. Die Meinungen der Fachleute gehen da auseinander. Und frag mich nicht, wer wen bescheißt. Aber im Durchschnitt, behaupten sie, die Übertragungswahrscheinlichkeit bestehe zwischen zwanzig und fünfundzwanzig Prozent.«

Und wären es nur fünf Prozent gewesen, dachte er, es wäre zuviel ...

»Und das Kind?«

»Auch dies ist schwer zu sagen.«

»In Prozenten«, forderte er.

»In Prozenten? Verdammt noch mal, damit solltest du dich in diesem Augenblick nicht beschäftigen. Wirklich nicht! Bei möglichen Übertragungen spielen so viele Faktoren eine Rolle. Jeder Fall liegt völlig anders. Dieter, es gibt Wichtigeres zu tun.«

»Ja«, sagte er, und die beiden »K's« kamen wieder ins Spiel: Kalt und klar entscheiden!

Er stand auf.

»Was ist denn? Wo willst du hin?«

Er sah auf Jan herab, auf die schwarzen Härchen, die auf seinem Handrücken wuchsen, auf seine beginnende Glatze.

»Du wirst Hanne nicht anrufen. Versprichst du mir das?«

»Natürlich versprech' ich das, wenn du darauf bestehst. Aber warum?«

»Kein Warum, Jan. Du wirst es nicht tun. Zumindest heute nicht.« Dann drehte er sich um.

»Wo willst du hin? He, Dieter!«

Er wußte später nicht, wie er aus Jans Praxis gekommen war, wieso seine Beine ihn noch trugen. Immerhin, er hatte seinen Willen. Den gab es. Und auf ihn kam es an ...

»Darf ich Ihnen vielleicht noch etwas zu trinken geben? Ich meine, haben Sie sonst noch irgendwelche Wünsche?«

Sie trug einen leuchtendgrünen, weitfallenden Baumwollpulli zu ihren Leggings. Sie hatte die blonden Haare hochgesteckt, besaß ein hübsches Gesicht, einen hübschen Hals und sehr freundliche braune Augen. Sie musterte ihn schüchtern.

Vor Reissner stand ein Glas Tee. Er hatte es leergetrunken. Aber wie war es auf seinen Tisch gekommen? Es war das erste Mal, daß er die Bedienung überhaupt wahrnahm.

»Na gut, bringen Sie mir was.«

»Was denn?«

»Irgendwas ... Tee.«

Er drehte den Blick wieder der Glasscheibe zu. Es gab zwei Verkaufsstände da draußen, direkt neben dem Einstieg zur S-Bahn. An den Ständen wurde alles feilgeboten: Obst, Gemüse, Berge von Äpfeln, Bananen. Die meisten Passanten gingen vorbei, andere blieben tatsächlich stehen und kauften etwas. Der Verkehr war jetzt so dicht, daß bereits Stoßstange an Stoßstange gefahren wurde. Dort hinten aber, gar nicht so weit weg, dort drüben war das alte Haus, wo im ersten Stock sein Freund Herzog wahrscheinlich darüber brütete, was im Fall Reissner wohl zu tun sei...

Nichts, Jan!

Doch. Es gab noch eine Aufgabe. Wichtig oder nicht, er wollte sie vom Hals bekommen.

Das Mädchen mit dem grünen Pulli brachte seinen Tee.

»Haben Sie ein Telefon hier?«

»Ja. Dort drüben in der Zelle.«

Sie hatten auch eine Zelle. Um so besser!

Er zog die Tür hinter sich zu, aber in der Enge wurde ihm so übel, daß er fürchtete, ersticken zu müssen. So öffnete er sie wieder. Sollte doch ruhig jeder mithören, was es zu sagen gab. Jeder. Falls es noch irgend jemanden interessierte.

Er bekam Linder ohne die üblichen Schwierigkeiten an den Apparat. Lotte Frahm, Linders Vorzimmerlöwin, verschluckte sich fast vor Überraschung, als er seinen Namen nannte.

»Sie, Herr Reissner? Lieber Himmel, wenn Sie wüßten...«

»Ich weiß«, sagte er. »Und jetzt geben Sie ihn mir bitte.«

Es knackte kurz, dann seine Stimme.

»Linder. Ach nein? Es gibt Sie also doch noch, Reissner? Dann kann ich Ihnen ja gleich sagen, daß ich in meinem Job schon allerhand erleben mußte. Aber Ihr Verhalten schlägt alle Rekorde.«

»So«, sagte er nur.

Das »so« schien dem großen Boß nicht zu gefallen. Pause.

»Jetzt hören Sie mir mal zu, Dieter ...«, fing er dann an.

»Nein, Jakob, jetzt hören Sie zu.« Dieses ganze Dieter-Getue – warum sollte er ihn nicht »Jakob« nennen? »Sie können auch auflegen, falls Ihnen das Spaß macht. Aber vielleicht ist es ganz interessant, was ich Ihnen zu sagen habe.«

»Wie reden Sie eigentlich? Was ist in Sie gefahren?«

»Oh, nichts Besonderes. Das trage ich schon lange mit mir herum. Kam mir nur einfach heute mal wieder hoch. Ich wollte Sie fragen ...«

»Sie stellen Fragen? An mich? Ja, sind Sie übergeschnappt?«

»Wieso? Heißt Fragen stellen für Sie übergeschnappt zu sein? Übrigens: Überrascht mich nicht ...«

Da war nur ein Schnaufen am anderen Ende der Leitung.

»Jakob, haben Sie eigentlich schon mal überlegt, was Sie da so tun? Haben Sie, zum Beispiel, die Sachsen-Stahl-Schließung ganz konsequent durchdacht? Nur ein bißchen wenigstens, statt einfach ja zu sagen und zu tun, was die Herren im Aufsichtsrat so beschließen? – Richtig, eine dumme Frage. Sie haben natürlich nicht. Wie kämen Sie auch dazu? Haben Sie ja nicht nötig, denn ein Scheißkerl wie Sie, der ist sich seiner Sache immer sicher, wenn es der Aufsichtsrat auch ist. Stimmt's? Ich meine, wer da draufgeht, sind ja immer nur die anderen.«

»Sagen Sie mal, wie können Sie es wagen ...«

»Es sind immer die anderen – sowieso sind die es!« Jetzt schrie er förmlich, merkte es und dämpfte sofort wieder seine Stimme: »Also sind Sie selber schuld, nicht wahr? Jakob, Jakob, es wird Zeit für Sie, mal von Ihrem hohen Roß herunterzusteigen. Sie wissen doch schon längst nicht mehr, was vorgeht. Sie sehen den Boden ja gar nicht! Sie haben längst die Haftung verloren, Sie arrogantes Arschloch! Und deshalb wird's der Gaul nicht mehr lange tun, das garantier' ich Ihnen. Mal abzusteigen ... Ja, wie denn? Man ist doch nicht mehr gelenkig. Und man hat seine Prinzipien, stimmt's?«

»Reissner, ich habe Ihnen Ihren ganzen beruflichen Werdegang ermöglicht. Ich habe immer zu Ihnen gehalten. Jetzt weiß ich, daß es ein Fehler war.«

»Kann ich mir denken.«

»Ja, und jetzt weiß ich auch, daß Sie krank sind, Mann.«

»Richtig getippt, Jakob. Stimmt. Ich bin krank ... Vielen Dank übrigens, daß Sie nicht sofort aufgelegt haben. Das gibt mir nämlich die Gelegenheit – schließlich haben Sie recht, wir waren lange genug zusammen –, das gibt mir dann doch die Gelegenheit, Ihnen einen guten Rat zu geben. Und ich meine jetzt nicht den ganzen Scheiß, den Sie in der Firma anrichten. Da gibt's ja noch immer genug Blöde, denen Sie erzählen können, es ginge nur so und nicht anders. Und die dann auch brav Ihrer Meinung sind, solange sie das können, bis sie dann endlich rausgeschmissen werden. Aber darum geht's nicht, Jakob, jetzt geht's mir wirklich um Sie. Das können Sie zum Heulen oder zum Lachen finden, mir ist das egal ...«

»Reissner!«

»Jetzt rede ich. Und es wäre gut, wenn Sie mich ausreden ließen. Gut für Sie, Jakob. Für Ihren verdammten, dämlichen Schädel. Hören Sie immer noch?«

Atmen. Nichts als schweres Atmen.

Reissner nahm die Sprechmuschel ganz nah an den Mund: »Jakob, im Ernst: Versuchen Sie mal herauszufinden, warum Sie so sind. Und denken Sie mal darüber nach, was Ihr Leben bisher gewesen ist. Und was jetzt noch davon bleibt. Und ob es sich am Ende gelohnt hat. Lohnt es sich denn wirklich, sich derartig aufzuführen, wie Sie das tun? Denn eines sag' ich Ihnen: Wer am Schluß bezahlt, das sind immer wir selbst ...«

Ganz sachte legte er dann den Hörer auf den Apparat zurück. Und dachte: Aber für dich ist es zu spät. So vieles vorgehabt, so vieles geplant, so vieles erträumt, so vieles, vieles nicht gesehen, nie erlebt ... So vieles angefangen und nicht zu Ende geführt ...

So vieles! Und nichts verstanden!

Das Wichtigste nicht verstanden.

Als er das Lokal verließ, waren an den Autos die Scheinwerfer eingeschaltet. Die Dämmerung schluckte die Stadt. Auf dem Weg zu seinem Wagen passierte er kleine, enge Straßen. In den Gärten standen noch schöne alte Bäume. Es gab Handwerkerbetriebe, und durch die Scheiben sah man Menschen an der Arbeit. Kinder kamen ihm entgegen, drei junge Mädchen, die sich kichernd an der Hand hielten ...

Er schloß den BMW auf, wendete und nahm die Straße nach Grünwald. Harlaching zog an ihm vorbei. Er warf keinen Blick in die dunkle, von wenigen Lichtern erhellte Villengegend, wo irgendwo sein Haus stand. Die Welt um ihn wurde dunkler und dunkler, die Straße rollte sich unter ihm ab, er schwamm mitten im Verkehr, verlor mehr und mehr Orientierung und Zeitgefühl.

Nur eines wußte er: Die Zeit würde nicht mehr lange vergehen. Nicht für ihn ...

Die nächsten Stunden versanken für Dieter Reissner wie hinter einem braunen, undurchdringlichen Nebel. Wenig gab es, das in seinem Gedächtnis haften blieb. Daß er am Stehausschank einer Tankstelle in der Gegend von Bad Tölz ein Bier und zwei Wodka trank, dann etwas zu essen bestellte und sich beinahe erbrach, als man ihm den Wurstsalat hinschob. Draußen an seinem Wagen hatte ein frierender junger Mann gestanden, die Fäuste tief in die

Taschen seines Parkas geschoben. Auch an sein Gesicht erinnerte er sich: Schmal, jung, irgendwie hungrig. Ob er ihn nicht mitnehmen könne? Er wolle nach München. Das könne er, hatte er gesagt. Und: »Aber ich rate Ihnen dringend ab, mit mir zu fahren ...«

Der Junge hatte ihn angesehen – und war dann unwillkürlich einen Schritt zurückgetreten.

Vielleicht hat er den Mörder erkannt, dachte Reissner, als er den BMW zurück nach München lenkte. Vielleicht sieht man es dir an?

Im Wagen glitt sein Blick immer wieder zur Uhr. Hanne würde noch lange wachbleiben. Sicher bis Mitternacht. Aber dann nahm sie ihre Tabletten und ging schlafen.

So lange stehst du das noch durch.

Es war kurz nach ein Uhr, als im Scheinwerferlicht das Schild auftauchte: LANDESHAUPTSTADT MÜNCHEN. Reissner steuerte den BMW durch die stillen Straßen Harlachings. Weiße Mauern. Bäume. Bronzetore. Lichter hinter Zweigen. Dann die herabgelassenen Metalljalousien der Konditorei, die naß und matt schimmerten.

Die Tauberstraße.

Er fuhr den Wagen nicht in die Garage, sondern ließ ihn einfach stehen. Er schloß auch nicht ab. Wozu? Aber dann fragte er sich, ob es vielleicht nicht besser wäre, einige von Hannes Beruhigungstabletten zu schlucken, die stets im Handschuhfach lagen. Doch wozu? Er hatte nicht länger Angst. Sein Gehirn hatte die letzten Zweifel besiegt. Und die Analyse war schließlich einfach genug gewesen ...

Er blickte an den beiden alten Kastanien hoch, die zu Beginn der Tauberstraße aus einem Rondell hochwuchsen: Nichts hat Dauer, Fortbestand gibt es nicht ... Was uns diese Erkenntnis schwermacht, ist allein die Ungewißheit des Endes. Es ist nicht kalkulierbar, es verbirgt sich. Es kann schlimm, es kann furchtbar sein. Hanne würde das

Warten nie durchstehen, er kannte sie gut genug. Und Elfi? – Elfi würde nicht einmal verstehen, was geschah.

Die Schlußfolge? Es ist notwendig. Es ist Liebe – ja, es ist die einzige Form von Liebe, die zu geben ich noch imstande bin.

Das wußte er jetzt.

Das Haus lag im Dunkel. Er schloß die Gartenpforte auf und ging über die breite, plattenbelegte Auffahrt. Rechts glänzte im fahlen Dunst der hohe Zaun des Tennisplatzes. Auch den würde er nicht mehr brauchen, hatte ihn ja nie gebraucht. Er hörte seine Absätze auf dem Stein. Hier hätten es die Einbrecher leicht gehabt. Trotzdem: Ein Glück, daß du die Alarmanlage nicht hast einbauen lassen, weil Fahrenhold, dieser elende Geizhals von Hausbesitzer, die Kostenbeteiligung ablehnte. Wollte dir den ganzen Betrag auf die Miete draufpfeffern. Und die ist ja ohnehin absurd.

Bankiers!

Fahrenhold kann sich einen anderen Dummen suchen.

Er war jetzt an der Haustür, aber überlegte sich auch das, ging um den Westflügel herum und nahm den kleineren der BKS-Schlüssel, um die Terrassentür zu öffnen. Das Wohnzimmer. Die Kanten der Möbel. Und der Mond, der sich jetzt endgültig hinter der Wolke hervorschob, die ihn bisher verdeckt hatte, und Möbel und Garten aufleuchten ließ. Selbst seinen eigenen Schatten konnte er erkennen. Fast wie im Film: Der Mörder kommt ...

Seine Hand ging zum Schalter. Doch wozu? Er brauchte kein Licht. Auch die Schwere in den Gliedern war gewichen, dieses Gefühl, daß jede Bewegung eine unüberwindliche Kraftanstrengung koste ... Im Gegenteil: Er fühlte sich jetzt leicht – leicht und frei.

Die Kommode stand am Ende des Korridors, der von dem Hauptraum zu den Bädern und zur Treppe in den ersten Stock führte. Es war eine wunderschöne Kommode.

Kirschbaumfurniert. Ende achtzehntes Jahrhundert. Hannes Tante hatte sie ihr zur Hochzeit geschenkt. Und als sie damals die oberste Schublade aufschlossen, lag ein Brief darin. Reissner hatte den Text nie vergessen: *»Mögest du noch lange einer glücklichen, von Erfolg und Gesundheit begleiteten Familie dienen.«*

Sehr vornehm. Vornehm wie die Tante. Und die Kommode diente noch. Die Messingleuchter darauf schimmerten gedämpft.

Über der Kommode gab es ein kleines, kleeblattförmiges Fenster. Es führte in den Garten. Im Mondlicht sah er draußen das dunkle Rechteck des Pools. Und auf der Umrandung, winzig klein, Elfis Dreirad. Und dann sah er gar nichts mehr, denn Tränen schossen aus seinen Augen und spülten für Sekunden alles fort.

Was Reissner nun tat, war nicht geplant und überdies unsinnig. Er tat es trotzdem. Er ging zur Tür zurück und hinaus in den Garten und wäre beinahe über den Rechen gestolpert, der im Gras lag. Hanne hatte wohl noch gearbeitet.

Hanne ...

Er nahm Dreirad und Rechen, hob beides hoch und betrachtete die Gegenstände, als habe er noch nie etwas Ähnliches gesehen, trug sie zur Hausmauer und stellte sie dort ab.

Dann ging er ins Haus zurück, füllte in der Küche ein Glas mit Wasser und schluckte drei der Beruhigungstabletten. Auch das war unsinnig, zumindest in den nächsten Minuten würde die Wirkung nicht einsetzen, und er konnte doch, durfte nicht länger warten!

Er ging zurück zur Kommode. Er hatte die oberste Schublade schon vor Jahren mit einem Spezialschloß versehen lassen. Der Schlüssel dazu hing stets an seinem Schlüsselbund. Er schloß die Schublade auf, öffnete die Schachtel und nahm die Walter-PKK heraus. Dann griff er wieder in die Schublade, um das Magazin zu holen, schob es ein und hörte das metallische Klacken, als es einrastete. Er machte die Waffe schußbereit, indem er den Verschluß zurückzog und spannte, und ging nun, die Pistole lose in der rechten Hand haltend, die Treppe hoch.

Dumpfes Trommeln. War es sein Herz? Was immer es war, es war lauter als das leise Knacken unter seinen Füßen. Er ging langsam wie nie zuvor. Er überdachte noch einmal alles so kühl wie zuvor. Aber sein Herz hatte seine eigene Sprache. Sein Herz schrie ...

Dann war auch das vorbei.

Der Korridor.

Die dritte Tür rechts. Hannes Zimmer. Sie hatte es sich im vergangenen Jahr eingerichtet, als sie beschlossen, von nun an getrennt zu schlafen, da er sie mit seinem unregelmäßigen Nachhausekommen immer wieder aufgeschreckt hatte.

Er legte die Hand auf die Klinke.

Hanne, seit ich dich kenne, hab' ich nie eine andere Frau geliebt ... Ich schwöre es!

Hanne, nie in meinem Leben habe ich einen Menschen so geliebt wie dich.

Hanne, glaub mir, es muß sein ...

Er drückte die Klinke nieder und trat ein. Doch gleich darauf blieb er stehen und sog den Duft ihres Parfums ein. Da waren die Umrisse des Bettes, der Sessel, über dem dunkel ein paar Kleider hingen. Im matten Licht, das der Mond durch die Fenster warf, konnte er erkennen, daß Hanne auf der Seite lag. Er war sehr froh darum. Nie war er über etwas so froh gewesen wie darüber. Sie hielt ein Kissen umarmt. Ihr Haar floß über das weiße Leinen.

Er kniete sich auf die Matratze.

Sie rührte sich nicht. Noch immer nicht.

Ganz einfach ist es.

Dann tu's!

Er berührte mit den Fingerspitzen das Haar, doch da war

keine Empfindung, die Fingerspitzen waren abgestorben. Nun …

Er hielt die PKK, ohne zu zittern, ihre Mündung schob eine Flechte ihres Haares hoch, er konzentrierte sich darauf, daß die Waffe die Kopfhaut nicht berührte. Er schloß die Augen – und zog durch.

So einfach …

Die grauenhaft grelle, laute Explosion war wie ein Faustschlag. Sie riß seinen Kopf hoch, sie sang in seinen Ohren. Es gab nichts mehr als den Knall.

Nicht hinsehen, hatte er sich vorgenommen. Aufstehen, weggehen …

Er stand auf. Wie er zur Tür kam, wußte er nicht, aber er warf keinen Blick zurück.

Elfis Kinderzimmer, das war die nächste Etappe. Aber der Schuß war laut gewesen – Elfi mußte ihn gehört haben.

Wieder stand er auf dem Flur. Er preßte sein Ohr gegen das Holz der Tür zum Kinderzimmer.

Nichts. Kein Schluchzen, kein »Mami«. Nichts.

Und seine Trommelfelle schmerzten noch immer.

Er legte die Hand auf die Klinke, drückte sie nieder und betrat das Zimmer seiner kleinen Tochter …

Iris sah auf ihre Uhr: halb neun vorbei … Na ja, der Doktor nahm zum Frühstück sowieso nur Kaffee, ehe er ins Büro abbrauste. Und mit der Frau Reissner kam man immer zurecht.

Sie stoppte den »Uno« vor der Bäckerei am Anfang der Tauberstraße, rannte los, holte Brötchen und Mohnwecken, die Elfi so mochte, quälte den kleinen Wagen mit heulendem Motor über die letzten hundert Meter, schnappte sich an der Toreinfahrt die »Süddeutsche« und die »Abendzeitung« und lief die Auffahrt entlang.

Dann blieb sie plötzlich stehen. Vogelgezwitscher, Tauperlen, vornehm-satte Stille. Das Haus lag da wie jeden

Tag. Nur daß die Jalousien im Erdgeschoß noch nicht hochgezogen waren. Gut, auch das hatte sie schon erlebt.

Trotzdem: Irgend etwas schien verändert!

Iris schloß die Haustür auf, trat in die Halle, ging von dort in den großen Wohnraum – und blieb erneut stehen. Ihr Herz klopfte. Es war, als spüre sie den Druck einer Hand an ihrem Hals.

Nicht irgend etwas – alles hatte sich verändert!

Und dazu diese Stille ...

Ein kalter Hauch strich über ihren Rücken.

»Frau Reissner?« rief sie.

Niemand antwortete. Die einzigen Laute – ihre Stimme, ihre Schritte.

»Frau Reissner!« Dasselbe ... Wären sie weggefahren, wüßtest du das doch ... Sie hätten dir Bescheid gegeben. Aber kein Zettel, kein Brief, nichts.

Vielleicht war Hanne Reissner oben im Kinderzimmer. Vielleicht lief dort das Radio, und sie hörte nichts.

Iris betrat den Korridor. Sie hielt den Kopf gesenkt und betrachtete das weiß-schwarze Muster der Kachelfliesen, nannte sich eine hysterische Ziege, machte noch einen Schritt ... Ihre Hand flog zum Mund. Sie konnte den Schrei nicht zurückhalten, einen schrecklichen Schrei, so laut, so gellend, daß sie selbst vor ihm erschrak.

Dort!

Ein Mensch. Ein Mann. Ein Toter ...

Er lag halb auf der Treppe, den Kopf nach unten, das rechte Bein angewinkelt, das linke ausgestreckt, so daß es bis zur dritten Stufe reichte. Die rechte Schulter ruhte auf den Fliesen. Hier waren sie nicht schwarz-weiß, sie waren rot, tiefrot, bedeckt von einer Lache, einem See von Blut!

Der Mann ... das war doch der Doktor?!

Er war es nicht mehr. Dieses dunkle, von einer schrecklichen Wunde zerklüftete Gesicht gehörte keinem Menschen.

Iris wandte sich um. Rennen wollte sie, konnte jedoch nur taumeln, stützte sich mit der linken Hand auf die Kommode, wankte weiter, hatte endlich die Haustür erreicht, den Garten, die Vögel, die Blumen.

Es war wie immer. Nein, nein, lieber Gott! – Nein!

Sie schluchzte. Dann zwang sie sich, ruhig zu denken. Die Beine funktionierten. Sie ging langsam. Sie überlegte. In das Haus gehst du nicht mehr rein. Ein Todeshaus. Ein Mörderhaus. Elfi, die arme Frau Reissner ... was jetzt?

Sie riß die Gartentür auf. Dort stand ihr Wagen. Polizei, dachte sie ... Telefon ...

»... hören Sie, Iris ... Jetzt hören Sie doch! Was ist denn?«

Jemand hatte ihren Arm gepackt und schüttelte ihn. Und da waren dunkle Augen, da war ein besorgtes Altmännergesicht.

»Polizei ...«, flüsterte sie. »Bitte ...«

»Aber wieso denn? Was ist denn mit Ihnen? Sie kippen ja gleich um.«

»Polizei ...«

Das ist der Besitzer der Nachbarvilla, wußte sie jetzt. Dieser ... ja, dieser Professor Marein. Und warum tut er nichts? Warum starrt er mich nur an? Warum tut denn hier keiner etwas?

Das Telefon klingelte, die Anrufe häuften sich von Stunde zu Stunde. Die Irren krochen aus ihren Löchern, und die Normalen wurden verrückt: Das Wochenende hatte begonnen ...

»Was sagen Sie da?« Walter Rebmann, Kriminalrat und kommissarischer Leiter des Morddezernats, lehnte sich nach vorne, als könne er sich so vergewissern: »Familienmord? – Ja, was, um Himmels willen, soll denn das schon wieder sein? Wenn Sie schon in der Zentrale die Gespräche aufnehmen, werden Sie ja wohl auch noch normal sprechen können, oder? – Wie? In der Tauberstraße ... Das ist doch Harlaching? Und der Mann ist Manager beim ACS-Konzern? Frau und Kind auch noch … Wer ist denn draußen? Der Böhme? Ja, ja, ist schon in Ordnung. Danke.«

Er legte den Hörer auf. Harlaching? Und auch noch ACS-Manager? Dazu noch – wie hatte der Idiot das gerade genannt – Familienmord … Was immer es war, wenn es sich in Harlaching abspielte, war es brisant. Hochbrisant.

Dieses verdammte Bonzenviertel brütet den Stoff aus, aus dem Skandale sind. Harlaching, das heißt, du kriegst die Medien an den Hals, und zwar den ganzen Verein, und daß der Chef wieder seine Schüttelkrämpfe bekommt. Entsetzlich! Aber – er hat ja seinen Tennissamstag … Aber Böhme? Am besten, du fährst selbst raus. Nein, geht nicht, da ist doch die Sitzung. Und jetzt?

Der Kriminalrat nahm wieder den Hörer und drückte Knöpfe. »Novotny«, sagte er dann, »erzählen Sie mir jetzt nicht, was sich alles auf Ihrem Schreibtisch stapelt und was sonst noch so anliegt. Sie fahren jetzt nach Harlaching.«

Rücksichtslos spaltete der blaue BMW die Staukolonnen auf dem Mittleren Ring. Hauptkommissar Paul Novotny hatte seinen Fahrer auf den Beifahrersitz beordert, nutzte jede Chance aus, sah jede Lücke, gab rücksichtslos Gas. Der junge Polizeimeister neben ihm schloß ergeben die Augen.

Gegen »No« ist kein Kraut gewachsen. Was kannst du schon machen? Aber fahren kann er wenigstens … Sie brauchten keine zwanzig Minuten hinaus bis nach Harlaching.

»Dort!« sagte der Fahrer und deutete nach vorne.

Ja, dort. Tauberstraße 18.

Der Kastenwagen der Spurensicherung parkte vor einer vornehmen Klinkervilla. Das Gartentor stand offen und wurde von zwei Streifenbeamten bewacht.

Novotny fuhr den BMW in einen parkähnlichen Garten,

brachte ihn mit quietschenden Reifen zum Stehen, sprang heraus, nickte einem weiteren Beamten zu, der die Haustür bewachte, und traf den Assistenten Böhmes, des Wochenenddienstleiters, vor der offenstehenden Tür eines großen Wohnraums an.

»Also?«

Der Mann hob nur den Arm und deutete den Korridor entlang nach links. Der Korridor stieß dort auf eine Treppe. Auf den unteren Stufen lag eine männliche Leiche. Der Polizeifotograf war gerade dabei, sein Stativ abzubauen. Zwei Männer vom Spurendienst kauerten auf der Treppe und untersuchten etwas, das Novotny von seinem Platz aus nicht erkennen konnte.

»Eine Frau – die Ehefrau – und ein dreijähriges Kind«, sagte der Assistent. »Und er dort drüben. Die Frau wurde durch einen Nahschuß umgebracht. Am Hinterkopf aufgesetzt. Schmauchspuren, Hitzekrater, alles da. Das halbe Gesicht flog ihr weg.«

»Und weiter?«

»Weiter – das Kind. Da gab er sich mehr Mühe. Glatter Herzdurchschuß. Das Kind hat wohl nicht viel gemerkt. Und dann er. Sehen Sie sich das selbst an ... Ein Schuß in die Schläfe war ihm wohl zu unsicher, so hat er es tatsächlich geschafft, die Mündung am Hinterkopf anzusetzen ...«

Novotny nickte, drückte sich an der Leiche und den beiden Männern vom Spurendienst vorbei, stieg in den ersten Stock. Hier sprach er kurz mit Böhme, besah sich die beiden anderen Toten und ging in die Halle zurück.

Er ließ sich in einen der großen, ledernen Sessel fallen, die dort standen. Beinahe versank er darin. Nervös faßte er dann in die Tasche seiner Sportjacke. In dem Durcheinander des Aufbruchs waren seine Zigaretten auf seinem Schreibtisch liegengeblieben.

Der Assistent reichte ihm seine Packung. Novotny nickte

dankbar. Durch die Rauchschlieren besah er sich den Raum: Bilder, Möbel, schön solide das alles. Und teuer, sehr teuer. Manager des ACS-Konzerns? – Nun, da gab es viele, aber der hier mußte ziemlich weit hoch auf der Leiter geklettert sein. Reissner? Dieter Reissner ... Er hatte den Namen nie gehört.

»Was macht der Doktor?« fragte er.

»Der ist schon weg. Will aber wiederkommen. Er wollte sich nicht festlegen, aber er schätzt, daß die Tat so etwa um Mitternacht ausgeführt worden ist.«

Die Tat. Mord an Frau und Kind. Dann die Kugel für ihn selbst.

»Habt ihr die PKK schon auf Fingerabdrücke untersucht?«

»Die Kollegen sind gerade dabei. Draußen im Wagen ... Aber hier kam keiner rein und hat Leute umgelegt. Das hat er alles selbst besorgt.« Wieder die Bewegung Richtung Treppe.

»Die Tür war nicht abgeschlossen, hat man mir am Telefon gesagt.«

»Na und, Herr Novotny? Der Schlüsselbund hing an seiner Hose.«

Wolters, einer der Spurenermittler, kam aus dem Vorraum, der ins Freie führte. »Sieh da, sieh da«, grinste er Novotny an, »da werden ja schon die großen Kaliber bemüht.«

»Reden Sie doch keinen Mist, Wolters. Haben Sie die Waffe schon untersucht? Was gefunden?«

»Ja. Wunderschöne Abdrücke.«

»Und?«

Wolters blickte zur Treppe. »Sie stimmen haargenau mit seinen überein ...«

Teamarbeit und ›neue Firmenkultur‹ – nichts dagegen, dachte Jakob Linder, sollen die anderen doch ihre Verluste damit einfahren. Dies ist nicht die Zeit für Firlefanz. Dies ist auch keine Rezession, dies ist Krise und damit Krieg – erbitterter, hundsgemeiner Krieg. Und wenn man in solchen Zeiten etwas braucht, dann ist es eine Truppe, die spurt, sind es Offiziere, die mit Schneid und Loyalität führen. Doch was ist dir passiert? Du hast dir einen Mann herangezüchtet, der glaubt, dir an den Karren fahren zu können, der dich am Telefon beleidigt und es selbst heute noch nicht mal für nötig hält, den Kopf durch die Tür zu strecken. Und hier, vor dir, hast du einen Haufen Idioten, die es dir auch noch übelnehmen, daß du sie am Samstag in den Laden holst ...

»Also bitte, meine Herren!« Er räusperte sich und blickte kurz in die Runde, die sich an seinem Konferenztisch versammelt hatte. »Sich weiter über die Versäumnisse – vor allem über die Versäumnisse des Herrn Dr. Reissner – zu unterhalten führt zu nichts. Reissner ist erwachsen genug, um sich selbst über die Konsequenzen klar zu sein. Deshalb zu Punkt zwei: Die Quotenregelung bei diesen Sozialplänen.«

»Herr Linder!« Das war die Sekretärin.

Ungeduldig drehte er den Kopf zur Tür. »Was ist denn jetzt schon wieder?«

»Da ist ein Herr, Herr Linder. Es handelt sich um Dr. Reissner.«

»Frau Frahm, ich habe den Herren gerade erklärt, der Fall Reissner sei abgehakt. Endgültig abgehakt. Und das gilt auch für Sie.«

»Jawohl, Herr Linder. Aber der Herr ist von der Polizei.«

Nun drehten sie alle die Gesichter zur Tür.

Linder legte beide Hände auf die Tischplatte. »Was soll das heißen?«

»Er möchte Sie selber sprechen, Herr Linder. Es ist ... es ist ... Herr Reissner ist tot.«

»Was?«

Sie sahen sich an, schauten dann zu Frau Frahm hinüber,

die im Türrahmen stand, mit abgezirkelten roten Flecken im Gesicht. Sie sahen Jakob Linder an, der aufgesprungen war und dann »Einen Augenblick, meine Herrschaften« hervorstieß.

»Herr Linder? – Mein Name ist Novotny. Ich komme von der Mordkommission. Frau Frahm hat Ihnen vielleicht schon …«

»Ja. Hat sie. Unglaublich! Unfaßbar ist das. Aber bitte, Herr … Herr Novotny. Kommissar, nicht wahr, so sagt man doch? Kommen Sie bitte in mein Büro.«

Linder ging voraus, das Kreuz durchgedrückt, die Schultern gespannt, riß eine ledergepolsterte Tür auf, führte Novotny in einen großen, lichtübergossenen Raum.

»Bitte, nehmen Sie Platz.«

Er warf sich in seinen Sessel, griff nach dem silbernen Drehbleistift, um die Hand dann doch wieder zurückzuziehen. »Also, was ist passiert? Bitte, ich weiß gar nichts, rein gar nichts. Was war das? Ein Unfall?«

»Kein Unfall, Herr Linder. Mord. Und Selbstmord.«

»Wie bitte?«

»Herr Reissner hat seine Frau erschossen. Dann sein Kind. Und schließlich sich selbst.«

Linder schloß die Augen, lange, sehr lange, faltete die Hände und betrachtete sie. Schließlich hob er den Kopf: »Ich wußte es doch! Der Mann war krank – ich meine … in letzter Zeit.«

»Wie kommen Sie darauf?«

»Nicht körperlich … Das vielleicht auch. Vor allem war er geistig gestört.«

»Haben Sie irgendwelche Anhaltspunkte für diese Behauptung?«

»Anhaltspunkte? Und ob! – Er hat mich gestern abend noch angerufen, zu Hause angerufen, was er eigentlich nie tut …«

»Wann war das?«

»Lassen Sie mich überlegen. Vor dem Abendessen ... Gegen sieben.«

»Und was sagte er?«

»Das Gespräch ist mir nicht sehr gut im Gedächtnis geblieben. War irgendwie so emotional aufgeladen. Aber eines ging ganz klar hervor: Er rief mich an, um mich zu beleidigen.«

»Handelte es sich dabei vielleicht um irgendwelche firmeninterne Vorgänge?«

»O nein!«

»Um was dann, Herr Linder?« Novotny lächelte. Sein schmales Gesicht war mager, knochig, die Nase fast völlig fleischlos, doch die Haut war gespannt, gesund, so daß dieser magere Vogelkopf irgend etwas Zeitloses hatte. Die dunklen Augen waren wach und lebendig, wirkten aber gleichzeitig auf eine sonderbare Art fast unbeteiligt.

Linder mißfiel das Gesicht. Nein, dieser Kommissar war nicht sein Fall.

»Was soll ich Ihnen da schon erklären? Wir hatten den ganzen Abend nach Herrn Dr. Reissner gefahndet. Er ist«, er räusperte sich, »war – muß man ja jetzt leider sagen – einer unserer wichtigsten operativen Elemente. Außerdem kam er von einem für die Firma ziemlich wichtigen Auftrag zurück. Nun, die Sache ging in die Hose. Er hat geradezu unbegreiflich versagt. Doch schließlich – einen Bericht hätte man dennoch erwarten können. Er aber hatte sich dieser Aufgabe entzogen, war einfach verschwunden. Schon das ist, nach unseren Maßstäben wenigstens, ein beinahe skandalöses Verhalten. Und dann noch dieser total bescheuerte Anruf ... Also wirklich, mir reichte es.«

Linder musterte den Kommissar über den schmalen Goldrand der Lesebrille, als habe er den ›total bescheuerten Anruf‹ zu verantworten.

»Um was ging es?«

»Um was ging es ... um was ging es? Wohl vor allem um Emotionen. Er versuchte, irgendwelche moralische Argumente anzusteuern. Die hatten wohl mit seiner Arbeit zu tun. Er kam aus Sachsen zurück, wo wir eine Betriebsschließung vornehmen mußten. Und so was ist ja nun wirklich kein Vergnügen. Vielleicht war er mit den Nerven runter. Ja, vielleicht liegt hier die Erklärung. Jedenfalls – er drückte sich äußerst unklar aus, was ich gar nicht schätze und was eigentlich auch sonst bei ihm nicht der Fall war.«

»Könnte man sagen, daß er in den letzten Wochen oder in der letzten Zeit an Depressionen litt?«

»Nein, das kann man nicht. Bei Gott nicht ... Reissner war ein unglaublich harter Arbeiter. Und er beklagte sich nie. Jedenfalls nach außen zeigte er nie irgendwelche Anzeichen von Belastung. Er zeigte sie nicht – und hatte sie wohl doch ... Einen gestrigen Auftrag, zum Beispiel, mußte er wegen eines Schwächeanfalls abbrechen. Diese Unpäßlichkeit fing schon während des Fluges an. Seine Mitarbeiter stellten fest, daß er an irgendeiner Verdauungsstörung litt. Magen, Darm, was weiß ich. Wir haben uns auch unsere Gedanken darüber gemacht, selbstredend. Ich ließ auch bei seiner Frau deshalb anrufen. Aber alles umsonst. Außerdem ...«

Linder sprach nicht weiter. Er sah an Kommissar Novotny vorbei zum Fenster. »Seine Frau – tot? ... Wissen Sie, das ist alles schon sehr erschütternd.«

Novotny nickte. Viel Erschütterung traute er diesem harten Knochen dort in seinem Chefsessel zwar nicht zu, doch jetzt schien er tatsächlich angeschlagen.

»Ich kannte sie doch! Ich kannte auch das Kind, die kleine Elfi ... Ein reizendes Geschöpf. Schließlich waren wir beinahe Nachbarn. Man sah sich. Man darf gar nicht darüber nachdenken!«

Und dann, beinahe übergangslos: »Was ich noch sagen wollte: Reissners Schwächeanfall ... wir haben ihn sozusagen dokumentarisch festgehalten. Falls es Sie interessiert, kann Frau Frahm Ihnen eine Videokassette von der Betriebsversammlung vorspielen. Das Fernsehen hat nämlich Reissners Auftritt gefilmt. Sie kennen das ja: Werksschließung, Arbeitsplatzverluste. Das heizt an. Vielleicht verlor Reissner deshalb die Nerven.«

Er erhob sich und breitete die Arme aus: »Was wissen wir schon?«

Er will dich loswerden, dachte Novotny und fragte: »Und Herrn Reissners finanzielle Verhältnisse, Herr Linder? Könnte es sein, daß es da Schwierigkeiten gab?«

»Was weiß ich? Eigentlich kann ich mir das nicht denken. Er hat weder gespielt, noch hielt er sich irgendwelche Geliebten – soviel ich weiß.«

»Soviel Sie wissen? Natürlich.«

»Soviel ich ziemlich genau weiß.« Linder lächelte, und da er dabei aufstand, blieb Novotny nichts anderes übrig, als sich gleichfalls zu erheben. »Wissen Sie, bei Leuten in solchen Führungspositionen, wie Reissner sie innehatte, achten auch wir auf bestimmte Schwächen. Die Zuverlässigkeit eines Mitarbeiters ist die Funktion seines Persönlichkeitsprofils. Labilität kann, wie sicher auch in Ihrem Job, gefährlich werden. Hm – nun, hier ein kleiner Blick ins Nähkästchen, Herr Kommissar: Wir haben ein unabhängiges Institut beauftragt, darauf ein Augenmerk zu haben. Und ich kann Ihnen eines sagen: Reissner war seiner Frau absolut treu. Er hatte weder die Lust noch die Zeit, sich mit anderem zu beschäftigen als mit seiner Arbeit. Es paßte auch nicht zu ihm.«

Ein ›unabhängiges Institut‹? dachte Novotny, als er die Tür hinter sich schloß. Na, danke …

Es waren die alten, tabakbraunen Wände, die alten, verschossenen Vorhänge und die alte Kühlvitrine mit der vergammelten Schwarzwälder Kirschtorte, dem Apfelkuchen und den Sahneschnittchen ... Ja, und die eisernen Tischchen mit den Kunstmarmorplatten und den Gammeltypen daran gab's auch noch. Sie spielten Karten oder lasen Zeitungen, und sie würden nie den Kopf hochnehmen, selbst wenn jemand mit Claudia Schiffer am Arm hier reinkäme.

Wie gehabt!

Selbst Uschi existierte noch.

Na, die wenigstens hatte ihn gesehen! Kaum hatte Rio Martin die Tür des »Le Café« aufgestoßen, setzte sie schon das Tablett mit ausgetrunkenen Kaffeetassen und Geschirr ab – so schnell, daß es klirrte – und kam auf ihn zugerannt.

»Mensch, Rio! Daß es dich noch gibt, weiß man ja. Schlägst einem ja immer deine Artikel im ›KURIER‹ um die Ohren. Aber daß du hier einfach durch die Tür kommst ... Wie find' ich das bloß?«

»Hoffentlich klasse.«

»Und ob!«

Sie reichte ihm eine runde, weiche Wange, und er küßte sie. Und weil er schon dabei war, küßte er auch gleich noch die andere, und sie lachten sich an. »Und Vera?« fragte sie.

»Vera? Vera ist weg.«

Sie riß erschrocken die blauen Augen auf. Sie war über Vierzig – mußte sie ja sein – aber sie würde ewig gucken wie eine unbedarfte Siebzehnjährige. »Rio! Ja, seid ihr etwa ...«

»Seid ihr – was?«

»Ge-ge...« Sie brachte das Wort nicht über die Lippen. »Ich meine, heutzutage, wo doch jeder vom anderen wegläuft ...«

»Spinnst du, Uschi? Wie kommst du bloß auf die Idee? – Da brauch' ich gleich 'nen Cognac. Ne, ne, ne, wart mal, für Cognac ist es noch zu früh. Cappuccino und 'nen Schuß rein ... Nein, mit Vera klappt's wie am ersten Tag. Na, da guckst du!«

»Also weißt du ... so, wie du dich früher aufgeführt hast ...«

»Richtig: hast ... Das ist vorbei. Vera ist heute morgen nach Hamburg zu 'ner alten Freundin abgeflogen, das ist alles. Wir bleiben das Paar des Jahrzehnts.«

Er trank den Cappuccino, der sanft nach Cognac schmeckte, seine Erfindung und ihm zu Ehren sogar auf der Getränkekarte als »Cappuccino Rio« ausgewiesen, und sah sich um: Jugendstilplakate; viele, reichlich untalentierte Bilder; der Geruch der siebziger Jahre ...

Er fühlte sich besser, so, wie er sich auch in den alten Tagen jedesmal besser gefühlt hatte, wenn er hierhergekommen war: Der letzte Artikel war abgesegnet, das Blatt endlich zu, und sie kippten, zerschlagen und ausgepumpt, ein Pils nach dem anderen, diskutierten wie die Idioten, bekamen die Arbeit nicht aus den Köpfen. – Vorbei. Das hatte er hinter sich. Seit im Impressum des »NEWS KURIER« hinter seinem Namen das Wort »Chefreporter« stand, blieben ihm wenigstens diese Auswirkungen der Knochenmühle erspart. Wann immer es ging, schrieb er seine Artikel zu Hause, nahm das Diktiergerät und legte sich in einen Liegestuhl im Garten. In der Redaktion schwitzten die anderen, über ihm sangen die Vögel. Wie sich das gehört. Tageskram beschäftigte ihn nicht mehr. Er war Spezialist für die großen Artikel auf Seite drei – na also!

Doch nun, als er die Tasse abstellte, um Uschi nachzusehen, die mit hüpfendem Popo und dem ewig gleichen Lächeln im Gesicht zwischen den Tischen herumhuschte, wurde ihm klar, daß ihm auch manches fehlte.

Sie stand jetzt am Telefon, hob ab, drehte den Kopf und winkte ihm zu: »Rio, komm mal!«

Komm mal? »Wieso?«

»Die Redaktion.«

Es war nicht nur ›die Redaktion‹, es war Stockmann, der Chef vom Dienst.

»Da hab' ich dich ja, Alter!«

»Ja, da hast du mich«, knurrte Rio Martin erbittert. »Und ich frage mich, wie du auf die Idee gekommen bist, daß ich hier ...«

»Ich doch nicht! Hast du doch selbst gesagt!«

»Ich?«

»Na logo! Jedenfalls dein Anrufbeantworter. Soll ich's dir vorspielen? – Jetzt könnt ihr mir alle in die Tasche steigen. Jetzt geh' ich ins ›Le Café ...‹«

»Da muß ich ganz schön bemackt gewesen sein. Das hab' ich wirklich gesagt?«

»Vielleicht dein Geist? Aber das ist mir im Moment auch wurscht. Rio, hör zu: Olsen hat angerufen. Und auch noch Mahler. Und alle wegen derselben Kiste: Harlaching ... Schon im Radio gehört? Reinhards ist gerade losgefahren.«

»Ich hör' doch nicht Radio!«

»Okay, okay. Es handelt sich um ein ziemlich dickes Ding. Da hat einer seine Familie umgebracht.«

»Und? Was geht das mich an?« Er dachte: Olsen und Mahler? Olsen war Chefredakteur, Mahler einer der Herausgeber, Reinhards wiederum Polizeireporter.

»Der Mann ist leitender Manager der ACS. Und Harlaching ist auch nicht gerade Sozialmilieu ... Das Ding kann abgehen wie eine Rakete. So was sagt mir meine Nase.«

»Und die Olsen-Nase und die Mahler-Nase sagen wohl das gleiche, Egon? Aber es bleibt eben immer noch ein Fall fürs Lokale.«

»Genau das glaube ich nicht. Mahler kennt den Chef von diesem Mann, der da Frau und Kind erschossen hat.«

»Wie heißt der?«

»Der Chef?«

»Der Mann.«

»Reissner. Dieter Reissner. – Er war vorgestern in Sachsen, um die ACS-Stahlwerke dort zu schließen. Und da gab's ziemlichen Rabatz.«

»Und der Chef ist wohl Linder, oder?«

»Stimmt.«

»Den kenn' ich ... Und wer bearbeitet bei der Polizei den Fall?«

»Novotny.«

»Aha! Deshalb seid ihr auf mich gekommen!« Mit Paul Novotny im Kreuz hatte Rio seine größten Erfolge im »News Kurier« durchgezogen: Die Spielbank-Affäre, die Rotlicht-Serie, bei der es um die Hintermänner des Prostituierten-Imports aus den Oststaaten ging; auch bei den großen Korruptionsfällen hatte Novotny mitgespielt, damals war er noch nicht bei der Mordkommission gewesen ...

Rio fischte sich aus der Brusttasche seines Hemdes einen Zahnstocher und schob ihn zwischen die Zähne. Hatte er sich nicht in seinem neuen Vertrag ausdrücklich eine Klausel aufnehmen lassen, die ihm ein Einspruchsrecht gegen Themen sicherte? War das hier sein Thema? Kaum ...

Der verdammte Zahnstocher half nicht. Nervös war er und wußte nicht einmal so recht, warum. Was sagte Stockmann da gerade? »Das Ding ist heute morgen bereits über den Fernseher gelaufen. Der Mitteldeutsche Rundfunk brachte es in den Nachrichten. Nach diesem ganzen Aufstand wegen der Betriebsschließung in Stollberg kannst du dir ja denken, daß sie in den neuen Bundesländern ziemlich scharf auf das Thema sind. Ich selbst hab' mir die Sendung nicht angesehen, aber Linda erzählte mir in der Morgenkonferenz, daß dieser Reissner, als er in der Betriebsversammlung reden wollte, einen Schwächeanfall erlitten hat. Was ich damit sagen will, und was dir sowieso längst klar ist, Rio: Der Fall ist ein dicker Hammer! Das ist kein lokales Thema. Also? Was meinst du?«

Was sollte er meinen? Er sah ein sehr langes, sehr graues Wochenende vor sich. Ein Wochenende ohne Vera. Er würde golfen, dann versuchen zu arbeiten – und das würde nicht klappen. Er würde ein paar Fertiggerichte kaufen, sie aufwärmen, davon kosten und den Dreck dann in den Müll kippen und zum nächsten Türken, Griechen oder Italiener rennen ...

»Na schön«, seufzte er. »Wenn ihr meint. Wir können's ja versuchen ...«

Halb zwölf. Halb zwölf und Fehlanzeige!

Rio Martin quälte den Porsche über den Mittleren Ring zurück zur Stadt. Er kam aus Harlaching. Sie hatten tatsächlich einen Übertragungswagen des Bayerischen Fernsehens aufgefahren, die Reporter der Tageszeitungen und Agenturen lehnten an ihren Autos, Reinhards, der »NEWS KURIER«-Mann, hatte sich irgendwohin verpißt, das Haus war abgesperrt, und von den Beamten, die dort arbeiteten, war nichts zu erfahren. Kein einziges bekanntes Gesicht. Keine Chance. Das einzige, was er herausbrachte, war: »Herr Novotny ist bereits wieder weg ...« Auch der Anruf bei Novotnys Sekretärin im Präsidium half nicht weiter: »Tut mir leid, er ist nicht da.«

Rio spuckte die Reste seines Zahnstochers aus. Vier hatte er inzwischen durchgebissen. Wieder griff er zum Autotelefon. Diesmal tippte er Bruno Arends Nummer ein.

»Kinderbewahranstalt Germering«, kam es aus dem Hörer.

»Wie witzig! Bruno, die haben mir da ein ziemlich dickes Ding reingewürgt. Und wie ich es sehe, werde ich dich heute oder morgen noch brauchen.«

»Worum geht's?«

Rio erklärte.

»Seit wann beschäftigst du dich denn mit so was?«

»Der Verlag will's so. Und es könnte ja auch wirklich was draus werden.«

»Dann nimm doch einen der Redaktionsfotografen. Die hängen ja doch bloß rum.«

»Ich will aber dich, Bruno.«

»Und ich will raus auf meine Datscha.«

Arend besaß ein kleines Wochenendhaus am Wörthsee, dort pflegte er seinen Zwillingssöhnen das Fischen beizubringen, in den Abendhimmel zu starren, Unmengen von Bier zu vertilgen und von den guten alten Zeiten zu erzählen, in denen es noch »wirkliche Reporter« gab. Er war einer jener alten Illustriertenhasen, die in den letzten dreißig Jahren das Saufen und das Schwadronieren auf den Kriegsschauplätzen rund um den Erdball gelernt hatten. Aber er war auch Profi. Und er war's nicht nur gewesen – er war es noch heute.

»Weißt du, was du mich kannst, Rio?«

»Ja«, sagte Rio Martin. »Aber bleib zu Hause, hörst du, bis ich dich wieder anrufe. Okay?«

Damit hängte er auf.

Er nahm die Abfahrt zur Prinzregentenstraße. Als er über die Brücke fuhr, sah er, daß die Dunstdecke aufriß, der Regen aufhörte. Ein blauer Himmel begann sich über die Stadt zu wölben. Auch das noch! Statt jetzt schön gemütlich über den Golfplatz zu marschieren, hatte er diesen Scheiß am Hals!

Er parkte den Porsche vor »Feinkost Käfer« in der zweiten Reihe und stieg aus. Unter all seinen wechselnden Eigenschaften besaß Paul Novotny eine, auf die Verlaß war: pünktlich um ein Uhr machte er in seinem Büro Pause. In der Polizeikantine allerdings war er nie anzutreffen. Er verschlang an belegten Broten, was ihm die Sekretärin besorgte, um dann seine Dartscheibe mit Pfeilen zu bespicken.

Rio ließ sich eine Auswahl von Salaten zusammenstellen und noch zwei Dutzend Austern verpacken, kaufte dazu eine Flasche Chablis und trug das Paket zum Wagen.

Als er das Präsidium betrat, sah er Novotnys Wagen durch die Parkplatzsperre fahren. Zum ersten Mal an diesem Tag fühlte er sich besser. Er wartete nicht, stieg zu Novotnys Büro hoch und setzte sein Käfer-Paket auf einen der Schreibtische im Vorzimmer.

»Oh, Herr Martin? – Tut mir leid, aber er ist noch nicht da.«

»Er kommt«, sagte Rio und blickte auf die sich öffnende Tür …

»Also ich weiß nicht, Rio, früher hast du gequalmt wie ein Schlot, aber deine Zigaretten waren mir lieber als dieses dämliche Hölzermümmeln.«

Die Sekretärin räumte das Geschirr mit den Resten der Mahlzeit auf ein Tablett. Die Flasche Chablis war unangetastet geblieben.

»Die Austern, das war eine klasse Idee! Aber Chablis … Heute? Die Flasche köpfen wir ein anderes Mal.«

»Heute? Wieso?« fragte Rio, als sich die Tür geschlossen hatte. »Was ist im Busch, Paul? Was ist mit deiner Harlaching-Story? Nun komm schon … Schweigen ist gut, reden schöner.«

Novotny hing in seinem Sessel, grinste, und Rio Martin studierte ihn genau. Er schien es sich wirklich zu überlegen. Er würde reden. Er kannte ihn. Vielleicht, weil es so viele Ähnlichkeiten zwischen ihnen gab … Sie waren beide drahtig, hatten fast dieselbe Größe, die gleichen mageren, ewig angespannt wirkenden Gesichter. Doch während Rio die dunklen, lebhaften Augen seines italienischen Großvaters besaß, zeigte Novotny den ewig distanzierten, meist kummervoll wirkenden Kriminalistenblick. Novotnys Haar war kurz und graugesprenkelt, Rio hielt darauf, daß sein Friseur jede beginnende graue Strähne aus den vollen, gepflegten Locken wegzauberte. Irgendwann hatte Rio herausgefunden, daß beide unter demselben Sternzeichen geboren worden waren: Fisch. Und so hatten sie sich darauf geeinigt, daß sie eigentlich Täter unter Zwang seien, Typen in Aktion, auf der Flucht vor der ewigen, sensiblen Fische-Faulheit.

»Paul, gut, wir haben lange nicht mehr zusammengearbeitet. Aber was ändert das schon?« begann Rio seine Seelenmassage. »Eine gute Recherche bleibt nun mal eine gute Recherche. Und Teamrecherchen sind die besten. Das gilt auch für die Mordkommission.«

»So?« Novotny lächelte. »Meinst du? Schnell wie immer. Du schießt mir zu oft aus der Hüfte, Rio.«

»Hab' ich bei dir nie getan.«

Novotny bog Büroklammern auseinander.

»Komm, wir bleiben bei der alten Methode, Paul: Kein Komma ohne deinen Segen. Aber zusammen erreichen wir mehr als der ganze Apparat, das haben wir schließlich oft genug bewiesen.«

»Wieder eine von deinen vorschnellen Behauptungen! Aber gut, in Ordnung. Diesmal kann ich wahrscheinlich einen Presseprofi brauchen. Wenn ich an den Auftrieb von Eierköpfen da draußen in Harlaching denke ...«

»Na also!« Rio entspannte sich. »Und jetzt reden wir mal über den Fall. Wie kam dieser Reissner dazu, so etwas zu tun? Was war er überhaupt für ein Typ?«

Er machte sich keine Notizen, während Novotny sprach. Er verzichtete sogar darauf, die Auslösetaste des Minitonbandgeräts in seiner Jackentasche zu drücken. Was Paul ihm an facts zu bieten hatte, war überdies wirklich nicht überwältigend.

»Was hältst du von diesem Linder?« fragte er.

»Der totale Kotzbrocken. Typischer Steinzeitmanager. Betonkopf mit Kasernenhofton. Unglaublich, wie so ein Laden organisiert ist. Da gibt's Stabsabteilungen, Unterstabsabteilungen, Referate – wie im Ministerium. Sogar einen ›psychologischen Dienst‹ hat er mit der Beurteilung seiner Leute beauftragt: ›Ich muß schließlich Bescheid über meine Leute wissen ...‹ Kennst diese Typen doch. Vielleicht weiß er auch tatsächlich was. Bei ihm läuft es immer auf das eine hinaus: Der Mann ist durchgedreht, aber zuvor hat er sich tadellos aufgeführt. Und tadellos heißt natürlich, daß er nichts im Kopf hatte als den Konzern, seine Karriere und die Kohle.«

»Ein bißchen wenig Fleisch – findest du nicht?«

»Wenig?« Novotny verzog den Mund. »Gar nichts. Du wirst lachen, Rio, ich hab' mich ja nicht allein mit dem Obergott dort beschäftigt, ich hab' auch andere Leute gefragt, Kollegen, einen Mann namens Wegner, auch irgend so ein Kommandeur. Mit dem hatte Reissner ziemlich häufig zu tun. Und auch da lief es auf dasselbe hinaus: Tadelloser Arbeiter, irgendwie unnahbar ... Linders Mann fürs Schwierige. Hundertfach bewährt. Karriere-Hengst, das schon, aber auch tadelloser, aufopfernder Familienvater ... Und du wirst lachen, selbst die Nachbarn dort draußen sagen dasselbe.«

Rio Martin holte sich einen neuen Zahnstocher. »Es muß doch Leute geben, die wirklich Zugang zu dem Mann hatten?«

»Mensch, jetzt ist es zwei Uhr! Um zehn wurde ich angerufen, um den Fall zu übernehmen. Das sind jetzt vier Stunden. Bin ich der liebe Gott? Was erwartest du denn von mir?«

»Ist doch ein ziemlich großer Kasten, die Villa in Harlaching. Die müssen doch Personal gehabt haben?«

»Ja, einen verkalkten, alten, halbtauben Mann, der den Gärtner spielte, eine Putzfrau, Tschechin, und das Kindermädchen. Die hat die Leichen übrigens gefunden. Wie ist das ...« Er deutete auf einen braunen Umschlag, der auf der Schreibtischplatte lag: »Willst du sie dir mal ansehen? Die Fotos wurden gerade gebracht.«

»Danke.«

Novotny nickte wissend, nahm trotzdem das Kuvert und öffnete. Fotos fielen heraus. Novotny blätterte sie durch. Aus den Augenwinkeln erkannte Rio eine Männerleiche auf einer Treppe. Novotny schob ihm eines der Bilder zu: »Da, bei dem Foto wird sich dir nicht gleich der Magen umdrehen. Es ist das Kind.«

Es war das Bild eines Mädchens. Leichtes, lockiges Haar über einer runden Kinderstirn. Der Kopf ruhte auf einem kleinen, nackten Arm, als schlafe es ... Die Augen waren halb geöffnet, die Lider teilten die Pupille. Es war ein friedlicher Anblick. Doch über dem Gesicht lag der endgültige Hauch des Todes.

Rio Martin zog das Notizbuch aus der Tasche. »Gib mir die Adresse dieses Kindermädchens, ja?«

»Gut. Aber ich fürchte, da wirst du Schlange stehen. Bei der sind doch längst deine Herren Kollegen ...«

Er mußte nicht Schlange stehen.

Der Name »Kornhaus« stand auf einer blaugestrichenen Tür am Eingang eines zweistöckigen, kleinen Rückgebäudes in der Sommerstraße. Stille. Grüngestrichene Abfalltonnen. Ein halbverdörrter Apfelbaum und ein leerer Fahrradständer. Auf beiden Seiten der Betonplatten, die zu der blauen Tür führten, kümmerten Blumenrabatten vor sich hin.

Rio Martin klingelte. Nichts. Er klingelte wieder. Über ihm öffnete sich ein Fenster. Für eine halbe Sekunde erschien das Gesicht einer alten Frau, dann knallte das Fenster zu.

Sieh dir das an! dachte Rio. Und du hast dir eingebildet, dieses elende Vertretergefühl nie mehr erleben zu müssen ...

Und er klingelte wieder.

Nun waren Schritte zu hören. Die Tür öffnete sich, wurde jedoch sofort von einer Sperrkette festgehalten. »Hören Sie mal«, sagte die Stimme der alten Frau. »Sie sind jetzt der siebte oder der achte, was weiß ich. Aber wenn Sie nicht sofort wieder gehen, rufe ich die Polizei.«

»Von der komme ich.« Da es eigentlich ziemlich gleichgültig war, welche Lügen er auftischte, änderte er die Richtung: »Aber ich wollte mich dort nur erkundigen. Mein Name ist Martin. Ich bin ein alter Freund von Frau Reissner. Es tut mir aufrichtig leid, Sie zu stören ... Aber ich wollte Frau Reissner heute morgen besuchen, und dann ... nun, Sie wissen doch ...«

Die Sperrkette fiel, die Tür ging auf.

Rio betrat einen Vorraum und stand vor einer etwa siebzigjährigen Frau. Sie hatte das graue Haar hochgesteckt, trug ein braunes, langes Hauskleid und sah ihn durch ihre Hornbrille ruhig und forschend an.

»Sie wollen Iris sprechen, nicht wahr?«

Er nickte.

»Ich fürchte, das geht nicht. Es ist einfach zu schrecklich. So schrecklich ist es, daß man es gar nicht denken kann ... Und Iris ist in einem Zustand ...« Sie unterbrach sich. »Ich hoffe, Sie schwindeln mich nicht an. Sie müssen schon entschuldigen, aber wenn Sie wüßten, was heute morgen hier los war ... Man kann sich das gar nicht vorstellen. Ich kenne diese Reporter ja nur aus dem Fernsehen, aber jetzt, jetzt hab' ich sie erlebt.«

Er versuchte sein Lächeln beizubehalten. Er sah die Kinderbilder, die an den Wänden hingen, er sah auch eine kleine Vitrine, voll mit bunt angemalten Tonfiguren – und dann wieder diese dunklen, verbitterten Augen.

»... die wollen nur ihre Arbeit tun, sagen sie. Kann man ja vielleicht einsehen. Ich habe selbst zwei Zeitungen abonniert. Aber wie die sich dabei aufführen – wie die Schweine. Sogar Geld haben sie mir geboten, nur um mit Iris sprechen zu können. Da sind drei Menschen gestorben, darunter ein Kind, ein unschuldiges Kind, die kleine Elfi, und die ist oft hier gewesen, wir haben miteinander gespielt – und da stürmen diese Aasgeier herein mit ihren Ausweisen, ihren Brieftaschen, ihrer Frechheit.«

Er nickte und fühlte sich mies. Solche Situationen hatte er oft genug hinter sich gebracht, stets mit Erfolg. Und jetzt? Du taugst nicht mehr fürs Geschäft, dachte er. Nicht nur, daß du aus dem Job herausgewachsen bist – viel schlimmer: Du beherrscht ihn nicht mehr. Das ist es!

»Es tut mir sehr leid«, sagte sie. »Vor allem, wenn Sie Frau Reissner gekannt haben. Aber ich kann Sie nicht hereinbitten. Es würde auch gar nichts bringen. Der Arzt hat Iris ein Beruhigungsmittel gegeben. Der Schock. Sie können sich das doch vorstellen, oder? Sie ist so sensibel wie ihre Mutter. Wissen Sie, ich bin eine Freundin von Iris' Mutter. Wir haben früher zusammen an derselben Schule unterrichtet. Deshalb habe ich sie auch aufgenommen, obwohl ich es vorzog, allein zu leben. Aber jetzt, jetzt muß ich ihr ja wohl helfen. Nicht wahr, das verstehen Sie doch?«

»Natürlich verstehe ich das. Vielleicht kann ich später nochmals vorbeikommen?«

»Vielleicht ... Ich gebe Ihnen meine Telefonnummer. Sie können ja vorher anrufen.«

Mist! Er verfluchte seine Bereitschaft zur Kapitulation. Aber wenn sie Beruhigungsmittel genommen hatte, war wohl auch nichts zu machen. Er zögerte noch immer. Als er sich umdrehen wollte, öffnete sich die Tür auf der linken Seite des Raums. Ein Mädchen kam heraus. Ein Mädchen im Trainingsanzug. Das runde Gesicht war sehr blaß unter den dunklen Haaren.

»Er ist ein Bekannter von Frau Reissner«, sagte die alte Frau.

Das Mädchen nickte mechanisch wie eine Puppe.

»Darf ich Sie einen Moment sprechen?« fragte Rio mit weicher Stimme.

Sie nickte wieder.

»Könnten wir vielleicht in Ihrem Zimmer ...?«

»Also, Iris, ich weiß nun wirklich nicht, ob das richtig ist.

Und schon gar nicht weiß ich, ob es zu verantworten wäre, wenn ...«

Aber sie ließ ihn eintreten und schloß einfach die Tür.

Das Zimmer war abgedunkelt. In der Ecke lief ein Tischfernseher ohne Ton. Tennis. Einer der Spieler war Edberg, und er zeigte sein Pokergesicht. Er wartete auf den Aufschlag des Gegners. In dem bißchen Licht, das das Gerät ausstrahlte und das durch die geschlossenen Vorhänge hereinfiel, war Iris nicht viel mehr als ein Schatten.

Er räusperte sich. Der Satz, den er nun sagte, überraschte ihn selbst: »Ich bin von der Presse«, sagte Rio. »Was ich Frau Kornhaus gerade sagte, stimmt nicht.«

Sie setzte sich aufs Bett. Nun konnte er ihr Gesicht erkennen. Es war vollkommen ausdruckslos. Sie sah ihn ruhig an, als habe er eine ganz selbstverständliche Eröffnung gemacht.

»Fräulein Widmer, ich kann mir gut vorstellen, wie Ihnen zumute ist – und was Sie über mich denken. Ich möchte Ihnen sagen, daß ich Ihnen dankbar bin, da Sie mich nicht wegschicken.«

Sie rührte sich noch immer nicht. Die Hände lagen in ihrem Schoß. Rio fragte sich, ob sie überhaupt zuhörte. Sollte er sich vielleicht in den kleinen Sessel am Bett setzen, ihre Hände nehmen? Zu früh ... Und vor allem: Kein Wort über das Kind!

»Fräulein Widmer, es ist furchtbar, was geschehen ist. Wir wissen es beide. Aber wir beide wissen auch, daß herausgefunden werden muß, wie es geschehen ist.«

»Herausfinden?« Ihre Stimme war überraschend klar und fest. »Was gibt's denn da noch herauszufinden?«

»Eigentlich nur eines.« Er setzte sich nun doch. »Was konnte Herrn Reissner veranlassen, so etwas zu tun?«

»Wie soll ich das wissen?«

»Aber Sie haben doch sicher darüber nachgedacht!«

Sie schüttelte den Kopf.

»Was war er für ein Mensch?«

Nun sah sie hoch und fuhr sich mit einer hektisch-unkontrollierten Bewegung über das Gesicht. »Ein Mensch? – Er war überhaupt kein Mensch.«

»Wie soll ich das verstehen?«

»Eine Maschine war der. – Nichts als eine Maschine ...«

»Aber mir wurde gesagt, daß er seine Familie sehr geliebt hätte.«

»Vielleicht ... Was er so unter Liebe verstand ...«

Rios Augen hatten sich an die Dunkelheit gewöhnt. Er zwang sich, nicht hinüber zu der kleinen Fotografie zu blicken, die in einem Silberrahmen auf dem kleinen Tischchen neben dem Bett stand. Es war das Farbfoto eines Kindergesichtes. Es war das Gesicht, das ihm schon Novotny gezeigt hatte. Auf dem Foto lachte die kleine Elfi und war lebendig ...

»Aber er hat doch ...«

»Er hat gar nichts. Wann denn? Er hatte ja gar keine Zeit für seine Familie! Ja, er hat so getan, aber er war eigentlich immer weg. Er kannte doch nur sich und die Firma. Er kannte nur seinen Job. Für mich ... für mich war der Mann krank ...«

»Iris«, sagte Rio so weich und so suggestiv, wie es ihm möglich war, »tun Sie ihm da nicht ein wenig Unrecht? Der Mann war sicher überarbeitet. Vielleicht war er krank ...«

»Das sag' ich doch!«

»Aber war er wirklich krank? Wissen Sie etwas davon? Kam ein Arzt ins Haus? Hat er manchmal einen Arzt besucht?«

Wieder schüttelte sie den Kopf. Dann aber, ganz plötzlich, blickte sie hoch: »Ja, vielleicht besuchte er tatsächlich einen Arzt! So genau weiß ich das nicht. Aber der kam nie ins Haus ...«

»Und woher wissen Sie ...«

»Woher? Weil er mich einmal zu ihm gebracht hat. Ich hatte eine Magenkolik. Und Hanne – ich meine Frau Reissner – meinte, ich müßte sofort behandelt werden. Da fuhr er mich in eine Praxis am Rosenheimer Platz. Das war nicht weit von uns. Der Arzt war sehr nett und anscheinend ein alter Freund von Herrn Reissner.«

Rio hatte sich aufgerichtet. »Und – wie heißt der Mann?«

»Herzog«, antwortete sie sofort. »Dr. Herzog. Die Praxis ist ganz leicht zu finden. So ein rosafarbenes Haus am Rosenheimer Platz. Der zweite oder der dritte Stock war das, glaube ich ...«

Der Kanarienvogel flatterte in seinem kleinen Käfig am Fenster hin und her. Jetzt stieß er kurze, aufgeregte Pfiffe aus.

»Hansi! Mach net so ein Theater. Dös gehört sich fei net. Machst den Doktor ja nervös. Und wenn der nervös is und mi dann spritzen will, tut's weh.«

Der alte Mann lag bäuchlings auf einem prächtige Sofa aus blauem Samt. Dr. Jan Herzog hatte ihm geholfen, das Hemd auszuziehen und ihm auch die Hose gelockert, so daß er die Wirbelsäule untersuchen konnte. Die kritische Zone waren die unteren Lendenwirbel. Vor allem der dritte und vierte. Abnutzungserscheinungen zum altersbedingten Abbau. Kein Wunder: Max Riedl hatte fünfzig Jahre lang im Stehen in seiner Tapeziererei herumgehämmert.

Dr. Herzog ging zu seinem Arztkoffer. »Passen Sie auf, Herr Riedl, ich setze Ihnen jetzt eine Spritze. Aber das Medikament kann das Gewebe nur betäuben und damit entspannen. Sie müssen schon zum Orthopäden, wie oft soll ich Ihnen das noch sagen? Ich habe Ihnen doch einen Überweisungsschein geschrieben.«

»Hab' i verlor'n ... Und Sie san mir lieber, Herr Doktor, als der Orthopäde.«

»Und was ändert das, wenn ich Ihnen nicht helfen kann?«

»Dann geben'S mir halt die Spritz'n, Herr Doktor. Und schalten'S bitte das Radio an ... Dös is nämlich so, ob Sie's glauben oder net: sobald der Hansi Musik hört, beruhigt er sich.«

»Kenn' ich von mir«, lächelte Jan Herzog, drückte den Einschaltknopf und nahm die Spritze aus dem Koffer. Die Radiostimme einer Frau flehte die Hörer an, auf keinen Fall auf das einzigartige Angebot zu verzichten, in vier Wochen Englisch zu lernen ... Er zog die Spritze mit dem Carbostesin auf, reinigte die Einstichstellen mit Alkohol und wollte gerade die Injektionsnadel ansetzen, als er die Stimme des Nachrichtensprechers vernahm.

»Au!« sagte Max Riedl. »Was is, Herr Doktor?«

Jan Herzog hatte die Nadel angesetzt. Doch er stach nicht ein. Seine Hand zitterte.

»Was is, Herr Doktor?«

Die Stimme des Nachrichtensprecher sprach weiter, eine ruhige, gelassene Stimme, die Dinge sagte, die so ungeheuerlich waren, daß Jans Verstand sich weigerte, sie aufzunehmen. Worte, Worte – und jedes einzelne wie ein Schlag.

»Über das Familiendrama in der Tauberstraße in Harlaching, über das wir Ihnen bereits in den Mittagsnachrichten berichteten, sind weitere Einzelheiten bekannt geworden. Fest steht inzwischen, daß der Familienvater, Dr. Dieter Reissner, der beim ACS-Konzern in leitender Stellung tätig war, die furchtbare Bluttat selbst ausgeführt und seine Frau und sein Kind, ein dreijähriges Mädchen, durch Pistolenschüsse getötet hat, ehe er seinem Leben selbst ein Ende setzte. Die Leichen wurden ins gerichtsmedizinische Institut überführt und werden von der Staatsanwaltschaft wohl erst nach Abschluß der Untersuchungen freigegeben werden ...«

»Was is denn, Herr Doktor?«

DIE FURCHTBARE BLUTTAT ...

»Nichts. Entschuldigen Sie.«

... SELBST EIN ENDE SETZTE.

»Ganz ruhig. Sie werden den Einstich kaum merken.«

Max Riedl stöhnte auf, als Dr. Jan Herzog einstach.

FOUR ROSES, BALLANTINE, RED LABEL ... Es gab Whiskysorten in Hülle und Fülle in der kleinen Kneipe, doch Jan Herzog haßte alle, haßte diese Namen, haßte die Flaschen. Er haßte sie, weil dazwischen immer wieder »sein« Gesicht auftauchte. Was konnte er für dieses Gesicht, was konnte er für die Augen ... »Noch einen!« forderte er.

Der junge Mann hinter der Bar legte den Kopf schief: »Wirklich?« Dann zuckte er mit den Schultern, goß ein und schob ihm das Glas zu.

Jan trank Alkohol, der große Fluchthelfer? Von wegen! Es gab keine Flucht. Davor nicht. Wie denn auch?

Er konnte sich nicht einmal gegen den eigenen Blick wehren, der ihn aus dem Spiegel anstarrte. Und schon gar nicht gegen die Erkenntnis: DEINE SCHULD! NICHTS ALS DEINE SCHULD ... Einen Freund in den Irrsinn zu entlassen ... Deine Schuld ... Zu bequem, zu feige, zu schwach, zu dämlich, ihn festzuhalten ... »Mensch, Dieter! So läufst du mir nicht aus der Praxis. Bleib!« Er hatte es nicht gesagt ... »Laß uns das alles durchreden. Das schaffen wir schon.« – Auch nicht.

Und Freund?

Die ganzen Jahre zuvor – konntest du noch wirklich mit ihm reden? Der unaufhaltsame Aufstieg des Dieter Reissner, was hattest du damit zu tun? Hast du dich um ihn gekümmert, ihn einmal freiwillig angerufen? Er aber, ja, er kam. Kam immer. War plötzlich da.

»Noch einen.«

Der junge Mann zog eine resignierte Grimasse. Sollte er ...

Dieter tauchte unerwartet bei dir auf, zog seine Schau ab, gab Ratschläge, wollte dir irgendwelche Promi-Kunden aufschwatzen – und blieb trotzdem immer irgendwie schüchtern, als erwarte er etwas von dir. Und dann der letzte Besuch. Seine Angst ...

Wieder beschlich Jan Herzog das Gefühl, der Freund stehe hinter ihm, so nah, daß er seinen Atem spüren müßte ... Aber da war kein Atem. Da war auch kein zweites Gesicht im Spiegel. Da war nur er ...

Er sieht dich an! Er ist da! Er kann nicht anders! Wo soll er denn hin? Wem könnte er schon etwas erklären? Dir, ja ... Aber hast du irgendwann einmal den Versuch gemacht, ihn richtig zum Sprechen zu bringen – oder auch nur ihm zuzuhören, ehrlich zuzuhören?

Du hattest ja soviel um die Ohren! Und Freunde? Gibt's das heute noch? – Damals war's anders ... Sie steigen die Rotwand hoch, haben sie geschafft, erreichen endlich das schmale Felsband, von dem aus es in den Kamin geht. Sie kauern sich nieder ... Da ist Dieters dünnes Lächeln, sein blasses Gesicht, die von der Anstrengung bläulichen Lippen: »Ich muß doch verrückt sein! Wieso tu ich so 'nen Scheiß?«

»Ach, Dieter, nimm 'nen Schluck Tee. Dann geht's weiter.«

»Klar. Aber warum?«

»Weil's dir Spaß macht.«

»Jan! Entweder hast du den Arsch offen, oder du bist blind. Ein gescheiter Doktor wirst du nie. Spaß soll's mir machen? Du, ich hasse diese sinnlose Krampferei. Ich hasse den Fels! Ich hasse es, eine idiotische Wand hochzuklettern, wenn man die Sache bequem mit der Seilbahn erledigen kann.«

»Aber ...«

»Kein Aber. Willst du noch was wissen: Ich hasse das nicht nur, ich habe auch noch eine Heidenangst. Ich mach' mir fast die Hosen voll, jawohl. Ich kann doch noch nicht mal da runtersehen, ohne daß es mir schwindelig wird.«

»Und wieso hast du das nie gesagt?«

»Wieso, wieso ... Weil ich mich nicht blamieren wollte. Und schon gar nicht vor dir, meinem besten Freund.«

»Wir können wieder absteigen«, hatte er vorgeschlagen.

Und Dieter? Den Kopf hatte er geschüttelt: »Jetzt erst recht nicht. Jetzt machen wir weiter ...«

Rio Martin hatte den richtigen Riecher gehabt: Der Fall war nichts für ihn. Er hätte den Hörer im »Le Café« gar nicht in die Hand nehmen dürfen oder Stockmann sofort zum Teufel schicken müssen, aber dazu war's zu spät.

Sein Hintern schmerzte. Der Nacken auch. Die Luft im Wartezimmer – absolut unerträglich! Da hockte er nun und blätterte dieselbe verdammte Frauenzeitschrift zum dritten Mal durch. Dieses Mal von hinten. Um ihn drängelte und quengelte es, Stuhl an Stuhl. Drei Patienten hatten sich sogar auf die Fensterbank gesetzt. Bis auf ein Do-it-Yourself-Magazin war jede Zeitschrift beschlagnahmt.

Rio sah auf seine Uhr: Dreißig Minuten schon! – Keine einzige mehr, dachte er und stand auf. Zum Golfen war's zu spät. Er würde nach Hause fahren, die Redaktion anrufen, den Auftrag zurückgeben, fernsehen, lesen – oder, wenn's schon nicht anders ging, sich das Material für die Skinhead-Serie vorknöpfen. Auch nicht gerade umwerfend, das Thema, aber es entsprach immerhin den Erwartungen, die seine Leser an ihn stellten. Und es war ein bundesweites Thema. Aber ein bescheuerter ACS-Manager, dem nichts Besseres einfiel, als Frau und Kind zu erschießen, wen interessierte das schon außerhalb Münchens?

Außerhalb Münchens? – Außerhalb Harlachings ...

Wieder kamen Leute durch die Tür. Die Praxis lief. Aber aufgerufen wurde niemand.

Dieser Herzog hatte vielleicht ein System! Sollten sich seine Patienten bis um neun Uhr abends hier auf den Zehen stehen?

Er ging hinaus und stellte sich an die kleine weiße Resopalabtrennung, hinter der die Sprechstundenhilfe saß.

»Hören Sie, Dr. Herzog scheint ja nun wirklich ziemlich lange aufgehalten worden zu sein.«

»Ja, stimmt.« Sie verzog das müde Gesicht zu einem blassen Lächeln. »Ich kann es auch nicht verstehen. Sonst meldet er sich in solchen Fällen immer.«

»Ich schaue später nochmals vorbei.« Es war eine als Höflichkeitsfloskel getarnte Lüge. »Vielleicht können Sie mir dann einen Termin geben.«

»Sie können auch anrufen. Hier, bitte. Morgen fängt doch das Wochenende an ...«

Sie schob ihm eine Karte zu. Auch Herzogs Privatnummer war aufgedruckt. Er erkannte, daß sich seine Wohnung im selben Haus befand wie die Praxis.

»Vielen Dank.«

Er ging die knarrenden Stufen hinab, betrachtete eine Sekunde andächtig die hübschen Jugendstilornamente an der Tür, zog sie auf – und gab die Klinke nicht aus der Hand ...

Was sollte das denn?!

Von der Hausschwelle, auf der er stand, bis zur Fahrbahn jenseits der grauen Betonplatten des Bürgersteigs waren es nicht mehr als vier Meter. Und genau dort, wo er hinsah, schleuderte gerade mit qualmenden Reifen ein Wagen. Es war ein kleiner roter Opel Corsa. Auch der Wagen hinter ihm und ein grauer Transit, der auf der zweiten Fahrspur herankam, ließen die Reifen quietschen.

Genau in seiner Blickrichtung aber, in der Mitte der Furt,

die die blockierenden Autoräder geschaffen hatten, saß ein Mann auf dem Asphalt und starrte ihn an. An dem verschwommenen Blick erkannte Rio sofort, daß er betrunken war. Er hatte ein mageres Gesicht, graue Haare, tiefliegende, dunkle Augen – ein gutgeschnittenes Gesicht, zweifellos, doch darüber lag wie ein maskenhafter Firnis die Starre des Alkohols. Der Mann war besoffen ... Sitzt besoffen um fünf Uhr mitten im Stoßverkehr und krabbelt auf dem Asphalt herum!

Rio rannte los.

Nun sah er auch den Aktenkoffer. Der Mann war in die Hocke gegangen, bückte sich danach, verlor sofort das Gleichgewicht und drohte, zur Seite zu rollen.

»Ja, wo sammer denn?«

Der Fahrer des Transit streckte einen hochroten Kopf aus dem Führerhaus heraus. »B'soffen am Nachmittag! Ja, dös hat mer gern ... Schaffen S' den Mann da weg, eh i durchdreh! Schaffen S' ihn weg!«

Er ließ den schweren Motor aufdröhnen.

Es war kein Akten-, dies war ein Arztkoffer! Und Rio Martin wußte nun, wem er gehörte und wer es nicht einmal fertigbrachte, von der Fahrbahn wegzukommen. Am Griff hing ein kleiner Anhänger: »Dr. Jan Herzog«.

»Kommen Sie, ich helf' Ihnen.« Er schob seinen Arm unter Herzogs Achsel und zog ihn hoch.

»Mein Koffer ...«

»Hab' ich doch schon. Jetzt kommen Sie!«

Herzog taumelte, verzog das Gesicht zu dem fragenden, staunenden Lächeln aller Betrunkenen dieser Welt. Der Kopf pendelte, aber er ließ sich schleppen. Und er war schwer.

Keuchend postierte Martin den Rücken des großen, hageren Mannes an eine graue Zementsäule.

»Vie... vielen Dank ... Ich bin Ihnen wirklich sehr verbunden. Das war sehr freundlich von Ihnen ...«

»Ja«, sagte Rio »aber es ist noch nicht zu Ende.«

»O doch ... Ich wohne hier.«

»Das weiß ich, Herr Doktor. Sie wohnen hier. Aber wie wollen Sie in die Wohnung kommen?«

»Oh ... das ist kein Problem. Wissen Sie, ich ... ich muß mich entschuldigen ... bin etwas durcheinander ... Ich habe einen schweren Verlust erlitten ... Wenn Sie verstehen, was ich meine ...«

Herzog setzte sich in Bewegung – jedenfalls wollte er sich in Bewegung setzen –, hielt die Arzttasche hoch, doch der Arm konnte das Gewicht nicht halten und begann zu pendeln.

Rio nahm ihm die Tasche ab und hakte sich bei ihm ein. »Nun kommen Sie schon. Es ist wirklich nicht weit. Und es ist auch nicht schwer. Sie müssen sich nur ein bißchen auf mich stützen, ja?«

Rio hörte die Spülung rauschen. Er lehnte sich zurück und sah sich in dem großen Raum um: sehr viele Bücher, wenig Möbel, hübsche, moderne, eigentlich sehr fröhliche Bilder an der Wand. Die Stereoanlage, das TV-Gerät – die Wohnung eines Junggesellen. Nichts, das auf die Existenz einer Frau oder gar einer Familie hingewiesen hätte. Doch! Über dem kleinen Naturholzsekretär hingen Kinderfotos. Geschieden – ist die Diagnose für den Doktor, geschieden, gestreßt, einsam ... Und was den Alkohol oder andere Katastrophen anging, schien er auch nicht besonders belastungsfähig.

Jetzt kam Klappern aus der Küche. Und da war er auch schon: das Gesicht fahl, die Haare struppig und naß. Ein Handtuch hatte er sich um den Hals gelegt, und in den Händen hielt er eine große Flasche Mineralwasser und zwei Gläser. Gehen konnte er auch wieder ...

»Auch ein Wasser? Tut mir leid, außer Alkohol ist nichts im Haus. Und den kann ich nicht mehr sehen.«

Er stellte die Flasche und die Gläser auf den Sekretär und griff zum Telefon, das dort stand. Er legte die Hand über die Muschel, als schäme er sich für das, was es zu sagen gab. »Ja, schicken Sie die Leute nach Hause. Erzählen Sie ihnen, was Ihnen einfällt ... Aber es geht nicht, glauben Sie mir, Myrte ...«

Er legte auf und ließ sich auf das kleine, zweisitzige Sofa fallen, das an der Wand stand.

»Sie sind ein netter Mensch, Herr ... Herr ...«

»Martin.«

»Ein sehr, sehr netter Mensch – alles, was recht ist. Klauben wildfremde Ärzte von der Fahrbahn und bringen sie nach Hause. War ein ganz schönes Stück Arbeit, hier rauf in den dritten Stock ...«

»Wissen Sie, was das Schlimmste war, Doktor: Ihre Angst, einer Ihrer Patienten könnte Ihnen über den Weg laufen.«

»Ist doch verständlich, oder? Die vertrauen mir doch. Die denken doch nicht daran, daß ich mich am hellen Tag vollaufen lasse. Aber es war nicht allein der Whisky, ich hatte einen leeren Magen.«

Er sprach jetzt klar, obwohl er bei manchen Worten mit der Zunge anstieß. »Aber ich brauchte das. Ich hatte einen ziemlichen Schock zu verdauen ... Es war einfach ...«

Er unterbrach sich. Er wartet, daß du gehst, dachte Rio, doch genau das wirst du nicht tun ... Einen ziemlichen Schock zu verdauen? Der Schock – Reissner?

Seine Hand griff nach dem Zahnstocher im Hemd, aber er ließ sie wieder sinken. Schweigen.

Dann kam Herzogs Stimme, ganz leise: »Haben ... haben Sie jemals das Gefühl gehabt, daß jemand – ich meine, jemand, den Sie nicht sehen – Ihnen zusieht?«

»Den ich nicht sehe oder den ich nicht sehen kann?«

»Den Sie nicht sehen können.«

Er hatte den Oberkörper nach vorne gebeugt und beide

Hände zwischen die Knie geschoben, als müsse er sie wärmen.

»Tut mir leid«, Rio stand auf, »mit Wasser kann ich nichts anfangen, Herr Doktor. Aber was hielten Sie davon, wenn ich uns beiden in der Küche einen Kaffee mache?«

Eine Antwort wartete er gar nicht ab.

Die Küche war groß, hell und penibel aufgeräumt. Die typische Junggesellen-Küche. Rio ließ die Kaffeemaschine laufen, nahm zwei Tassen, füllte sie, verzichtete auf Zucker und brachte sie zurück.

Herzog sah ihm entgegen – und sah ihn doch nicht. Sein Kopf lehnte gegen die Sofalehne.

»Hier ...« Rio schob ihm den Kaffee zu. Herzog lächelte dankbar und nippte.

»Herr Dr. Herzog, jemand, den Sie nicht sehen können, der Ihnen aber zusieht – das ist ein Gespenst.«

»Mag sein«, flüsterte der Arzt. »Ein Gespenst ... Ich bin kein Spiritist. Und von diesem ganzen esoterischen Kram halte ich wenig. Aber vielleicht ist da doch was dran? Sie wissen doch ...« Er hatte Schwierigkeiten, sich auszudrücken, der Mund öffnete und schloß sich wieder, dann legte er den Kopf schief. »Sie haben doch sicher schon von diesen Theorien gehört, daß die Seele eines Menschen sich nach dem Tod nicht sofort von dem Ort löst, an dem er lebte. Und je dramatischer sein Ende ist, desto schwieriger wird dieser Vorgang ... Vielleicht ist das gar nicht so abwegig.« Er lächelte blaß. »Natürlich müßte man sich zuvor darüber verständigen, ob es so etwas wie die ›Seele‹ überhaupt gibt. Aber heute, heute habe ich das ganz starke Gefühl ... ach, es gibt so viele Fragen, die wir nicht beantworten können, nicht wahr?«

Rio betrachtete das dunkle, dichte Haar und die grauen Fäden darin. Reissner? ... Er kann nur Reissner meinen. Reissners Seele, Reissners Gespenst. – Iris hatte schließlich erzählt, daß er mit ihm gut befreundet war ...

Es blieb trotzdem ein Schuß ins Blaue, als er fragte: »Denken Sie an Herrn Reissner?«

Jan Herzog nickte, nickte, wie Betrunkene nicken: langsam, bedächtig und ohne aufzuhören.

»Ich denke an Dieter. Die ganze Zeit denke ich an ihn. – Aber Sie, wie kommen Sie darauf?«

»Daran ist nichts Übersinnliches.« Rio hielt seine Tasse in der Hand und rührte im Kaffee. »Seinetwegen bin ich hier.«

»Sie?«

»Ja. Ich wollte wissen, was geschehen ist. Ich wollte wissen, was ihn dazu getrieben hat.«

»Wieso wollen Sie das wissen?«

»Beruflich, Herr Doktor.«

»Beruflich? – Polizei?«

»Presse.«

Der Kopf sackte nach vorne. Eine lange Pause entstand. Rio hörte, wie Herzogs Atem schwerer und schneller wurde. Seine Hand preßte sich auf den Magen. Ganz plötzlich stand er auf, stürmte hinaus, und dann kam, worauf Rio schon gewartet hatte: Würgegeräusche ... Herzog erbrach sich. Die Wasserspülung lief im Bad.

Es dauerte lange, bis er zurückkam. Er hatte sich einen blauen Bademantel umgeworfen, die fahle Farbe war aus seinem Gesicht gewichen, und er sah gesünder aus. Die Augen waren klarer.

»Entschuldigung ... Aber das Zeug mußte schließlich raus.«

Er setzte sich in den zweiten Sessel, Rio gegenüber. »So, Presse? Leute wie Sie müssen ja wohl sein, nicht? Und Sie wollen wissen, was ihn dazu getrieben hat? Ich weiß, was ihn dazu getrieben hat. Ich kann – ich könnte es Ihnen sagen ...«

»Sie müssen. Nicht mir, aber der Polizei. Und ich kann Ihnen auch den Namen des Mannes nennen, der den Fall untersucht.«

»Den Fall«, wiederholte Herzog bitter. »Der Fall Reissner … Reissner war nichts als ein verzweifelter Mensch, der die Orientierung verloren hat …«

Er betupfte sich mit dem weiten Ärmel seines Bademantels die Stirn. Dann sprach er weiter, und seine Stimme war jetzt ganz klar: »Dieter Reissner und ich waren Freunde. Freunde aus der Studienzeit. Er machte Karriere, und wir sahen uns sehr lange nicht. Aber dann, vor etwa sechs oder sieben Jahren, trafen wir uns zufällig in der Stadt. Seither hielten wir einen losen Kontakt. Irgendwie waren wir zu verschieden, um noch eng befreundet zu sein. Und irgendwie haben wir auch zu verschiedene Lebensrichtungen eingeschlagen, verstehen Sie?«

»Ja.«

»In den letzten zwei, drei Jahren kam er häufiger zu mir. Na, sagen wir jeden Monat einmal. Er hatte einen schweren Autounfall erlitten. Beckenbruch und alles mögliche andere. Sie haben ihn wieder einigermaßen zusammengeflickt, aber irgendwie spielte dieser Unfall eine ziemliche Rolle. Er war – nun, eine Art Zäsur in seinem Leben, verstehen Sie? Er kam mit immer neuen Beschwerden an. Oberflächlich gesehen hatten sie mit seinen gebrochenen Knochen überhaupt nichts zu tun. Schnupfen, Kreislaufstörungen, gelegentliche Schwächeanfälle … Dann ziemlich schwere Grippen, eine Pulmonie. Nun ja, man konnte dagegensteuern, es war nicht so schwierig. Was ihn am meisten beschäftigte, war dieser allgemeine Tonus-Abfall, die Kreislaufstörungen … Es beschäftigte ihn nicht nur deshalb, weil er ein sehr sportlicher Mensch war, nein, es ging ihm um den Job. Eigentlich ging es ihm immer um den Job. Er gehörte zu den Leuten, die sich durch ihre Arbeit definieren.«

»Ja«, bestätigte Rio, »das habe ich schon gehört.«

»Er wollte, er mußte einfach immer powern. Wahrscheinlich wollte er sich ständig irgend etwas beweisen.

Wieso, das habe ich nie genau herausgefunden. Aber nun ging das nicht mehr so recht. Er verlor Gewicht, eine Darmsache kam hinzu. Mir blieb einfach unklar, welchem Krankheitsbild ich sie zuordnen sollte. War das ein einfacher Infekt, war es eine virale Geschichte ...«

Er machte wieder eine Pause, als bereite ihm das Sprechen Mühe. Sein Blick streifte Rio – aber er war weit weg. »Gut, ich schlug eine umfassende Untersuchung vor. Doch Dieter hatte ja nie Zeit. Irgendwie erschien mir die Sache dann immer sonderbarer. Nein, eigentlich stimmt das nicht. Ich hatte einen präzisen Verdacht. Aber der erschien mir vollkommen unmöglich. Trotzdem wollte ich ihn ausräumen. Und zunächst wollte ich das wohl eher für mich.«

»Welchen Verdacht hatten Sie?«

»Gleich ... Ich schickte also neue Blutproben ans Labor. Wie gesagt: Ich wußte, daß mein Verdacht ziemlich absurd war. Allerdings, aus heutiger Sicht, was heißt da schon absurd? Aber damals, sehen Sie, damals gab's für mich einen ganz entscheidenden Punkt: Dieter hing an seiner Familie. Vor allem hing er an seiner Frau. Vielleicht, daß ihm Sex nicht sehr viel bedeutete und daß es ihm deshalb besonders leicht fiel, treu zu bleiben. Zu diesen Spesenkrüppeln von Managern, die in jedem Club die Puppen tanzen lassen müssen, nur um zu zeigen, was für tolle Typen sie doch sind, gehörte er jedenfalls nicht. Treu zu sein war für ihn – nun ja, so was wie Selbstverständnis und moralische Forderung zugleich. Verstehen Sie, was ich meine?«

Rio hielt die Hände verschränkt. Ein Wort drängte sich ihm auf. Das Wort hieß: AIDS.

Er sprach es nicht aus. Er dachte es nur. Das also ist es, dachte er und wartete auf die Bestätigung. Das ist es: Reissner hatte Aids! Und als er es erfuhr, lief er Amok ...

Dr. Jan Herzog starrte ihn aus dunklen, rotgeäderten Augen an: »Ich hatte sein Blut zum HIV-Test gesandt. Das war vergangene Woche. Dann fuhr er nach Sachsen. Zuvor aber rief er mich an. Er brauchte neue Mittel, um seine Verdauung zu regulieren. Ich schickte ihm ein Ärztemuster durch ein Taxi ... Wir telefonierten noch mal. Ich sagte ihm dabei, daß ich einen neuen Test machen lasse – das heißt, ich umschrieb es, redete eine Menge um den heißen Brei herum, aber er hatte begriffen und lachte mich aus: Du spinnst ja!«

»Und dann?«

»Dann, dann kam er von seiner Sachsen-Reise zurück. Gleich nach der Landung, noch von der Autobahn aus, rief er mich an.«

»Sie hatten das Test-Resultat inzwischen bekommen?«

»Ja. Ich hatte es bekommen. Positiv ... Er kam zu mir in die Praxis, und ich sagte es ihm. Vor allem aber sagte ich ihm, daß dies noch lange nichts zu bedeuten habe. Es gibt so viele HIV-Positive, die jahrelang, ja schon weit über ein Jahrzehnt mit der Krankheit leben. Es gibt welche, bei denen sie gar nicht zum Ausbruch kommt ... Das alles wollte ich ihm erklären. Er ließ mir keine Chance dazu. Er rannte einfach weg.«

»Und Sie konnten ihn nicht ...«

Rio beobachtete, wie Dr. Herzogs Hände zu zittern begannen, jetzt flogen sie richtiggehend, so daß er sie in einer gewaltsamen Bewegung auf die Knie preßte.

»Das ist es doch! Und ich frage es mich ja auch. Die ganze Zeit frage ich es mich ... Natürlich habe ich versucht, ihn zurückzuhalten. Aber eben nur versucht! Ich hätte Gewalt anwenden müssen. Doch wie? Mir ist nichts eingefallen. Ich dachte, er kommt schon zur Vernunft. Aber er kam nicht ... O nein, er kam nicht zur Vernunft ...«

Wieder dieses Schweigen. Und wieder ein paar Worte, die Rio nicht verstand. Sie waren leise, langgedehnt. Herzogs Kopf sank nach vorne.

»Meine Schuld, meine verfluchte Schuld ... Ich hätte ihn

retten können ... Er war doch mein Freund. Ich hätte ihn retten müssen ...«

Rio schwieg. Was gab es auch zu sagen? Nur eine Frage gab es noch: Wo, wenn er verdammt noch mal so wenig von Sex gehalten hatte, wo hatte sich Reissner angesteckt? Wo hatte er sich das todbringende Virus geholt?

Zweites Buch

Der Tatendrang des jungen Ministers war von niemandem zu stoppen.

Zunächst wurde er in Bonn nur bespöttelt, dann nannte man ihn »naiv«, schließlich »ein Phänomen« – zu Recht, denn alle seine Vorgänger waren an der massiven Abwehrfront gescheitert, die die Mediziner- und Pharma-Lobby gegen jede Veränderung errichtet hatte. Unter dem atemberaubenden Tempo aber, mit dem der Minister seine Gesundheitsreform vorantrieb, zerbröckelte die Mauer, und es gelang ihm, die sinnlos um sich selbst rotierende, zutiefst korrupte Ausgabenmaschinerie des deutschen Gesundheitswesens anzuhalten.

Nachdem ihm dies gelungen war, hatte er Versicherungen und Staat zehn Milliarden gespart, Ärzte wie Arzneikonzerne in ihre Schranken verwiesen, sich eine Unmenge Feinde und den Ruf eines »Drachentöters« eingehandelt.

An diesem Herbstmorgen des Jahres 1993 war nichts von seinem üblichen gelassenen Selbstbewußtsein zu spüren. Er hatte die Presse in sein Ministerium gerufen. Doch wo blieben die Scherze, wo das übliche jungenhafte Lächeln? Er wirkte angeschlagen. Die Worte kamen nur zögernd über seine Lippen, er war blaß, und unter den Augen zeigten sich dunkle Schatten.

»Meine Damen und Herren, ich habe Sie hierher gebeten, um Ihnen einige Eröffnungen zu machen. Und ich kann Ihnen gleich versichern, daß dies zu den unangenehmsten Aufgaben gehört, die mein Amt mir bisher gebracht hat.«

Dann wurden die Sätze zu Hammerschlägen.

Die Korrespondenten schalteten ihre Tonbandgeräte ein. Da war kaum einer, der den Bleistift berührte. Sie lauschten nur. Niemand stellte zunächst eine Frage.

Was der Minister in kurzen, dürren Worten mitteilte, schien zu unglaublich: Das BGA, das Deutsche Bundesgesundheitsamt in Berlin, eine Mammutbehörde, die in ihrer Verwaltung und in den verschiedensten Instituten über dreitausend Mitarbeiter beschäftigte und überdies zu den angesehensten medizinischen Aufsichtsbehörden der Welt zählte, sollte neu organisiert und dem Minister persönlich unterstellt werden. Der Präsident und weitere leitende Beamte waren entlassen. Ihnen drohte ein Disziplinarverfahren. Der Grund: »Mangelnde Funktionsfähigkeit in einem hochsensiblen Bereich«.

Der »hochsensible Bereich«? Menschenblut …

Das BGA war der Gesundheitswächter der Nation und als solcher nicht nur dem Gesundheits-, Umwelt- und Verbraucherschutz verpflichtet, es hatte auch dort für strikteste Kontrolle zu sorgen, wo Blut gewonnen und verteilt wurde; wo Organisationen und Privatfirmen auftraten, um aus dem Lebenssaft die Präparate herzustellen, ohne die es für Bluterpatienten, Frischoperierte oder Unfallopfer keine Chance gibt.

Gerade dieser »hochsensible Bereich« aber schien zum Milliarden-Roulette verkommen zu sein. Unmengen an Korruptionsgeldern waren geflossen, Überwachungen versäumt, Warnungen in den Wind geschlagen, wirksame Tests fehlerhaft oder überhaupt nicht angewandt, Kontrollen verwässert worden.

Dazu war nun der schlimmste aller denkbaren Fälle eingetreten: In den Blutbanken der Krankenhäuser, des

DRK und der anderen Verteilerorganisationen tauchte Aids-verseuchtes Blut, tauchten Aids-verseuchte Blutprodukte auf, wurden von Produzenten plötzlich »Rückrufaktionen« angeordnet.

In ohnmächtiger Resignation hatten seit einem Jahrzehnt die unter der Bluterkrankheit leidenden Menschen feststellen müssen, mit welch leichtsinniger, ja verlogener Beschwichtigungspolitik das Berliner Gesundheitsamt und die ihm angeschlossenen Fachgremien allen Bitten und Forderungen der Bluterverbände begegnete. Bereits im Jahr 1985 war die Hälfte der Hämophilen an Aids erkrankt. Und das BGA ...? Die notwendigen Test- und Dekontaminierungstechniken seien noch nicht ausgereift gewesen! Jetzt aber habe man alles unter Kontrolle, denn schließlich: Ein unvermeidbares Restrisiko sei bei keiner pharmazeutischen Produktion zu vermeiden, es betrage aber höchstens eins zu einer Million.

Lügen, Selbsttäuschung? Nur langsam wurden die Konturen des größten Medizinskandals des Jahrhunderts sichtbar: eines Komplotts zwischen der Industrie, die in Europa wie in den USA ihren Wirtschafts- und Renditeinteressen das Leben Tausender von Menschen opferte – und einer mit ihr verfilzten Pfründe-Hierarchie, die den Tod derjenigen in Kauf zu nehmen schien, zu deren Schutz sie verpflichtet und vereidigt worden war ... Es zeigte sich, daß Thomas Drees, der Vorstandsvorsitzende eines großen amerikanischen Pharma-Unternehmens, recht hatte, als er sagte, die Milliardeninteressen der Industrie hätten mit Duldung der zuständigen Behörden dafür gesorgt, daß wirksame Maßnahmen zum Schutz Tausender von Patienten unterblieben.

Im bösen Schatten der Kartelle und Komplotte vollzog sich der Untergang der Opfer ... Viele blieben stumm, schwiegen aus Scham, an der »Schwulen-Pest« zu leiden, andere verzichteten gegen erbärmliche Summen auf »jeden Anspruch gegenüber Dritten«, während bereits wieder neue Opfer über Industriepräparate angesteckt wurden ... Die Bluterkrankheit beruht auf einem angeborenen Mangel an dem Gerinnungseiweißfaktor VIII. Die Folge: Das Blut verdickt sich nicht, kommt nicht zum Stillstand. Die Herstellung der F-VIII-Präparate wurde zum großen Geschäft ...

Über viele verhängnisvolle Jahre hinweg wehrten sich jedoch nicht nur die Faktor-VIII-Hersteller, sondern auch die Plasma- und Blutbanken mit allen Mitteln gegen die Kontrollauflage, das aus unkontrollierten Quellen stammende Blut müsse geprüft werden. Das Ergebnis war: Der Aids-Tod hielt seinen Einzug in die Operationssäle ...

Den Verantwortlichen der Industrie wie der Aufsichtsbehörden mußte spätestens seit dem Frühjahr 1983 klar sein, daß die Aids-Seuche für die Produktion von Blutpräparaten katastrophale Folgen haben konnte und daß es deshalb allein darum gehen konnte, unschuldige Opfer vor dieser Springflut des Todes zu schützen. Es gab die Waffen: Die Möglichkeit, Blutprodukte zu sterilisieren, bestand seit Jahren und war schon wegen der Gefahren der Hepatitisinfektion von Bedeutung geworden.

Aber ob Gelbsucht oder Aids, die Industrie lief gegen alle Auflagen Sturm, die ihre »wirtschaftliche Freiheit« beeinträchtigte. Unter ihrem Druck sprach schließlich selbst das Bundesgesundheitsamt von einem »vernachlässigbaren Restrisiko von eins zu einer Million«.

Endlich, nachdem immer mehr Menschen sich infiziert hatten, wurde 1985 die allgemeine Dekontaminierung angeordnet. Aber selbst dann, und weit bis in das Jahr 1986 hinein, verzichtete man auf eine Kontrolle der Durchführung.

Schließlich wurde sie eingeführt, und schon zeigte sich an neuen Todesfällen, wie lückenhaft die Auflagen befolgt wurden.

So entstand die größte Arzneimittelkatastrophe der Geschichte, gleichzeitig aber auch ein menschliches Drama, das ungezählten Unschuldigen, ob Patienten oder infizierten Angehörigen, Glück und Leben raubte und wie kein anderes die Abgründe menschlicher Profitgier und Gleichgültigkeit auszuleuchten vermochte.

Zehn Jahre hatte es bei uns gedauert, bis endlich ein Minister den Mut fand, den Augiasstall auszumisten ... Der Todesschatten »HIV-Virus« schien über alle Bürger zu fallen. Der große Aids-Skandal war geboren ...

Der Satz: »Der große Aids-Skandal ist geboren« stammt von dir, dachte Rio Martin. Du hast doch damals deinen Kommentar im »NEWS KURIER« so betitelt ...

Es war Sonntagmorgen. Und schon spät.

Rio lag in der Badewanne und versuchte nachzudenken. Ein Skandal wie dieser, dachte er, geht zwar ab wie eine Rakete, die Leute regen sich auf, die Auflagen steigen, das Fernsehen überschlägt sich, ein Minister steigt auf die Barrikaden, Köpfe rollen, ein paar Millionen werden an die Opfer verteilt, um ihren Tod in Raten ein bißchen zu erleichtern – und dann ist Schluß. Der nächste Skandal wartet schon an der Ecke. Oder die nächste Korruptionsaffäre, die nächste Wahl, Massenentlassungen, Skins und Asylanten, Rezession, Ärger mit den Mieterhöhungen, Wohnungsnot – oder es kommen einfach nur die neuen TUI- und NUR-Prospekte, die Ferien stehen ja schließlich vor der Tür, denn ein bißchen Entspannung braucht der Mensch, nicht wahr?

Und alles ist vergessen!

So läuft das doch! Wer mit dem Elend leben muß, sollte sich hüten, darüber nachzudenken. Vergessen ist angesagt – nein, Verdrängen. Darin sind wir sowieso Weltmeister. Nur dir ist das nicht erlaubt. Du bist Reporter, und deine Aufgabe bleibt, dir jede Aussage, jedes Detail einzuprägen. So lange wenigstens, bis das Blatt auf dem Markt ist ...

Und dann, dann hat sich auch das.

Rio Martin schloß die Augen. Er fühlte sich schlapp. Durch den Entlüftungsschacht draußen vernahm er das Plätschern des Kanals. Das kleine Haus lag hinter einer großen, efeubewachsenen Mauer. Gleich nebenan war der Englische Garten. Rio liebte das alles und segnete fast täglich seine Tante, die Schwester seiner Mutter. Sie hatte ihm das Haus vermacht, einschließlich dieses Monsters von Badewanne, das ihm in schwierigen Lagen mehr und mehr zur Fluchtburg geworden war. Den Bach hörte man kaum, aber die Enten. Die Enten machten Krach, denn drüben an der Brücke begann jetzt die morgendliche Prozession der Spaziergänger. Von oben wurden die Enten mit Brotbrocken bombardiert.

Klar denken, befahl sich Rio. Du hättest, bei Gott, besser eine kalte Dusche genommen nach dieser Nacht ...

Kurz nach eins hatte Vera endlich aus Hamburg angerufen, eine äußerst aufgekratzte Vera. Sie hatte gerade eine dieser Hamburger Partys hinter sich gebracht: »Gar nicht steif und langweilig, Rio, sensationell! Das war lustig, sag' ich dir.« Und die Ateliers dort würden auch nicht Ateliers genannt, sondern »Lofts«. Und außerdem solle er sich doch mal ehrlich überlegen, was München ihm denn bringe, wo Hamburg doch so viel besser sei. Und was die Presse angehe ... »Mensch, ich hab' da jede Menge Zeitungs-Heinis getroffen. Auch jede Menge Kollegen aus meinen Fernsehtagen. Wieso suchst du dir nicht hier ein Blatt, in Hamburg?«

»Aber klar doch!«

»Die zahlen ja auch besser, Rio ...«

»Da such' ich mir lieber 'nen neuen Job.«

»Zum Beispiel?«

»Script-Boy oder so was ... Gibt's doch auch in männlich, nicht?«

Vera war Script-Girl gewesen und litt noch heute darunter, daß sie es nicht bis zur Regisseurin gebracht hatte.

»Rio? Was hieltest du davon, wenn ich hier noch 'ne Woche dranhänge?«

Das war dann zuviel gewesen. Er hatte den Hörer aufgelegt, um in einen unruhigen Schlaf, dann in einen Alptraum zu verfallen, von dem ihm nur eines haften geblieben war: eine Stimme. Eine hallende Stimme, so als rede von einer hohen Kanzel in einem gewaltigen Dom der Priester. Nein, so als spreche Gott.

Aber es war nicht Gottes Stimme, es war die Stimme dieses sonderbaren Dr. Jan Herzog. Sie sprach von Schuld, von Reue und Schuld: meine, deine, unsere Schuld ...

Klar denken! befahl er sich und gab seiner Handbürste einen Schubs, so daß sie in Richtung Knie davonschaukelte.

Das Thema heißt: Reissner. Wo hat er sich angesteckt? Was haben wir denn bis jetzt?

Also nochmals: Erstens, Reissner war HIV-positiv ...

Zweitens, Reissner war seiner Frau treu, bumste nicht durch die Gegend, war also wenigstens in diesem einen Punkt ein Muster an Sauberkeit.

Drittens, Reissner drehte durch, erschoß sich und seine gleichfalls moralische Ehefrau und anschließend seine Tochter. Er ging also ganz schön weit. So weit, wie Hysteriker in ihrem Sauberkeitsfanatismus nun mal gehen ...

War es das allein? Gab es nicht auch reale Gründe? Und was die Infektionsquelle angeht – wie hoch war die Wahrscheinlichkeit ... Himmelarsch, er hatte sich doch schon mal mit dem Thema beschäftigt! Es gab doch Zahlen! Eine davon hatte er noch ganz klar im Kopf. Sie lautete: »Bei Schwangeren wird die Wahrscheinlichkeit einer Übertragung des HIV-Virus der Mutter auf das ungeborene Kind auf fünfzehn bis zwanzig Prozent eingeschätzt.«

Woher hast du das? Richtig: Letztes Jahr, Juni ... Olsen

wollte eine Serie über Aids-Kinder bringen, bekam aber zum Glück dann doch kalte Füße und ließ die Finger davon.

Rio allerdings hatte mit den Recherchen schon begonnen und dieses Kind besucht … Wie hieß es noch? Angela … Auch noch Angela! Fünf Jahre alt. Ein Gesicht, das nur noch aus mit Haut bespannten Knochen bestand. Das Gesicht eines winzigen Greises. Aber die Augen! Diese großen Augen …

»Höchstens noch zwei Wochen«, hatte die Frau gesagt, die es streichelte. »Dann hat sie alles hinter sich …«

Es war schrecklich gewesen! Die Stille. Die zugezogenen Vorhänge. Der Geruch der Medikamente. Und die Frau, die sich über das Kind beugte und mit beiden Händen den Kopf umschloß. Angela – er hatte gedacht, »Engel« heißt das. So sehen Engel aus …

»Das Schlimmste«, sagte die Mutter, »war nicht die Krankheit, das waren die Menschen. Im Kindergarten haben die anderen Kinder sie getreten, stellen Sie sich das vor … ›Aids-Bankert‹ haben sie geschrien. Und die Heimleiterin meinte, Kinder seien nun mal so. Da sei nichts zu machen. Sie war froh, daß ich Angela wieder nach Hause nahm. Und dann die Anrufe, die Briefe: ›Euch fackeln wir noch alle ab.‹ – ›Ihr gehört vergast.‹ – und so weiter …«

Sie sprach ganz ruhig. Ihr Name war Bühler – ja, Ursula Bühler. Von Beruf war sie Schmuck-Designerin. Sie hatte keinen Mann, doch sie hatte Angela adoptiert, als die Kleine sieben Monate alt war. Jetzt sagte sie: »Ich dachte, irgendwie schaffen wir beide das. Irgendwie kommen wir durch. Und jetzt … jetzt bin ich froh, daß es bald vorüber ist …«

Rio Martin erinnerte sich nicht, einen Menschen je so bewundert zu haben wie diese ruhige, stille Frau in dem abgedunkelten Zimmer.

»Trotz allem, Sie können mich für verrückt halten oder

nicht: Die Jahre mit ihr waren die schönste und die wichtigste Zeit meines Lebens. Ich habe so viel gelernt ...«

Er trocknete sich ab, rasierte sich, massierte das Gesicht, stieg in irgendwelche Freizeitklamotten, setzte den zweiten Kaffee des Morgens auf und fühlte sich dennoch nicht besser.

Die Unterlagen von damals mußten irgendwo im Archiv liegen. Nur – wo? Es ging nicht um Angela, nicht um ein Kind, es ging um die Zahlen. Wenn die Reissner-Story in diesen Rahmen paßte, würde sie tatsächlich interessant werden. Wo nur, Himmelherrgott noch mal, hatte sich der Mann angesteckt?

Rio Martin zog Schubladen auf, stöberte in Hängetaschen, wühlte sich durch Aktenhefter – vergeblich. Er nahm nochmals eine Tasse Kaffee, begann von neuem – und wurde fündig: Hier! Das Aids-Material! Tonbandabschriften, Presseverlautbarungen, Zeitungsausschnitte. Alles in einem alten, stabilen Karton verstaut, der einst Büchsenmilch enthalten hatte und ihm nun als Endstation für Unterlagen diente, die er noch nicht ganz für abfallreif befunden hatte.

Er stellte den Karton auf den Tisch.

Und gerade als er ihn ausräumen wollte, läutete die Türklingel. Die Optik des Türspions verzerrte das kantige Gesicht Bruno Arends zu einer Art Frankensteinfratze.

Rio öffnete wortlos.

»Na endlich«, knurrte Bruno und ging an ihm vorbei.

Rio folgte ihm ins Wohnzimmer. Bruno Arend war gut einen Kopf größer als er, Ringerschultern, ein mit Liebe gepflegter Bierbauch; doch mit seinen fast sechzig Jahren machte er einen ganz passablen, ja sportlichen Eindruck.

Er betrachtete Rio kritisch: »So ein scheußliches Spinatgrün! Ja, wie siehst denn du aus, Junge? Vielleicht suchst du dir mal andere Klamotten, oder du gehst zum Arzt.«

»Wieso denn das?«

»Wieso das? Noch nicht in den Spiegel geguckt? – Doch, rasiert bist du ja. Weißt du, wie du auf mich wirkst? Wie der selige Kinski in seinen letzten Jahren.«

»Red doch keinen Scheiß!«

»Den redest doch du! Wer hat mich angerufen? Wie war denn das gestern?«

»Ich weiß. Tut mir leid, ich hab's völlig verschwitzt. Aber es lief plötzlich alles durcheinander. Ich hatte mir noch vorgenommen, dich anzurufen, aber ...«

»Ah, hattest du dir das vorgenommen? – Ich bin trotzdem an den See gefahren. Kenn' dich doch ... Heute morgen mußte ich wieder rein, um dem Kleinen die Schulaufgaben zu holen, die er vergessen hat. Und da dachte ich, ich schau' mal bei dir vorbei und kontrolliere, ob du noch bei Trost bist. Scheint nicht der Fall zu sein.«

»Bin ich auch nicht, Bruno.«

Bruno Arend ließ seinen Fotografenblick über die Biedermeiermöbel wandern. »Und Vera?«

»In Hamburg. Gestern nacht hat sie mich angerufen und mir vorgeschlagen, Zeitung und Stadt zu wechseln. Ich sagte, ich wechsle besser den Job.«

»Ärger? Was ist mit deiner Geschichte?«

Rio versuchte zu erklären, Bruno hörte gelangweilt zu, verpestete die Luft mit einer seiner ewigen Zigarren. Rio zweifelte, ob sein Fotografenhirn begriff, um was es ging. »Paß auf, Bruno ...«

Das Summen des Telefons unterbrach ihn, und er dachte – Vera! Aber es war die Stimme aus dem Alptraum: Herzogs Stimme. Sie klang nicht wie Gott, sondern zögernd, leise, und doch entschlossen.

»Ich hoffe, ich störe Sie nicht«, sagte der Arzt.

»Wieso denn? Ich wollte Sie sowieso anrufen, Herr Doktor. Ich wußte nur nicht, ob es noch zu früh ist.«

»Es ist Mittag«, erwiderte Herzog sachlich. »Hören Sie,

Herr Martin, ich habe mir vergangene Nacht alles durch den Kopf gehen lassen. Ich konnte überhaupt nicht schlafen.«

»Mir ging's ähnlich.«

»Na gut. Aber Sie wissen nicht meinen Grund. Es hat mit Dieters Tod zu tun. Da gibt es noch etwas ...«

»Und?«

»Hören Sie«, sagte Herzog, »Reissner hat zwar seine Frau, sein Kind und sich selbst ermordet. Aber im Grunde war er schon tot, ehe er sich die Kugel durch den Kopf jagte. Er wurde zweimal ermordet. Aber das erste Mal waren es andere ...«

»Das klingt nach ganz starkem Tobak, Herr Dr. Herzog.«

»Ist es auch.«

»Könnte es sein, daß er bei dieser Operation damals mit HIV infiziert worden ist? Ich habe mich die ganze Zeit mit dieser Frage beschäftigt, deshalb stelle ich sie Ihnen jetzt.«

»Es ist die richtige Frage«, kam es zurück.

»Ach ja? – Doktor, die Geschichte ist ein bißchen zu kompliziert, um sie am Telefon zu diskutieren. Könnten wir uns nicht treffen? Hätten Sie nicht Lust, mit mir in der Florians-Mühle einen kleinen Frühschoppen zu nehmen?«

»Auf einen Frühschoppen habe ich wahrhaftig keine Lust. Aber vielleicht wäre es gar nicht so schlecht, sich zu treffen.«

»Sagen wir – in einer halben Stunde. Schaffen Sie das?«

»Ich glaube schon.« Es klickte. Er hatte aufgehängt.

Rio sah Bruno Arend an: »Hast du deine Kamera dabei, Bruno?«

»Immer. Im Kofferraum.«

Er erläuterte Bruno, wer der Anrufer gewesen war, und sagte: »Wir sollten dort besser nicht gemeinsam aufkreuzen. Ich nehme an, das würde ihn stören. Er ist ziemlich fertig. Reissner war sein Freund. Umgekehrt, man weiß nie … Es wäre ganz gut, wenn du sein Foto im Kasten hättest.«

»Fürs Archiv, was?«

»Immer fürs Archiv«, grinste Rio. Er spürte, wie sein Kopf sich klärte. Die alte Maschine kam in Schwung, der Blutdruck stieg. »Paß auf, wir fahren am besten mit zwei Wagen dorthin. Du schießt ihn ab und verdrückst dich. Wir telefonieren uns dann wieder zusammen, okay?«

»Herrlicher Auftrag!« Bruno erhob sich. »Ich frag' mich immer, wieso ich mich mit einem Typ wie dir überhaupt beschäftige. Das frage ich mich übrigens seit Jahren. Und bin noch immer nicht dahintergekommen …«

»Vielleicht ist es mein Charisma«, antwortete Rio ironisch und ging ins Schlafzimmer, um sich anzuziehen …

Die Florians-Mühle lag am äußersten nördlichen Ende des Englischen Gartens; ein Biergarten, der in letzter Zeit in Mode gekommen war. Meist standen auf dem Parkplatz die Nobelkarossen, doch heute war es ziemlich leer. Ein frischer Wind war aufgekommen, und es sah aus, als würde es bald wieder regnen.

Die beiden Männer stiegen aus. Von den vielen Tischen im Garten waren nur drei besetzt. An zwei saßen Pärchen.

Abseits, unter einer der großen Kastanien, ein einzelner Mann: Herzog.

Rio steuerte auf ihn zu, der Arzt merkte es noch nicht einmal.

»Guten Morgen, Doktor!«

Nun sah er hoch. Vor ihm stand ein Glas Milch.

Rio deutete darauf und grinste: »Schlimm.«

»Ach«, meinte Dr. Jan Herzog und lächelte freudlos, »ein bißchen Aspirin regelt alles. Es gibt Schlimmeres …«

Rio zog den Stuhl näher an den Tisch und setzte sich. »Dann reden wir doch gleich vom Schlimmsten.«

Jan Herzog nickte. »Ja. Und es ist wahrscheinlich eine unglaubliche Sauerei.«

»Und wer hat die zu verantworten?«

»Wenn ich das wüßte ...«

»Aber wie stellen Sie sich den Ablauf vor? Sie sind der Fachmann. Ich bin in solchen Dingen nicht besonders firm.«

»Ja, der Ablauf ...« Herzog seufzte. Sein Gesicht war aschgrau. Er schloß die Augen und legte die Hände auf den Tisch. Rio kaute an seinem Zahnstocher. »Es wird so gelaufen sein wie in vielen anderen Fällen auch. Sie haben es ja gelesen oder im Fernsehen gesehen ...«

»Ich habe sogar darüber geschrieben.«

»Na also! Dann wissen Sie auch, welche ungeheuren Schlampereien bei der Spenderblutverarbeitung geduldet worden sind, mit welcher unglaublichen Frechheit und Geldgier irgendwelche Schweine, Raffkes, Spekulanten, denen es nur um eines ging – um Geld –, es möglich machten, daß Unschuldige sich infizierten.«

»Und bei Reissner meinen Sie, daß dies auch der Fall sein könnte.«

»Ich meine nicht nur, ich weiß das jetzt. Sagen wir, ich weiß es zu neunundneunzig Prozent. Alles deutet darauf hin.«

»Die Operation?«

»Was sonst? Ich bin zwar Allgemein-Praktiker, kein Chirurg, ich kenne auch den Operationsverlauf nicht. Aber ich weiß eines: Eine Operation im Becken- und Hüftgelenkbereich, dazu eine so lange, kann, nein, muß sehr blutig verlaufen. Unfallverletzungen tendieren ohnehin dazu. Für mich gibt es also nur eine einzige Erklärung: Dieter hat sich das Virus aus einer Blutkonserve geholt ... Herrgott noch mal, ich könnte mich verfluchen, daß ich nicht sofort darauf gekommen bin! Aber Dieter hat ja über den Unfall kaum gesprochen. Er bog jedes Gespräch, das auf dieses

Thema zusteuerte, sofort ab. Und so habe ich nicht gefragt, ich Idiot. Ich hatte es sogar fast schon vergessen. Unverzeihlich ... Aber gestern nacht ist es mir eingefallen, verstehen Sie?«

Ob er verstand? – Klar! Was gab es da zu verstehen? Rio spuckte den Zahnstocher aus. Drüben, hinter einem der Fliederbüsche, hockte Bruno. Er hatte eine Maß Bier vor sich. Die Kamera lag neben ihm auf einem der grüngestrichenen Klappstühle. Wahrscheinlich waren die Aufnahmen schon gemacht.

Bruno hat es hinter sich, dachte Rio und verwünschte den Kollegen. Doch entschlossen wandte er sich wieder Herzog zu. »Sie kennen die Klinik, in der Reissner operiert wurde?«

»Kennen? – Ich war nie dort. Aber ich glaube, mich daran zu erinnern, daß es das Max-Ludwig-Krankenhaus war. Einmal hat er den Namen erwähnt. Eine Privatklinik. Der Chef ist ein gewisser Dr. Labek. Der Laden hat einen ziemlich guten Ruf, Labek übrigens auch. Er soll ein blendender orthopädischer Chirurg sein, heißt es.«

»Heißt es ...« Rio sah zu Bruno hinüber, der aufgestanden war und sich den Kopf kratzte.

»Herr Dr. Herzog, warum fahren wir nicht hin? Sie als Arzt könnten doch Ihre Interessen geltend machen. Schließlich war Reissner Ihr Patient – und Ihr Freund dazu! Operationsprotokolle werden doch aufbewahrt, nicht wahr?«

»Zwanzig Jahre. Aber was wollen Sie dort? Außerdem ist heute Sonntag. Heute gibt's überhaupt keine Möglichkeit, irgend etwas zu unternehmen. Eine Privatklinik hat sonntags nur ihre Notbesatzung. Montag geht's dann meist voll rund. Und ob ein Klinikchef mir als praktischem Arzt seine Unterlagen aushändigt, ist auch äußerst fraglich. Nein, es ist beinahe ausgeschlossen. Vor allem, wenn es um so etwas Brisantes geht ...«

»Na ja.« Rio zuckte mit den Schultern. »Macht auch nichts, Herr Dr. Herzog. Es gibt auch andere Wege.«

»Ihr Freund von der Mordkommission, nicht wahr?«

»Ja«, bestätigte Rio, »mein Freund von der Mordkommission. Und am Montag in der Frühe werden wir dort aufkreuzen – das heißt, er wird aufkreuzen.«

»Aber Sie geben mir Bescheid, nicht wahr? Sie können sich doch denken, wie sehr mich das alles beschäftigt.«

»Ich kann es mir nicht nur denken, Herr Dr. Herzog, ich weiß es. Dieter Reissner war Ihr Freund ...«

»Vielleicht bist du wirklich so schwer von Begriff ...« Jürgen Cenitza sagte das im Ton lässiger, nachsichtiger Geduld. »Das gibt's ja, daß sich einer selbst auf der Leitung steht. Okay, ich sag's dir also nochmals. Und ganz langsam: Raus! Eine Fliege will ich sehen, eine ganz schnelle Fliege, sonst ...«

»Was?«

Cenitza schob das Kinn vor.

»Na, was denn?« fragte der Typ provozierend.

Cenitza legte die Fischkonservendose, die er in der Hand gehalten hatte, als der Typ aufgetaucht war, in die Mitte des Tisches.

Der Typ war klein, schmal, gerade einen Meter siebzig. Zu seinen Tennislatschen trug er ein paar lächerliche, mit roten Rosen bedruckte Strumpfhosen und darüber einen dunklen Pulli. Und als ob das alles noch nicht reichte, hatte er die fettigen Haare zu einem Zöpfchen gebunden.

Da stand er also, im Gang, an der dritten Reihe der Blutspenderliegen, und grinste.

»Na, was denn?«

Ruhe, sagte sich Jürgen Cenitza. Nur nichts verderben. Kein Krawall ... Es war ein ruhiger, stiller Abend. Und Cenitza hatte eine Menge vor. Auch im großen Bürohaus war es still, zu still für seinen Geschmack. Die Arbeit hatte er sich gemütlich vorgestellt: Zuerst ein paar Happen essen, ein Bier dazu, und dann nochmals rüber an den Aktenschrank. Die wichtigsten der Blutspenderakten lagen bereits vorsortiert auf dem Tisch. Da waren sie alle drin, Name um Name, die Fixer von St. Georg, die Stricher und Junkies.

Jahr um Jahr ließen sie sich von »Bio-Plasma« abpumpen. Fünfzig Mark pro Sitzung. Und die Herren in Bernhagen machten dann das große Geschäft. Nun, Cenitza hatte die Sicherheitsschlüssel. Und im Aktenschrank steckte noch mehr, da war er sich ganz sicher. Aber was er bereits hier hatte, war Explosivmaterial. Sprengwert: ein paar Tonnen Dynamit.

Er hörte die Stimme immer noch: »Wir machen die Hamburger Außenstelle leider dicht, Herr Cenitza. Angesichts der Umstände ist es leider ausgeschlossen, daß wir Ihren Vertrag verlängern.«

Eilig hatten sie's, morgens schon kam der »Bio-Plasma«-Laster aus Bernhagen, und nicht nur die Liegen würden verschwinden und die Zapfausrüstung – die Akten auch. Sollten sie das Zeug doch holen! Er brauchte nur noch die Kamera draufzuhalten, und der ganze Bernhagener Verein mit seinen fettgefressenen Bonzen würde in die Luft fliegen. So einfach war das …

Nur mit diesem Clown hier hatte Cenitza nicht gerechnet. Konnte er gar nicht. Ja, wie denn? – Doch Freak oder Junkie, seine Chance ließ er sich von dem Kerl nicht vermasseln!

Jürgen Cenitza stand auf. Die Neonröhren über den Liegen waren abgeschaltet. Für die Arbeit reichte die Beleuchtung an der Datentheke.

Ganz exakt konnte er das Gesicht des anderen nicht ausmachen, sein Grinsen aber schon, und nach dem, wie er sich aufführte und wie er angezogen war, konnte er durchaus zu den Stammkunden vom St.-Georg-Platz gehören. Nun, das hatte sich geändert. Neue Zeiten waren angesagt. Und den Pennern und Strichern wurde der Hahn zugedreht.

Dem hier war das wohl noch nicht einmal klar. Dabei stand's draußen an der Haustür.

»Wie bist du überhaupt hereingekommen?«

Cenitza spürte die Wut in den Schläfen pochen. Aber er stand jetzt, stand in seiner ganzen Länge, und es war ihm gleich wohler. »Na, los schon ...«

Keine Antwort.

Er machte zwei Schritte, winkelte den rechten Arm ab. »Ich hab' dich was gefragt.«

Der Typ ließ ein leises Kichern vernehmen. »Yes, Massa. Großer weißer Massa fragt kleinen Kanaken-Boy. Großer weißer Massa will wissen, wie kleiner Kanaken-Boy ins Haus kommt ... Kleiner Kanaken-Boy hat viel, viel Angst ...«

Das alles wurde von einer von Kichern unterbrochenen, hohen, unnatürlichen Stimme herausgepreßt.

Der hat sich doch tatsächlich noch eine Spritze gesetzt, dachte Cenitza. So, wie der herumgeiert ... Total verrückt ist das! Aber so was hast du auch schon erlebt. Nichts gibt's, was du in dem Laden nicht mitgemacht hast. Typen im Vollrausch, Typen auf dem Trip, Nutten, Türken, Polen, Stricherhuren, Hausfrauen, Penner ...

Er kam langsam in Fahrt und genoß es. Dem Clown würde er das Maul stopfen. Knallhart. Und keiner würde danach fragen. Mit dem Laden hier, dieser Drecksbude, war er sowieso fertig. Allgemeingefährlich war das, jawohl! Sah man ja! Schluß mußte sein. Und er, Jürgen Cenitza, würde dafür sorgen!

Wutentbrannt setzte er sich erneut in Bewegung.

»He, he! – Großer Bwana!« kicherte es ihm entgegen. »Was willste von kleinem Kanaken?«

»Kleiner Kanake? Bekifftes Arschloch ... Von dir will ich

jetzt nur eines: Ich will wissen, wie bist du reingekommen? Die Tür war zu. Na, los schon!«

Er wollte zuschlagen, schlug – doch mit einer leichten, fast tänzerischen Bewegung wich der andere aus. Nun sah Cenitza ihn genau: Mageres Gesicht, an die dreißig. Ganz miese Type, das sah man. Aber bekifft war der nicht.

»Die Bude ist zu, du Scheißer. Hier ist nichts mehr zu holen für schwule Pisser wie dich. Ist das klar? Na los, red schon!«

Aber es gab nichts zu reden. Nicht für Cenitza, nicht für den anderen. Es ging alles so blitzartig, so schattenhaft schnell, lief vor Cenitza ab wie ein verschwommener, aus einem übertourenden Projektor ausgestrahlten Film: Der Typ, dieses Zopfgespenst in seinen Blumen-Leggins, war mit einem jähen, gewaltigen Sprung an Cenitzas ausgestreckten Fäusten vorbei auf eine der gepolsterten Spenderliegen aufgesprungen, tanzte dort oben herum wie ein verrückt gewordener Derwisch.

»Red schon! – Ha, ha, Massa ...«

Cenitza drehte sich nach links – schnell, doch nicht schnell genug. Der Mann sprang, überflog den breiten Gang zwischen den Reihen der Spenderliegen, war jetzt links von ihm. Dann ...

Nein, Cenitza begriff nicht, wie es geschah und wieso das, was geschah, geschehen konnte. Er spürte nur, daß sich etwas um seinen Brustkorb schlang. Der war breit, von Muskeln bepackt, zwei Stunden Bodybuilding jeden dritten Tag. Was änderte, was nützte das? Sein Körper wurde zurück gegen eine der Liegen geschleudert, als hätte er keinen Willen mehr.

Er fluchte, versuchte sich zu befreien. Er schob den Daumen zwischen Brustmuskel und das breite, dünne Kunststoffband, das ihn einschnürte.

Es half nichts. Im Gegenteil: Ein Arm preßte sich gegen seine Kehle. Der Druck war hart wie der Druck eines

Schaufelstiels. »Schwuler Drogenarsch ... War's das nicht?« höhnte die Stimme dicht an seinem Ohr. »Bring das doch noch mal!«

Cenitza schlug wild um sich. Er spürte, wie der Knorpel des Kehlkopfs in seinem Hals gegen das Rückgrat gequetscht wurde. Er wollte schreien – und bekam doch nicht einmal Luft. In einem letzten Aufbäumen schwang er den rechten Arm zurück, und dann war es, als spalte eine weiße Flamme seinen Körper. Sie hinterließ nichts als eine einzige, ungeheure Welle von Schmerz, die seine Schulter hochbrandete. Er reißt dir den Arm aus dem Gelenk! Er kann doch nicht! Er wird ... O Gott ... Ein Knacken wie von morschem Holz, ein Knacken, das jedes seiner Nervenenden aufnahm. Es ist nicht wahr! Er hat ... er hat dir den Arm gebrochen! ... Eine Kette von Explosionen, ein Katarakt unerträglicher Qualen, so groß, daß sie den Schrei in seinem Hals erstickten.

Cenitza würgte. Dann fing er an zu weinen. »Mein Arm ... mein Arm ...«

»Der ist hin«, klang es an seinem Ohr.

Das ist nicht wahr ... kann nicht sein! Oh, tut das weh! Ich werde aufwachen, ich träum' das bloß ... ich wache auf, dann wird es sein wie ...

»Scheißer«, hörte er, »gefällt mir nicht. Das klingt so unhöflich. Wenn schon, sag wenigstens Herr Scheißer.«

Cenitza spürte, wie es warm an seinen Schenkeln hinabrann. Sehen konnte er nicht mehr, die Tränen überspülten jede Wahrnehmung.

»Komm, komm! Viel Zeit haben wir nicht. Sag schon, sag: Herr Scheißer. Versuch's mal.«

Wieder wurde der Arm von einer Welle von Schmerzen erfaßt.

»Herr Scheißer ...«, flüsterte Cenitza.

»Lauter! Ich will es hören!«

»Herr Scheißer! ... Herr Scheißer«, weinte er.

Das Kichern. Der Druck, der sich lockerte. Cenitza fiel auf das Kunststoffpolster der Liege zurück. Die Schmerzen rasten, aus seinem Magen quoll Säure hoch. Mein Gott, lieber Gott ... Warum werde ich nicht ohnmächtig? Laß mich ohnmächtig werden, bitte ...

»Bitte!« schrie er. »Bitte, bitte!«

»Natürlich. Ein bißchen Erziehung kann nie schaden.«

Die Stimme war nicht mehr hoch und piepsend wie zuvor, sie kam klar, hart, schnell. Sie höhnte: »Da war doch noch was. Drogenarsch? ... Das geht nicht. Mußt du verstehen.«

Er sah ihn jetzt, spürte seine knochige Faust. Er kauerte neben ihm. Er war zum Dämon geworden – ein Gespenst, die Augen glühend, die Backenknochen breit, der Mund zu einem schiefen, grauenhaften Mördergrinsen verzogen. Mörder ... dachte Cenitza. Der bringt dich um! – Anni, dachte er, Anni wollte doch kommen. Um neun, hatte sie gesagt ...

Und wieder schrie er.

»Ruhe, Ruhe ... Ich sag' doch, da war noch was. Das Drogenarschloch ... Ohne ›Herr‹ geht das nicht. Na, los schon, sag: Herr Drogenarschloch. – Oh, verdammt noch mal, guck dir das an, du pißt ja! Also ein Pisser bist du selber, und ich bin der ›Herr Drogenarschloch‹ – aber sagen mußt du's.«

»Herr ... Herr Drogenarschloch ...«

»Großartig! Und jetzt ... Was machen wir jetzt?«

Er richtete sich auf. Nun war es kein Grinsen mehr, nun war es ein breites, fast sanftes Lächeln, das über sein Gesicht glitt: »Ich muß dir einfach was beibringen, Pisser. Ist sozusagen meine Aufgabe. Soll ich dir mal zeigen, wie deine Augen von hinten aussehen? Das müßte dich doch interessieren ... Nun komm schon, red, willst du das wissen?«

Es gab nichts mehr zu wissen. Und er konnte nicht

reden. Aus dem blauverfärbten, röchelnden Mund Cenitzas drang nur noch feuchtes, unverständliches Blubbern.

»Na gut, du willst es. Dann zeig' ich's dir ...«

Es waren keine Fingerkuppen, die heranflogen, stahlharte Dolchspitzen waren das. Sie spalteten Cenitzas Augäpfel. Die Welt versank in Rot. Sein Schmerz entlud sich ein einziges, letztes Mal in einem grauenhaften, nicht enden wollenden Schrei, der erst dann abbrach, als der gleichzeitige Druck auf Schlag- und Drosselader die Lebenszufuhr seines Gehirns blockierte ...

Der Mann mit den Rosen-Leggins glitt von der Liege und besah kopfschüttelnd seine beiden blutbeschmierten Mittelfinger. Dann ging er zum Waschbecken neben dem Schreibtisch und wusch sich die Hände. »Drecksau«, murmelte er, als er sie mit dem Handtuch abtrocknete, und sah sich um.

Die Flasche Bier. Der Teller. Die ungeöffnete Konservendose ... »Hering in Paprikasauce«, kicherte er, um dann wieder den Kopf zu schütteln.

Nun entdeckte er die Kameratasche auf einem der beiden Hocker neben dem Tisch. Er nickte zufrieden und hängte den Tragegurt über die Schulter. Auf dem Tisch, neben dem Teller, lag eine grüne Aktenmappe. Er schlug sie auf, blätterte kurz die Papiere durch, schlug die Mappe wieder zu, drehte den Kopf und horchte.

Nichts. Nur das Rauschen der Wagen auf der Neu-Deich-Straße. Er nahm die Aktenmappe, schaltete das Licht aus, schlich auf Zehenspitzen durch den großen Waschraum, der den Blutspendern gedient hatte, und schloß die Tür. Dies alles, ohne einen einzigen Blick auf den Toten zu werfen ...

Eine der Glasscheiben des kleinen Waschraumfensters war säuberlich mit einem Diamantschneider herausgetrennt worden. Sie lehnte am Boden. Der Flügel stand offen.

Der Mann schwang sich hinaus, setzte die Füße auf den Hof und ging langsam, ohne sich umzudrehen, auf die Einfahrt zu. Dort stand ein großer, rotmetallic gespritzter Mercedes der S-Klasse. Die Tür öffnete sich.

»Hat aber lange gedauert, verdammt noch mal«, sagte eine ungeduldige Stimme.

»Ja nun«, meinte der Mann in den Leggins, »ein bißchen Spaß soll ja auch dabei sein, oder? – Hier.«

»Was ist das?«

»Akten. Er wollte sie gerade fotografieren.«

An diesem Montagmorgen ließ Rio den Porsche in der Garage. Noch immer war Vera nicht aus Hamburg zurück, aber falls sie in der Zwischenzeit ankam, konnte sie den Wagen vielleicht gebrauchen.

Herrgott, wieso hatte sie es nicht für notwendig befunden, anzurufen? Er hatte jetzt weder Lust noch Zeit, sich darüber zu ärgern.

Die U 6 brachte ihn zum Rathausplatz. Als Rio mit der Rolltreppe hochfuhr, fühlte er einen feinen, schabenden Schmerz in den Schläfen. Selbst die Sonne, die über dem weiten Rathausplatz lag, stach ihm in die Augen.

Kurz nach zwei. Er zog eine Runde um den Platz. Er fühlte sich besser und ging hinüber zum Haupteingang von »Sport Münzinger«. Er war noch immer zu früh, doch er konnte bereits hinter einer Gruppe japanischer Touristen Novotnys unvermeidliche Lodenjacke und seinen roten Schal erkennen. Es hatte sich zwischen ihnen eingespielt, ja, war zu einer Art Ritual geworden, Treffen wie dieses nie im Präsidium abzuhalten.

»Na?« sagte Rio und deutete auf die Einkaufstasche, die Novotny in der Hand hielt: »Ein Tennisschläger? Willst du wieder aktiv werden?«

»Wollen schon – bloß können ... Tommi hat Geburtstag. Er wollte so 'n Ding.«

Tommi war einer der Zwillinge seiner Schwester. Die wiederum war alleinerziehend, der Mann war ausgezogen, und seitdem bildeten die drei für den Junggesellen Novotny so eine Art Familienersatz.

»Vielleicht sollten wir auch mal wieder, was?«

»Vor allem du«, meinte der Kommissar knapp und warf einen forschenden Blick auf Rios blasses Gesicht. »Aber das ist jetzt nicht das Thema, oder?«

Rio nickte. »Warst du draußen in der Max-Ludwig-Klinik?«

»Ja. Den ganzen Morgen.«

»Und?«

Die große Glastür entließ den neuen Pulk von sportbegeisterten Käufern. Alle trugen sie die entsprechenden Klamotten: karierte Hemden, Freizeitanzüge. Und alle waren sie geradezu aufdringlich aufgekratzt.

»Hast du Lust auf ein Bier, Paul?«

»Wenn schon, dann Kaffee.«

»Na also. Ich auch.«

In dem großräumigen Lokal setzten sie sich ans Fenster. Um sie alte Damen, die gewaltige Tortenstücke vor sich stehen hatten und sich im Flüsterton unterhielten.

Novotny zündete sich eine Zigarette an, Rio kaute an seinem Zahnstocher. »Also? In der Klinik warst du ... Und?«

»Und ... Als ob das so einfach zu erklären wäre! Der Klinikchef, dieser Labek, war gar nicht da. Hat sich zu irgend so einem Chirurgenkongreß abgesetzt. Irgendwas ziemlich Exotisches. Hab' den Namen vergessen ... Arzt müßte man sein. Da fährst du von Seebad zu Seebad, von Strand zu Strand, und im Winter geht's dann nach Davos oder so.«

»Und?« wiederholte Rio ungeduldig.

»Und, und, und ... Der hat einen Stellvertreter, einen Dr. Weißmann. Zuerst versuchte der zu mauern: Archiv im

Keller und OP-Berichte von vor sechs Jahren – äußerst schwierig, äußerst schwierig, Sie verstehen ... Ich mußte ihm mit dem Staatsanwalt kommen, bis er endlich spurte. Und dann kam's: Nix mit Archiv im Keller. Die hatten ihre Berichte ganz ordentlich auf Mikrofilm gespeichert. Er brauchte nur ein bißchen am Computer zu tippen.«

Der Kaffee kam. Novotny verlangte ein Glas Wasser. Dann schüttete er seinen Zuckerbeutel im Zeitlupentempo aus, strich ihn flach und nahm mit wohligem Grunzen den ersten Schluck. Rio hatte Mühe, seine Ungeduld zu dämpfen. »Und weiter?«

»Na ja, im Grunde lief's genau auf das hinaus, was dir dein Freund schon gesagt hatte. Wie hieß der noch?«

»Herzog. Dr. Jan Herzog.«

»Gib mir mal die Adresse.«

Novotny fischte ein Notizbuch aus der Tasche und schrieb Herzogs Anschrift auf. Dann tauchte seine Hand in den Plastikbeutel mit der Aufschrift »Sport Münzinger«, holte ein zusammengefaltetes Blatt Papier heraus und schob es Rio über den Tisch. »Die Höflinger hat das Protokoll schon abgeschrieben. Tüchtig, was? Da hast du eine Fotokopie. Ich muß verrückt sein, daß ich das tue, aber was hilft's? Der Mensch soll zu seinen Schwächen stehen. Versprich mir bloß: Schließ das Ding sofort weg. Am besten verbrenn es.«

»Mach dir keine Sorgen. Ist doch klar ...« Rio schob das Protokoll in seine Brusttasche. »Und was steht drin?«

»Die Nummer 12426, das ist unser Ei«, sagte Novotny und sog an seiner Zigarette. »Ausgerechnet der erste Behälter. Insgesamt waren das zwölf, also bis 12437.«

»Ich versteh' kein Wort.«

»Die Zahlen waren auf Plastikbeutel aufgedruckt. Dieselben Dinger, die du damals im Fernsehen sehen konntest, in jeder Nachrichten- oder Dokumentarsendung. Auch in der Presse ... Kennst du doch.«

»Du meinst Plasmabeutel?«

»Plasma oder Vollblut – die Beutel sehen alle gleich aus. Ich hab' mir das alles angesehen. Jedenfalls ... bei den zwölf Nummern, von 12 426 aufwärts, handelt es sich um Plasma. Sie wurden der Klinik von einer Firma aus Hessen geliefert. ›Bio-Plasma‹ heißt der Laden. ›Bio-Plasma‹ in Bernhagen ... Die Firma beliefert die Klinik noch heute mit ihren wundersamen Erzeugnissen. Als Anbieter ist sie billiger als die anderen. Aber aus irgendwelchen Gründen – dieser Weißmann konnte sie mir nicht nennen – läuft die Zusammenarbeit jetzt aus. Die Max-Ludwig-Klinik hat sich einen neuen Lieferanten ausgeguckt, und ich glaube, daß sie verdammt gut daran tat.«

»Ist ja alles recht und schön, und ich ahne, worauf du hinauswillst. Aber könntest du dich gefälligst etwas schlüssiger ausdrücken?«

»Okay, ganz schlüssig: Reissner wurde mit Plasma aus einem dieser Beutel behandelt. Und zwar handelt es sich um die Nummer 12 426. Das steht im OP-Bericht. Ich habe mir diesen Weißmann dann natürlich vorgeknöpft. Kannst dir vorstellen, was der für ein Gesicht machte, als ich ihm den Fall präsentierte. Wir haben dann nicht nur das LKA angerufen und die Kollegen in Hessen alarmiert, sondern auch gleich das Landes- und das Bundesgesundheitsamt. Wie ich dabei erfahren habe, ist die Firma mit Ausnahme von ein paar kleinen, nicht besonders schwerwiegenden Geschichten bisher unauffällig geblieben. Sie galt als fein und seriös.«

»Das wird sich ändern«, orakelte Rio.

»Vermute ich auch.« Novotny trank seinen Kaffee aus.

»Dafür sorge ich, Paul«, sagte Rio und erhob sich.

»Warum hast du's denn so eilig? Was willst du jetzt überhaupt tun?«

»Na, mir diesen ›Bio-Plasma‹-Laden vorknöpfen, was sonst?«

»Dort sind jetzt schon die Kollegen und stellen denen die Bude auf den Kopf.«

»Na und?« Rio zuckte nur die Schultern.

Das Wohnzimmerfenster stand weit offen, der Briefkasten war geleert. Rio wollte losrennen, überlegte es sich und entschied sich für den gemächlich-gelassenen Gang.

Aber sein Herz klopfte.

Tatsächlich, auch die Haustür war nicht abgeschlossen, und vom letzten Absatz der Eingangstreppe leuchtete Veras rotes Kosmetik-Bag.

»He, Wirtschaft?!«

Er stieß die Tür auf.

»Wirtschaft ist gut. Und was für 'ne Wirtschaft hier herrscht!« hörte er sie schreien.

Sie stand im Flur, zwischen Küche und Wohnzimmertür, und hielt den Topf mit ihren geliebten Hortensien im Arm. Die Haare hatte sie hochgebunden. Unter der runden Stirn und dem Vera-typischen Brauenschwung funkelten ihm die grünen Augen kampfeslustig entgegen: »Einmal am Tag 'nen Spritzer Wasser, hab' ich gesagt. Und jetzt ... sieh sie dir an! Total vertrocknet. Ist das denn so viel Arbeit, 'ner Pflanze ein bißchen Wasser zu geben?«

»Ist das alles, was du an Begrüßung zu bieten hast?«

Sie seufzte, stellte den Blumentopf auf die Konsole und sagte: »Na ja ...« und hing ihm am Hals, und das so heftig, daß der Hortensientopf ins Wackeln geriet und um ein Haar auf den Boden geknallt wäre. »Und die Küche, die sieht vielleicht aus! – Und du?« Sie schnappte seine Hand, zerrte ihn ins Wohnzimmer, legte den Kopf schief und beäugte ihn kritisch. »Und du? Laß sehen, du bist sowieso der Hammer. Siehst aus wie 'n Ascheneimer. Kaum ist die Frau aus dem Haus, feiert der Kerl Orgien. Oder wie soll ich das sehen?«

»Ausgerechnet du!« versuchte er sich zu wehren. »Mit

deinen Hamburg-Partys ... Mir geht's eben nicht so gut, wenn ich alleingelassen werde, kapiert? Ich seh' es als Zumutung. Zu was heiratet der Mensch? Außerdem hatte ich jede Menge Arbeit, abgesackten Blutdruck, Weltschmerz, Streß, einen dämlichen Verleger, einen noch dämlicheren Chefredakteur im Nacken und die beschissenste Story am Hals, die sich denken läßt.«

»Und wegen der mußt du gleich wieder los?«

»Stimmt genau.«

Sie sah ihn nur an und ging in die Küche. »Wie ist das? Willst du 'nen Tee oder was zu essen? Hast du überhaupt schon was gegessen?«

»Ist doch nichts im Haus.«

»Meinst du, ich bin blöde? Ich hab' mir vom Flughafen Aufschnitt mitgebracht und frische Brötchen. Setz dich hin!«

Während sie kauten, schüttete sie ihre übliche Vera-Wundertüte aus: Dieses unmögliche Stück von Gitti ... Und was die für Leute kennt! Und wie lustig es war ... »Das Schlimmste kommt noch, Rio: Ich hab' mich nicht mal nach dir gesehnt. Ich kam einfach gar nicht dazu ...«

»Na, großartig!«

Der Tee half ihm. Oder war es ihr Gesicht? Nein, die ganze Vera half. Er fühlte sich um Klassen besser. »Wieso bist du nicht mit der Frühmaschine gekommen?«

»Noch eine komische Geschichte ...« Als sie damit fertig war, sagte sie: »So. Und jetzt das Sofortprogramm. Bude saubermachen. Dann gehen wir beide ins Bad. Du vergißt deine Story. Dafür gehen wir in die Heia.«

»Von wegen!« Er streichelte ihr Knie.

Sie schob die Unterlippe vor: »Seit wann hast du auch noch dagegen was?«

»Du, ich muß wirklich in die Redaktion.«

Er stand auf, zog sie hoch und küßte sie. Irgendwie war er nicht bei der Sache, selbst jetzt, selbst in dieser Situation flirrte der Name Reissner durch sein Bewußtsein.

»He!« Sie schob ihn von sich. »Hier bin ich. Ich heiße Vera.«

Er nickte schuldbewußt: »Ach Scheiße! Wieso mußte ich diesen blöden Auftrag auch annehmen ...«

»Um was geht's denn?«

So gut es ging, versuchte er zu erklären.

»Aids-Blut?« seufzte sie. »Du meine Güte! Und wo mußt du hin?«

»Erst in die Redaktion, dann in irgend so ein Kaff im Hessischen.«

»Hau doch ab!« Sie schlug ihm die Faust gegen die Rippen. Das Funkeln in den Augen war Zornesfunkeln. »Zieh Leine. Mach, daß du rauskommst. Bist du denn noch nicht weg? Soll ich dir noch 'n Brötchen einpacken?!«

»Komm doch ...« Er küßte sie dorthin, wo er wußte, daß es half: an den Halsansatz. »Nicht eines, zwei Brötchen! Meinst du, ich fahr' allein nach Hessen? Du kommst mit.«

»Ja, spinnst du?«

»Wieso denn? Der Taunus ist eine hübsche Gegend. Und Frankfurt liegt nah. Vielleicht mach' ich mit dir dort einen Boutique-Bummel ...«

»Vielleicht? Meinst du, mit so 'nem Angebot könntest du mich bestechen?«

»Es gibt da tolle Hotels, Vera.«

Sie lächelte, wie nur sie lächeln konnte: »Wir zwei und ein Hotel? Der alte Trick für abgewetzte Ehen – ist es das?«

»Warum nicht?« Rio grinste ...

Widenmayerstraße. Ein graues, großes fünfstöckiges Gebäude. Irgendwo hoch oben in roten Lettern der Name: NEWS KURIER. Im Hof, den Rio gerade durchquerte, warteten die riesigen Zeitungspapierrollen auf die Rotationspresse.

Er ging am Pförtner vorbei und fuhr in den vierten Stock.

»Herr Olsen ist gerade bei Herrn Mahler«, meldete ihm die Sekretärin. »Er meinte, falls Sie auftauchen, sollten Sie doch gleich raufkommen ...«

Mahler, das war sechster Stock. Eckzimmer – das Verlegerbüro, die Machtzentrale.

Als Rio den großen, holzgetäfelten Raum betrat, stand Walter Mahler am Fenster. Er hielt einen Bleistift in der Hand und dozierte. Das schien er nie im Sessel zu schaffen, dazu mußte er stehen. Olsen wiederum hatte den korpulenten Leib bequem in einen schwarzen Ledersessel versenkt und nickte ergeben vor sich hin.

»Ah, da sind Sie ja, Rio!« Der Verleger nickte leutselig. Mahler pflegte sich seine ewig braune Gesichtsfarbe auf den Golfplätzen oder, falls dies das Wetter nicht zuließ, beim Besuch einer seiner beiden Mittelmeervillen, notfalls auch im Bräunungsstudio zu holen. Sie wirkte nun einmal so beeindruckend zu dem Silberhaar und dem schneeweißen kleinen Dreieck seines Oberlippenbärtchens. Rio hatte sich schon oft gefragt, wieso er eigentlich rumlief wie ein Hollywood-Beau aus einem Fünfziger-Jahre-Film. Aber vielleicht bestand seine Frau darauf? Und worauf sie bestand, das war nicht nur in der Grünwalder Villa des Verlegers, sondern oft genug auch im Verlag Befehl.

»Also, Rio, Rio ...«, machte er väterlich, »da haben Sie ja wieder ein dickes Ding aufgerissen.«

»Ich habe es nicht aufgerissen, Sie haben es mir an den Kopf geschmissen.«

»Hm. Wie auch immer, es ist eine ganz schreckliche Geschichte.«

Ja, dachte Rio sarkastisch, eine der ganz schrecklichen Geschichten, mit denen du deine Millionen machst.

»Und in irgendeiner Weise fühle ich mich, nun, sagen wir, davon sehr stark berührt. Diesen unglückseligen Menschen, diesen Reissner, kannte ich zwar nicht, aber sein Chef, Dr. Linder, ist – nun, man kann schon sagen – ein guter Bekannter von mir. Wir gehen oft miteinander golfen. Ein etwas komplizierter Herr, das schon, der typische Wirtschaftsautodidakt ... Na ja, das gehört ja nicht hierher. Was ich nur sagen wollte, und wir sind uns sicher beide darüber im klaren: Diese Geschichte verspricht zwar ein Riesenecho, aber wir bewegen uns dabei auf vermintem Gelände. Es ist also eine gewisse Sensibilität notwendig. Sie wissen schon, was ich meine ...«

Rio wußte, was er meinte. Den Spruch mit dem »verminten Gelände« bekam er fast jedesmal zu hören, wenn Mahler sich herabließ, ihn zu empfangen.

»Herr Olsen meinte, angesichts der Brisanz des Themas wäre vielleicht eine Serie drin, aber da bin ich nicht so ganz seiner Meinung. Wir sollten das Thema durchrecherchieren, gründlich, ganz gründlich, Rio, aber dann doch je nach Erkenntnisstand berichten.«

Das Telefon klingelte. Mahler ging zum Schreibtisch, hob ab und wedelte huldvoll mit der linken Hand.

Sie waren entlassen.

»Dieses verdammte Arschloch«, knurrte der dicke Olsen, als sie im Lift zur Redaktion hinabfuhren. »Weißt du, was der mir gesagt hat? Ich solle auch mit Golf anfangen. Das sei nicht nur für den Kreislauf gut, Golf sei auch ein meditativer Sport. Beim Golfen bekäme man ganz automatisch den notwendigen Abstand zur Aktualität. Und ohne diesen Abstand könne man kein gutes Blatt machen ... Das muß ich mir von so einer Flasche anhören!«

»Dann vergiß es!« riet Rio.

Sie durchquerten das Vorzimmer. Olsen setzte sich nicht, er riß ein Blatt Papier aus seinem Eingangskorb und wedelte Rio damit vor der Nase herum. »Ein Fax. Lüders hat das vor einer Stunde durchgegeben.«

Rio überflog den Text. Ein Mann namens Jürgen Cenitza war ermordet worden. Interessant dabei seien vor allem zwei Dinge, schrieb Lüders. Einmal die unglaubliche Grausamkeit bei der Ausführung, die die Kriminalpolizei auf die Vermutung gebracht hatte, Cenitza oder die Täter könnten im Milieu des organisierten Verbrechens, vielleicht sogar in einer russischen oder chinesischen Mafiabande zu suchen sein. Dem Opfer seien, bevor man es strangulierte, die Augen ausgestochen worden. Zum zweiten aber, das Tatopfer sei Angestellter einer hessischen Pharmafirma gewesen, die sich auf die Herstellung von Blutplasma und Blutpräparaten spezialisiert habe: der Firma »Bio-Plasma« in Bernhagen ...

»Das sind sie doch, die Brüder?« Olsen zog die dicken Augenbrauen hoch. »War doch Bio-Plasma, Bernhagen?«

Rio nickte.

»Da fährst du hin. Möglichst heute abend noch. Ich glaube ja nicht, daß da irgendwelche Zusammenhänge bestehen können, aber fragen kannst du ja mal, welche Funktionen dieser Cenitza hatte.«

Rio schwieg.

»Was dagegen?«

»Natürlich nicht ...« Er hustete, er konnte den Reiz nicht unterdrücken, der Anfall war so stark, daß es ihn in den Sessel warf.

»Na, vom Rauchen kommt das nicht«, meinte Olsen erbarmungslos. »Zahnstocher gehen nicht an die Bronchien ...«

»Aber die Scheißluft in deinem Büro«, schnappte Rio.

»Hast du dein Diktiergerät dabei?«

Rios Augen wurden zu mißtrauischen Strichen: »Du wirst doch nicht etwa jetzt von mir verlangen ...?«

»Doch, Alter! Ich werde. Wir machen keinen Titel daraus, wir bringen's auf Seite zwei. Aber siebzig Zeilen brauch' ich. Sagen wir bis ...«, er blickte auf seine Uhr, »bis vier. Und dann geht's für dich ab – Richtung Taunus.«

Rio hatte den Porsche bis kurz vor Frankfurt geprügelt. Dann konnte er nicht mehr und gab auf. An einer Raststätte tranken sie zwei Tassen Kaffee. Nun setzte sich Vera hinters Steuer. Er schaltete das Bordradio ein. Der Südwestfunk brachte Oldies. Und als das Programm gerade bei Frank Sinatra angekommen war, schlief er ein.

»He, Rio! Komm zu dir.«

Jetzt wußte er, warum ihm plötzlich die Luft ausging: Veras Rippenschläge. Sie beugte sich über ihn und zog ihn zu allem Überfluß auch noch an der Nase.

»Kannst natürlich auch im Wagen bleiben, wenn du das für schöner hältst. Aber wie war das? ... Wer hat da die großen Töne gespuckt von wegen Liebe im Hotel und wie toll das wäre? Du pennst ja schon bei der Anfahrt ein!«

Er schob sich im Sitz hoch und blickte hinaus. Eine verschnörkelte blaue Neonschrift verkündete: »Parkhotel Bernhagen«.

»Das erste Haus am Platz!« lachte sie.

»Bist ein Schatz, Vera.«

»Kannst du wohl sagen. Wenn ich mir vorstelle, daß ich gestern in Hamburg noch bis zum Morgen durchgemacht habe ... Dann ab in den Flieger. Und alles, um zu so einem Haufen Bruchholz zurückzukommen, wie du einer bist. – Was macht's? Vera liebt dich. Vera wird's schon richten.«

»So ist's doch, oder?«

Da küßte sie ihn tatsächlich. Diesmal auf die Stirn. Er war wieder einmal sehr dankbar, daß eine Frau wie sie überhaupt erfunden worden war.

Die Vorhänge wehender Tüll. Draußen vor dem Fenster Bäume. Ulmen, eine Tanne, zwei Birken. Gegenüber an der Wand hing ein Sonnenblumen-Bild. Und er selbst lag in einem mächtigen, geschwungenen Bett aus weißem Schleiflack und hatte einige Mühe, sich darüber klarzuwerden, was er in dieser ganzen Pracht zu suchen hatte.

Er schob sich hoch und massierte erst einmal gründlich beide Augen: Bernhagen? ... Natürlich, »Parkhotel Bernhagen«. Und zehn Uhr war es auch bereits. Im Badezimmer hörte er Plätschern: Vera ...

Zehn Uhr, verdammt noch mal! Wie hieß der Laden doch noch, dem er diese Zumutung verdankte? »Bio-Plasma«, richtig ... Er konnte es natürlich mit einem Überraschungs-Überfall versuchen, aber bei diesem Job war das wohl nicht so gut. Er überlegte, ob er Olsen anrufen sollte, damit der ihm die Anmeldung besorgte: »Hier spricht der Chefredakteur des ›NEWS KURIERS‹. Herr Martin, unser Chefreporter, wird Sie heute morgen ...« Nein, das war's wohl auch nicht.

Rio verlangte den Service, knurrte: »Was heißt hier großes oder kleines Frühstück? Schicken Sie alles, was Sie haben.« Dann verlangte er den Empfang: »Kennen Sie hier eine Firma ›Bio-Plasma‹?«

»Bio-Plasma? Natürlich«, kam es wie aus der Pistole geschossen. »Die Firma ›Bio-Plasma‹ ist ein guter Kunde unseres Hauses. Vierundzwanzig-zwo-fünfzehn, das ist die Telefonnummer der Zentrale. Wen möchten Sie denn sprechen? Ich habe auch die wichtigsten Nebenanschlüsse hier verzeichnet.«

»Phänomenal. Das nenn' ich Service, Herr ... Herr ...«

»Weigert. Mein Name ist Weigert, Herr Martin.«

»Gut, Herr Weigert. Ich hätte gerne die Geschäftsführung.«

»Nun, der Chef bei ›Bio-Plasma‹ ist eigentlich Herr Engel. Soweit ich weiß, ist er aber abwesend. Wissen Sie, Herr Engel reist sehr viel. Der Mann, der ihn vertritt und der eigentlich für alles während Engels Abwesenheit zuständig ist, ist Herr Dr. Hochstett.«

»Dann verbinden Sie mich doch bitte mit Herrn Dr. Hochstett.«

»Einen Augenblick bitte, Herr Martin ...«

Es dauerte wirklich nur einen Augenblick.

»Sekretariat Dr. Hochstett«, meldete sich eine barsche

Frauenstimme. »Wie bitte? NEWS KURIER? Ist das nicht die Zeitung, in der heute dieser Artikel über uns steht?«

Daß sein Bericht bereits im Büro von »Bio-Plasma« vorlag, damit hatte Rio nicht gerechnet.

»Ja«, sagte er. »Und ich habe ihn geschrieben.« Pause. Dann: »Da weiß ich aber nicht, ob Herr Dr. Hochstett Zeit für Sie hat.« Die Stimme hatte Weltraumkälte erreicht.

»Das glaube ich schon.« Rio wurde langsam munter. »Vor allem glaube ich es deshalb, weil es mit Sicherheit im Interesse Ihrer Firma ist, wenn sich Herr Dr. Hochstett die Zeit nimmt.«

»Einen Augenblick bitte ...«

Der Augenblick dauerte sehr lange, so lange, daß Rio bereits versucht war, den Hörer aufzulegen. Aber da war die Stimme wieder: »Haben Sie heute vormittag Zeit, Herr Martin? Es ist nämlich so, daß Herr Dr. Hochstett am Nachmittag weg muß.«

»Natürlich habe ich Zeit!«

»Wo wohnen Sie denn?«

»Im Parkhotel.«

»Gut, das ist ja nicht weit von hier. Sagen wir in einer halben Stunde?«

»Okay. Ich werde mir Mühe geben.«

Er hatte kaum aufgelegt, als es klopfte. Mit dem Servierwagen des Etagenkellners schob sich ein imposantes Angebot an Kaffee, Tee, Toast, Käse, Wurst, Obst und Fruchtsäften in den Raum.

Rio huschte aus dem Bett, warf sich den Bademantel über und fühlte sich so, als habe er ein fernes Trompetensignal erhalten: wohl und obenauf.

Und wie zur Krönung dieses Gefühls erschien auch noch Vera: nackt bis auf das kleine, grünleuchtende Dreieck des Tangas zwischen ihren Beinen. Vom Garten her warf die Sonne einen zärtlichen Schimmer über feuchtglänzende Schultern und feuchtglänzende Schenkel. Das dunkelblonde Haar hatte sie hochgesteckt, die Augen lachten. »So«, sagte sie nach einem kurzen, kritischen Blick, »eine Frühstücksorgie mit nachfolgendem Rest. Vielleicht wird's doch noch was mit uns beiden.«

Er nahm sie in die Arme und streichelte ihren Nacken. Seine Fingerkuppen wanderten über die schmale Kehle des Rückgrats.

Sie erschauerte. »Das würde dir so passen ... Zuerst wird gegessen. Dann sehen wir weiter.«

»Hör mal, so wie du hier rumläufst ...«

»Schließlich muß ich deinen Appetit wachhalten, oder?«

Er küßte ihre Brustwarzen, doch sie entzog sich mit einer Drehung, warf sich in den Sessel und goß Kaffee ein. Sie aßen schweigend und lächelnd.

»Wieso siehst du eigentlich immer auf deine Uhr?«

Rio überfiel das schlechte Gewissen. »Hab' ich das?«

»Schon dreimal.«

»Ach, Vera ... Ich ... ich ... ich habe ...« Er erklärte den Grund.

»Kann ja wohl nicht wahr sein!« Sie starrte ihn empört an.

»Nachher wird's doch noch viel schöner. Wirst schon sehen.«

»Nachher? Da hab' ich mich gesalbt, geölt, gepudert – und du redest von nachher? Es gibt kein Nachher, du Idiot. Wann merkst du dir das endlich? In solchen Sachen gibt es nur das Jetzt ...«

Das Taunusstädtchen Bernhagen lag fünfzig Kilometer von Frankfurt entfernt. Früher mochte es ein Dorf gewesen sein, davon war allerdings nicht mehr viel zu erkennen. Es gab eine Kirche mit einem spitzen Turm. Es gab ein Kriegerdenkmal aus Sandstein und gleichfalls einen Sandsteinbrunnen. Er plätscherte auf dem Marktplatz leise vor sich hin. Die alten Häuser, die sich an den Seiten des

Platzes gruppierten, hatten in ihren Untergeschossen fast ausnahmslos Geschäfte, Boutiquen, Cafés und Kneipen aufgenommen. Sehr elegante Boutiquen. Sehr gepflegte Kneipen.

Im Hintergrund sah man grüne Hänge. Und die wiederum waren bepflastert mit weißen Villen und Bungalows.

Rio ließ den Porsche durch die Kur-Allee rollen – eine schmale, von Platanen gesäumte Straße. Wo es eine Kur-Allee gab, konnte das Kurhaus nicht weit sein. Es interessierte ihn aber nicht.

»Von der Alleemitte geht es rechts ab«, hatte Otto Weigert, der alleswissende Empfangschef des »Parkhotels«, erklärt. »Dann kommt eine Eisenbahnunterführung, die fahren Sie durch, und bei der nächsten Abzweigung halten Sie sich links, den Hang hoch.«

So hielt er sich links und fuhr den Hang hoch. Er brauchte nicht lange zu fahren, bis an der Seite der Straße auf einem Sandsteinsockel ein ziemlich aufwendiges, in Grün und Weiß gehaltenes Schild auftauchte. Das Firmenzeichen zeigte die ineinander verschlungenen Initialen »B« und »P«. Darunter stand BIO-PLASMA BERNHAGEN.

Hundert Meter weiter schoben sich hinter einer mit Blumen bepflanzten Böschung weiße Gebäude hoch.

Rio hatte sich bisher nicht viele Gedanken darüber gemacht, wie ein solcher Betrieb wohl aussehen mochte. »Blut-Klitschen«, »dubiose Spekulationsbetriebe«, »abenteuerliche Pharma-Buden« – so oder so ähnlich hatte die Konkurrenz, hatten sogar die großen Magazine geschrieben. Aber unseriös, fand er, sah's hier nicht aus. Im Gegenteil. Der Betrieb schien ziemlich groß zu sein. Die Gebäude waren in L-Form angelegt. Ein langgestreckter, einstöckiger, fast fensterloser Bau, wohl der Fabrikationsbereich, stieß an ein drei Stockwerke hohes Bürogebäude, das wohl die Verwaltung beherbergte. Dies alles wirkte brandneu, gepflegt und war von einer weißen Mauer umschlossen. In den Fenstern spiegelte sich der Himmel, und auf dem Rasen wuchsen Stiefmütterchen. Selbst der Parkplatz war noch mit bunten Streifen von Blumenrabatten aufgelockert.

Gut vierzig Fahrzeuge, schätzte Rio. Nun ja, überwältigend viele Angestellte arbeiteten hier nicht, aber nach allem, was man sah, schien es »Bio-Plasma« ganz gut zu gehen.

Die erste Überraschung, die ihn erwartete: Es gab nicht nur eine Umfassungsmauer, es gab davor sogar ein Pförtnerhaus. Und einen Schlagbaum, der ihn aufhielt.

Hinter der Scheibe konnte er einen Mann in schwarzer Uniform entdecken. Nun kam er heraus. Kein ältlicher, freundlicher Herr, sondern ein junger, kräftiger Bursche. Er musterte Rio mißtrauisch. »Sie wünschen?«

»Ich habe einen Termin mit Herrn Dr. Hochstett.«

»Kann ich Ihren Namen erfahren?«

»Martin. Rio Martin.«

»Einen Moment bitte ...«

Er verschwand, um zu telefonieren. Einen ziemlichen Sicherheitsaufwand betrieben sie hier. Wieso eigentlich? Wieder mal verwünschte Rio seinen Boß. Ohne sich mit ihm abzusprechen, hatte der Dicke Bruno Arend auf ein anderes Thema angesetzt. Nun, man würde sehen ... Vielleicht würde er bald wieder vor dieser großartigen Werksschranke stehen. Dann aber mit Bruno! – Na, jetzt schob sich das Ding wenigstens hoch!

Rio machte sich nicht die Mühe, einen Parkplatz zu suchen. Er steuerte den Wagen direkt vor den pompösen, sandsteinumrahmten Eingang und stieg aus.

Weit kam er nicht. In der geräumigen Halle, auch sie aufwendig mit Marmorfliesen und einem Bronzerelief aufgemotzt, stieß er auf eine neue schwarze Uniform. »Sie sind der Besucher für Herrn Dr. Hochstett, nicht wahr?«

Rio nickte.

»Wenn Sie bitte dort drüben Platz nehmen wollen ...«

»Und wer kommt dann? Der Chef des FBI oder des Bundesnachrichtendienstes?«

Der Werkschutzmann lächelte ausdruckslos. »Herr Dr. Hochstett wird Sie sofort empfangen. Es dauert nur einige Sekunden ...«

Rio warf sich auf die üppige braune Lederbank neben den Aufzügen. Es dauerte nur einige Sekunden, bis er das Summen und den leisen Glockenton vernahm, der die Landung des Lifts in der Halle ankündigte.

Dies also war Dr. Hochstett: Er trug Jeans, dazu eine Clubjacke, in deren Außentaschen er beide Hände versenkt hatte, als er die Kabine verließ. Groß, sportlich, schlank, nicht unsympathisch, vor allem überraschend jung. Dies war der erste Eindruck. Doch dann, als Rio sich erhob und ihm gegenüberstand, war einiges zu korrigieren: In das blonde, kurzgeschnittene, gekräuselte Haar mischte sich eine Menge Grau. Wie Staub lag es auf dem Blond. Die Wangen waren eingefallen, die fahlbraunen Augen nervös und unstet, Falten standen auf Stirn und an den Mundwinkeln.

»Herr Martin, nicht wahr?« Dr. Hochstett gab Rio nicht die Hand, er machte noch nicht einmal den Versuch. »Wenn Sie mir bitte folgen wollen ...«

Er durchquerte vor ihm die Halle. Und ging hektisch und verkrampft. Er bringt dich in ein Besucherzimmer, dachte Rio, und du hast nicht mal übertrieben: Im Hoover-Gebäude in Washington, dem Sitz der FBI-Zentrale, ging es tatsächlich ähnlich zu. Auch dort wurde möglichst vermieden, daß Fremde in den geheimnisschwangeren Dunst der Diensträume eindringen konnten.

Aber es war nicht einmal ein Raum, in den Rio geführt wurde, es war eher eine Zelle. Das Mobiliar bestand aus einer kunststoffgepolsterten Liege, wie Ärzte sie benutzen, einem grauen Stahlschrank, einem gleichfalls grauen Schreibtisch und zwei Stühlen.

Dr. Hochstett deutete auf einen der beiden Stühle: »Bitte.« Er nahm hinter dem Schreibtisch Platz.

Längst hatte sich Rio abgewöhnt, zu staunen. Der Job ließ das nicht zu. Doch er hatte für jede Situation ein Grinsen. Auch für diese hier.

»Herr Martin ...« Hochstett schenkte ihm einen langen, ausdruckslosen Blick aus seinen Sandaugen: »Warum sind Sie eigentlich nicht zuvor zu mir gekommen?«

»Zuvor?«

Dr. Hochstett griff in die Tasche der blauen, mit Goldknöpfen bestückten Jacke, holte ein zusammengefaltetes Blatt Papier heraus, legte es auf den Tisch und strich es glatt. Es war ein Fax. »Unsere Postverbindungen hier sind nicht allzu schnell. Bis wir den ›NEWS KURIER‹ bekommen, ist es meist mittag. Aber wir haben ein Ausschnittsbüro. Es berichtet über alles, was für uns von Belang ist. Und Sie können sich denken, daß ich Ihren Artikel – nun ja –, daß ich ihn als eine Zumutung empfunden habe.« Er runzelte die Stirn: »Darf ich fragen, von wem Sie die Informationen bezogen haben?«

»Ganz einfach: Von denen, die sie von Amts wegen sammeln.«

»Von der Polizei also?«

Rio nickte.

»Die Polizei war auch schon hier«, bestätigte Hochstett mit saurer Miene. »Gestern. Sie haben uns den ganzen Laden auf den Kopf gestellt.«

»Kann ich mir denken.« Rio nickte zustimmend. »Und jetzt das. Was ärgert Sie denn am meisten daran?«

»Das fragen Sie mich im Ernst?« Hochstett rückte fahrig das Blatt zurecht, beugte den Kopf darüber und hob die Stimme, als er Rios Sätze zitierte:

»ES GEHT HIER NICHT UM DEN FALL REISSNER, UM DIE TRAGÖDIE EINES MANNES, DER IN BLINDER PANIK, VIELLEICHT IN BLINDER LIEBE, KEINEN ANDEREN AUSWEG MEHR FAND, ALS AUSZULÖ-

SCHEN, WAS ER AM MEISTEN LIEBTE – SEINE FAMILIE, DAS EIGENE LEBEN. AUCH DIESE ENTSETZLICHE TRAGÖDIE KANN NICHTS ANDERES SEIN ALS ANLASS, ERNEUT DIE FRAGE ZU STELLEN: WIE LANGE NOCH? WIE LANGE NOCH SIND WIR DAZU VERDAMMT, HILFLOS ZUSEHEN ZU MÜSSEN, WIE UNSCHULDIGE MENSCHEN DER GELDGIER EINIGER BLUT-HÄNDLER GEOPFERT WERDEN, DIE IN IHREN KLITSCHEN …«

Hochstett ließ das Blatt fallen, zog die Nase kraus und wiederholte schneidend: »Klitsche?! – Herr Martin, hier sitzen Sie in so einer Klitsche, nicht wahr? Also, das ist ja nun wirklich sehr stark! Wo war ich nur … ah, hier:

IN IHREN KLITSCHEN DERART LASCH MIT KONTROLLEN UND TEST-SYSTEMEN UMGEHEN, DASS OPERATIONEN UND UNFALL-ERSTVERSORGUNGEN ZUM LEBENSRISIKO WERDEN.«

Angewidert schüttelte er den Kopf. »Jeder hat seinen Beruf, Herr Martin. Ich nehme meinen ernst. Sie anscheinend nicht.«

»Und warum?«

»Warum? Das fragen Sie, nachdem dieser Artikel erschienen ist? Dieses Pamphlet aus Ihrer Feder … Sehen Sie sich doch um. Schon ein oberflächlicher Blick kann Ihnen sagen, daß es sich bei ›Bio-Plasma‹ kaum um eine Klitsche handelt. Nicht nur unsere Produktion, auch die Test-Anlagen, die die Sicherheit unserer Produkte garantieren, beruhen auf den neuesten wissenschaftlichen Erkenntnissen und sind technologisch bis ins Letzte ausgereift. Und was die Kontrolle angeht … Ich kann nicht über unsere Mitanbieter reden, aber bei ›Bio-Plasma‹ verlangt der Eigentümer, Herr Engel, peinliche Genauigkeit. Meinen Sie, mir ist nicht genauso klar wie Ihnen, daß ein Skandal für einen Betrieb wie den unseren nicht nur schädlich, sondern tödlich sein kann? Und da kommen Sie, schreiben diesen Artikel, schicken uns die Polizei ins Haus …«

»Nicht ich«, lächelte Rio geduldig. »Das besorgte die Polizei schon selbst. Aber da wir schon dabei sind: Wo ist denn Herr Engel in dieser so schweren Stunde Ihrer Firma?«

»Ironie können Sie sich sparen …« Hochstett schniefte vor Empörung. »Herr Engel wird schon rechtzeitig eintreffen. Und seien Sie froh, daß er nicht hier ist.«

»Da bin ich mir nicht so sicher.«

»Über was?«

»Daß ich darüber froh bin. Ich hätte ihn wirklich sehr gerne gesprochen.«

Hochstett sprang auf, schnellte hinter dem grauen Stahltisch hoch, als habe er eine Sprungfeder im Leib.

Rio blieb seelenruhig sitzen.

»Haben Sie sonst noch irgendwelche Fragen?«

»Viele.« Rio schlug die Beine übereinander. »Sehen Sie, Herr Dr. Hochstett … Übrigens, darf ich Sie fragen: Bezieht sich der Titel auf ein Medizinstudium?«

»Eine Unverschämtheit. – Was denn sonst? Ich habe Transfusions-Medizin studiert.«

»Entschuldigen Sie schon, es handelte sich ja nur um eine kleine Auskunft, nicht wahr? Was ich sagen wollte: In ähnlichen Fällen – ich meine, wenn es darum geht, daß eine Firma ihre Seriosität unter Beweis stellen will – bin ich es als Reporter eigentlich gewöhnt, daß man mir den Betrieb zeigt. Das ist ja eigentlich auch logisch, finden Sie nicht?«

»Was?« Hochstetts Schläfen färbten sich rot. »Sie glauben im Ernst, daß ich Sie nach allem hier herumführe?«

»Was heißt denn glauben? Ich hielte es, wie gesagt, für logisch.«

Dr. Hochstett starrte ihn an. Und Rio lächelte unentwegt weiter.

»Na gut«, kam es nach einer Pause. »Vielleicht würde Herr Engel so entscheiden.«

»Müßte er eigentlich, Herr Dr. Hochstett. Vor allem, nachdem zu dieser wirklich schrecklichen Reissner-Geschichte praktisch am selben Wochenende auch noch der Mord an Ihrem Hamburger Mitarbeiter hinzugekommen ist.«

»Was soll denn das, Himmelherrgott? Nach dieser Äußerung muß ich wirklich an Ihrem Verstand zweifeln. Was hat denn dieser unglückselige Vorfall ...«

»... mit Bio-Plasma zu tun?«

Rios sadistische Ader war wachgekitzelt: Laß ihn zappeln. Wenn er es schon mit Arroganz versucht, dann soll er auch schwitzen. »Vielleicht kann, nein, muß man hier von einer Verkettung unglückseliger Umstände reden. Unglückselig für das Image Ihrer Firma ... Aber sehen Sie, und das ist nun mal Ihr Pech, ob Sie nun Polizeibeamte oder Reporter vor sich haben: Sie wollen ihren Fall. Sie suchen nach Strukturen, die sie verknüpfen können. Das liegt in der Natur der Sache. Polizisten und Reporter haben eines gemeinsam: Sie glauben so ungern an Zufälle! Zufälle verderben ihnen das Geschäft, wenn Sie verstehen, was ich meine.«

»Ich verstehe kein Wort.« Die Stimme war trocken wie Papier. Und sehr, sehr leise. Die Stimme war wie ein Rascheln.

»Habe ich mir gedacht«, grinste Rio. »Soll ich es Ihnen erklären?«

»Sie meinen, daß der Tod dieses Mitarbeiters, eines Teilzeit-Mitarbeiters übrigens, in irgendeine Verbindung mit den Vorgängen zu setzen wäre, die ... die ...«

Es schien ihn wirklich Mühe zu machen, weiterzusprechen. Und es machte ihm ganz offensichtlich Mühe, seine Gesichtsmuskeln zu beherrschen.

»... die das Auftauchen der Polizei und meinen Besuch Ihrer Firma veranlaßt haben. So wollten Sie doch sagen?«

»Dieser Herr Cenitza hatte in Hamburg Routinearbeiten zu erledigen. Und wie ich schon sagte: Das tat er nur stundenweise.«

»Blut abzapfen. Eine Art Zapfstellen-Betreuer.«

»Ich finde Ihren Ton nicht sehr passend, Herr Martin.«

»Mir ist auch nicht nach passenden Tönen zumute«, konterte Rio und fixierte sein Gegenüber. Hochstett brachte es nicht fertig, seinen Blick zu erwidern. »Wirklich nicht. Aber bitte, wenn Sie mir jetzt die Firma zeigen wollten ... Ich habe keine Ahnung von solchen Betrieben. Ich weiß nicht, wie man aus Blut Medikamente gewinnen kann. Ihre Firma scheint, wenigstens von außen betrachtet, sehr modern zu sein.«

»Sie meinen unsere ›Klitsche‹?«

»Ach«, grinste Rio, »nehmen Sie das doch nicht so ernst! Man sollte nicht jedes Wort auf die Goldwaage legen ...«

»Es war wirklich keine Klitsche ...«

Langsam und mit viel Konzentration zog Rio das Fischmesser durch das weiße, duftende Fleisch seiner Seezunge à la Meunière. Er trennte die beiden Filetstücke, schob sie an den Tellerrand und betrachtete zufrieden den Salat: Spargel, Avocadoscheiben, sogar Nüsse waren darübergestreut.

»Das Wort schon brachte ihn auf die Palme. Und irgendwie kann man das ja auch verstehen. Wenn man da durchgeht – diese Zentrifugen, mit denen sie das Blutplasma von den anderen Blutbestandteilen trennen, die Steuerelektronik, so was läuft ja alles automatisch, weißt du –, wenn du das siehst, Vera, überall Kacheln, Glas, Chrom, Geräte, dann bist du schon ein bißchen beeindruckt. Trotzdem ...«

»Ja? Was denn?«

Vera zupfte ein Blatt Salat zurecht. Aber sie ließ die Gabel liegen. Er wollte etwas loswerden, und da störte es ihn, wenn man dabei kaute.

»Trotzdem, trotz dieses ganzen High-Tech-Hokuspokus wurde mir gleich klar, daß da was nicht in Ordnung ist.«

»Und wie wurde dir das klar?«

Er tippte mit dem Zeigefinger gegen seine Nase. »Hier!«

Schweigend starrte er sie an, lange.

»Nun iß schon weiter, Rio. Deine Seezunge wird kalt.«

Er schien es gar nicht zu hören. »Das alles war irgendwie recht sonderbar. Dieser Hochstett, der um mich herumzappelte und auf mich einredete, all diese weißen Figuren in ihren Overalls. Und die ganze allgemeine Nervosität. An den Kühlschränken, in denen sie ihre Blutreserven aufbewahrten, klebten überall die Amtssiegel. Die Bullen müssen ihnen ganz schön zugesetzt haben. Außerdem ...«

Er brach ab, spießte ein Stück Fisch auf, ließ es liegen und schwieg wieder.

Sie saßen auf der Terrasse des Parkhotels. Zwei Kellner eilten zwischen den Tischen hin und her. Es war angenehm, hier zu sitzen. Von den Hängen strich ein kühler Wind, auf dem grünen Rasen dort drüben, zwischen den Sonnenschirmen, plätscherte ein Springbrunnen. Von irgendwo kam das trockene Plop-plop-plop von Tennisbällen. Und die wenigen Gäste, meist Frauen – gewiß die Ehefrauen irgendwelcher gutbezahlter Manager, die in den Direktionsvillen der kleinen, aber feinen Betriebe der Umgebung zu tun hatten – waren vollauf mit sich selbst beschäftigt.

Rio lächelte Vera an. Doch er war sich noch nicht einmal bewußt, daß er lächelte. Er stand wieder in der langgestreckten, fensterlosen, von Neonlicht durchfluteten Halle, stand dort in einem von einer halbhohen weißen Mauer abgetrennten Abteil. Unzählige farbige Lämpchen gab es hier: Elektronische Anzeigen. Sie flammten auf und erloschen wieder. Sie blinzelten ihn an wie winzige Augen. Um ihn war ein feines elektrisches Summen.

Auf dem Tisch warteten in langen Plastikrahmen Reihen von Reagenzröhrchen. Sie alle waren mit einer dunklen Flüssigkeit gefüllt: Blut. Menschenblut. Blut aus allen Richtungen des Himmels: Blut von Männern, von Frauen, von

Alten, von Jungen, von Gesunden und Kranken. Blut, das den Freiwilligen abgenommen worden war, die glaubten, mit ihrer Spende einen guten Zweck zu erfüllen; Blut aber auch aus den ausgemergelten Körpern derjenigen, die keinen anderen Weg fanden, das Elend ihres Lebens zu lindern, als ihren wertvollsten Besitz zu verhökern.

»Im Schnitt verarbeiten wir hier monatlich vierzehntausend Liter Blut.«

Obwohl Hochstett leise gesprochen hatte – leise, verdrossen, beinahe mechanisch so, als habe er sich entschlossen, den Mann Rio Martin einfach nicht mehr wahrzunehmen und statt dessen sein Besucherprogramm abzuspulen –, schwang Stolz in seiner Stimme: »Vollblut interessiert uns nicht. Das ist Sache des DRK. Wir veredeln das Blut, verarbeiten es zu Produkten, ohne die ein Fortschritt in der Medizin überhaupt nicht mehr denkbar wäre ...«

Vierzehntausend Liter? Hundertachtundsechzigtausend Liter sind das im Jahr! Ein See von Blut, abgezapft, gekühlt, konserviert, durch die riesigen Batterien von Zentrifugen gejagt, die dort drüben hinter den Glasscheiben funkelten.

»Selbstredend wird jeder unserer Spender genau erfaßt – sowohl seine Herkunft und sozialen Umstände als auch der körperliche Zustand werden nach den Richtlinien der Bundesärztekammer kontrolliert.«

Tak-tak-tak ... machte ein Automat und ließ seine Lichter tanzen. Zentimeterweise rückten die Reagenzgläser mit dem asphaltdunklen Blut den behandschuhten Händen der weißvermummten Laborantin entgegen, die ihn bediente.

»Wir sind sehr flexibel, vor allem, was unsere Produktpalette angeht. Sie wird ständig den Markterfordernissen angeglichen. Nun, Plasma ist ein äußerst vielseitiges Ausgangsmaterial ...«

Tak-tak-tak ...

»Plasma ist in hohem Maße eiweißhaltig. Es bleibt zurück, wenn die zellulären Bestandteile, also die roten und die weißen Blutkörperchen, und auch die Blutblättchen abgetrennt werden. Grundsätzlich besteht es zu einundneunzig Prozent aus Wasser. Aber darin sind äußerst aktive biologische Substanzen enthalten: Eiweißkörper, Nährstoffe, Stoffwechselprodukte, Enzyme, Hormone und Vitamine ...«

Rio starrte auf das fettglänzende Fischgerippe und hatte wieder Dr. Hochstetts Stimme im Ohr.

»Wie Sie sehen, tragen alle unsere Mitarbeiter Schutzanzüge. Und dazu Gesichtsmasken. Im Umgang mit diesem Stoff muß auch die kleinste Schlamperei ausgeschaltet werden. Der Automat, vor dem wir jetzt stehen, ist ein Test-Automat. Wir kontrollieren alles. Nicht nur Aids, auch andere Krankheiten können übertragen werden. Hepatitis, Malaria, alles mögliche ...«

Tak-tak-tak machte der Test-Apparat.

»Das Wissen um die Verwendungsmöglichkeiten des Plasmas ist noch relativ neu«, dozierte Hochstett weiter. »Der Durchbruch kam eigentlich erst in den vierziger Jahren. Es waren die Amerikaner, eine Forschergruppe der Harvard University. Dazu kamen neue Erkenntnisse ... Wie auch immer, ohne Blutprodukte wäre die moderne Medizin überhaupt nicht denkbar.«

»Und was sind das für Produkte?«

»Oh, da haben wir zum Beispiel die Immunglobuline. Sie helfen bei den schwersten Infektionskrankheiten. Denken Sie an eine Bauchfellentzündung oder eine allgemeine Sepsis. Immunglobuline räumen mit Viren, mit Bakterien und mit Toxinen auf. Dann natürlich die Gerinnungsfaktoren. Sie kennen ja diese unglückseligen Vorfälle, die die Bluterpatienten trafen und die eigentlich den ganzen Skandal erst ausgelöst haben.«

»Unglückselige Vorfälle« hat er das Furchtbare genannt. Das Wort mußt du dir merken.

»Fehlt einer dieser Gerinnungsfaktoren bei einem Hämophilen, kann es zu lebensgefährlichen Blutungen kommen. Aber auch andere Gerinnungspräparate wie das PPSB-Konzentrat und Fibrinogen werden bei Operationen eingesetzt, wenn es zum Beispiel bei der Geburtshilfe zu Komplikationen kommt. Das PPSB kann auch bei Infarktfällen entscheidend sein, dann nämlich, wenn die gerinnungshemmenden Mittel abgesetzt werden müssen, weil plötzlich eine Operation erforderlich ist. Dann kann es die Gerinnungsfähigkeit des Bluts unverzüglich wieder herstellen. Es wäre noch vieles zu nennen. Da wäre Albumin ... Wenn Sie wünschen, kann ich Ihnen ja Literatur dazu zur Verfügung stellen ...«

Rio kam nicht dazu, etwas zu wünschen. Und es war eine Laborantin, die es verhinderte. Sie war gerade aufgestanden und drehte sich ihm zu.

Tak-tak-tak ...

Ihr Gesicht konnte er nicht erkennen. Es war durch die Maske verborgen. Er sah nichts als die dunklen Augen. »Unsere besondere Spezialität ist die Fraktionierung der Plasma-Bestandteile nach einer ganz neuen Methode«, sagte Hochstett hinter ihm ...

Die Augen der Laborantin sahen Rio an. Und vielleicht war es der weiße Stoff der Maske, der nur diese Augen freigab, der ihren Blick so dramatisch machte.

Was starrt die so? – Was ist mit ihr?

Eine Erinnerung war Rio angeflogen: Vor drei Jahren ... Nach einer Revolte in einer Jugendstrafanstalt hatte er mit Bruno Arend im Gefängnishof gestanden. Die Vollzugsbeamten hatten sie zu einer Gruppe Mädchen geführt. Dort wartete auch die Direktorin. Die Mädchen trugen blaue Sträflingskleider und drängten sich zusammen wie eine Herde verängstigter Tiere, während die Frau mit der Hornbrille ganz leise und ganz sanft versicherte, daß alle Vorwürfe gegen die Anstaltsleitung völlig unhaltbar, ja geradezu lächerlich seien. Rio versuchte die Mädchen auszufragen. Er erhielt keine Antwort. Sie hatten Angst. Aber da war eine Dunkelhaarige, die ihn die ganze Zeit ansah. Und es war eine derartige Intensität in ihrem Blick, der Ausdruck war so stark, so verzweifelt, daß er immer wieder daran denken mußte. Es war ein Blick, der keine Worte brauchte.

So wie dieser. Nein, in dem Gesicht dieser Frau, von dem nichts zu sehen war als die Augen, wirkte die Bitte noch heftiger als damals.

Und Hochstett war noch immer dabei, ihm die einzigartigen Forschungsentwicklungen der Firma »Bio-Plasma« zu erklären.

Die Laborantin hatte eine halbe Drehung zur Seite gemacht, so als wolle sie eines ihrer Instrumente kontrollieren. Ihre Hand streifte ihn.

Und er hatte sofort begriffen, und seine Hand geöffnet und den kleinen Kartonstreifen an sich genommen, den sie ihm gab ...

Rio faßte mit spitzen Fingern in die Brusttasche seines Jeanshemdes und zog den Kartonstreifen heraus. *»Tel. 16 28 72«* stand drauf. Und darunter: *»Dagmar Reichenbach«*. Sonst nichts.

»Du, Vera, ich muß mal telefonieren.«

»Telefonieren?« Sie zog die Nase kraus. »Du hast ja noch nicht mal deine Seezunge aufgegessen.«

»Kann ich auch nachher noch.«

»Ist es so dringend?«

»Ziemlich ...« Er berührte zärtlich ihre Nase, stand auf, überquerte die Terrasse und betrat die Hotelhalle.

Die Telefonzelle war frei.

16 28 72 ... Er tippte die Nummer ein, preßte den Hörer ans rechte Ohr und vernahm beim Warten nichts als das Freizeichen und das Klopfen seines Herzens. Der Ton des Freizeichens brach ab.

Er versuchte es noch einmal. Wiederum vergeblich.

Nervös steckte er sich ein Streichholz zwischen die Zähne und wählte die Nummer der Redaktion.

Endlich: »Hier Martin! Franziska, sind Sie das? – Ja? Dann geben Sie mir bitte Herrn Olsen.«

»Wenn er frei ist, Herr Martin. Sie wissen ja ...«

Er wußte. Und wieder dauerte es endlos. Die rosagestrichenen Wände der engen Zelle schienen auf ihn zuzurükken. Er überlegte bereits, ob er auflegen sollte, und stieß das kleine Fenster auf, das hinaus auf den Hotelvorplatz führte, als endlich ein Brummen den dicken Olsen ankündigte.

»Ja?« Da war ein Schnaufen und das Rascheln von Papier. Der Dicke war beim Korrigieren und entsprechend mieser Laune.

»Hier ist Martin. Ewald, leg mal den Bleistift weg.«

»Du? Na, wie steht's denn so in ... Wie heißt das Nest noch?«

»Bernhagen.«

Rio referierte, wie es stand. Dazu erzählte er die Geschichte von der Laborantin, die ihm eine Telefonnummer zugesteckt hatte.

»Und? Hast du sie inzwischen erwischt?«

»Ich hab's versucht, doch sie ist nicht da. Es ist sicher ihre Privatnummer, und die Frau ist noch in der Fabrik. Ich habe den Anschluß vom Empfangschef des Hotels checken lassen. Eine Gärtnerei. Vielleicht ist sie die Tochter des Gärtners oder die Frau oder, weiß der Henker, was.«

»Hm. Und was ist mit ihrem Chef los, diesem Engel?«

»Weg. Noch immer. Auf Mallorca, behauptet sein Stellvertreter. Dort hat er eine Villa oder 'ne Wohnung oder so was.«

»Mallorca? – Und der weiß jetzt seit vierundzwanzig Stunden Bescheid, daß es bei ihm geknallt hat.«

»Das sag' ich mir eben auch.«

»Mallorca?« wiederholte Olsen nachdenklich.
»Ich sag' doch, Ewald, das stinkt.«
»Glaub' ich dir ja. Aber mit ›Das stinkt‹ kann ich keinen Aufmacher fahren, Rio, beim besten Willen nicht.«
»Ewald, mir geht's um was anderes: Ich brauch' Bruno Arend hier!«
»Bruno? Den hab' ich …«
»Ich weiß, den hast du auf irgendeine blöde Fuzzi-Geschichte angesetzt. Lös ihn ab. Besorg das am besten gleich. Dann könnte er nämlich den Abendflieger nach Frankfurt nehmen und sich dort einen Leihwagen mieten …«
»Und zweitens?«
»Zweitens: Ruf bitte Eddi Förster an.«
»Auch das noch!«
Eddi Förster war ein alter Hase. Früher hatte er beim »Spiegel« gearbeitet, nun besaß er in Düsseldorf ein privates Pressearchiv. Ein Journalistenleben lang hatte sich Förster darüber gewundert, wie es einzelnen, häufig recht dubiosen Figuren in Politik und Wirtschaft gelang, Dinge zu bewegen, indem sie neben Kontakten vor allem ihre Skrupellosigkeit einsetzten. Es war natürlich aussichtslos, mit den riesigen, mit gewaltigen Mitteln alimentierten Archiven der großen Magazine und Zeitungen zu konkurrieren. So hatte er in den achtziger Jahren den »Förster-Dienst« gestartet, eine Art Personenarchiv, das bald ein so beängstigendes Format annahm, daß sich die Geheimdienste wie der Bundesverfassungsschutz dafür interessierten.

Was im »Förster-Dienst« an offiziellem Material über Polit- und Wirtschaftsprominenz zu finden war, hielt sich in Grenzen. Um so reichhaltiger waren dubiose Kontaktleute, Lobbyisten, Financiers und Pleitiers, Diplomaten mit sonderbaren Aufträgen, unternehmungslustige Bankiers, Wirtschafts- und wirklich solide Kriminelle vertreten.
»Förster hat doch bestimmt auch Kontakte zur Medizin-

und Pharmaszene. Vielleicht läßt sich herauskriegen, was die Herren Engel und Hochstett vorher so trieben?«

»Okay, Junge. Ich werde versuchen, Eddi Pfeffer in den Arsch zu blasen. Was er mir dazu zufaxen kann, geb' ich Arend mit ... Ich hab' zu tun, Rio. Ich küsse dich. Und jetzt geh mir aus der Leitung.«

»Moment mal, da wäre noch etwas ...«

Aber da war nichts mehr. Nichts als ein Knacken.

Schon während der Abschiedssätze des dicken Olsen hatte Rio von der Hotelauffahrt das Knirschen schwerer Wagenreifen vernommen. Nun warf er einen Blick durch das Fenster: Ein Mercedes war vor dem Portal vorgefahren, die Farbe, ein protziges Bordeaux-Rotmetallic, der Wagen brandneu, eine superschwere Prominentenkutsche aus der S-Reihe. Und als ob das nicht reichte, auch noch in Spezialausführung.

Die Tür öffnete sich, ein Mann stieg aus. Er trug eine blaue Clubjacke.

Rio spuckte nervös seinen Zahnstocher aus. Mannomann – Hochstett! Ob es doch so was gab wie Telepathie?

Ein Page schoß aus dem Hotel.

Dr. Hans Hochstett warf ihm lässig den Schlüssel zu und schritt dann langsam, die Hände in den Außentaschen der Jacke vergraben, die Stufen hoch.

Rio trat aus der Zelle. Drüben am Empfang sprach Dr. Hochstett mit dem netten Herrn Weigert. Die Goldknöpfe der Jacke fingen das Licht der Arbeitslampe ein und blitzten herüber. Nun hob der nette Herr Weigert den Arm und deutete auf ihn, und da setzte sich Hochstett auch schon in Trab und zauberte, Rio konnte es kaum glauben, ein Lächeln, ein geradezu verbindliches, fast herzliches Lächeln auf sein schmales Gesicht.

»Herr Martin! Da sind Sie ja!«

»Ja, da bin ich.«

»Von meiner Sekretärin erfuhr ich, daß Sie im ›Park‹ wohnen. Und da dachte ich mir ... ich meine, vielleicht war unsere Zusammenkunft heute morgen etwas unglücklich. Jedenfalls dachte ich mir, ob wir nicht vielleicht doch noch in Ruhe ein paar Takte miteinander reden sollten. Falls ich Sie nicht störe, natürlich nur.«

»Was heißt stören? Schließlich bin ich Ihretwegen hierhergekommen. Haben Sie inzwischen von Herrn Engel gehört? Ist er eingetroffen?«

Hochstett schüttelte den Kopf. Mit seinem Lächeln war es auch nicht so weit her: Ein Tapeten-Lächeln. Eines seiner Augen spielte dabei nicht mit. Es war das rechte, das Lid. Unaufhörlich schloß und öffnete es sich über Hochstetts fahlbrauner Iris.

»Wollen wir uns nicht setzen, Herr Dr. Hochstett?«

Rio sah sich um. In Veras Nähe, auf der Terrasse draußen, Platz zu nehmen, dazu hatte er keine Lust. Einmal wußte er aus Erfahrung, daß Veras Präsenz in derartigen Situationen ihn irritierte, zum anderen mußte vermieden werden, daß Hochstett noch nervöser wurde, als er sowieso schon war.

»Gehen wir doch da rüber in die Ecke. Da sind wir ungestört.« Bequeme Ledersessel gab es hier, einen Tisch, einen Lederdiwan und einen prächtigen Blick über das Städtchen Bernhagen.

Hochstett ließ sich aufseufzend in einen der Sessel fallen, schlug die Beine übereinander und zog an seinen Jeans, als hätte er Bügelfalten glattzuziehen.

»Hübsches Hotel, nicht? Bin oft hier.«

Rio nickte. Verträge und Geschäftsabschlüsse, aber auch die miesesten Schweinereien werden in Hotelecken ausgekungelt. Rings um den Globus. Nicht nur in Bernhagen.

»Darf ich Ihnen was zu trinken bestellen, Herr Doktor?«

»Gerne. Ein Mineral.«

»Mineralwasser. Und einen Kaffee für mich«, befahl Rio dem Kellner. Den Kaffee brauchte er jetzt.

»Schön, Herr Doktor, machen wir's nicht kompliziert. Ich nehme an, daß ich Ihren Besuch der Tatsache zu verdanken habe, daß Sie mir noch etwas mitteilen möchten. Ich bin neugierig.«

»Mitteilen möchten? … Ich weiß nicht, das klingt irgendwie zu definitiv.«

»Wie hätten Sie's denn gerne?«

»Nun, was wir versuchen können, wäre, ein wenig Licht in diese sonderbare Geschichte zu bringen. Meine Motivlage dürfte Ihnen ja klar sein. Jeder Betrieb hängt von seinem Prestige ab. Dabei hat es die Wirtschaft manchmal nicht so leicht im Umgang mit der Presse.«

»Die Wirtschaft? Ich denke, Sie kämpfen in vorderster Front um den Fortschritt der Medizin, Herr Doktor. Bei unserem Gespräch heute morgen hatte ich wenigstens den Eindruck. – Aber Verzeihung, ich wollte Sie nicht unterbrechen.«

Rio wußte jetzt, wie er Hochstett nehmen mußte. Welche Rolle er auch immer in dieser trüben Geschichte spielte – Hochstett hatte die falsche gewählt. Er fühlte sich nicht wohl darin. Vielleicht schon lange nicht mehr. Darin mußte man ihn bestärken. Je mehr man diesen Zustand anheizte, desto größer die Chance, da er mit einer unbedachten Äußerung eine geeignete Information lieferte.

»Herr Martin, wir sind ein gewinnorientierter pharmazeutischer Betrieb. Nicht mehr und nicht weniger. Anders habe ich Ihnen unsere Firma auch nicht dargestellt.«

»Sind Sie in irgendeiner Form an diesem Gewinn beteiligt?«

Diesmal zuckte das Lid nicht. Der Blick der fahlbraunen Augen wurde ruhig und fest. »Falls Sie's beruhigt – nein. Ich habe nichts als meinen Vertrag mit Herrn Engel.«

Rio gab Sahne und Zucker in die Kaffeetasse. Er tat es mit viel Bedacht. »Ein bißchen wenig, finden Sie nicht? Wie die Dinge nun mal stehen, werden schließlich Sie nicht nur als Geschäftsführer, sondern auch als wissenschaftliche Kontrollinstanz verantwortlich gemacht werden.«

»Wie die Dinge nun mal stehen, sind wir in einer ziemlich üblen Lage. Da haben Sie vollkommen recht, Herr Martin ... Und für diese Lage gibt es für mich nur eine einzige Erklärung.«

»Und die wäre?«

»Ich muß dazu ein wenig ausholen. Die Firma ›Bio-Plasma‹ hatte ziemlich seit Anbeginn – ich stieß ja erst viel später dazu ...«

»Wann war das denn?« unterbrach ihn Rio.

»Neunundachtzig.« Er wirkte nun ganz entspannt. Die Hotelecke schien ihm gutzutun. Wie oft mochte er hier schon gesessen haben, der Wissenschaftler und Transfusions-Mediziner? Man zieht einen Dr. Hochstett zu Geschäftsabschlüssen hinzu, schon aus Prestigegründen.

»Wie gesagt, die Firma hat schon vor vielen Jahren eine Tochtergesellschaft, die ›Bio-Med‹, gegründet. Nur war ›Bio-Med‹ nicht lange selbständig, Herr Engel wandelte sie bald in eine Art Außenstelle für die Abwicklung der Blut-Importe und den Weiterverkauf von Überschüssen um, während wir hier in Bernhagen wiederum mit der Eigenproduktion beschäftigt waren.«

»Importe? Woher?«

»Das waren vor allem amerikanische Sendungen. Sie wissen ja, wie das damals war ...«

»Ja. Ich weiß auch, was dieses amerikanische Blut für die Bluterpatienten bedeutet hat.«

»Herr Martin! Das wissen Sie heute! Heute sind wir alle klüger ... Aber damals, damals schien man doch alles schön im Griff zu haben. Auch die Kontrollen. Schließlich importierte selbst das DRK aus Amerika.«

»Das stimmt nicht.«

»Aber natürlich stimmt's. Man kannte das Visrus nicht; es gab noch keine Test-Methoden. Ich habe dafür Beweise.

Wer wußte denn Anfang der achtziger Jahre schon über die Aids-Gefahr richtig Bescheid? Selbst wissenschaftlich war noch vieles umstritten damals.«

Rio sah den abgemagerten Greisenkopf der kleinen Angela vor sich. Auch Angelas Mutter war eine durch ein Gerinnungsmedikament infizierte Bluterin gewesen.

»Außerdem gab es Leute, die Alarm schlugen. Herr Engel, zum Beispiel, gehörte zu den ersten, die auf die heraufziehende Risikolage hinwiesen, die von unbekannten oder unkontrollierten Spendern ausging. Er schrieb deshalb sogar an das Landesgesundheitsamt. Er veröffentlichte sogar einen Artikel in unserem Verbandsblatt.«

»Ach ja? – Und was ist mit dieser Firma ›Bio-Med‹?«

»Wie gesagt, sie war ein Ableger von ›Bio-Plasma‹. Im Laufe der Entwicklung, vor allem in den letzten drei Jahren, wurden ihre Aktivitäten erheblich zurückgefahren. Die Geschäftslage hatte sich geändert. Was glauben Sie, wie brutal die Konkurrent ist. Dies ist ein Verdrängungsmarkt auf der ganzen Linie. Die Großen bestimmen das Geschäft. Für uns fiel der Import ganz flach. ›Bio-Med‹ beschäftigte sich nur noch damit, gewisse Überstände an solche Stellen zu verkaufen, die dafür Interesse hatten.«

»Und was waren das für Überstände?«

Hochstett wiegte den Kopf. Das Lidflattern setzte wieder ein. »Nun, man könnte sie vielleicht als ›Produkte zweiter Wahl‹ bezeichnen.«

»Wie im Kaufhaus. Und das bei Blut?«

»Verstehen Sie mich recht, Herr Martin, bei uns werden alle Ausgangsmaterialien für Medikamente, ob Vollblut oder Plasma, exakt kontrolliert und etwa darin befindliche Viren oder Keime deaktiviert. Und das seit langem. Und, wie ich Ihnen versichern kann, nach den denkbar wirksamsten Methoden ... Trotzdem, jeder Produktionsprozeß hat natürlich gewisse, hm, Schwachstellen. Es handelt sich ja um biologisches Material. Doch auch sie werden bei uns beobachtet, und entsprechend rigoros sind unsere hygienischen Maßnahmen. Hier läuft alles steril ab.«

»Und die verbrannten Brötchen sortieren Sie aus und schicken sie an Ihre Bio-Med. Ist es das?«

»Wenn Sie so wollen, ja.«

»Und wer kriegt dann die Ware zweiter Wahl?«

»Dieses Material geht nicht an Patienten. Es wird für wissenschaftliche, also für Forschungszwecke verwandt. Sie wissen doch auch, die wissenschaftlichen Institute sind heutzutage nicht gerade mit Geld gesegnet. Geldknappheit herrscht überall. Trotzdem, die Präparate sind wertvoll, ob es sich nun um Gerinnungsfaktoren, Plasma oder Immunglobuline oder das Albumin handelt, das den Flüssigkeitsaustausch zwischen Gewebe und Gefäßen steuert. Über dreißig Medikamente lassen sich aus Plasma herstellen. Die Institute können damit arbeiten. Bei Tierversuchen zum Beispiel, um gewisse Entwicklungen oder Reaktionen festzustellen.«

»Und dieses Geschäft besorgt die Bio-Med?«

»Richtig. Und dort lag auch unsere Schwachstelle.«

Die Sache wurde spannend. Kaffee genügte nicht. Rio winkte in Richtung Empfang, und einer der Pagen kam heran. Der Journalist bestellte Whisky und sah mit fragendem Blick zu Hochstett. Der aber schien den Pagen nicht einmal zu sehen. Er lächelte, doch an den verschränkten Händen spannten sich die Muskeln.

»Hier könnte tatsächlich ein Zusammenhang bestehen«, fuhr er fort. »Herrn Reissner wurde im Max-Ludwig-Krankenhaus eine Plasmaflasche unseres Hauses verabreicht, Herr Martin.«

»Richtig. Die Nummer 12 436.«

Hochstett sah überrascht hoch, sagte aber nichts. Er verzog nur die Oberlippe und steckte die rechte Hand in die Brusttasche seiner teuren Jacke, holte die Brieftasche hervor, öffnete sie und entnahm ihr ein rechteckiges, zusammengefaltetes Stück Papier. Er legte es auf den Tisch und strich es glatt. Es war ein Firmenaufkleber. Oben links das Zeichen PB, das Rio schon kannte. Darunter eine Reihe von Zahlen, die wohl Code-Angaben für den Verbraucher enthielten.

»Sehen Sie, diese Begleitinformation wird auf jeden Plasmabeutel aufgeklebt. Hier die Blutgruppe. Die Zahl rechts ist die Lieferungsnummer. Bei Reissner die 12 436.« Er starrte Rio an. Rio ließ die Kunstpause verstreichen und starrte zurück.

»Und?« meinte er schließlich.

»Und? Ich kann Ihnen nur dasselbe mitteilen, was wir schon der Kripo gesagt haben: Die Charge, zu der auch der Beutel 12 436 gehörte, war von uns nicht an die Max-Ludwig-Klinik in München, sondern an ›Bio-Med‹ geliefert worden. Das kann ich anhand unserer Dokumentation beweisen. Die Lieferung war getestet. Sie schien in Ordnung ...«

»Wieso haben Sie sie dann ›Bio-Med‹ geschickt?«

»Das entzieht sich meiner Kenntnis. Da gibt es keinen Eintrag. Außerdem: Das alles liegt ja schon so unendlich lange zurück! Was mich erstaunte, war, daß die Max Ludwig-Klinik diese Plasmagabe an Herrn Reissner genau beziffern konnte. In den Operationsberichten wird selten derartig exakt vorgegangen. Aber vielleicht hängt es damit zusammen, daß die chirurgische Abteilung dort selbst wissenschaftliche Untersuchungen auf diesem Sektor anstellt. Vor allem Dr. Labek gilt als Spezialist auf dem Gebiet der therapeutischen Wirkungen von Plasma.«

»Na gut. Okay. Sie behaupten also, ›Bio-Med‹ hätte geliefert?«

»Ich behaupte nicht, ich stelle fest, daß wir das betreffende Plasma nicht versandt haben.«

»Dann hätte Boder ja auch kassiert?«

»Ja. Und zwar das Zehnfache. Aber darum ging es ihm

vielleicht gar nicht. Sehen Sie, zwischen dem Chef und Herrn Boder gab es Spannungen. Herr Engel, großzügig, wie er nun mal ist, konnte sich über die ganzen Jahre hinweg nicht entschließen, sich von ihm zu trennen. Er ließ Boder gewähren. Sicher war auch ein Grund, daß Boder es verstanden hatte, sich einen eigenen Kundenkreis aufzubauen, was natürlich wiederum uns zugute kam.«

»Kundenkreis? Meinen Sie Ärzte?«

»Ja, Ärzte, die nebenher auch in der Forschung arbeiteten. Einer davon war, wie gesagt, Herr Dr. Labek.«

»Ja, hören Sie mal«, Rio richtete sich auf, »wäre dann nicht eine Verwechslung möglich?«

»Verwechslungen sind vollkommen ausgeschlossen. Die ›Bio-Med‹-Beutel sind entsprechend gekennzeichnet. Außerdem sind es verschiedene Namen. Und bei der Genauigkeit, mit der gerade in dieser Klinik gearbeitet wurde – Sie sehen ja, selbst die Nummern wurden registriert –, ist schon die Vermutung absurd.«

Hochstett nickte bekräftigend und lächelte. Plötzlich geschah etwas Seltsames. Dieser merkwürdige Dr. Hochstett, der Rio vor ein paar Stunden noch behandelt hatte, als würde er ihm die Krätze in seine keimfreie Blut-Fabrik tragen, beugte sich vor und griff nach seiner Hand wie ein alter Freund. Auch sein Lächeln war entsprechend. Um Vertrauen werbend, ja bittend.

»Ich erzähle Ihnen das, weil ich doch wohl eines voraussetzen kann: Daß Sie dieses Wissen nicht sofort verwenden. Ich habe auch mit der Polizei noch nicht darüber gesprochen. Ich wollte das nicht, ohne mich mit Herrn Engel zuvor in Verbindung zu setzen. Seit Ihrem Besuch aber geht mir die Geschichte im Kopf herum. Nun wollte ich sie loswerden. Können Sie das verstehen?«

Rio nickte.

»Und es bleibt unter uns?«

»Versprochen. Zunächst bleibt es unter uns. Falls ich es publiziere, werde ich Sie zuerst verständigen.«

Hochstett seufzte erleichtert.

Als Rio die Terrasse wieder betrat, war Vera verschwunden. In der Ecke, in der sie gesessen hatten, spielten die Hängezweige einer Trauerweide mit Licht und Schatten. Der Tisch darunter war abgeräumt.

Rio hielt einen der Kellner am Ärmel fest. »Meine Frau – Sie erinnern sich doch …«

»Aber natürlich, mein Herr! Natürlich erinnere ich mich! Die gnädige Frau ist schon vor zwanzig Minuten gegangen.«

Wohin? – Fast wäre ihm die Frage entschlüpft. Na gut, eine Vera, die ergeben Däumchen dreht, bis der große Zampano zurückkommt, war ohnehin eine absurde Vorstellung.

Trotz seiner schlechten Laune schaffte es Rio, den Weg zum Lift mit den Resten seines verbliebenen Schwungs hinter sich zu bringen.

Dritter Stock. Das letzte Zimmer rechts. Die Hoffnung ließ ihn schneller gehen, tatsächlich, der Schlüssel steckte, steckte sogar außen …

Er zog ihn heraus und betrat auf Zehenspitzen das Zimmer. Die Vorhänge waren zugezogen. Nichts mehr war von dem Bett zu sehen als eine graufließende Fläche mit einer leichten Erhöhung in der Mitte. Die Erhöhung einer Hüfte. Veras Hüfte.

Irgendwie ein rührender Anblick, fand er. Irgendwie wurde ihm auch so richtig schön warm ums Herz. Aber dann kam einer seiner idiotischen Huster dazwischen, und sie fuhr hoch.

»He, ich mag das nicht! Ich mag keine Typen, die sich ins Zimmer schleichen.«

»Wieso läßt du dann den Schlüssel stecken?«

»Das gibt dir noch lange nicht das Recht ...«

Er ging zu ihr ans Bett, legte sich über sie, um sie zu küssen.

So gut war es, sie zu lieben. Ein kleines Paradies am Rande der Zeit, zärtlich und verträumt. Und selbstverständlich war es, anschließend in einen wunderschönen, traumlosen Schlaf zu verfallen ...

Es wurde kein traumloser Schlaf.

»Zur Zeit werden die betroffenen Patienten auf Aids getestet ...« Hochstetts Stimme geisterte durch sein Bewußtsein. »Aber eine Rückrufaktion ist gar nicht erforderlich. Das Plasma aus der Charge, die mit 12 426 begann und an die Max-Ludwig-Klinik in München geliefert wurde, ist nach so vielen Jahren natürlich längst verbraucht. Das wurde bereits festgestellt ...«

Rio zog die Bettdecke hoch. Gegen das Summen des Telefons, das kurze Zeit später den Raum vergiftete, half sie nicht. Er hob ab – es war Bruno. Brunos Baß. Ein sehr ungnädiger Baß.

»Na, wie finde ich das? Ich quäl' mich da in dieser Affenschaukel von München in dieses beschissene Frankfurt, krieg' dort eine unmögliche Leihmühle angedreht, hab' noch 'ne Stunde bis in dein blödes Parkhotel – und du pennst?!«

»Jeder muß mal pennen.«

»Ja«, bestätigte Bruno bitter. »Nur ich nicht.«

Rio krümmte die Hand über die Sprechmuschel: »Hat dir der dicke Olsen das Material ...«

»Ist das alles, was du mir an Begrüßung bieten kannst?«

»Nein«, sagte Rio, »noch lange nicht ...«

Er sah auf die Uhr. Es war kurz nach acht. Er schob sich so vorsichtig, wie er konnte, aus dem Bett, riß ein Blatt aus dem Notizbuch, schrieb darauf: »*Ich liebe Dich. Aber das ist ja hinlänglich bekannt. Was nicht bekannt ist: Ich muß leider nochmals weg. Weißt schon, warum ...*«

Darunter malte er einen Totenschädel und ein Herz und verband das Wort »warum« mit dem Totenschädel durch einen Pfeil.

Er holte sich einen Pulli aus dem Koffer. Die Nacht konnte kalt werden. Dann ging er auf Zehenspitzen aus dem Zimmer und schloß die Tür so leise wie nur möglich hinter sich.

Schwärzlich, ungeschlacht und irgendwie viel zu groß stand Bruno Arend neben den beiden zierlichen Sesselchen am Empfang. Seine schwarzgerahmte Polizistenbrille funkelte Rio entgegen.

»Schon gegessen, Bruno?«

»Currywurst. Grauenhaft! 'ne bessere Frage hast du nicht?«

»Ist doch 'ne gute Frage, Bruno. Dann können wir nämlich gleich losfahren.«

»Und wohin?«

»Erklär' ich dir später.«

»Mit deiner Nutten-Rakete?«

»Klar.«

Er nickte ergeben. »Okay. Dann hol' ich noch die Kamera ...«

»Genau wie bei Frittenbuden, Bahnhofstoiletten, McDonald's-Stationen, Erdnußröstereien, Badeanstalten und was weiß ich noch«, regte Rio sich auf, »die haben alle dieselbe Aufsicht. Du kriegst es einfach nicht in die Birne. Und wenn du's drin hast, geht dir der Hut hoch. Nimm Seren oder Impfstoffe, da sind sie genau. Das ist alles den Gesundheitsämtern unterstellt. Und die schauen ihnen auf die Finger. Aber Blut? Fehlanzeige ... Für das ganze Blut, das sie in irgendwelchen südamerikanischen Armuts- oder Puff-Gegenden sammelten oder bei uns in den Junkie- und Fixer-Quartieren, um es dann zu ihren herrlichen Produkten zu verarbeiten, da reicht das Gewerbeamt.

Kannst du dir so was vorstellen? Ist doch einfach Wahnsinn!«

»Reg dich ab, Rio! Wir sind nun mal in der BRD.«

»Du meinst, als Erklärung reicht das für alles?« Er gab noch mehr Gas. Der Porsche heulte auf. »Wie soll denn so ein Gewerbeamt-Hansel dahinterkommen, wie eine moderne Pharma-Fabrik abläuft? Was versteht denn der von Aids-Tests?«

»Nun, das ist ja, glaube ich, geändert worden.«

»Wurde aber jahrelang in diesem Stil praktiziert. Und das Aids-vergiftete Zeug von damals schwirrt wahrscheinlich noch immer durch die Gegend, liegt in irgendwelchen Kühlschränken, wartet in irgendwelchen Krankenhäusern darauf, Leute umzubringen. Tiefgefroren hält das Zeug ja ewig. Und überhaupt ...«

Rio unterbrach sich. »Nächste Abfahrt Bad Soden«, stand dort draußen. Hier mußte er sich rechts halten, soweit er sich erinnerte. Von hier ging es nach Eppstein. Und von Eppstein dann weiter – wohin?

»Schau mal auf der Karte nach. Siehst du Eppstein?«

»Ja. Dort biegen wir ab Richtung Hofheim.« Bruno dirigierte ihn die nächsten zwanzig Kilometer. Es herrschte wenig Verkehr. Rio ließ den Porsche laufen.

Es war jetzt neun Uhr. Hier in dieser Gegend schienen alle Ortsnamen mit »heim« zu enden. Auch Darenheim, der Sitz von »Bio-Med«, konnte nicht mehr weit sein. Ob Vera noch schlief? Er hoffte es, er hoffte es inbrünstig. Er hoffte, daß Vera die ganze Nacht durchschlief, statt irgendwann aufzustehen und seinen Zettel zu finden. Aber sie wird aufstehen, weil sie Hunger verspürte – denselben gottverdammten Hunger wie er. Bruno hatte wenigstens seine Currywurst gehabt ...

»Bruno, schau doch mal im Handschuhfach nach. Liegt da nicht noch 'ne Tafel Schokolade?«

Bruno sah nach und sagte zufrieden: »Nichts, mein

Mäuschen. Alles leergefressen. Aber da kommt jetzt Darenheim.«

Viel war von dem Ort nicht zu erkennen. Ein Sportplatz. Peitschenlampen über leeren Straßen. Eine Gebrauchtwagen-Ausstellung ... Nun der Ortskern. Moderne, aufwendige, ziemlich protzige Bauten für ein so kleines Nest. Aber dies war der Taunus, und »Mainhattan« lag nahe. Der Reichtum Frankfurts, der Hauptstadt der D-Mark, wehte bis hierher.

Sie kamen an einem Café vorbei, in dem noch Leben herrschte. Dann war die Straße wieder ausgestorben. Vor einer Bushaltestelle wartete ein Mädchen. Es trug Stiefel zu den Jeans und eine an den Schultern unglaublich breit gepolsterte Lederjacke. Rio ließ den Porsche an den Bordstein rollen. Sie zuckte zurück, und einen Augenblick sah es aus, als wolle sie davonlaufen.

»Frag sie nach der Eichenhain-Straße Nummer vierzehn, Bruno.«

Der Fotograf ließ das Fenster herunter und rief: »Moment, Moment! Wir beißen nicht. Wir sind ganz harmlose Menschen.«

Sie lächelte, kam wieder heran, schob sogar den Kopf ans Fenster und beäugte sie neugierig aus hellen Augen. Ihre Zahnspange funkelte, um die Lider hatte sie dicke schwarze Striche gezogen. Und selbst die Lippen schienen gelackt. Ein richtiges Lolita-Make-up.

»Hör mal, kennst du den Eichenhain hier?«

Sie nickte: »Klar«, und erklärte Bruno den Weg.

Rio fuhr weiter. »Die war doch mindestens achtzehn. Die hätte ich schon gesiezt.«

»Du schon«, sagte Bruno nur.

Ein dunkles Schild mit weißen Buchstaben: EICHENHAIN.

Rio fuhr nun langsam. Die Lichter von Darenheim funkelten herauf. Rechts zog sich die Bergflanke hin, links waren nur einzelne Dächer zu erkennen; die Häuser konnte man wohl von der unteren Straße aus erreichen. Rechts – Villen. Nicht die protzigen Taunusanwesen, die er schon gesehen hatte, nein, bescheidener, soweit er das im Scheinwerferlicht erkennen konnte, dennoch ziemlich aufwendig mit Terrassen und Säulenpergolas dekoriert.

Sie glitten jetzt im Schrittempo durch die enge Straße. Einzelne Fenster waren erleuchtet. Zu sehen war niemand. Kein Lebewesen, kein Schwanz – doch, dort drüben auf der Mauer saß eine Katze. 8 ... 10 ... 12 ... nun ein Streifen Garten und schließlich ein Haus.

Das Haus war das einzig ärmliche Anwesen des ganzen Eichenhains. Und es war auch das letzte. Zweistöckig, weiß verputzt, mit steilem Giebel – die typische Behausung eines kleinen Angestellten, der fünfundzwanzig Jahre in seinen Bausparvertrag eingezahlt hatte. Überraschend allerdings war der langgezogene Garagenbau, der sich an das Haus anschloß. Vielleicht, daß er einmal als Werkstatt gebraucht worden war. Aber dort drinnen hatten mindestens drei Autos Platz.

»Das ist es«, sagte Bruno. »Ein komischer Pharmabetrieb, was?«

Rio nickte.

Das Haus lag im Dunkel. Die Fensterläden waren zugeklappt und wohl verschlossen.

»Fahr weiter«, flüsterte Bruno.

Die Straße wurde noch enger, führte durch Obstterrassen, aber etwa zweihundert Meter hangaufwärts gab es einen Platz zum Wenden.

Rio stoppte, drehte den Porsche in die Gegenrichtung und schaltete das Licht ab.

»Hast du irgendein Schild gesehen, auf dem ›Bio-Med‹ oder ähnliches stand?«

Bruno schüttelte den Kopf.

»Aber vielleicht war das Schild klein? Vielleicht haben

wir beide es übersehen? – Wie ist das, Bruno, hast du 'ne Zigarette dabei?«

»Jetzt fängst du aber wirklich an zu spinnen. Du spinnst schon, wenn du glaubst, daß ich eine hätte. Und ganz besonders spinnst du, wenn du annimmst, daß ich sie dir in diesem Fall auch noch anbieten würde ... Nimm dich mal zusammen, verdammt noch mal. So schlimm ist das hier ja auch nicht, oder?«

Sagte es, zog eine seiner grauenhaften Zigarren heraus und paffte in Sekundenschnelle derart den Innenraum des Porsche voll, daß Rio das Fenster öffnen mußte. Er lehnte den Kopf gegen das Polster und schloß die Augen. Jetzt hatte er Hunger, richtigen Hunger.

»Nun komm schon raus damit, Junge: Was willst du hier?«

»Mir diesen ›Bio-Med‹-Laden ansehen.«

»Jetzt hast du ihn ja gesehen. Nichts. Und kein Schwein ist da.«

»Von außen hab' ich ihn gesehen, Bruno! Daß wir hier niemanden finden würden, war mir von vornherein klar. Das hat mir schon Hochstett gesagt.«

»Was hat er gesagt?«

»Nun, daß dieser Lars Boder, der Mann, der hier wohnt und für ›Bio-Med‹ verantwortlich sein soll, verreist ist. Verreist oder abgehauen.«

»Scheint bei denen wie die Grippe zu sein. Der Oberchef ist weg. Der hier auch ...«

»Ja, der hier auch. Ich habe trotzdem gleich nach meinem Gespräch mit Hochstett hier angerufen. Nicht einmal ein Anrufbeantworter.«

»Und dieser Boder soll die berühmten Plastikbeutel mit falschen Nummern getürkt haben?«

»Das behauptet Hochstett.«

»Und warum?«

»Nun, Hochstett hat mir seine Theorie angeboten. Boder

habe das Schrottmaterial, das sie ihm zum Vertrieb anlieferten ...«

»Schrottmaterial – was soll denn der Ausdruck? Ich denke, es handelt sich um Plasma?«

»Ja, es handelt sich um Plasma. Aber nicht ausreichend gereinigtes Plasma. Statt an irgendwelche wissenschaftlichen Institute, die es für Tierversuche verwenden, habe Boder es an ordentliche Kunden wie Kliniken und Krankenhäuser weitergeliefert. Und mit diesem genialen Einfall wollte er angeblich Engels Firma in den Ruin treiben. So in etwa lautete die Erklärung.«

»Und das glaubst du?«

»Ich? So weit, daß ich in dieser Geschichte etwas glaube, bin ich noch lange nicht. Aber los jetzt, Bruno. Fangen wir an!«

Einmal, nur ein einziges Mal hatte Honolka sie im Fernglas gehabt. Da hatte er sie ganz deutlich sehen können – doch nur für zwei miese Sekunden. Und das war nun auch schon wieder einige Stunden her ...

Dabei hatte er gehofft, sie würde den Liegestuhl auseinanderklappen und sich auf den Hotelbalkon legen. War doch ein prächtiger Nachmittag gewesen, Baby. Oder etwa nicht? Die Sonne schien. Wieso hast du dir nicht den Bikini geholt oder die Klamotten ganz ausgezogen? Wäre doch nett gewesen. Das Glas hier hat 'ne Sechzehner-Verstärkung. Damit hol' ich mir noch dein kleinstes Härchen in den Bus ... Aber nein: Tür zu, Vorhänge runter! Haben's wohl getrieben, die zwei. Gut, okay. Ich komm' auch noch dran, verlaß dich drauf ...

Honolka sah auf seine Uhr: Kurz nach neun.

Er hatte das Wohnmobil am Rande einer Baugrube geparkt. War ganz praktisch so, zwischen dem Kieshaufen und der Baugrube fiel der »Westfalia« noch weniger auf.

In der Baugrube hing alles rum wie Kraut und Rüben,

morsche Paletten, Gerüste, braun von Rost. Na, da geht einer Pleite, vermutete Honolka, oder das vornehme Parkhotel dort drüben hat einen Einspruch dazwischengeknüppelt. Noch eine prima Chance gab ihm der Platz: Die ganze Süd- und sogar die Rückseite des Hotels, all die feinen Balkönchen mit ihren gefalteten Sonnenschirmen, weißen Korbmöbeln und zusammengeklappten Liegen – alles war einzusehen.

Doch nun war es dunkel, und es brannten die Lichter.

Honolka hatte einen Stuhl in die Mitte des Wohnwagens gestellt und die Dachluke aufgeschoben, um eine bessere Übersicht zu bekommen. Doch es gab nichts mehr zu sehen. Er dachte an das Dreiecksgesicht, an das dunkle, vielleicht kastanienbraune Haar …

Er schloß die Klappe, ließ den Stuhl stehen, goß sich aus der Thermoskanne eine Tasse Tee ein, trank und rauchte eine Zigarette. Dreiecksgesicht – dachte er wieder. Hübsch … Als sie sich dort auf dem Balkon umdrehte, um zurück in ihr Zimmer zu gehen, hatte er sie von hinten bestaunen können. Einen ganz knackigen Jeans-Arsch hatte sie. Und eine Taille – Mannomann, was für eine Taille!

Ihr Porsche-Typ aber war weg. Und der andere, dieser Krüppel-Opa mit dem Hinkebein, auch. Wahrscheinlich würden die länger wegbleiben. Und kämen sie vorzeitig zurück, wären sie auch kein Problem.

Was machst du mit der Kleinen?

Nicht fertigmachen, nur einen Schock verpassen, lautete sein Auftrag. Nun, den Schock sollte sie haben …

Honolka fühlte sich jetzt rundherum besser. Der Strom hatte sich eingeschaltet, das war es. Starkstrom, jawohl … Er schoß ihm bis in die letzte der Nervenzellen, ließ sein Gehirn glühen, brachte alles in Schwung. ’ne heiße Sache wird das, ja, ’ne ganz heiße Sache …

Er holte die Handschuhe und das Würgeband heraus und legte sich beides zurecht. Dann begann er damit, sich die leichteren Turnschuhe anzuziehen, die mit den dünnen Sohlen.

ALLES, WAS DU MIT WIRKLICHER FREUDE TUST, IST ZEN. Wenn du etwas mit Lust unternimmst, ohne dich von widrigen Gedanken ablenken zu lassen, übst du Religion aus … Buddha war dieser Ansicht. ZEN besteht in der höchsten Konzentration auf die einfachste Handlung.

Honolka kicherte. Wattscheid hatte das gesagt, dieser beknackte Sozialarbeiter im Knast. Wattscheids Sprüche waren die besten. Und so gesehen hatte auch er es schon immer mit Buddha gehabt, oder? Der Macker von Mutti zum Beispiel – sechzehn warst du damals. Und du hast ihn mit solcher Lust und solcher Konzentration auseinandergenommen, daß er für ein Jahr ins Krankenhaus mußte. Auch die Weißkittel konnten ihm nicht helfen. Der ist noch heute Rollstuhlfahrer … Und dann, ja dann kamen all die andern …

Wattscheid, dieser Vogel mit seinem Indianerband und der Goldbrille: TU ALLES MIT FREUDE, DAS IST RELIGION. KONZENTRIERE DICH.

Er würde sich konzentrieren! An der Südseite kam man leicht hoch. Die Balkone waren durch eine eiserne Trägerkonstruktion verbunden. Ein Spaziergang. Und jetzt lag dort alles im Dunkeln.

Er betrachtete das Würgeband. Es lag ganz friedlich auf der Küchenanrichte. Er steckte es ein und holte die Gesichtsmaske und die Handschuhe. Dann schloß er die Wohnwagentür ab und schlenderte an dem Grünstreifen entlang, der in einem sanften Bogen zur Hoteleinfahrt führte. Statt zu klettern, könnte er auch einfach rein durch die Haupttür. Mit der Garage war nichts anzufangen, die hatte eine elektrische Türsteuerung. Aber wenn er wie irgendein Gast in die Halle ging? Dort konnte er sich schnell verdrücken. Allerdings … irgendein Arsch würde ihn immer sehen …

Und genau das hatte er nicht so gerne. Nein, das empfahl sich nicht, empfahl sich ganz und gar nicht.

Moment mal ...

Honolka blieb stehen. Die Entfernung zur Hotelauffahrt betrug keine zwanzig Meter. Er stand, vor Blicken verborgen von einer mannshohen, riesigen Tonvase, aus der irgend etwas Kakteenartiges wuchs. Der Architekt fand das wohl besonders exotisch. Honolka war ihm dankbar dafür.

Er sah sie aus dem Eingang kommen. Er sah ein Mädchen in Jeans und einem Pullover. Einem dunklen Pullover. Ein Mädchen mit einem herzförmigen Gesicht ...

Ein Page wollte eines der drei Taxis heranwinken, die in Lauerstellung warteten. Doch sie schüttelte nur den Kopf.

Gut gemacht, Baby, dachte Honolka und spürte den Strom durch seine Adern fließen. Jetzt werden wir dem Wattscheid mal zeigen, was ZEN ist ...

Der Hund bellte noch immer. Hunde müssen das wohl. Vor allem bei Nacht. Entscheidend war: Das Bellen kam von sehr weit her. Es klang vom unteren Teil des Hanges zu ihnen hoch. Der Hund ärgerte sich vermutlich über eine Katze, mit Sicherheit nicht über die beiden Männer.

Rio kauerte auf den Fersen hinter einem Busch. Vor ihm, etwas tiefer, lag die Rückwand der Garage. Zwischen Hang und Garagenbau zog sich eine Art betonierter Graben, ein Umlauf wohl, in dem sich auch die Drainage befand.

An der Rückwand konnte man im Mondlicht zwei kleine Fenster entdecken. Sie waren beide mit Drahtglas gesichert. Bruno hatte es festgestellt. Und jetzt war Bruno dabei, sich das rechte der beiden Fenster vorzuknöpfen.

Es war still. Nur ab und zu hörte man ein metallisches Knarren, dann wieder ein Geräusch, das sich wie ein Schaben oder das Splittern von Holz anhörte. Dazu gab es eine stetige Begleitung: Brunos schwerer, gepreßter Atem und seine heiseren, unterdrückten Flüche.

»Gott verdamm mich ... dieser Scheiß ...«

Genau wie früher, dachte Rio ... Vor wie vielen Jahren? Er überlegte. Zwölf, nein, fünfzehn Jahre mußte das schon her sein ... Damals war Rio noch Polizeireporter gewesen, sie arbeiteten beide für eine Illustrierte und fluchten unisono, als man ihnen in der Redaktion die Story erklärte: Versicherungsbetrug. Das war der Verdacht. Und es ging dabei um den reinsten Krimi: Eine Cessna war in Italien abgestürzt, eine deutsche Cessna. Die trauernde Witwe wollte kassieren, die Leiche wartete nach der Überführung in einer Friedhofskapelle auf die Bestattung – nur, leider, leider, Salvatore Darani, der Mailänder Korrespondent, hatte nach einigen Hinweisen von seiten der Carabinieri einen ganz schlimmen Verdacht. Und so fuhren Rio und Bruno um zwei Uhr früh nach Oberbayern zu einer Friedhofskapelle. Bruno öffnete die Kapellentür mit so eleganter Fingerfertigkeit, als habe ihm die Gemeindeverwaltung den Schlüssel überreicht. Auch der Sarg – kein Problem ... Oder vielleicht doch? – Salvatore hatte Unrecht gehabt. Statt der Steine oder der Zementsäcke, die sie erwarteten, lag doch eine Leiche darin. Keine schöne, keine heile, nach dem ganzen Hin und Her wirklich keine frische. Außerdem roch sie fürchterlich.

Die Story ihres Sargeinbruchs lief durch alle Redaktionen. Nur, Rio hatte nie ein gutes Gefühl dabei gehabt. Und jedesmal spürte er einen gewissen Druck gegen den Magen, wenn er daran erinnert wurde.

Denselben wie jetzt. Selbst der Mond wirkte so richtig krimimäßig. Bruno aber fluchte begeistert weiter. Dort reinzukommen, wo man ihn nicht drinhaben wollte – für Bruno war es nichts als eine Herausforderung. Er hatte seinen Beruf verfehlt, er hätte Einbrecher werden sollen.

»Tss-tss-tss«, machte er jetzt. Das war ein gutes Zeichen. Rios Porsche-Bordwerkzeug taugte was. Wieder ein Knirschen. Diesmal so laut, daß Rio unwillkürlich hochfuhr.

Er ließ den Punkt seiner Bleistiftstablampe tanzen. »Bruno?«

»Komm«, kam es flüsternd zurück.

Rio ließ sich die Mauer hinabgleiten und suchte das Fenster. Doch das Fenster gab's nicht mehr. Nicht einmal mehr der Rahmen war vorhanden. Beides, Rahmen und Glas, lehnte am Boden.

»Schwein gehabt. Da war der Pilz im Holz, verstehste ... Deshalb ließ es sich einfach mit dem Montiereisen raushebeln.«

»Und jetzt?«

»Jetzt? Na, du gehst durchs Fenster. Und dann öffnest du die kleine Tür, nicht die nach vorne zur Straße, sondern die an der Seite. Die hat nur 'nen Riegel. Klar?«

»Klar.« Bruno hob ihn hoch, Rio schaffte es besser, als er es sich selbst zugetraut hätte. Zuerst öffnete er die Tür. Sie war aus Metall, aber nur durch einen einfachen Riegel gesichert, wie Bruno festgestellt hatte.

Bruno trat ein, legte den Kopf zurück und schnüffelte. »Riecht nach Gammel ... Mach doch 'n Licht an.«

»Spinnst du?«

An den Wänden des ersten Raums zogen sich Regale entlang. Sie waren leer – wenn man von einem Satz Autoreifen und einem Schuhkarton absah. Rio trug jetzt Handschuhe, wie Bruno ihm das befohlen hatte: Feine, dünne Gummihandschuhe.

Er öffnete den Deckel des Kartons. Muscheln lagen darin. Muscheln, an irgendeinem Strand oder irgendwelchen Stränden gesammelt; dort, wo es blaues Wasser und viel, viel Sonne gab. Weit weg jedenfalls.

Der Raum, der sich anschloß, hatte in etwa dieselbe Größe wie der Regalraum: Vier mal fünf Meter. Durch ein ziemlich großes Fenster fiel von draußen, von der Straße, fahles Licht ein. Der Raum wirkte kleiner, als er war, denn die Stirnwand entlang zog sich eine Art stählerne Schrankwand. Sie war grauschwarz. Die Griffe der Türen schimmerten. Rechts, etwa in Kopfhöhe, leuchtete eine rote Anzeige: ein Kühlschrank, nein, eine Kühlwand. Von den Plastikbeuteln, die Rio kannte, gingen da eine Menge rein.

»Ist da Blut drin?« flüsterte Bruno.

Rio schüttelte den Kopf. »Plasma. Wenn überhaupt ... Oder vielleicht 'ne Leiche ...«

»Witzbold.«

»Mensch, Bruno, hat das Fenster keinen Vorhang? Sieh mal, da drüben, die Schreibtischlampe würde völlig reichen.«

»Es gibt keinen Vorhang. Aber 'n Rollo.«

»Na, um so besser ...«

Bruno ließ ihn herab und versuchte einen möglichen Lichtausfall noch dadurch zu unterbinden, daß er die Sitzkissen der drei Stühle, die es hier gab, gegen die Plastiklamellen lehnte.

Rio schlug ihm auf die Schulter – das Jagdfieber hatte ihn jetzt gepackt.

Langsam ging er auf den Schrank zu und öffnete die erste Tür ...

Der Stuhl stand in der Mitte des Wohnmobils, direkt neben dem Tisch mit der Lampe. Ihre Handgelenke und Fußknöchel hatte er mit einer Leine an die Stuhlbeine gefesselt, den Mund und den unteren Teil ihres Kopfes mit einem Schal eingebunden. Er konnte sie schließlich nicht losbrüllen lassen.

Jedesmal, wenn sie einatmete, bildete der Stoff eine leichte Einstülpung, die wie ein kleiner Krater wirkte. Sah komisch aus ... Wieso holte sie sich ihre Luft nicht durch die Nase? Er mit seiner Strumpfmaske, sie mit dem Schal vor dem Gesicht, sie waren schon ein tolles Paar!

Er tänzelte um sie herum: »Man müßte uns fotografieren, meinste nicht?«

Sie zerrte die Handgelenke nach oben …

»Bringt nix, Baby. Und überhaupt, was hast du bloß dagegen? Soll ich dir mal was sagen: Ich hab' mal 'n Mädchen gekannt, das stand drauf. Das wollte immer festgebunden werden dabei. Mit ganz dicken Stricken. Beine, Arme, alles …«

Ihre Augen waren weit aufgerissen – ein durchsichtiges Grün wie ein Teich. Und wenn Honolka die Lampe so ausrichtete wie jetzt, konnte man sehen, daß in dem Grün kleine braune Fleckchen schwammen.

Nun preßte sie die Augen zu, so heftig, als könne sie so nicht nur seinen Anblick, sondern auch seine Stimme ausschließen. Auf der Stirn entstanden tiefe Falten. Die Brauen waren ganz flach.

»Gefällt dir die Geschichte nicht? Nein? Weißt du, war 'ne Maso, die Alte. Wie ist das denn so mit dir?«

Ganz steif war sie jetzt, steif wie ein Brett. Aber sie konnte ihn nicht täuschen. Das war nur Schau. Alle Weiber mochten's gern … Im Grunde ihres Herzens sind sie doch alle Huren … Selbst Mutti war eine, obwohl er sich das nie so recht eingestehen wollte …

Sein Gesicht wurde heiß, die Spirale tief in ihm begann wieder zu glühen, Zorn heizte sie auf, Zorn, der ihm durch die Adern bis in die Fingerspitzen kroch. Das Herz klopfte. Das Herz war der Generator, und der drehte und drehte, man konnte, man mußte ihn unter Kontrolle halten. Selbst jetzt. Schließlich: Auftrag ist Auftrag.

»Willst du ein bißchen Musik dazu? Den ollen Lindenberg vielleicht?«

Die Musikanlage war in dem Schrank neben der Tür.

Er ging hinüber und blickte durchs Fenster hinaus: Kein Schwanz. Nein, niemand ließ sich hier blicken. Eine pleitegegangene Baustelle mit 'nem haushohen Kiesberg davor – wer interessierte sich schon dafür?

Er zog den Vorhang vor dem Fenster zu und kontrollierte nochmals den Riegel. In Ordnung. Dann schob er eine Kassette ein. Und da war Udos Stimme – heiser, nuschelnd, gepreßt wie immer.

»Und als wir uns am Bahnhof trafen, sagte ich dir, das geht nicht so ...«, sang Udo.

Er ging zum Eisschrank, griff zum Bier, überlegte es sich dann aber anders. Bier war nicht das Richtige, Korn schon eher. Davon aber nicht viel ... Er setzte die Flasche an den Mund, hustete, Tropfen fielen auf sein T-Shirt.

»Life is short«, stand auf dem T-Shirt. *»Let's pray!«*

Laßt uns beten, let's pray – das war's! Nun bring sie mal dazu ... *»Wir können miteinander schlafen«*, sang Lindenberg, *»ich bin ein anderer, als du denkst ...«*

Honolka stand jetzt dicht bei ihr. Seine flache Hand fühlte in der Tasche die Form des Messers. Messer mochte sie nicht so gerne. Vorhin, als er sie sich an der Hotelauffahrt griff, dort, bei den Büschen, war sie ihm noch keß gekommen: »Was wollen Sie? – Hauen Sie bloß ab, Sie Witzbold!«

Dann hatte er sie ein wenig mit dem Messer gekitzelt, und schon lief alles wie geschmiert: kein Mucks, kein Schrei. Brav war sie neben ihm hergetrabt – wie die Nutte, die sie nun mal war.

»Und deshalb sag' ich dir ...«

Der Krach, den dieser Geier von Udo machte, ging ihm auf den Geist.

Er schaltete das Gerät aus, die Musik brach ab. Er zog das Messer aus der Tasche, machte die zwei Schritte, die sie trennten, kniete sich vor dem Stuhl nieder und streckte den rechten Arm aus. Es war ein italienisches Klappmesser, das er in der Hand hielt. Er hatte es vor drei Jahren auf dem Markt in Santa Eulalia gekauft, und schon damals hatte ihn nicht nur die flache Lanzettenform der Klinge beeindruckt, sondern auch ihre Rasiermesserschärfe.

Sie streckte die Beine. Der Stuhl kippte zurück.

»Hilft doch nichts, Spätzchen … So fällst du nur hin. Lies mal, was auf meinem T-Shirt steht. Gut, was? Sag's … Natürlich kannst du antworten. Brauchst ja nur zu nikken.«

Doch sie nickte nicht.

Die Augen aber waren wieder groß, Augen wie zwei Scheinwerfer, und daraus brachen, gleich grünen Laserstrahlen, ganze Bündel von Angst.

Zu ihren knallengen Jeans trug sie ein einfaches rotes Sweatshirt – nein, eigentlich kein Rot, so eine Art Himbeerfarbe. Der Kragen der Bluse wiederum, der sich aus dem Ausschnitt herausschob, war weiß. Wie Himbeereis mit Sahne, dachte er verträumt und sagte: »›Pray‹ heißt beten. Englisch verstehst du ja sowieso. Du bist sogar 'ne feine Tante von 'nem feinen Pinkel … Was glaubst du, wie mir die Porschefahrer liegen! Und danzu noch die, die in 'nem schwarzen Porsche rumgurken …«

Er setzte die gewölbte Schneide an. Er führte sie ganz sacht oberhalb ihres Knies über den Jeansstoff. Von links nach rechts.

Sie stöhnte unterdrückt auf.

»Nicht zucken. Wenn du glaubst, du müßtest hier rumhampeln, dann schneidest du dich nur selbst. Dann ist das deine Schuld. Ich will dir ja nur was zeigen.« Er kicherte. »'ne kleine Demonstration vom Messer-Jakob, meine Damen und Herren! Falls Sie mir ein Messer mit derselben Schärfe bringen können, kriegen Sie drei gratis. Und 'nen Fünfziger dazu.«

Hinter dem braunen Schal drangen erstickte Laute hervor … Er aber ließ das Messerchen laufen, ließ es einen Streifen ziehen … Der Jeansstoff klaffte, darunter Haut, weiße Haut – und auf der weißen Haut winzige rote Perlen.

Nicht hingucken, befahl Honolka sich. Das ist nicht gut …

Seine Joggingschuhe berührten Zellophan, es knisterte. Eine Kartoffelchipspackung. Das störte. Er mußte es hinter sich bringen …

Weit beugte er sich über den Stuhl.

»Mach mal 'nen Vorschlag. Was wir brauchen, ist ein richtiges Programm. Das, zum Beispiel …«

Er zog ihr himbeerfarbenes Sweatshirt hoch. Wieder bäumte sich Vera auf. Es war eine hilflose, ohnmächtige Bewegung. Er zerrte weiter, zerrte lange, versuchte ihr den Stoff über den Kopf zu ziehen, aber das ging nicht. Er schob die flache Hand in die Knopfleiste ihrer Bluse, riß sie so heftig auf, daß die Knöpfe absprangen. Und da war nun viel weiße Haut, weiße weiche Haut … Da waren die runden Hügel der Brust. Weiß und weich …

Und die Hitze – sie strömte den Rücken hoch, sammelte sich zwischen seinen Beinen, und es schien ihm, als rasten Bilder und Gedanken auf zwei Gleisen nebeneinander her. Die wirren Bilder von einst, all diese Erinnerungen … Und die Stimme des Alten: »Ich will ordentliche Arbeit, Honolka. Reiß dich zusammen.«

Okay. Cool bleiben, ganz cool. Er drehte sich ab, ging zum Eisschrank, holte die Flasche mit dem Korn, nahm einen neuen Schluck und betrachtete sein Messer.

Er sah sie nicht an, als er zum Stuhl zurückging und sagte: »Dein Typ soll schließlich auch was davon haben. Dem wollen wir 'ne kleine Freude machen, was? Wir zwei, oder? Hast du schon mal was von ZEN gehört? Im Leben ist alles 'ne Frage der Philosphie, meinst du nicht auch?«

Er hob den Kopf, um die Stelle zwischen ihren Brüsten zu mustern, die Stelle, an der er das Messer ansetzen würde.

Abrupt ließ er das Messer fallen. Verdammter Scheiß! Was war jetzt mit ihr los? Die würde doch nicht …

Mit zwei schnellen Schritten war Honolka hinter dem Stuhl und tastete nach der Halsschlagader. »Nun komm schon ... Du kannst doch hier nicht einfach das Handtuch schmeißen ...«

Ja. Hier. Ganz schwach war der Puls. Honolka ging zurück zur Einbauküche. Kaltes Wasser wollte er holen, einen Kübel über den Kopf, und die war wieder da. Er ließ den Kübel vollaufen und stellte ihn dann doch ab. Wieso, wenn sie nichts mitkriegte? Was er gerade abgezogen hatte, reichte eigentlich.

»Einen Schock versetzen«, hatte der Alte ihm befohlen: »Mach ihr Angst. Aber nicht mehr.«

Der hatte gut reden. Der saß auf seiner Insel oder schwamm auf seiner Yacht in der Gegend rum und produzierte die großen Ideen. Aber – Angst hatte sie jetzt. Angst reichlich. Sah man doch! Die war fertig!

Er löste die Knoten, die Veras Körper mit dem Stuhl verbanden, und faßte sie unter die Schultern. Am liebsten hätte er sie einfach zur Türe geschleift und aus dem Wagen geschmissen, doch dann würde sie womöglich zu sich kommen, die verdammte Hure, und ihr Geschrei anstimmen. Das war nun wirklich das Allerletzte, was er brauchte.

So hob er sie widerstrebend hoch, entriegelte die Tür, stieg, den schlaffen Körper der Bewußtlosen auf den Armen, aus dem Wagen ins Freie, lief noch zehn Meter und legte Vera unter einen Busch.

Er sah sich um. Niemand. Drüben, an der hellerleuchteten Hoteleinfahrt, herrschte Betrieb. Wagen kamen, Wagen fuhren weg. Die Schickimickis der Gegend machten sich 'nen schönen Abend. Na, viel Spaß!

Er ging zum Wohnmobil zurück, klemmte sich hinters Steuer und ließ den Motor an. Elf Uhr. Da war noch was zu erledigen – in dieser Nacht. Keine dämliche Komödie, nein, eine einfache, glatte, saubere Arbeit.

Rio wußte nicht, was ihn erwartete, als er den ersten der drei Schränke öffnete. Leer. Die verchromten Gitterstäbe der vier Fächer schienen ihn höhnisch anzugrinsen. Bruno hinter ihm stieß pfeifend die Luft aus. Rio öffnete jetzt den Preßverschluß der zweiten Tür. Der gleiche Anblick – leer.

»Aber das Ding ist doch eingeschaltet, verdammt noch mal.« Zornig riß Rio die Tür auf. Wenn da auch nichts drin war, warum ließ dieser Vollidiot dann die Kühlmaschine …

Aber es war etwas drin! Diesmal hatten sie Erfolg. Was sie sahen, war wohl die Unterseite eines stabilen Kartons. Ursprünglich hatte er für den Versand von Büchsenmilch gedient. Der Karton war nicht höher als zehn Zentimeter. Und darin war nicht Büchsenmilch, sondern darin standen, einer hinter den anderen gereiht – Plastikbeutel. Es mochten zwei Dutzend, vielleicht sogar noch mehr sein. Ihr gefrorener, grautrüber Inhalt beulte die rechteckige Form der Behälter aus. »Blut verdirbt leicht.« Rio erinnerte sich wieder an Hochstetts Erzählungen. »Zellen sind lebendige Materie, verstehen Sie. Man kann sie nicht länger als zwei bis vier Wochen am Leben erhalten. Plasma jedoch, tiefgefroren und getrocknet, ist fast unbegrenzt haltbar.«

»Gib mir mal die Lampe, Bruno.«

Rios Fingerspitzen wurden gefühllos, als er den ersten der Beutel anfaßte und hinüber zu dem kleinen primitiven Tisch in der Ecke trug, auf dem die Bürolampe brannte und der wohl als Schreibtisch gedient hatte.

»Mensch, ist das vielleicht 'n altes Zeug!« Brunos Flüstern klang beinahe ehrfürchtig. »Die stammen ja aus dem Jahre neunzehnhundertneunundachtzig.«

Ja. Neunzehnhundertneunundachtzig. Das Jahr, in dem Reissner sich infiziert hatte. Wo war die Nummer? Auf dem Beutel war sie nicht zu entdecken, aber hier, auf dem verfleckten Etikett direkt neben der Aufschrift »Bio-Med: 13 986.«

Pech! So ein verdammtes Pech! Eine Tausenderreihe später als die Plasmabehälter, die Novotny im Max-Ludwig-Krankenhaus beschlagnahmt hatte. Trotzdem: Sie würden einige Beutel mitnehmen, und die mußten untersucht werden. Ein einziges überlebendes Virus, ein Ding von unvorstellbarer Winzigkeit reichte völlig aus. Es würde sich vermehren und jede Infusion in eine tödliche Zeitbombe verwandeln.

»Gut«, brummte Bruno, »und jetzt bist du ganz schlau, oder?«

»Nee. Vielleicht werd' ich's noch.«

Er schloß die Tür. »Schauen wir uns noch ein bißchen um, Bruno. Das Zeug nehmen wir nachher mit.«

»Den ganzen Karton?«

»Vier oder fünf Beutel.«

»Aber die sind doch tiefgefroren.«

»Bis wir zurück sind, hält das schon. Im Hotel müssen wir uns halt was einfallen lassen.«

Er ging zu dem Tisch in der Ecke und zog die Schublade auf – so leer wie die ersten beiden Schränke. Nicht einmal eine Büroklammer befand sich darin. Die Schublade war ausgeräumt worden, das stand fest. Dieser Bio-Med-Mensch Lars Boder mußte Gründe dafür gehabt haben. Und die galten sicher für das ganze Haus.

»Komm, schauen wir mal in der Garage nach. Vielleicht gibt's dort 'ne Tür rüber in seine Bude.«

Bruno nickte.

Viel Mühe hatten sie sich nicht gemacht, als sie einen primitiven Gartenanbau in die Einmannfirma »Bio-Med« verwandelten. Und viel Geld war wahrhaftig auch nicht verschwendet worden. Die beiden Räume – der eine, der als Hauptattraktion die Kühlwand aufwies, und der andere, in dem die leeren Regale standen – waren wenigstens von innen geweißelt worden. Auf der anderen Seite der Mauer sah man nur das triste Grau der Hohlblocksteine, die den geschäftlichen Teil der Garage abtrennten. Und sonst? Schwarze Ölflecken auf dem Zement. Hier paßte gerade noch ein Wagen rein. Und nicht mal ein großer. Ja, dort in der Ecke, die farbenprächtige Stange ... Beim näheren Hinsehen entpuppte sie sich als ein zusammengerolltes Segel. Es gehörte zu einem Surfbrett. Von dem Surfbrett jedoch war nichts zu entdecken. Rio dachte an den Karton mit den Muscheln, der dort drüben einsam auf einem der Regale stand, und sah diesen Lars Boder im Geist über irgendwelche Wellen preschen.

»Meinst du, wir kommen da rein?«

Sie standen vor einer schmalen Nut- und Federkonstruktion von Türe. Das Schloß daran war so einfach, daß es Bruno noch nicht einmal für nötig hielt, zu nicken. Er klimperte nur mit dem Schlüsselbund, an dem er seine Geheimwerkzeuge angehängt hatte. Die Tür ging auf.

Die Luft war abgestanden. Die beiden Männer gingen auf Zehenspitzen hinein. In der Küche auf der Spüle standen Teller mit angeklebten, undefinierbaren Soßenresten. Daneben eine Tasse. Der Kaffee darin war längst eingetrocknet. Im ersten Stock ein für die ärmliche Möblierung geradezu protziges Rattanbett. Auch hier hatte sich niemand die Mühe gemacht, Tücher zu glätten oder Betten abzuziehen. Der helle Fleck aus Rios Lampe streifte das Bild, das auf dem Bettbord stand: Es zeigte einen dunkelhaarigen, dicklichen Typen mit einem Schnauzbart, der mit dem linken Arm strahlend ein Mädchen umfangen hielt. Der Hintergrund: Playa. Aber keine spanische ... Und dort in der Ecke – ein weißes Surfbrett.

Brunos Blitz flammte auf. Na, eines wenigstens hatten sie erreicht: Lars Boder begann sich in einen Menschen aus Fleisch und Blut zu verwandeln.

Im Wohnzimmer ließ Rio die in weißes, feines Gummi gehüllten Fingerspitzen seiner linken Hand über den Fernseher streichen und betrachtete das Resultat: dicker Staub. Hier drinnen schien sich seit Wochen keiner mehr um Sauberkeit gekümmert zu haben.

»Komm, mach zu«, drängte Bruno.

Rio nickte, ging nochmals in die Küche und fand im Putzmittelabteil unter der Spüle Rollen mit Plastikbeuteln für den Mülleimer. Er riß einen ab. Dann gingen sie zurück in das Plasmadepot.

Rio nahm vier der Beutel, steckte sie in den Plastiksack und knurrte: »Jetzt nichts wie weg ...«

Draußen war's still. Ein leichter Wind wehte vom Tal herauf. Rio fröstelte, doch Grund war nicht die Kühle, die der Wind mitbrachte.

Bruno warf den Beutel auf den Rücksitz. »Und was willst du damit anfangen? Vor 'ner Stunde sind wir nicht zurück im Hotel. Und dann ist es Mitternacht. Willst du dann noch mit dem Koch reden, damit er dir die Dinger in die Kühltruhe steckt, oder was?«

»Genau«, sagte Rio. »Das wirst du übernehmen, denke ich.«

Er warf einen Blick auf die Uhr und ließ den Porsche den Abhang hinabrollen, an Boders Haus vorbei. Das Nachbargrundstück war von einer weißen Mauer umgeben. Dahinter sah man schattengleich die horizontale Linie eines Bungalows. Eines der Zimmer an der Frontseite war noch beleuchtet. Die Helligkeit lag wie ein goldener Abglanz auf dem Stamm einer Birke.

Rio schaltete das Standlicht an und stieg aus. »Bleib hier, Bruno.«

Der Fotograf zuckte nur mit den Schultern. Im Zement des rechten Türpfeilers war eine Messingkombination aus Briefkastenschlitz, Klingel und Sprechanlage eingelassen. Rio drückte dreimal – schüchtern erst, dann entschlossen und länger. Die Anlage knackte. »Ja.«

»Mein Name ist Martin. Rio Martin. Entschuldigen Sie bitte die späte Störung ...« Er verlieh seiner Stimme den vertrauenbildenden seriösen Unterton, der der Situation wohl angemessen war. Es war die Stimme eines wohlerzogenen, wenn auch ratlosen Bittstellers: »Wissen Sie, ich komme aus München, war in Frankfurt, und der Umweg hierher ist doch ziemlich groß. Ich suche nämlich Herrn Boder …«

»Was hab' ich mit dem zu tun?«

»Natürlich nichts. Ich wollte eigentlich nur wissen … nun, es ist nämlich so … Herr Boder ist Surfer wie ich, verstehen Sie. Windbrett-Sportler.« Hieß das Ding überhaupt Windbrett, verdammt noch mal? – Egal. Der Mann schien begriffen zu haben. »Nun, wir waren vor einem Jahr zusammen in Varna, in Rumänien. Wir haben uns dort rein zufällig getroffen. Aber leider hatte ich dann einen Getriebeschaden an meinem Wagen, und so was ist in Rumänien verdammt unangenehm. Also hat sich Herr Boder erboten, meine Ausrüstung, mein Surfbrett und die Segel mit nach Hause zu nehmen.«

»Ja und?«

»Nun, das ist so …« Rios Halsmuskel tat schon weh, so tief mußte er sich zu dieser blöden Sprechöffnung hinunterbücken. »Ich wollte meinen Krempel wieder abholen. So eine Ausrüstung ist nämlich sehr teuer. Ich hab' Herrn Boder schon einige Male angerufen, aber ohne Erfolg, und deshalb dachte ich, wenn ich hier in der Gegend vorbeifahre …«

»Moment mal …«

Lange dauerte es nicht, keine zwanzig Sekunden, und die Tür dort oben öffnete sich. Rio kniff die Augen zusammen, denn zur selben Sekunde waren an den Seiten des flachen Baus Sicherheitsscheinwerfer aufgeflammt, deren Licht ihn blendete. Als ob das nicht ausreichte, hielt der Mann, der über den Plattenweg auf ihn zukam, auch noch eine Taschenlampe in der rechten Hand. Es war ein großer, breitschultriger und ziemlich dicker Mann. Rio konnte nur seine massive Silhouette ausmachen. Haare hatte er keine.

In all diesem Licht schimmerte eine Kugelglatze. Nun blieb er stehen, und zumindest die Taschenlampe erlosch.

»So, der Herr Boder hat Ihnen dieses Dingsda geklaut. Und was soll ich dabei ...«

»Entschuldigen Sie! Ich kann nicht sagen, daß Herr Boder mein Surfbrett geklaut hat. Ich bin überzeugt davon, daß ich es mitnehmen könnte, wenn er nur hier wäre. Und deshalb dachte ich mir, ich frag' mal bei Ihnen als Nachbar an, ob Sie wissen, wann er zurückkommt.«

»Da sind Sie an der falschen Adresse.« Er hatte eine tiefe, beinahe weiche Stimme. Nun wurde sie hart. »Boder ist weg. Schon lange. Der Stromableser war auch schon bei mir – seinetwegen. Und soll ich Ihnen noch was sagen: Ihr Surfbrett hat der sicher schon längst verscherbelt. Ich hab' ihm mal meinen Rasenmäher geliehen. Dreimal mußte ich rübergehen, bis er ihn wieder rausrückte. So einer ist das.«

»Ah so!« Rio gab sich Mühe, seine Stimme bekümmert klingen zu lassen. »Sie sagten, er sei schon lange weg. Wie lange denn?«

»Genau kann ich Ihnen das auch nicht sagen. Ich bin erst darauf aufmerksam geworden, als sich bei ihm überhaupt nichts mehr rührte. Da hab' ich den Briefträger gefragt. Der wußte auch von nichts. Keine Nachsendeadresse. Keine sonstige Anschrift. Und so was will 'ne Firma sein.«

»Ich hab' gar kein Firmenschild bemerkt!«

»Das hat er schon vorher weggeschraubt. Das war etwa ... einen Monat bevor er sich völlig verdünnisierte.«

»Hm«, machte Rio, »na, dann bitte ich Sie nochmals um Entschuldigung für die Störung. Gute Nacht.«

Der Dicke zögerte mit der Antwort. Vielleicht hatte er noch mehr auf Lager. Rio jedoch fehlte die Lust, sich noch weiteren Tratsch anzuhören. Er ging zum Porsche.

Bruno schob ihm die Tür auf. Verdünnisiert, dachte Rio. Aber wie? Und wohin?

»Meine Frau ist – was?«

Weit schob sich Rio über den Empfangstresen des Parkhotels. Ungläubig starrte er in das glattrasierte Gesicht des jungen Mannes, der dahinter stand. Es war nicht der nette Herr Weigert. Ein junger Blonder mit einem glatten Kindergesicht hatte die Nachtschicht übernommen.

Im gedämpften Licht der großen weiten Halle gingen Menschen hin und her. Alle waren sie mächtig aufgedreßt: »Jahresbankett des Reitervereiens Bernhagen« hatte Rio auf einem Hinweisschild gleich am Eingang gelesen: »Großer Festsaal.«

All die Menschen in ihren Smokings und Abendkleidern wirkten auf Rio unwirklich wie Abziehbilder. »Reden Sie doch, Mensch ...«

»Ihre Frau – ich meine die gnädige Frau ist bedauerlicherweise überfallen worden.«

»Bedauerlicherweise überfallen worden?« Der Vogel hier war verrückt ... Mußte es sein.

Bruno schob sich heran und stellte die Ellbogen auf die Holzplatte: »Wo ist Frau Martin jetzt?«

»Hier im Hotel. Auf ihrem Zimmer.«

»Ist sie verletzt?«

»Glücklicherweise nein. Ich habe meinen Dienst ja erst um einundzwanzig Uhr angetreten. Aber soweit ich das verstanden habe, ist Frau Martin von einem Mann mit einem Messer bedroht worden. Man hat sie völlig verstört unten an der Auffahrt gefunden.«

Rio rannte los. In der Halle stieß er prompt mit einem der Paare zusammen, die gerade dem Festsaal zustrebten. Der Aufprall war so heftig, daß die Frau im blauen Abendkleid den Halt verlor und gestürzt wäre, wenn ihr Begleiter nicht sofort zugegriffen hätte.

»Eine unglaubliche Rüpelei«, brüllte er hinter Rio her, aber da war der bereits im Lift. Seine Fingerspitzen trommelten erregt gegen die goldfarbene Metallverkleidung der Kabine.

Endlich ... Aus einer Tür am Ende des Korridors trat ein beleibter Mann und kam langsam auf ihn zu.

Rio blockierte ihm den Weg. »Wer sind Sie?«

Der Mann hatte ein glattes, gut durchblutetes Gesicht. Er musterte Rio durch seine Hornbrille. »Und Sie ...«

»Ich heiße Martin. Und Sie kommen gerade aus meinem Zimmer. Verdammt noch mal, was ist hier los?«

»Ach, Herr Martin, gut, daß Sie jetzt da sind ... Ich bin Arzt. Es besteht kein Grund zur Aufregung, Herr Martin, Ihrer Frau geht es wieder gut. Ich habe ihr gerade ein Beruhigungsmittel gegeben.«

Rio rannte weiter, stieß die Tür auf, durchquerte den Vorraum, der zum Bad führte, und öffnete die zweite Tür. Das Doppelbett stand auf der rechten Seite. Links am Fenster gab es eine Sitzgruppe und gegenüber dem Bett einen Sekretär. Zwischen Sekretär und Bettende standen zwei Männer. Beide waren um die Vierzig, beide trugen sie Lederjacken und den leicht bekümmerten Polizistenausdruck im Gesicht. Ein dritter Mann saß in einem Sessel in der Ecke. Er war grauhaarig. Graugestreift war auch sein tadellos sitzender Anzug mit der zweireihigen Jacke. Er erhob sich bei Rios Eintreten.

Vera lag auf dem Bett.

Sie lag ganz still. Ihre Augen waren geöffnet. Ein Bettuch bedeckte sie. Darauf lagen ihre Hände. Sie waren gekreuzt, als habe man sie aufgebahrt.

»Vera!«

Sie gab keine Antwort. Rio sah, daß einer der beiden Männer dort ein paar Jeans in den Händen hielt. Nun legte er sie sorgsam auf den Sekretär und drehte sich Rio zu, doch der Mann im Zweireiher war der erste, der sprach.

»Verzeihung. Sie sind Herr Martin, nicht wahr?«

Rio kauerte sich neben Veras Bett und griff nach ihrer Hand. Ihre Finger waren kühl. »Vera, was ist denn?«

Sie drehte das Gesicht zu ihm. Bläuliche Schatten lagen

unter ihren Augen. Der Mundwinkel verzog sich. Ja, sie lächelte.

»O Rio! Wo warst du?«

»Liebling . . .«

»Ich bin so müde«, murmelte sie, und die Lider fielen über ihre Augen. Sie flüsterte noch etwas, doch er verstand es nicht mehr. Aber er spürte das Zittern, das sie bis zu den Fingerspitzen durchlief. Er erhob sich.

»Herr Martin, mein Name ist König. Ralf König. Ich bin der Direktor des Hotels. Ich kann Ihnen versichern, daß wir diesen Vorfall außerordentlich bedauern. Wir haben alles unternommen, um Ihrer Frau, so gut es ging, behilflich zu sein. Die beiden Herren hier sind von der Polizei.«

Die beiden Herren nickten. Der jüngere von ihnen war braungebrannt, als hätte er gerade einen Karibikurlaub hinter sich. Der andere wirkte blaß und übernächtigt. »Wendland«, stellte er sich vor.

»Herr Wendland, könnten Sie mir jetzt endlich erklären . . .«

»Aber gerne. Ihre Frau wurde in einem total geschockten Zustand von einem Hotelangestellten etwa zweihundert Meter vor dem Hoteleingang entdeckt. Dort lag sie an einem Bordstein. Es gelang unserem Arzt, sie so weit zu beruhigen, daß sie eine Aussage machen konnte.«

»Und? Herrgott noch mal, reden Sie doch weiter!«

Dieser Polizist Wendland – Inspektor, Kommissar oder was auch immer – lächelte nachsichtig. »Nach allem, was wir erfahren konnten, hat Ihre Frau einen Spaziergang gemacht, um ein wenig Luft zu schöpfen. Nicht weit von hier, an der Kreuzung – die Straße ist ja ziemlich wenig befahren – trat ein Mann auf sie zu, bedrohte sie mit einem Messer und zwang sie damit, mitzukommen.«

»Mitzukommen? Wohin?«

»In ein Wohnmobil. Es war an einer Baustelle geparkt. Hinter einem Kieshaufen.«

Rio blickte wieder hinüber zum Bett. Die ganze Zeit tat er es. Vera schien zu schlafen. Er versuchte sich vorzustellen, was dies alles bedeutete. Bedrohte sie mit einem Messer? ... Zwang sie mitzukommen? ... Der Hals wurde ihm eng. »Bitte, nun reden Sie doch.«

»Aber gerne, Herr Martin. Irgendwie ist die Sache mysteriös. Der Mann scheint offensichtlich ein Sadist zu sein. Er hat Ihre Frau auf einem Stuhl festgebunden und sie geknebelt. Hier, die Jeans ... Er hat sie anscheinend mit einem sehr scharfen Messer über den Knien durchtrennt. Er muß es getan haben, als sie die Jeans anhatte, denn der Arzt stellte zwei leichte Spuren ...«

»Schnitte?«

»... fast unmerkliche Kratzer oberhalb des Knies fest.«

»O nein!«

»Herr Martin! Ich kann mir vorstellen, wie nahe Ihnen das geht. Aber – Gott sei Dank – läßt sich ja feststellen: Es ist ihr nichts passiert.«

»Nichts ... Und die Angst, die sie durchgemacht hat?«

»Gut. Nichts außer dem seelischen Schock.«

»Hat sie das Schwein beschrieben?«

»Das ist es – sie konnte ihn nicht beschreiben. Er trug eine Strumpfmaske. Ein Meter fünfundsiebzig, nicht allzu groß also, schlank ...«

Sie hatte jetzt den Kopf zur Seite gebettet. Er sah, wie sich ihre Brust hob und senkte. Sie schien zu schlafen. Tief zu schlafen.

Die Tür öffnete sich. Bruno trat ein.

Rio deutete auf ihn: »Dies ist mein Mitarbeiter – Herr Arend. Die Herren sind von der Polizei. Irgendein Schwein hat Vera aufgelauert und sie überfallen.«

Bruno nickte nur.

»Wie kam sie aus dem Wohnwagen?«

»Das ist es ja ... Das wissen wir nicht. Sie weiß es selbst nicht. Sie weiß nur, daß sie ohnmächtig geworden ist. Der

Mann hat sie einfach dort auf den Boden gelegt und ist abgehauen. Vielleicht wurde er gestört? Oder es wurde ihm sonst irgendwie ungemütlich. Ihre Frau hat großes Glück gehabt, Herr Martin. Wir haben unsere Erfahrungen mit diesen Typen. Wenn die mal anfangen, mit dem Messer herumzuspielen, sind sie selten zu stoppen.«

Rios Phantasie entwarf Bilder. Irgendwie waren sie zu unglaublich, zu ungeheuerlich, als daß sein Verstand sie fassen konnte. So ist das nun: Du schreibst über solche Dinge, du liest davon in Zeitungen, in Büchern, sie werden dir erzählt, aber wenn's dich einmal selber trifft, begreifst du gar nichts.

»Und weil die Sache irgendwie nicht in das bekannte Täterprofil paßt, wollte ich Sie noch etwas fragen, Herr Martin.«

»Ja?«

»Sie kommen aus München, nicht wahr? Haben Sie geschäftlich hier zu tun?«

»Ich schreibe einen Artikel. Ich bin Reporter des NEWS-KURIER.«

»So? Interessant. Und wie ist das ... Wäre es möglich, daß Sie hier in Bernhagen irgendwelche Gegner haben?«

Es war genau die Frage, die sich Rio von dem Augenblick an stellte, als ihm aufging, was mit Vera geschehen war. Die Antwort aber war zu abenteuerlich.

»Nein«, sagte er, »ich habe hier keine Gegner.«

»Und Ihre Frau?«

»Die schon gar nicht. Wie denn?« Doch dann, nach einer kurzen Pause der Überlegung, fügte er hinzu: »Wissen Sie, ich habe hier keine persönlichen Gegner. Aber sonst ... na ja, Presseleute haben immer Feinde. Das liegt in der Natur der Arbeit ...«

Er unterbrach sich und blickte wieder hinüber zum Bett, auf dem Vera lag. Ihr Gesicht wirkte nun vollkommen entspannt, die Augen waren geschlossen. Doch er erkannte den bläulichen Fleck, der sich unterhalb ihres linken Jochbeins zum Hals hinab zog. Seine Hände verkrampften sich, und er wußte, daß er, solange er auch lebte, diese Nacht nicht vergessen würde. Und noch etwas wußte er jetzt: Für ihn war sie noch nicht zu Ende ...

»Ihr Whisky.«

Der Barkeeper schon Rio das Glas zu und verzog sich wieder zu seiner Zeitung und zu seinem Plattenspieler. In der diskret beleuchteten Hotelbar saßen drei Pärchen und er. Er aber war kein guter Gast. Den Whisky allerdings brauchte er. Er mußte mit seiner Nervosität fertig werden, irgendwie, auch mit der Erschöpfung. Hunger fühlte er schon längst keinen mehr. Und sein Magen wollte alles andere als Whisky. Aber was sollte es? Die Beutel ihrer »Bio-Med«-Beute lagen in irgendeinem Hoteleisfach. Oben, in Zimmer 412, hatte es sich Bruno bequem gemacht, indem er einfach die Diwankissen auf den Teppich gelegt und sich fluchend darauf ausgestreckt hatte. Falls Vera irgendwann in dieser Nacht erwachte, hatte sie wenigstens Bruno. Er aber ... Wie kann ein Mensch normal bleiben, wenn die Irren los sind? Was sollte er im Bett? Er würde sowieso nicht schlafen können. Er mußte nachdenken. Er mußte handeln. Und zuvor trank er das Glas leer.

Es wurde ihm besser.

Rio kannte die Nummer auswendig. Er hatte sie sich schon auf der Rückfahrt immer wieder vorgebetet – und dann doch nirgends gehalten, um anzurufen.

Und jetzt, jetzt war es Mitternacht. Erheblich nach Mitternacht. Zwölf Uhr fünfundvierzig ... Verdammt spät, um jemanden anzurufen.

»Kann ich mal das Telefon haben? Und wenn Sie so nett wären, die Musik ein bißchen leiser zu stellen ... Dauert nicht lange.«

»Oben in der Halle gibt's eine Kabine, mein Herr.«

Vielleicht gab's oben in der Halle eine Kabine. Nur, er hatte keine Lust, vom Hocker zu rutschen und hinaufzusteigen.

»Bringen Sie mir lieber einen zweiten Whisky.«

Der Barmann stellte den Apparat tatsächlich leiser und brachte auch den zweiten Whisky. Rio wälte. Nichts. Freizeichen, wie am Nachmittag … Freizeichen ohne Ende. Er legte auf. Er versuchte es wieder. Das Resultat blieb das gleiche.

Den zweiten Whisky trank er nur bis zur Hälfte. Er unterschrieb die Rechnung, und während er in der Außentasche seiner Lederjacke nach dem Trinkgeld kramte, ertasteten seine Fingerspitzen einen zweiten Zettel. Richtig, der gehörte auch dazu. Dies war Dagmars Adresse. Der nette Herr Weigert hatte sie für ihn herausgefunden. Er legte sie neben die Nummer. »Oprechtstraße 27«, stand da drauf.

Er stieg die Treppen hoch. Der junge Blonde am Empfang hob die Hand, es war eine der teilnahmsvollen Bewegungen, die man bei Beerdigungen beobachten kann. »Gute Nacht, Herr Martin.«

Von wegen! Soweit war er noch nicht!

»Sagen Sie mal, kennen Sie die Oprechtstraße?«

»Ja, Herr Martin. Das ist gar nicht weit entfernt von hier. Wenn Sie sich nach der Ausfahrt links halten – hier …«

Er faltete eine Stadtkarte auseinander und deutete mit dem Bleistift auf einen Punkt: »Hier sind wir. Und das ist die Oprechtstraße. Fünf Kilometer, würde ich sagen.«

Es mußten weniger gewesen sein. Rio brauchte keine fünf Minuten und war dabei noch im Schrittempo an einer Baustelle mit einem großen Kieshaufen vorbeigefahren: Der Ort, an den dieses Schwein Vera verschleppt hatte, um sie zu quälen …

Hier stand es: »Oprechtstraße.« Rechts erstreckte sich freies Feld. In der Ferne huschten Lichter auf der Autobahn vorbei. Links – Häuser. An der Einfahrt, die zum letzten dieser Häuser führte, las Rio: REICHENBACH. Die breite Maschentür der Hofeinfahrt stand einen Spalt offen.

Er stieg aus und drückte sie auf.

Das Haus lag völlig im Dunkel. Im Mondlicht wirkte es schwarz. Etwas gefiel ihm hier nicht, aber da war auch etwas, das ihn weitertrieb, ein sonderbarer, erbitterter, gläserner Zorn. Zum zweiten Mal in dieser Nacht holte er seine kleine Stablampe heraus – um sich zum zweiten Mal wie ein Einbrecher zu fühlen.

Er brauchte sie gar nicht. Es war so hell, daß sich alle Umrisse abzeichneten. Der Umriß eines aufgebockten Lieferwagens. Und dort, Berge von leeren Blumentöpfen. Ein leises Klappern ... Er fuhr zusammen. Der Wind spielte mit einem losen Blech.

Nun ging er auf Zehenspitzen, langsam und darauf gefaßt, daß etwas passieren würde. Es gab so viele Schatten. Jeder schien bedrohlich. Er hielt den Atem an: Was ist das?!

Er hielt den Kegel seiner Lampe tief. Das Licht war nicht größer als ein Fünfmarkstück. Und dieses bißchen Licht ließ drüben im Schatten des Gewächshauses etwas aufglitzern: Etwas wie roter Lack? Doch dies war kein roter Lack. Es war keine Farbe. Es war Blut.

Rio Martin war kein ängstlicher Mensch, besser, er hatte sich die Angst abtrainiert. Er konnte ganz ruhig atmen. Auch jetzt ... Er löschte die Lampe und trat einen Schritt zurück, verbarg sich hinter einem Kaminvorsprung und versuchte nachzudenken. Abhauen? Weg? Heute nacht war schließlich genug passiert. Und was immer sich hier abspielte – was ging es ihn an?

Eine Menge. Das war es. Und das wußte er auch. Also würde er auch diese Kiste noch durchziehen.

Nichts rührte sich.

Auch das Blech klapperte nicht länger. Nichts war zu vernehmen bis auf das Rauschen des Windes.

Er löste sich aus seiner Deckung und ging die vier Meter bis zu der Blutlache hinüber. Seine Lampe tastete ihre Größe ab. Da war eine Kette. Sie endete an dem, was einmal der Hals eines Hundes gewesen sein mußte, eines ziemlich großen schwarzen Hundes sogar. Aber das war kein Hals mehr. Die Schnittwunde wirkte wie ein riesiges, dunkles, offenes Maul, die Schattenform des Körpers war zusammengekrümmt.

Nun hatte er Mühe mit dem Atmen. Und auch mit seinem Magen. Er drehte sich ab und spürte eine jähe Sehnsucht nach Bruno … Verflucht noch mal: Warum mußte er sich allein auf diese Tour einlassen? Was war das überhaupt für ein Horrorort hier? Bernhagen – Metropole des Bluts und der Sadisten! Bernhagen schien sich mächtig Mühe zu geben, diesem Ruf gerecht zu werden.

Auf der Straße gab's wenigstens eine Laterne. Dazu funkelte der Lack seines Porsches ihm vertrauenerweckend entgegen. Was ihn am meisten beruhigte: Er brauchte nur die Tür aufzumachen und hatte schon ein Telefon in der Hand. Aber er tat genau das Gegenteil. Auch er war nicht normal in dieser Nacht. Vielleicht hatte er endgültig die Nase voll: Jetzt wollte er es wissen …

Er drehte sich um, stolperte, und am Schluß rannte er dem Haus entgegen, war an der Tür. Hier gab es nur eine Klingel, nur einen Namen: Reichenbach.

Er läutete Sturm. Die Klingel tobte drinnen im Haus, doch nichts regte sich. Kein Licht, das aufflammte. Keine Schritte, die sich näherten. Sein Herz schlug jetzt wie ein Schmiedehammer, die Hände begannen zu zittern, und dann legte er diese zitternden Hände auf die Türklinke, eine ziemlich altmodische Klinke, und drückte. Die Tür ging auf. Diesmal hatte er Mühe, die Lampe zu halten. Er ging hinein und wunderte sich selbst, woher er den Mumm nahm. Aber es war kein Mumm, irgendwie hatte dies alles eher mit Verzweiflung zu tun.

Und so schaltete er, ohne weiter zu überlegen, das Licht an. Es war, als habe er eine unsichtbare Grenze überschritten. Soll passieren, was will. Vielleicht schoß hinter dem Schrank eine Hand mit einem Messer hervor, vielleicht knallte es gleich aus der offenen Tür in der Mitte des Vorraums …

Er trat durch diese offene Tür. Wieder fand er sofort den Schalter und ließ das Deckenlicht aufleuchten …

Die Übelkeit fuhr so brutal, so heftig in seinen Magen, daß er glaubte, sich übergeben zu müssen.

Er hatte sich zu viel vorgenommen. Jetzt wußte er es. Er dachte daran, aus dem Haus zu laufen. Aber irgendein Rest von Professionalität war es wohl, der ihn daran hinderte. Vielleicht war es auch nur die Schwäche in seinen Knien.

So kniete sich Rio Martin auf dem Teppich nieder. Und kauerte dort, keine fünfzig Zentimeter von dem reglosen Frauenkörper entfernt, den die Schirmlampe bestrahlte. Mit angezogenen Beinen, auf der Seite liegend und nur mit einem kurzen gelben Frotteemantel bedeckt, wirkte er hilflos und sehr tot. Helles halblanges Haar fiel der Frau ins Gesicht. Die eine Hand war noch zur Faust geballt, die andere lag schlaff neben einem nackten weißen Schenkel.

Rios Hand tastete nach der Schläfe, dann hinab zur Halsschlagader. Die Haut war noch warm. Aber da war nicht das entfernteste Echo eines Herzschlags zu spüren.

Wie lange er so dasaß – er wußte es nicht. Dann kamen die Gedanken zurück, und mit ihnen ein wenig Kraft. Er stand auf und blickte sich um. Er entdeckte kein Telefon. Er würde hier auch nicht telefonieren.

Er schloß ganz sacht die Tür. Und dann die zweite, die am Eingang.

Als er in die Nacht hinaustrat, fühlte er nicht einmal mehr Angst. In ihm war nichts als eine große, kalte Leere, die sich langsam mit tödlichem Zorn auflud.

Er ging zum Porsche und sah noch einmal zurück. Das Haus lag dunkel und verlassen wie zuvor. Zwei Morde. Ein Schäferhund und eine Frau. Eine Frau, die er nicht kannte und die doch verzweifelt versucht hatte, mit ihm Kontakt aufzunehmen. Er wußte nicht einmal, auf welche Weise der Mörder die Tat ausgeführt hatte. Der Mörder? Derselbe Mörder, der Vera gequält hatte?

Seine Hände zitterten, als er die Tür des Porsche aufzog. Auf der Fahrt zurück nach Bernhagen hatten sie an einer Tankstelle angehalten. Bruno war ausgestiegen und mit einer Schinkensemmel und einer Flasche Cognac zurückgekommen. Die Schinkensemmel für Rio, den Cognac für sich. Aber die Hälfte des Cognacs war noch da. Rio holte die Flasche aus der Türablage und setzte sie an den Mund. Der Alkohol löschte das Zittern.

Er nahm das Funktelefon und drückte die Notrufnummer. Eine Frauenstimme meldete sich und leitete das Gespräch an die Kriminalpolizei weiter.

»Mainrad – Bereitschaft.«

»Herr Mainrad, ist Kommissar Wendland zu sprechen?«

»Der ist schon nach Hause.«

»Der andere Herr, ziemlich braungebrannt, blonder Schnauz?«

»Moment.«

»Mühlen!« Da war er, der junge braungebrannte Typ mit dem aufgetrimmten Schnauz auf der Oberlippe.

»Herr Mühlen, hier spricht Martin. Wir haben uns vor einer Stunde im Parkhotel kennengelernt.«

»Martin? Ach ja, natürlich! Ist Ihre Frau noch mal aufgewacht, Herr Martin? Haben Sie neue Erkenntnisse?«

»Meine Frau schläft. Das heißt, ich hoffe, daß sie schläft. Ich hab' aber trotzdem neue Erkenntnisse.«

»Wirklich? Um was geht es?«

»Ich rufe vom Wagen aus an. Ich stehe in der Oprechtstraße. Vor dem Haus Nummer 27.«

»Ja?«

»In diesem Haus ist ein Mord geschehen ... Und sicher nicht vor allzu langer Zeit.«

»Was? Was sagen Sie da?«

»Ein Mord, Herr Mühlen ... Falls Sie Tierfreund sind, können Sie sogar von einem Doppelmord reden. Der Schäferhund, der das Haus bewachen sollte, ist nämlich auch umgebracht worden. Mit einem Schnitt durch die Kehle.«

»Der Schäferhund?« murmelte der junge Beamte. »Und das Opfer?«

»Eine junge Frau. Sie liegt auf dem Teppich im Wohnzimmer. Wie sie zu Tode kam, weiß ich nicht. Ihr Name ist Dagmar Reichenbach.«

»Moment mal ... Dagmar Reichenbach ...« Er wiederholte es langsam, wie ein Schuljunge, während er Name und Adresse aufschrieb. »Darf ich fragen, wieso ...«

»Wieso ich dorthin kam, nach allem, was heute nacht schon geschehen ist ... Es hat mit meinem journalistischen Auftrag zu tun, Herr Mühlen. Ich erzähle Ihnen das alles morgen. Für heute reicht's mir. Ich will jetzt nur eines: zurück ins Hotel, zurück zu meiner Frau.«

»Aber ...«

»Nichts aber. Kommen Sie morgen früh ins Parkhotel. Ich steh' Ihnen zur Verfügung. Sagen wir ab neun, ja.«

Er wartete eine Antwort nicht ab. Er legte auf. Er hatte nicht gelogen: Er wollte tatsächlich nur eines: zurück zu Vera. Und noch etwas anderes wollte er auch: sich in Ruhe überlegen, wieviel er der Polizei von dem Verdacht, nein, von der Theorie erzählen sollte, die sich ihm bereits in dem Augenblick aufgedrängt hatte, als das Licht seiner Stablampe eine blutverschmierte Hundekette aus der Dunkelheit holte ...

»Herr Martin, verzeihen Sie bitte – einen Augenblick noch ...« Der nette Herr Weigert. Von seinen Postfächern winkte er Rio zu. »Da ist gerade etwas gekommen für Sie. Ein Eilbrief.«

»Ein Eilbrief?« Das fand Rio nun doch sonderbar. Er nahm Weigert das kleine, feste braune Kuvert ab, das er ihm entgegenhielt: »HR. RIO MARTIN«. Und als Adresse nur: »Parkhotel Bernhagen«. Kein Absender.

Durch das Papier fühlten seine Fingerspitzen die Plastikstruktur einer Tonbandkassette. Es war das Format, das meist für Musikaufnahmen verwendet wurde. Die Kassetten in seinem Gerät waren um mehr als die Hälfte kleiner. »Vielen Dank, Herr Weigert.«

Er steckte das Kuvert in die Tasche seiner Jacke. Irgendwo in der Tiefe seines Gehirns formte sich eine Ahnung, doch der Gedanke war wohl zu abwegig ...

Es war jetzt elf Uhr zwanzig.

Vierzig Minuten lang hatte er Polizistenfragen durchgestanden. Nicht nur der forsche, braungebrannte Inspektor Mühlen, auch Hauptkommissar Wendland war wieder mit von der Partie. Eines immerhin hatte Rio geschafft: Sie hielten sich an seine Bitte, Vera ungeschoren zu lassen und schon gar nichts von dem Mord an Dagmar Reichenbach zu erwähnen. Sie bekamen Vera auch nicht zu Gesicht, denn er hatte darauf bestanden, auf dem Zimmer zu frühstücken – und gleich dabei wieder eine seiner nie endenwollenden Vera-Überraschungen erlebt: eine ausgeschlafene, gelassene, ja, heitere Vera.

»Was willst du eigentlich, Rio?« hatte sie verkündigt, als sie ihr Frühstücksei köpfte. »Wie willst du mich denn haben? Hysterisch? Zähneklappernd und mit Schweißausbrüchen? Was soll's denn sein? Ich hab's mir überlegt: Mich von 'nem ordinären Pipi-Sadisten fertigmachen zu lassen kommt überhaupt nicht in Frage. Da knips ich lieber vorher das Licht aus – so wie gestern abend. Im übrigen ist auch die Bewältigung eines Sadistenerlebnisses nur eine Frage des positiven Denkens.«

»… positiven Denkens?« hatte er gestaunt.

»Nun guck nicht so! Wär' doch 'n prima Stoff für 'n Drehbuch, meinste nicht? Das läuft dann so: Eine Frau, eine Superfrau sogar, ist mit 'nem Idioten von Journalisten zusammen, der sie überhaupt nicht verdient. Der Typ merkt gar nicht, was er an ihr hat. Da kann sie machen, was sie will, sich sexy herrichten, baden, nackt durchs Zimmer rennen – er sieht das nicht mal! Und warum? Weil er nichts im Kopf hat als seine dämliche Story …«

»Und? Was macht sie dann?«

»Na, was schon? Sie bestellt sich einen Sadisten. Einen, der im Wohnwagen hockt und mit Messern spielt. Der greift sie, schmeißt sie nach fünf Minuten aus dem Wohnwagen raus, die Hotelangestellten finden sie im Schock, und ihr Typ … He? An was denkst du?« Sie hatte mit der Hand vor seinen Augen herumgefuchtelt: »He! Hörst du überhaupt zu? Ja, bist du noch zu retten?«

Das war langsam wirklich die Frage!

Elf Uhr zwanzig also. Um zwölf Uhr fünfundfünfzig gab es einen LH-Flug Frankfurt–München. Verdammt spät, im Grunde aber eminent praktisch. Vera konnte in einer Stunde zu Hause sein, die Rückfahrt auf der Autobahn würde ihr erspart, und er hatte die Chance, gleich nach seiner Ankunft mit Novotny und Olsen zu konferieren und in der Redaktion seinen Bericht zu schreiben.

Bruno winkte mit seinem Leihwagenschlüssel: »Also, ich fahr' mal los!« Auch Bruno war dazu vergattert, Vera gegenüber keinen Ton über den Mord in der Oprechtstraße zu äußern. Er sah übernächtigt aus. Letzte Nacht war er wenigstens doch noch zum Schuß gekommen: Die Mordkommissions-Beamten hatten Tatortaufnahmen zwar nicht zugelassen, aber den Abtransport der Leiche konnte er fotografieren.

»Moment mal, Bruno. Einen Augenblick …«

Rio blätterte in seinem Taschentelefonverzeichnis und

ließ sich den Hörer geben. Walter Leeb, einer der Chefs des LH-Booking-Dienstes am Flughafen Frankfurt, war tatsächlich sofort am Apparat.

»Hier spricht Rio Martin!«

»Ich ahne, was auf mich zukommt«, erwiderte eine übellaunige Stimme.

»Klar ahnst du! Und du hast recht. Für den Zwölf-Uhr-fünfundfünfzig-Flug brauche ich dringend einen Platz. Wäre das zu machen?«

»Moment ...« Dann ein knappes: »Okay. Melde dich beim Reservierungsschalter.«

»Nicht ich. Meine Frau, Walter.«

»Okay, okay ...«

Für die Strecke von Bernhagen zum Rhein-Main-Flughafen brauchten sie fünfzig Minuten. Fünf Minuten später beobachteten Rio und Bruno eine Vera, die mit schwingenden Hüften im Menschengewühl verschwand.

Bruno schüttelte den Kopf: »Das ist schon beachtlich, wie sie das alles weggesteckt hat, mein lieber Mann ...«

»Beachtlich? Weltspitze ist das!«

Bruno gab den Leihwagen zurück, dann suchten sie die Ausfahrt zur Autobahn Mannheim, und nicht viel später bereits ließ Rio den Blick wieder wandern, um eine Parkplatzausfahrt zu entdecken. Dort!

Er schwenkte ein und brachte den Wagen zum Stehen.

»Und jetzt?« fragte Bruno.

»Jetzt, Bruno ...« Er griff in die Innentasche der Jacke, zog das Kuvert hervor, entnahm ihm die Kassette und steckte sie in den Player des Bordradios. »Jetzt bin ich gespannt.«

Bruno sah ihn schweigend an. Er sagte nichts. Wenn Rio eines an ihm schätzte, dann die Tatsache, daß er im richtigen Moment den Mund halten konnte.

Knacken. Ein Rauschen ... Und nun eine Stimme: Die Stimme einer jungen Frau, vielleicht eines Mädchens ...

»Guten Tag, Herr Martin. Ich bin Dagmar Reichenbach.«

Rio schloß die Augen und fühlte einen eiskalten Schauer über seinen Rücken rinnen.

»Herr Martin, ich kenne Sie nicht persönlich, ich weiß nur eines von Ihnen: daß Sie Reporter sind und den Artikel über unsere Firma verfaßt haben, der im ›NEWS KURIER‹ *erschienen ist. Woher ich das weiß? Nun, ich habe so meine Beziehungen zum Chefsekretariat …«*

Eine kleine Pause entstand. Bruno Arend nutzte sie, um seine Stumpenpackung hervorzuziehen, und er raschelte derart laut damit, daß die nächsten Worte nicht zu verstehen waren.

Rio schaltete ab und fuhr ihn an: »Hör auf damit, verdammt noch mal!« Er suchte die Stelle und fand sie.

»… Beziehungen zum Chefsekretariat. Anscheinend waren Sie verhindert, mit mir telefonischen Kontakt aufzunehmen. Ich habe mich schon früher beurlauben lassen und bin nach Hause gegangen, weil ich annahm, daß Sie anrufen würden.«

Bruno produzierte eine gewaltige Rauchwolke. Eine weiße, übelriechende Wolke von Mißfallen war es, die zu sagen schien: Verdammte Idiot! Was hast du da gemacht?

»Ich schicke Ihnen dieses Tonband, weil ich hier über keine Schreibmaschine verfüge – und weil ich eine so unmögliche Handschrift besitze, daß sie kaum zu entziffern ist, wenn ich nervös bin. Und …« Ein gepreßtes Lachen. *»Ich muß schon sagen, ich bin sehr, sehr nervös heute … Die Gründe kann ich Ihnen nicht alle nennen, Sie würden sie doch nicht verstehen, denn die ganze Geschichte, die ich Ihnen zu erzählen habe, ist reichlich kompliziert.«*

Eine kleine Pause entstand, dann fuhr sie fort: *»Ich habe für Sie auch einige Dokumente vorbereitet. Es sind Fotokopien … Und nun die Frage, warum ich das alles tue. Es hänge mit dem zusammen, was Sie in Ihrem Artikel ›gewissenlose Geldgier‹ nannten. Ich, in meinem Bereich, Herr Martin, komme mit dieser gewissenlosen Geldgier oft genug zusammen. Ich* *sollte sie sogar decken. Und dazu fühle ich mich nicht mehr in der Lage, wirklich nicht.«*

Wieder entstand ein kurzes Schweigen. Auf der Autobahn rauschten die Autos vorüber. Und da war wieder die Stimme: »*Wie Sie wissen, arbeite ich an der Testanlage. Die Tests, die wir hier vornehmen, sind der allerletzte Schrei und daher ziemlich teuer. Doch was heißt teuer? Es handelt sich, wenn man es auf eine Einzelabgabe herunterrechnet, um den lächerlichen Betrag von zehn oder zwölf Mark ... Trotzdem wurde von der Geschäftsleitung gesagt: Wir müssen rationalisieren. Nur Stichproben. Und später kam sogar die Anordnung: ›Poolen.‹ Der Befehl ›Poolen‹ kam auch letzte Woche wieder. Sie wissen ja, was das ist: Es werden verschiedene Chargen zusammengeschüttet, und dann wird, gewissermaßen aus dem großen Bottich, eine Probe entnommen. Aber das Zeug ist inzwischen so dünn, daß eine genaue Kontrolle unmöglich wird. Doch diese Ware, heißt es dann, geht ja zu Versuchszwecken in die Institute oder in den Export ... Ich habe mich dagegen gewehrt – und mußte sofort merkwürdige Erfahrungen machen. Nach außen scheint alles in Ordnung. Aber als ich unseren Hamburger Mitarbeiter Jürgen Cenitza einweihte und Jürgen wohl einige unvorsichtige Bemerkungen machte, bekam auch ich Anrufe mit Drohungen ... Und nun der Hamburger Mord ...«*

Die Stimme brach ab. Nur der Atem war zu hören, gepreßt und leise. Schließlich: »*Sie können sich vorstellen, wie mir nach dem Mord an Jürgen zumute ist. Ich habe Angst, Herr Martin, große, große Angst ... Schade, daß Sie nicht gekommen sind. Auch schade für Sie, denn ich hätte Ihnen mein Material übergeben können. Sie könnten daraus ersehen, daß in der Firma mit allen Mitteln gearbeitet wird, nicht nur mit Lügen, Verdrehungen und Schlamperei, auch mit Bestechung und Erpressung.«*

Dann: »*Bitte rufen Sie mich sofort nach Erhalt des Tonbands an ...«*

Rio beugte sich vor, stellte den Apparat ab, lehnte sich zurück, schloß wieder die Augen und sagte gar nichts.

»Bitte rufen Sie mich sofort nach Erhalt des Tonbands an ...«

Er wurde die Worte nicht los. Sie waren wie ein sich unendlich wiederholendes Echo.

Bruno ließ das Fenster des Porsche sinken und warf seinen Stumpen hinaus. Er war ausgegangen.

»Verdammter Scheiß«, flüsterte er. Und dann: »Oh, Mannomann ...«

Ja, oh, Mannomann ... Rio wollte den Gedanken nicht heranlassen, sein Verstand, alles in ihm wehrte sich dagegen. Dieser Gedanke, so düster und dabei so gewaltig, daß er ihn zermalmen konnte, dieses erdrückende, schreckliche: DU BIST SCHULD ... DU HAST SIE AUF DEM GEWISSEN ...

Er sah wieder das ärmliche Wohnzimmer der Gärtnerei. Er sah den Teppich, den gelben Bademantel, das weiße Knie, das helle Haar, die verkrampften Finger ...

»Sie ist mit Hilfe eine Würgebands ermordet worden.« Kommissar Wendland hatte es ihm nach dem Frühstück erklärt. »Eines steht fest: Der Mann, der die Tat ausführte, war Fachmann. Der Arzt hat einen glatten Genickbruch festgestellt. Das ist in solchen Fällen ziemlich selten. Meistens werden die Opfer stranguliert ...«

Genickbruch. Stranguliert.

Diese Brüder, diese hirnrissigen, wahnsinnigen Verbrecher! Du bist schuld, ja ... Aber wie konntest du wissen, daß du es mit derartigen Verrückten zu tun hast?

Der gelbliche Hauch, den das Licht der Messinglampe auf die kurzen grauen Haare Paul Novotnys warf, erweckte den Eindruck einer ausgebleichten Haartinktur. Novotnys dunkle Augen sahen Rio an. Und der Jager-Hiasl, der auf der Kupferstichreproduktion über dem Kopf des Kommissars die Flinte schwang, starrte gleichfalls. Vor ihnen standen Bier, Brezen und ein Topf voll Sauerkraut mit Regensburgern. Den »konspirativen Treff« hatten sie in eines der Bierlokale der Innenstadt verlegt.

Rio schob seinen Sauerkrautteller von sich. Er konnte einfach nichts mehr essen.

»Weißt du, Rio«, sagte der Kommissar, »mich in andere Gehirne hineinversetzen, das muß ich schließlich jeden Tag. Aber bei dir schaff' ich's einfach nicht. Warum, Himmelarsch noch mal, warum hast du den hessischen Kollegen nichts davon erzählt, daß diese Frau, diese – wie hieß sie noch?«

»Reichenbach. Dagmar Reichenbach.«

»... daß diese Reichenbach dir an ihrem Arbeitsplatz ihre Telefonnummer gegeben hat? Und daß sie offensichtlich scharf darauf war, auszupacken?«

Rio zuckte mit den Schultern. Er war müde. Er war überhaupt nur noch müde ... Statt zu reden, schob er Novotny die Tonbandabschrift zu. Er hatte sie am Nachmittag in der Redaktion selbst abgetippt. Es war eine Qual gewesen, sich Dagmar Reichenbachs von Pausen zerstückelte Stimme wieder anzuhören.

Novotny las schweigend. Auf seiner Stirn sprang ein ganzer Fächer von Falten auf. Er sagte noch immer nichts. Er schüttelte nur den Kopf und schob Rio das Blatt zurück.

»Als ich das Tonband zum erstenmal abspielte, ging mir der Seifensieder erst richtig auf, Paul. Das war auf einem Autobahnparkplatz in der Nähe von Frankfurt. Ich konnte es deinem Kollegen Wendland in Bernhagen also nicht vorspielen. Und ich hätte es auch nicht.«

»Und warum?«

»Warum, warum? Ehe ich diese Bernhagener Provinzbullen von der Kette lasse, wollte ich doch den ganzen Fall mit dir durchsprechen. Vor allem wollte ich mit dir über meine Theorie reden ...«

»Daß es sich immer um denselben Täter handelt? Ob Cenitza, Vera oder diese unglückselige Dagmar Reichenbach – der gleiche Sadist mit Messer und Würgeband?«

»Ja, Paul.«

»Ein Lohnkiller? Und dahinter der große Unbekannte, der ihn bezahlt und auch sonst an den Schnüren zieht? Und der stammt natürlich aus dem Hause ›Bio-Plasma‹, ja?«

»So in etwa, Paul.«

»Aber wieso dann Vera? Die paßt doch überhaupt nicht ins Bild!«

»Wieso denn nicht?« fragte Rio und stocherte mit den Gabelspitzen in den bräunlichen Kohlfasern seines Sauerkrauts herum. Irgend jemand schob sich am Tisch vorbei und ließ die drei Worte »Grüß-dich-Novotny« in die plötzliche Stille zwischen ihnen fallen. Novotny sah noch nicht einmal auf. Er nickte nur. Die Kellnerin kam mit frischem Bier. Er ließ es stehen.

»Und warum paßt sie nicht ins Bild, Paul? Da bin ich völlig anderer Ansicht.«

»Ja?« Novotny verzog ironisch den Mund. »Und wie sieht sie aus, deine Ansicht?«

»Komm, Paul, das ist doch auch dir klar. Als ich dort auftauchte – meinen Artikel hatten sie ja schon auf dem Tisch –, gerieten sie in Panik. Zunächst wurde Hochstett vorgeschickt. Der kam zu mir ins Hotel, um die ›Bio-Med‹-Spur zu legen. Weil ich aber ziemlich stur blieb, die Kerle aber auf jeden Fall erreichen wollten, daß ich möglichst rasch wieder von der Bildfläche verschwinde, knöpften sie sich Vera vor.«

»Die? Plural?«

»Ja – die!«

»Und wer soll das sein?«

Rio zuckte nur die Schultern. Genau da lag der Haken. Alles, was er an Menschenkenntnis besaß, widersprach der Annahme, daß dieser nervöse, bis zur Hysterie unsichere Hochstett der Drahtzieher sein könnte. Wer aber dann? Engel natürlich ... Oder gab es noch einen Dritten? Einen Finanzier von ›Bio-Plasma‹, zum Beispiel ...

»Nun hör mal zu, Rio ...« Novotny wischte sich Bierschaum vom Mund, ohne daß er seinen dunklen, bohrenden Kriminalistenblick auch nur eine einzige Sekunde von Rios Gesicht ließ. »Selbst wenn ich die ganze Sache aus dieser Perspektive betrachte, bleibt doch völlig abwegig, daß irgendein ›Bio-Plasma‹-Manager oder gar Engel selbst sich eines derartig bescheuerten Typen für derartige knifflige Operationen bedient. Und bescheuert war er ... Um das zu erkennen, reicht es ja schon, das Protokoll der Vernehmung zu lesen, die Wendland mit Vera durchführte. Und all das andere, was du mir noch dazu erzählt hast ... Schön, der Mann mag ein Killer sein, aber für Psychopathen ist im Auftragsgeschäft kein Platz. Die werden nicht geheuert. Das garantier' ich dir.«

»Kannst du aber nicht. Gut, ich begreife ja, was du meinst ...« Rio beugte sich vor: »Paul, wenn der Auftraggeber nun mal Spaß an Psychopathen hat?«

»Was soll denn das wieder heißen?«

»Daß er selbst einer ist. Nichts weiter.«

Novotnys Daumen und Zeigefinger massierten die Nasenwurzel. Er schwieg.

Von der Theke klang eine Lautsprecherstimme und überdeckte das Geklapper von Tellern und das leise Stimmengemurmel im Raum: »Herr Novotny! Herr Novotny, bitte ans Telefon!«

Es dauerte keine zwei Minuten, dann war der Kommissar wieder zurück. Er setzte sich, zeigte sein übliches gleichmütiges Gesicht und griff nach seinem Glas. Er trank und fragte: »Und Boder? Was ist mit Lars Boder?«

»Was soll schon mit ihm sein? Das gleiche wie mit den anderen. Das gleiche wie mit Cenitza und Dagmar Reichenbach ... Er wußte zuviel und wurde umgelegt.«

Novotny blieb stumm wie ein Stein.

»Da wir schon von Boder sprechen, Paul – was ist denn mit den Plasmaproben, die ich euch gegeben habe?«

»Die werden gerade getestet. Aber was anderes, Rio: In Bernhagen haben sie das Wohnmobil von Veras Messerhelden gefunden. Wendland hat es gerade durchtelefoniert. Ein Westfalia-Modell. Geklaut.«

»Der Erkennungsdienst hat es doch untersucht?«

»Da gab's nicht viel zu untersuchen. Der Messertyp hat es in einer Waldlichtung abgefackelt. Und Fingerabdrücke halten sich nun mal nicht auf Asche und verbranntem Schrott ...«

»Er scheint also tatsächlich ziemlich profimäßig vorzugehen.«

»Das sagt Wendland auch.«

»Wendland, Wendland! Verdammt noch mal, und du?«

»Ich? Vera hat den Kerl gesehen. Sie war mit ihm zusammen. Wenn sie uns nur ein einziges vernünftiges Detail nennen könnte ... Einsfünfundsiebzig, zierlich und doch kräftig, Tänzerbewegungen, wahrscheinlich graue Augen ... Schon das ›wahrscheinlich‹ kann einen verrückt machen. Schlanke Hände und bescheuert. Damit hat es sich.«

»Nein: Kieks-Stimme«, sagte Rio.

»Ach, die hat er doch verstellt!«

»Live is short, let's pray«, zitierte Rio die Aufschrift auf dem T-Shirt des Sadisten. »Stimmt. Das Leben ist kurz. Aber zu beten kann er schon mal anfangen. Ich schnapp' ihn mir, ehe er woanders abkratzt ...«

Sie zahlten. Der Kommissar holte sich seinen Regenmantel aus der Garderobe. Als sie die »Greifen-Stuben« betreten hatten, hatte es leicht geregnet, jetzt schüttete es.

»Bockmist! Hast du keinen Schirm?«

Rio grinste: »Noch nicht mal einen Mantel.« Sie traten zurück unter das Vordach, das den Eingang schützte. Die Autos, die vorbeifuhren, platschten durch die Wasserlachen.

»Komm, leisten wir uns noch 'nen Kaffee.«

»Ich muß weg. Ich wär' auch schon zu meinem Wagen gesprintet, wär' mir nicht noch was eingefallen: Weißt du, was du da vorhin gesagt hast, das war gar nicht so schlecht, Rio ... Wenn wir mal probeweise davon ausgehen, dieser Messerdepp wäre tatsächlich in allen drei Fällen der Täter, dann bekommt der Mann, der ihn losschickt, auch ein interessantes Persönlichkeitsprofil.«

»Du meinst, daß die beiden irgend etwas verbindet?«

Novotny nickte – um plötzlich, wie von der Tarantel gebissen, hochzufahren und die Faust zu schütteln.

»Ja, gibt's das denn?! Hast du den gesehen? Schau dir das an.« Ein am Bordstein vorbeidröhnender, mit einem Rennauspuff bestückter Corsa hatte ihn mit einer Wassersalve erwischt.

»Keine zwanzig Jahre, der Arsch!« schimpfte Novotny erbittert.

»Komm, Paul, jetzt bleib schon beim Thema: Was kann die beiden verbinden?«

Der Kommissar wischte sich Tropfen aus dem Gesicht. »Na, was schon? Entweder eine Abhängigkeit oder eine Macke. Das ist zumindest nach meiner Erfahrung das Geläufigste.«

»Ein Mann im Hintergrund mit Messer-Macke – oder was?«

»Vielleicht.«

»Und wie heißt er?«

»Engel. Vielleicht Engel ... Aber nur vielleicht. Du hast mir doch gesagt, daß er der Alleininhaber des Ladens ist.«

»Das weißt du doch auch, Paul.«

»Das weiß ich nicht. So ist er nur eingetragen. Aber weißt du, wo die Firma gegründet wurde? Dreimal kannst du raten ...«

»Liechtenstein?«

»Tatsächlich. Vaduz. Die ›Bio-Plasma‹ in Bernhagen ist nichts als die deutsche Tochter. Aber nochmals: Der Eigentümername Engel schließt ja nicht aus, daß es noch irgendwelche anderen Figuren gibt. Ganz stille Schwarzgeldteilhaber, Leute, die die Finger drin haben, ohne auffällig zu werden. Aber gehen wir mal davon aus, Engel wäre der Regisseur. Du hast mir doch von diesem Förster-Dienst erzählt. Was wissen die? Alles, was wir erfahren haben, ist relativ harmlos. Zwei oder drei Immobilienvergleichsverfahren, eine ziemlich schiefe Geschichte mit einer Erschließungsgesellschaft in Paderborn, und damit hat es sich dann auch schon … Und was brachte dein komischer Förster-Dienst?«

»Einiges mehr. Einiges, das ein bißchen exotischer wirkt. Hast du was über Hochstett rausgekriegt?«

Novotny zuckte mit den Schultern: »Hat sich bei der Bundeswehr ausbilden lassen, schmiß denen ganz schnell den Krempel vor die Füße, was ja auch lohnend ist. Ging nach seiner Entlassung an die Uni Tübingen als Assistent, anschließend in einen Pharmaladen in der Schweiz. Von dort hat ihn Engel wohl auch geholt.«

»Engel«, murmelte Rio, »Thomas Engel … Wo steckt der Hund bloß? Jedenfalls – ich fahr' jetzt in die Redaktion. Und dann schick' ich dir gleich eine Fotokopie unseres Förster-Materials. In Ordnung?«

Novotny nickte, legte zwei Finger an die Schläfe und rannte in den Regen hinaus …

Wie immer kam Cleo zu spät. Vera sah schon wieder auf die Uhr: Zwanzig nach vier. Sie warf noch ein letztes Kissen in die Sofaecke, ging in die Küche, um das Teewasser abzuschalten, doch gerade als sie den Arm ausstreckte, sah sie, wie draußen vor dem Fenster Cleo mit aufgespanntem Schirm um die Hausecke bog.

Wieso bekam sie plötzlich Herzklopfen? Wie nennt man so etwas? Freudige Erwartung etwa? Vielleicht …

Schon immer hatte Vera sich zu der Sorte Frauen gezählt, die von sich sagen, sie würden sich besser mit Männern als mit Frauen verstehen. Dies galt für ihr Germanistikstudium wie für ihre kurze, sehr unglückliche Episode als Lehrerin; vor allem aber für die drei Jahre beim Fernsehen: Meist waren es Männer gewesen, für die sie Freund- und Partnerschaft empfand. Und nun die Ausnahme: Cleo. Eine Ausnahme von solcher Eindringlichkeit, daß sie sich selbst fragte, wie sie bisher ohne Freundinnen ausgekommen war.

Nun, Cleo war ein Sonderfall, und das sicher seit der Geburt. Ihre Selbstsicherheit wirkte schon beinahe kindlich. Sie pfiff darauf, ob die Leute lachten, grinsten oder über sie redeten. Sie hielt sich mit nonchalanter Souveränität alle möglichen Liebhaber. Dabei war sie bei Gott nicht hübsch. Groß und rundlich war Cleo, trug wie ein Indioweib das Haar glatt zu einem Zopf zurückgekämmt, behängte den fülligen Leib mit bedruckten afrikanischen Stoffen. Mal Schwarz-gelb, dann wieder in Lila-grün und Weiß, segelte sie durch die Intellektuellen-Partys – und in Veras Leben. »Ach, Häschen! Das Leben besteht aus Augenblicken. Du mußt dir nur die Richtigen einfangen.«

Selbst Rio bekam bei Cleos Anblick andächtige Augen: »Ein unglaubliches Weib ...«

Vera nahm das Teegeschirr, trug es ins Wohnzimmer und ging zur Tür, um zu öffnen.

Da stand sie also und schwenkte ein Konditorpäckchen vor ihrer Nase. »Weiß schon, weiß schon, du willst nichts Süßes. Aber Föhlinger Petit Fours sind nun mal die besten im Kaff. Von seiner Erdbeertorte ganz zu schweigen.«

Sie stürmte herein, ließ sich in einen der Sessel am Teetisch fallen und machte sich sofort mit aufgeregten Händen über die Schnur ihres Päckchens her.

»Da.« Ein wahrer Erdrutsch kleiner Törtchen ergoß sich auf Veras Teller. »Schalt deine Vorurteile ab und probier einfach mal. Schließlich: Man kann auch von Brot dick werden. Dann lieber von dem Zeug hier.« Sie ließ zwei Marzipanwunderwerke in ihrem breiten, klatschmohnrot bemalten Mund verschwinden, lehnte sich zurück, griff nach ihren Zigaretten und beachtete Vera ebenso liebevoll wie prüfend. »Zucker ist gut für die Nerven. Wie steht's denn mit deinen?«

»Wieso?«

Sie wußte, warum Cleo die Frage stellte, und setzte schnell hinzu: »Mir geht's bestens.«

»Bist ein Phänomen, du Sadistenopfer: Aber weißt du«, sie nahm einen tiefen Zug, »ehe ich hierher kam, hab' ich extra noch mal Max Hohler angerufen. Man kann über Max sagen, was man will – ich frag' mich ja immer, ob er wirklich schwul ist oder ob das die Leute nur von ihm behaupten –, aber er bleibt einer der besten Therapeuten am Markt. Und nicht nur das. Er ist Spezialist für solche Fälle.«

»Zu was brauch' ich denn 'nen Spezialisten, um Himmels willen?«

»Das merkt man meistens zu spät, daß man den braucht, Schätzchen. Und dann kann's schwierig werden. Erinnerst du dich an diese Landshut-Geschichte?«

»Welche Landshut ...«

»Landshut hieß der Flieger. Ein Lufthansa-Jet. Irgendwelche PLO-Verrückten haben den damals nach Mogadischu entführt und die Leute als Geiseln genommen. Nun, von diesen Geiseln hat Mäxchen ein halbes Dutzend behandelt. Und hat sie kuriert. Die Leute erlebten ihre Alpträume jeden Tag, jede Nacht. Grauenhaft, nicht?«

»Ich habe keine Alpträume. Und ich werd' mir keinen seelischen Knacks holen, Cleo. Wenn du noch was wissen willst: Ich wundere mich selbst darüber.«

»Du meinst, du hast diesen Messertypen vergessen – oder verdrängt?«

»Weder noch, Cleo. Vielleicht liegt es daran, daß meine

Eltern beide Schauspieler sind. Ich bin unter Schauspielern groß geworden. In der Szene nimmst du die Dinge anders wahr. Vor allem aber nimmst du nichts mehr so richtig ernst. Es herrscht immer eine Atmosphäre der Unwirklichkeit. So wie in diesem Wohnmobil ... Bei meinen Eltern wußte ich zum Beispiel nie recht zu unterscheiden, ob sie nun in ihrer Rolle waren, sich gegenseitig – oder auch mich – auf den Arm nahmen, ob sie hysterisch waren, ob sie das wirklich meinten, was sie sich an den Kopf schmissen. Irgendwie muß ich das mitbekommen haben ...«

»Das ist interessant. Das muß ich Mäxchen ...«

»Cleo! Dieser Wagen... dieser Mann, diese komische Stimme, die er hatte. Dazu die Maske, das war – ja, das war so was von irreal. Wie Theater. Du kannst dir das nicht vorstellen. Und ich kann's im Grunde auch nicht. Vielleicht ist es gerade das, was hilft ... Es ist wie ein Traum. Es bleibt ein Traum. Kein Alptraum, eher schon irgendein läppischer Traum.«

Cleo blickte sie zweifelnd aus ihren dunkel umrandeten Augen an. »Also ich weiß nicht ... Und was sagt Rio?«

»Rio? Ach, Rio ...«

»Klingt ja nicht gerade begeistert.«

»Rio schaut mich dauernd genauso an wie du gerade. Und dann nimmt er mich in den Arm und will wissen, ob es mir nun auch wirklich gutgeht. Und ist heilfroh, wenn ich sage: Klar! Dann kann er nämlich wieder abzischen. Er ist wieder mal hinter einer Geschichte her. Deshalb sind wir ja auch in den Taunus gefahren. Solange er aber seine Story im Kopf hat, existiert nichts anderes für ihn. Nicht einmal ich.«

Vera überlegte, ob sie Cleo von ihren mißglückten Liebesvorsätzen im »Parkhotel« erzählen sollte. Bettgeschichten waren nun einmal Cleos Lieblingsthema. Stundenlang konnte sie sich darüber auslassen. Und gerade deshalb ließ Vera es sein.

»Er wird seine blödsinnige Geschichte schreiben«, sagte sie, »und dann taucht er wieder auf ...«

Es regnete noch immer. Es regnete so stark, daß sich trotz der gewaltigen Glasfenster die Redaktion verdüsterte. Wie alle anderen schaltete auch Rio Martin in seinem Büro die Schreibtischlampe ein. Vor ihm lag ein braunes DIN-C5-Kuvert. Er schrieb Novotnys Adresse darauf, doch ehe er die Fotokopie des Förster-Berichtes endgültig hineinsteckte, warf er noch einen letzten Blick darauf:

> Thomas Engel. Geboren am 24. 11. 1941 in Paderborn.
> Vater: Postbeamter im mittleren Dienst.
> Nach einem abgebrochenen Jurastudium (vier Semester) arbeitete Engel zunächst auf dem Bau. Ab 1965 gelang es ihm trotz seiner Jugend überraschend schnell, in der Immobilienbranche Fuß zu fassen. Dabei tat er sich besonders bei der Vermittlung von Industriegelände hervor. Erste Erfolge waren wohl dem richtigen Parteibuch und seinen Beziehungen zur Stadtverwaltung Paderborn zuzuschreiben. Seine Firma, die »City-Bau«, mußte jedoch bald wegen offensichtlicher Finanzschwierigkeiten (die angegebenen Einlagen bei der Eintragung ins Handelsregister wurden nie erbracht) auf gerichtliche Anordnung geschlossen werden.
> Trotz dieser Rückschläge gelang es Engel, einen der bedeutendsten Pharmahersteller der Region, Dr. Max Hollmann, auf sich aufmerksam zu machen. Das führte dazu, daß er, nachdem Hollmann ins Pharma-Verbandspräsidium aufgestiegen war, als Arzneimittelhersteller-Lobbyist nach Bonn geschickt wurde. Dort gelang es ihm Anfang der siebziger Jahre schnell, enge Kontakte vor allem zu jüngeren Bundestagsabgeordneten zu knüpfen. Seine Tätigkeit für die Pharmabranche hinderte Engel nicht, sich geschäftlich überall dort zu betäti-

gen, wo eine schnelle Rendite zu erwarten war. Ob es um Immobilien, Rüstungs- und Waffendeals, Forschungsgelder oder Lizenzen ging, Engel versuchte überall mitzumischen. In diese Zeit fiel auch seine Heirat mit der Tochter eines Legationsrats. Die Ehe wurde jedoch bereits sechs Monate darauf geschieden.
Engel, der einen reichlich aufwendigen Lebensstil pflegte, wurde bald Stammgast in den einschlägigen Lokalen der Kölner und Düsseldorfer Szene. Um Pharma-Genehmigungsverfahren zu beschleunigen und durchzusetzen, hatte es Engel verstanden, zuständige Beamte beim Bundesgesundheitsamt auf sich einzustimmen. Seine Methode ging dabei über die üblichen »kleinen Aufmerksamkeiten« weit hinaus. Unter den Geschenken, die er verteilte, befanden sich Originalwerke namhafter moderner Künstler wie Ungerer, Jensen und Monetti. Derartige Geschenke erhielten auch einige wichtige Mitglieder der zuständigen Bundestagsausschüsse. Für ihn wichtige Leute wurden auf seine Finca nach Ibiza eingeladen und reichlich bewirtet. Dort hatte Engel, diesmal mit spanischen Partnern, eine neue Immobiliengesellschaft zu touristischen Zwecken gegründet.
Seit August 1984 ist Engel nicht mehr als Pharmavertreter in Bonn aufgetreten. Er wandte sich einem einträglicheren Geschäftszweig zu: dem Handel mit Blut. Hier stieg er zunächst durch Importe vor allem aus amerikanischen und südamerikanischen Ländern ein, sattelte aber bald mit der Gründung der »Bio-Plasma«, Bernhagen, auf die Produktion von Plasma und Blutpräparaten um. In Bonn wurde sein Ausscheiden mit einem gewissen Bedauern registriert. Der »schnelle Thomas« galt als eine der schillerndsten und interessantesten Figuren der Lobbyisten-Szene …

Der »schnelle Thomas« ... Waffengeschäfte, Forschungsgelder, Blut-Importe, Plasma ... Der Mann war nicht nur schnell, er war vielseitig. Und was war er noch? Wer sich einen Typ wie diesen Messerkünstler leistete, der mußte selbst nicht ganz dicht sein. Aber auch diese Erkenntnis half nicht weiter. Blut-Importeur, Playboy, Kunstsammler. Bonn, Ibiza, Bernhagen – ja, was denn noch? Unter all den Sprücheklopfern, die sich in diesem Land ihre Karrieren zusammenzimmerten, schien er es tatsächlich besonders eilig gehabt zu haben.

Die Tür ging auf. Hanni Eisner, die kampferprobte Reportersekretärin, steckte den Kurzhaarkopf durch den Spalt.

»Hör mal, Rio! Ich hätt's beinahe vergessen: Da kamen zwei Anrufe für dich. Ein Herr aus der Schweiz und ...«

»Laß mich in Frieden, Hanni. Ich hab' wirklich zu tun.«

»Aus der Schweiz, Rio ...«

»Laß mich in Frieden – bitte!«

»Na gut. Ich hab's dir gesagt.« Sie warf ihm einen Notizzettel mit einer Nummer auf den Tisch und verzog sich beleidigt.

Rios Hand suchte unter der Zeitung ... Ah, hier war das Päckchen! Er hatte sich vorgenommen, sich seine Zigaretten einzuteilen. Alle vier Stunden eine. Die Zeit war gekommen. Er zündete sich die Zigarette an, nahm einen tiefen Lungenzug, spürte, wie der Rauch sich wie ein fremder Eindringling in den Bronchen ausbreitete, und drückte das verdammte Ding wieder aus.

Da war doch etwas, das dir aufgefallen war? Ungerer, Jansen, Monetti ... Kunst als Schmiergeld. Eigentlich ganz originell. Und mit den Malern bewies er sogar eine gewisse Klasse. Hatte er nicht selbst immer von einem Jansen geträumt? Tommi Ungerer, der war unerreichbar. Unerreichbar teuer. Und Monetti? Den kennst du doch auch ...

Doch es waren nicht nur die astronomischen Summen, die Galeristen für Bilder oder auch nur für Graphiken dieser Künstler verlangen konnten, da gab es noch etwas anderes ... Was zum Beispiel Jansen und Ungerer verband – so verschieden sie in ihren Auffassungen und ihrem Strich auch sein mochten –, waren ihre erotischen Themen. Nicht nur die Art, wie sie sie darstellten, auch die Auswahl. Wie sollte man die nennen? »Bizarr« vielleicht, was immer man darunter verstehen wollte.

Monetti jedoch – Rio hatte eine Ausstellung von ihm gesehen –, weibliche Körper, mit Stricken gefesselt, die Hände in Handschellen, die Gesichter, nein, die Köpfe von Ledermasken bedeckt, aus deren Schlitzen Augen starrten. Nackte Leiber, an Stühlen festgebunden, andere wie an Pfählen gekreuzigt oder von Deckenbalken hängend ... Giacomo Monetti. Milano. Und der Titel der Ausstellung lautete: »La legge oscura« – »Das dunkle Gesetz« ...

Ganz schön dunkel, bei Gott!

Aber ein Maler wie er konnte seine Phantasie und seine verbogene Sexualität auf Zeichenpapier und Leinwand abreagieren – und bekam dafür noch einen Haufen Geld. Vielleicht ging Thomas Engel einen Schritt weiter? Vielleicht wollte er das alles in der Realität erleben? Vielleicht? Verdammt noch mal, viel zu viele »Vielleichts« sind das! Paß bloß auf, daß du dich nicht vollends vergaloppierst ...

Rio klebte das Kuvert zu, ging ins Sekretariatszimmer und bat Hanni, einen Kurier ins Polizeipräsidium zu schicken. Dann setzte er sich wieder an seinen Schreibtisch und nahm den Zettel zur Hand, den sie ihm zuvor gebracht hatte.

00-41? – Das war die Schweiz. Auch die Vorwahl war ihm bekannt: 93 – das stand für den Tessin. Nur den Namen hatte Hanni falsch aufgenommen. Der Anrufer hieß nicht »Dr. Danilo Bianchi«, sondern »Bianchetti«. Und er war wie eine Stimme aus der Vergangenheit ...

Danilo! dachte Rio. Der alte, gute Danilo ... Du hättest dich längst bei ihm melden müssen. Bei so vielen hättest du dich längst melden müssen, verflucht noch mal ... Aber was will er heute von dir?

Er tippte die Nummer ein und fischte dabei seinen geköpften Glimmstengel wieder aus dem Aschenbecher. Doch er zündete ihn nicht an, er rollte ihn nur zwischen den Fingern hin und her.

Und dann meldete sich eine Telefonistinnenstimme: »Ospedale Cantonale. Dottore Bianchetti wollen Sie sprechen? Einen Moment, prego ...« – Eine Labsal, die Sprache. Rios Herz klopfte freudig.

»Bianchetti.«

»Na, Alter! Weißt du, was ich jetzt möchte? Ein Flugzeug chartern und zu dir fliegen. In den Süden.«

»Dann tu's doch.« Die Heiterkeit in Danilos Stimme klang etwas gezwungen. »Tu's sofort. Dann können wir wieder mal einen zusammen trinken.«

»Weißt du überhaupt, daß ich verheiratet bin?«

»Klar, weiß ich. Ich bekam doch deine Einladung. Und dann hab' ich dir ein Telegramm geschickt und fünfzig Rosen. Aber die ließen mich hier nicht los.«

»So ein wichtiger Mann bist du geworden, Danilo?«

»Du doch auch ... Du weißt ja, wie's ist ... Du doch am besten.«

Und nun die übliche Pause, die sich nach Trennungen einstellt, wenn die erste Euphorie des Wiederfindens verflogen ist. Die Pause dauerte lange, sehr lange.

»Also hör mal, Danilo, was ist denn? Was verschafft mir die Ehre?«

»Rio, du schreibst jetzt für ein international bekanntes Blatt. Stell dir vor: Den ›NEWS KURIER‹ kannst du sogar bei uns auf der Piazza kaufen. Nun, was sagst du dazu?«

Rio sagte nichts.

»Ab und zu kauf' ich ihn mir«, fuhr Danilo deshalb fort.

»Gestern auch. Das Blatt kommt natürlich mit einiger Verspätung. Aber da stand groß dein Artikel über den Plasmaskandal drin. Diese Firma ... Wie war das noch? Bio-Plasma ...«

»Ja.« Warum stotterte Danilo? Weshalb die Pausen?

»Als ich den Namen las, Rio, weißt du, da ging mir plötzlich eine ganze Menge durch den Kopf.«

»Und deshalb rufst du an?«

»Ja. Oder, wie soll ich sagen: Der Anruf ist so eine Art kleiner Hinweis. Mehr nicht. Wirklich nicht ...«

»Sag mal, Danilo, was ist denn mit dir los? Könntest du dich nicht etwas klarer ausdrücken?«

»Ein Hinweis«, beharrte die Stimme im fernen Tessin. »Ein Hinweis aus einer gewissen Sorge heraus. Vielleicht aus einer übertriebenen Sorge. Aber wir sind ja Freunde ...«

»Nun schieß doch endlich los!«

»Erinnerst du dich an den Knochenbruch, den wir damals im Dachauer Krankenhaus eingerichtet haben?«

Knochenbruch? Und ob er sich erinnerte! Die Bertram-Party! Es war eine sehr feuchte Party gewesen, weil Willi Bertram glaubte, das seinem Beruf als Musikagent schuldig zu sein. Das war schon einige Jahre her, fiel noch in die Vor-Vera-Zeit. Vera hatte es zwar schon gegeben, doch der Gedanke an eine feste Bindung erschien ihm damals unrealistisch, beinahe ungeheuerlich. Und so war es ihm später als eine Art gerechte Strafe erschienen, was ihm in diesem Privatpark am Starnberger See zustieß: Irgendein Mädchen, an dessen Namen er sich nicht einmal erinnerte, hatte ihm beim Grillen etwas an den Kopf geschmissen – eine Semmel, richtig! Er war ihr nachgerannt, gestolpert und auf einer kleinen Mauer und in einem Meer von Schmerzen gelandet. Gesicht und Hände in der Rosenhecke. Das Schlimmste aber war das Schienbein. Blöde, blutend und besoffen, wie er war, hatte er auch noch mit zu grinsen versucht, als die anderen ihn auslachten.

Für derartige Situationen gab es damals den Helfer in der Not: Dr. Danilo Bianchetti im Dachauer Krankenhaus, einen Danilo für alle Lebenslagen. Und so war es auch diesesmal wieder gewesen: Danilo schickte den Sanitätswagen, der Rest war Routine: Anästhesie – ein bißchen schwierig bei so viel Alkohol im Blut – der Knochen wurde eingerichtet. Danilo brachte den Patienten selbst nach Hause, und bald konnte Rio wieder in der Dachauer Klinik aufkreuzen, um sich die Metallplatte entfernen zu lassen. Der Knochen war wunderbar abgeheilt. Null Problem. Keine Schwierigkeiten. Ein Klacks. Und fast vergessen …

»Danilo, hör mal, das war doch ganz harmlos!«

»Sicher war es ein harmloser Bruch. Nur …«

»Was – nur?«

»Porco cane«, fluchte der Teilnehmer im Tessin. »Das Plasma, das wir dir damals gegeben haben …«

»Plasma?« – Schon das Wort löste eine Wolke von Hitze aus, die seinen Rücken bis hoch zum Hinterkopf einhüllte. Und aus ihr stach es wie mit tausend eiskalten Nadeln. »Plasma, Danilo? Ich kapier' nicht …«

Aber er hatte begriffen!

»Wieso denn Plasma?« Diesmal schrie er es. »Es gab doch gar keine Blutungen. Hast du selbst gesagt.«

»Gab's auch kaum. Wie du weißt, war es Schönberg, der dich damals operierte. Schönberg ist in der Orthopädie absolut ein As. Das Problem liegt woanders: Schönberg gab in solchen Fällen immer Plasma. Er hielt es für die eleganteste Methode, eine schnelle Knochenregeneration zu erzielen. Und damit hatte er ja auch recht. FFP-Präparate …«

»Was ist das schon wieder?«

»Fresh frozen Plasma. Hat eine stark keimtötende und regenerative Wirkung. Deshalb verkürzt es die Abheilungszeit, verstehst du?«

Es war völlig gleichgültig, ob und was er verstand. Sein Magen hatte sich zusammengezogen. Es war, als umklammere ihn eine Faust. Rio hörte sein Herz. Nein! war alles, was er denken konnte, während gleichzeitig eine zweite, leise Stimme in ihm sagte, daß Plasma schließlich überall verwendet wurde. Hektoliter von Plasma, an Tausenden und Zehntausenden von Kliniken rund um die Welt ... Also werd nicht hysterisch, Junge! Reg dich ab, Herrgott noch mal.

»... so schickten wir noch in der Nacht einen Kurier hinüber zum Bereitschaftsdienst der Max-Ludwig-Klinik. Die lag ja ganz in der Nähe, wie du weißt.«

»Einen Kurier zur Max-Ludwig-Klinik? Warum denn?«

»Ich sag' doch, Rio: Schönberg wollte Plasma. Die von der Max-Ludwig-Klinik halfen aus. Der Mann kam auch sofort zurück.«

»Und?«

Der Apparat war wie tot.

»Und?!« schrie er. »Los, red weiter, Danilo!«

»Ich nahm den Beutel selbst in Empfang. Deshalb erinnere ich mich ja noch so genau an den Firmennamen.«

»Der Name, Danilo? War es ...«

»Ja, Rio.« Nun war die Stimme so schwach, daß er sie kaum verstand. »Ja, es war ein Beutel von ›Bio-Plasma‹. Deshalb rufe ich ja an.«

»Ihr seid ja wahnsinnig!«

»Rio, ich kann mir vorstellen, in welche Aufregung dich das versetzt. Ich habe mir lange überlegt, ob ich es dir überhaupt sagen soll. Eines steht fest: ›Bio-Plasma‹ hat sicher Zehntausende von Präparaten geliefert, die absolut einwandfrei waren ...«

»Die Nummer«, flüsterte Rio. »Danilo – die Nummer? War es eine Nummer, die mit zwölftausend begann?«

»Wie im Fall Reissner?« – Danilo hatte den Artikel also tatsächlich genau gelesen. »Ich weiß es nicht. Wie soll ich das auch wissen? Es ist doch so viel Zeit inzwischen verstrichen. Vier Jahre, Rio, bedenk doch ...«

Er atmete mühsam, versuchte seine Gedanken, den Atemrhythmus wieder unter Kontrolle zu bekommen. Danilo hatte ja recht: Gewaltige Mengen waren geliefert worden. Die feinen, chromblitzenden Turbinen dort in der sterilen Welt der Bernhagener Fabrik hatten Hunderttausende von Plasmabeuteln gefüllt ... Nicht nur das Glück, auch der Tod hat seine Lotterie! Wieso sollte ausgerechnet er die schwarze Zahl gezogen haben?

»Weißt du, Rio, mein Rat ist, die Sache mit ruhigem Kopf anzugehen. Ganz rational. Es besteht wirklich kein Grund zur Besorgnis. Trotzdem wäre es natürlich gut – das denke ich mir wenigstens –, wenn du dich einer Kontrolle unterziehen könntest. Versprichst du mir das?«

Rio holte so tief Luft, daß er das Gefühl hatte, seine Lungen müßten zerspringen.

»Ja, Danilo«, sagte er leise. Und: »Danke ...«

Er sagte es, weil ihm sonst nichts mehr einfiel.

Dann legte er den Hörer auf den Apparat zurück und betrachtete das Plastikgehäuse, als hätte er noch nie ein Telefon gesehen.

Nach einer Weile stand er auf und ging zu seinem Schrank, um den Mantel herauszuholen. Aber da war kein Mantel. Er hatte ihn zu Hause gelassen. Er verließ die Redaktion, ohne irgend jemandem Bescheid zu sagen.

Es gab noch einen Artikel zu schreiben. Über eine Firma, die sich »Bio-Plasma« nannte – und über einen Herrn, der Thomas Engel hieß. Auch das war nicht wichtig. Überhaupt nichts war wichtig ...

Die Stadt. Die Straßen. Ludwigstraße, Sendlinger Tor, Altstadt-Ring, hinunter zum Bahnhof, zurück in den Norden ...

Ruhig bleiben, Rio ... Es besteht kein Grund zur Besorgnis. Endlich hinter der TH eine Telefonzelle! Er fuhr den Wagen den Bürgersteig hoch und scherte sich einen

Teufel darum, daß fünfzig Meter weiter unten eine Polizistin die Nummern anderer Falschparker in ihr Buch schrieb. Er rannte zur Zelle, riß die Tür auf, hatte Mühe, die verdammten Münzen in den Zähler einzuwerfen. Und da war er!

»Novotny.«

»Paul?« Rios Stimme war spröde wie verkohltes Papier. »Paul, wie hieß der Arzt, mit dem du gesprochen hast, dieser Arzt in der Max-Ludwig-Klinik?«

»Wie kommst du jetzt auf den?«

»Wie hieß er, Paul?«

»Weißmann.«

»Paul, bitte, tu mir einen Gefallen. Einen persönlichen Gefallen: Ruf ihn an. Sofort. Bitte!«

»Und?«

»Frag ihn nach diesen verdammten Beuteln. Diese Beutel aus der Zwölftausender-Reihe. Du weißt schon ... Frag ihn, ob damals, vor vier Jahren, Anfang September, auch einer an die Dachauer Klinik geliefert worden ist.«

»Hör mal, was ist denn los mit dir? Wieso? Ist ein neuer Fall aufgetaucht?«

Ein neuer Fall? dachte Rio und fühlte, wie sich sein Herz zusammenzog. »Tu es, Paul, bitte. Und tu's sofort. Ich ruf' dich wieder an ...«

Er ließ den Wagen stehen, wo er war. Sollten sie ihn aufschreiben, sollten sie ihn abschleppen, er mußte laufen. Und er lief. Die Autos rauschten an ihm vorbei. Der Wind trieb ihm Papierschnitzel entgegen, Staub brannte auf seiner Haut.

Irgendwo las er »Café« und trat ein. Ein ziemlich langer, schlauchartiger Raum. Gleich vorne, rechts der Tür, standen drei Flipperkästen, über die sich drei junge Männer krümmten. Die Apparate klingelten und summten. Dann ein paar Tische, die fast ausschließlich von Mädchen besetzt waren. Sie hatten Bücher und Kolleghefte dabei und unterhielten sich halblaut. Wahrscheinlich TH-Studentinnen.

Er ging zur Bar, setzte sich und bestellte eine Fanta. Er nahm einen Schluck, schob die Limo zur Seite und verlangte von dem Dicken in dem offenstehenden Hemd hinter der Theke einen Red Label.

Der schüttelte nur den Kopf.

»Dann geben Sie mir einen anderen Whisky. Einen doppelten.«

Der Whisky kam, und Rio hatte Schwierigkeiten, das Glas an den Mund zu bekommen. Zu sehr zitterten seine Hände. Nein, das war kein Zittern mehr, das war etwas, das tief aus seinem Inneren kam, seinen Körper, seine Seele, sein Selbst durchschüttelte, so daß er den Whisky kaum an den Mund bekam. Er setzte das Glas hastig wieder ab, als er bemerkte, daß der Dicke ihn beim Gläserpolieren aus den Augenwinkeln heraus beobachtete.

Er zog sich die Zeitung heran. Aber die Buchstaben tanzten. Er zwang sich, einen Artikel zu lesen, doch sein Gehirn spielte nicht mit. Es nahm nicht auf, was die Augen meldeten. Langsam, ganz langsam klang die Adrenalin-Attacke ab, seine Hand wurde ruhiger, ruhig genug, daß er den Whisky trinken konnte. Er leerte das halbe Glas, den Rest nahm er in kleinen Schlückchen.

Am Ende der Theke stand ein Telefon. Immer wieder blickte er hinüber. Schließlich fragte er den Wirt: »Haben Sie auch eine Kabine?«

»Ja, hinten. Neben der Toilette.«

Rio kletterte vom Hocker, ging unsicher die ersten Schritte und spürte dabei, wie die Blicke der Mädchen ihm folgten. Als er die Tür der Zelle geschlossen hatte, waren seine Knie so schwach, daß er auf den Hocker niedersank, der dort stand.

Lieber Gott! Aber daß mit dem lieben Gott nicht viel

anzufangen war, wußte er schon lange. Endlich war es so weit, daß er Novotnys Nummer eintippen konnte.

»Ja?« Der Kommissar meldete sich so prompt, als habe er auf den Anruf gewartet: »Rio, bist du's?«

»Paul! Hast du mit Weißmann gesprochen?«

»Gerade. Ich hab' ihn auch gleich erwischt. Der war ziemlich überrascht, als ich ihm mit diesen Fragen kam. Weißt du ... es ist nämlich so ... also weißt du, grundsätzlich ...«

Warum redete er nicht weiter? Was sollte dieses »Weißt du«? Es brauchte nicht gefragt zu werden. Rio wußte, wußte es plötzlich und glasklar ... Und da war wieder die Hitze im Rücken. Da waren wieder die tausend kalten Spitzen. Und ob er wußte? O nein, dachte er ...

»Weißmann sagte, es braucht überhaupt nichts zu bedeuten. Aber er hätte dich gerne gesehen. Er ist noch bis achtzehn Uhr in der Klinik und bereit, dich zu empfangen.«

Und dann sagte Paul Novotny: »Scheiße, Rio! Das gibt's doch nicht. Ist doch gar nicht möglich, so was.«

Aber es war möglich. Und irgendwo gab es wohl jemanden, der sich Gott oder sonstwas nannte und aus schierer Langeweile die übelsten Witze ausheckte ...

»Weißmann sagt, daß die Testergebnisse der anderen Patienten zwar noch nicht vorliegen, aber daß er annimmt, daß sie alle gesund seien, weil sich ja sonst wohl einer gemeldet hätte.«

Weißmann sagt ... Was sollte er denn sonst sagen? Armer Paul! Er gab sich solche Mühe!

»Es ist also dieselbe Reihe, Paul? Die Zwölftausender-Reihe?«

Kurze Pause. Sein Atem. Dann das Verdikt: »Ja, Rio.«

»Ich danke dir, Paul«, sagte er und legte den Hörer auf.

Der kleine elfjährige Junge war so blaß, daß die Sommersprossen in dem runden Gesicht wirkten, als seien sie mit dem Pinsel aufgetragen. Die blauen Augen starrten den Arzt angstvoll an.

»Tut doch nicht weh, Benni.« Jan Herzog öffnete mit dem Spatel den Mund, um noch einmal den Rachen auszuleuchten: gerötet, die Mandeln eingeschlossen – ein Bild, das sich bei chronischer Bronchitis häufig einstellt. Die Infektion breitet sich auch im Rachen- und Mundraum aus.

»Wie lange hustet denn Benni schon?«

»Seit sechs Wochen – nein, sieben«, sagte Bennis Mutter. Sie stand neben dem Jungen und hielt seine rechte Hand.

»Und wie war's denn vergangenes Jahr, Frau Holzrieder?«

»Da hat er's auch gehabt. Den Husten, mein' ich. Nur, damals fing's im Herbst an. Und es dauerte etwa zehn Wochen ...«

Dr. Jan Herzog nickte und wollte dem kleinen Benni den Kopf tätscheln. Doch dazu kam es nicht. Die Tür hatte sich geöffnet – ohne daß jemand angeklopft hätte. Den Mann, der dort stand und ihn zögernd und aus weit aufgerissenen Augen anstarrte, kannte Herzog. Er hatte sich verändert. Es war das Gesicht eines Menschen im Schock ...

Und hinter ihm die Schwester. Sie sprach zuerst: »Herr Doktor, tut mir leid, ich konnte es nicht verhindern. Der Herr kam einfach hier rein und ... und ...«

»Ist schon gut«, lächelte Jan Herzog. »Herr Martin wird schon seine Gründe haben. Ich nehme an, es ist ziemlich dringend – stimmt's?«

Rio nickte. Dann schüttelte er kurz den Kopf, wie es Menschen zu tun pflegen, die aus einem Schlaf erwachen, oder Boxer, die gerade einen Niederschlag wegstecken müssen.

»Ich bin sofort bei Ihnen, Herr Martin«, sagte Herzog.

Sie saßen sich gegenüber. Dr. Herzog lächelte nicht länger. Die Augen unter den buschigen Brauen beobachteten sein

Gegenüber wachsam. Rio benötigte seine letzte Kraft, um dem Blick standzuhalten und das Zittern aus seiner Stimme zu verbannen. Sachlich bleiben, sagte er sich, berichten. Aber wenn er einen einzigen falschen Ton sagt, spring' ich aus dem Fenster. Er spürte den Schweiß in den Achselhöhlen.

»Sie erinnern sich doch an das Bio-Plasma-Präparat, dem Ihr Freund Reissner seine Infizierung zu verdanken hatte?«

»Und ob! So gut, daß ich noch beinahe die Nummer weiß. Irgend etwas mit zwölftausendvierhundertdreißig ... Meinen Sie, ich könnte das vergessen?«

»Ihr Zahlengedächtnis ist in Ordnung. Dieter Reissner bekam Beutel 12 426. Und ich ...« So verdammt schwer war es, jetzt weiterzusprechen, so schwer vor diesen Augen, so schwer überhaupt. »Nun, ich ... ich will versuchen, es Ihnen zu erklären. Auch ich bekam nämlich einen Beutel aus dieser Charge ...«

»Sie?! – Wieso denn Sie?« Weit hatte sich Herzog zurückgelehnt, die Hände waren ungläubig erhoben.

»Nun, ich hatte in dieser Zeit einen kleinen Unfall. Ich sah ihn eher als ein Malheur an. Ich hatte das Schienbein gebrochen, und die Sache wuchs sofort zu. So schnell, so schmerzlos ... Was ich damit sagen will: Ich hatte es fast vergessen. Es gibt Dinge, wissen Sie, die spielen sich am Rande des Lebens ab. Man hat wirklich Mühe, daß sie einem wieder einfallen.«

Herzog sagte nichts. Auf seiner Stirn standen tiefe Falten.

»Ich wurde im Dachauer Krankenhaus behandelt. Dazu noch von einem Freund. Die Leute vom Krankenhaus schickten in der Nacht, als der Unfall geschah, einen Boten hinüber zur Max-Ludwig-Klinik, um Plasma zu besorgen ...« Er konnte jetzt leichter sprechen, wenn nur sein Mund nicht so trocken gewesen wäre. »Gut, bei Reissner war es der Beutel 12 426. Ich bekam die 12 434.«

Die Metallschale auf dem Schreibtisch klirrte. Jan Herzog hatte sie angestoßen.

»Das, das ... das ist doch ...«

»Tatsache, Doktor. Man will es nicht glauben, man faßt es nicht – aber es ist so!«

»Und woher wissen Sie ...«

»Ein anderer Freund, Herr Doktor. Diesmal nicht Arzt, sondern Kriminalkommissar. Sie sehen, ich habe viele Freunde ...« Rio verzog sein Gesicht zu einem Grinsen. Es lag auf seinem Gesicht wie eine Maske aus Papier. »Paul Novotny. Er fuhr auf meine Bitte in die Max-Ludwig-Klinik, um die Leute dort auszufragen. Der Chef ist weg, und Novotny bekam die Auskunft von einem Dr. Weißmann. Die haben dort alles registriert. Auch die Lieferung an das Dachauer Krankenhaus in der betreffenden Nacht vom 27. auf den 28. Juni.«

Herzog saß nur da, stumm, schwer wie ein Stein ... Warum half er nicht? Wieso mußte er, Rio, weitersprechen, wo er doch kaum mehr konnte?

»Dieser Dr. Weißmann hat mir angeboten, mich zu untersuchen. Vor allem, mit mir zu sprechen. Ich kenne ihn nicht. Ich will ihn auch gar nicht kennenlernen.«

»Lieber Herr Martin, ich kann mir vorstellen, was Sie jetzt durchmachen ...«

»Das kann wohl niemand.«

»Nein, da haben Sie recht. Aber darum geht es mir jetzt nicht. Es geht um etwas anderes ... Daß man Ihnen im Dachauer Krankenhaus dieses Plasma verabreicht hat, beweist doch noch gar nichts.«

»Nur, daß ich eventuell ein paar hübsche kleine, leider ziemlich bissige Aids-Viren in mir herumtrage.«

»Nein. Es ist sicher noch gar nicht heraus, daß auch die anderen Beutel verseucht gewesen sind. Vielleicht bleibt Dieter – vielleicht bleibt mein armer, unglückseliger Freund Reissner der einzige, den es erwischte.«

»Das sagte auch Dr. Weißmann. Es ist so wie in der Lotterie. Nein, wie beim Russischen Roulett.«

»Gut. Aber auch beim Russischen Roulett gibt's oft genug einen glücklichen Ausgang. Das wissen Sie genauso gut wie ich. Aber was ist mit den anderen Patienten?«

»Die werden jetzt natürlich getestet.«

»Nun, für Ergebnisse ist es ja noch zu früh . . .«

»Wie lange dauert das denn?«

»Nun, zehn bis zwölf Tage. Sind Sie deshalb zu mir gekommen?«

»Ja, Doktor. Ich wollte Sie bitten, für mich einen Test zu veranlassen . . .«

Die Tomaten hatte Vera in Scheibchen geschnitten. Nun die Petersilie zum Garnieren . . . Sie begann zu schneiden und warf dabei einen befriedigten Blick auf die beiden Platten: Aufschnitt. Käse. Vielleicht ein bißchen frugal, aber schließlich – auf die »compania« kam es an. Natürlich, Cleo brachte Harry mit, die Attraktion von Therapeuten, von dem sie nicht wußte, ob er schwul war, dazu kam Heinz Fischer von der Nachrichtenredaktion des Bayerischen Fernsehens und schließlich, als Überraschungsgast Richard. Auf den freute Vera sich besonders. Richard war Engländer, ein Mann, der Kinderbücher schrieb und die Honorare dazu benutzte, um auf irgendeinem kleinen Segelboot die Weltmeere zu befahren. »Ritschie« war genau das, was Rio jetzt brauchte . . .

Sie bedeckte die beiden Platten mit Folien und stellte die Gläser auf ein Tablett. Als sie es ins Eßzimmer trug, läutete das Telefon. Sie hob ab. Stimmengewirr, das nach den Hindergrundgeräuschen eines Lokals klang. Dann eine Stimme, seine Stimme. So schwach, so weit weg.

»Rio? Ich hab' dich nicht verstanden. Wo steckst du überhaupt? Was soll denn das? ... In zwanzig Minuten sind die Gäste doch da.«

»Ich weiß.«

»Das ist doch keine Antwort! Sag bloß ...«

Sie spürte Ärger in sich hochsteigen und dachte: Wenn er dich jetzt wieder im Stich läßt, dann, dann ...

»Ich kann nicht.«

»Rio!«

»Wirklich. Glaub mir, Liebling ...«

»Was heißt denn, du kannst nicht? ... Rio, sag mal, bist du verrückt geworden? Du kannst doch nicht selbst Leute einladen und dann einfach ...«

Seine Stimme war weg. Nichts. Nur ein Freizeichen.

Sie legte auf. Sie starrte den Apparat an. Dann setzte sie sich auf einen der Stühle am Tisch, nahm ein Glas in die Hand, drehte es zwischen Daumen und Zeigefinger. Ihr Zorn war verflogen. Lange blieb sie so sitzen, dachte über die letzten Tage nach, über diese verwirrenden, schlimmen Tage.

»Liebling, ich kann nicht ...«

Ich auch nicht, dachte sie. Was erwartete er denn? Und überhaupt: »Liebling«? Zwei- oder dreimal vielleicht hatte er sie so genannt. »Vera« war sie, aber doch nicht »Liebling« ... Was, zum Teufel, war mit ihm los? Und wenn er sich einbildete, daß sie hier mit einem Haufen im Stich gelassener Leute in der Bude herumhockte, schnitt er sich sowieso in die Finger.

Der Zorn brachte sie wieder in Fahrt. Und so erlebten Cleo und die anderen, als sie zehn Minuten später an der Tür des kleinen Hauses am Englischen Garten läuteten, eine zwar aufgekratzte, wenn auch etwas verbissen lächelnde Vera, die ihnen schon beim Türöffnen verkündete: »Freunde, ich hab' eine prima Wurstplatte. Ich habe Käse. Ich habe Wein. Das alles rühren wir nicht an. Wir werden uns woanders amüsieren. Und dort erzähle ich euch, warum ...«

Schon auf der langen Geraden am Olympiagelände vorbei ließ Rio den Porsche laufen, überholte, wann immer er eine Lücke erspähte, zwängte sich rücksichtslos bei Gelb über die Kreuzungen, mißachtete empörte Lichtsignale, steigerte noch immer die Geschwindigkeit.

Nymphenburg. Die Autobahn – und Vollgas! Der Motor heulte auf, Rio spürte den Andruck der Geschwindigkeit wie ein Gewicht, das ihn in den Sitz preßte. Er nahm das Vibrieren des Motors in sich auf, das sich steigernde, wilde, aggressive, fast haßerfüllte Geheul, als der Motor das Letzte hergab und der Zeiger des Drehzahlmessers sich nun tief in die rote Warnzone hineinschob. Laß ihn! Laß ihn dir doch um die Ohren fliegen. Wenn schon …

Die Fahrzeuge vor ihm drückten sich vor dem heranschießenden, geduckten schwarzen Monster zur Seite, funkelten hinter ihm her in ohnmächtigem Protest.

Rio nahm es nicht einmal wahr. Trotz des Heulens des Motors, trotz des Heulens des Windes – in ihm war nichts als Stille, eine nicht auslotbare, dunkle Stille, in deren Tiefen Stimmen laut wurden: »… Rio … Ich darf Sie doch Rio nennen? … Es gibt keinen Grund, den Kopf hängenzulassen, bloß weil wir nicht wissen, was der Test bringt. Für mich ist absolut wahrscheinlich, daß er negativ ausfallen wird. Warten wir doch ab, Rio … Bitte …«

Jan Herzog. Dr. Jan Herzog, der Freund eines Mannes, der Dieter Reissner hieß – und der es auch für absolut unwahrscheinlich gehalten hatte, daß ihm »so etwas« zustoßen könnte.

Und selbst wenn, Rio, es gibt so viele Fälle, die beweisen, dass sich das Virus nicht bei allen Infizierten durchsetzen kann. Ich habe Artikel gesammelt. Es steht in der Literatur. Auch bei der Abwehr einer solchen Krankheit kommt es für mich entscheidend auf die innere Einstellung an. Die Krankheit braucht nicht tödlich zu verlaufen …

»Selbst wenn …«

»Es kommt auf die innere Einstellung an ...«

Ja, Stille war um Rio Martin, Stille und ferne Stimmen.

Vor ihm leuchtete ein Bremslicht auf. Ein Lkw, der nach links wollte, nein, der tatsächlich ausscherte ... Er rammte die Sohle auf die Bremse. Drücken. Drück doch! Wieso eigentlich?

Er fühlte, wie das Heck ausbrach, balancierte den schlingernden Wagen aus, schaffte es. Es wäre auch zu früh gewesen. Die riesige Wand, die gerade noch die Straße gesperrt hatte, rückte zur Seite.

Und wieder gab Rio Gas.

Draußen flog Burgau vorbei. Wann nur war er dort gewesen? Vor einem Jahr ... Sie hatten in einem Biergarten gesessen, die Blütenkerzen der Kastanien leuchteten, und Veras grüne Augen lachten in der Sonne.

»Es gibt da Fälle aus der Literatur ...« Und Dr. Jan Herzog hatte sie gesammelt, um seinem Freund Dieter zu beweisen, daß auch Aids-Infizierte eine Chance haben. Nur: Er hatte seinen Freund Dieter nicht mehr erreichen können. Der hatte sich bei Herzog abgemeldet, war zu Rio in den Wagen gestiegen, saß auf dem Beifahrersitz, lächelte wissend. Ja, Rio überkam ein ganz präzises Gefühl von Nähe. Und es war ihm nicht unheimlich dabei. Es war ja die Nähe eines Menschen, der es erlebt, erlitten und hinter sich gebracht hatte. Auch Dieter Reissner war sicher über die Straßen gerast, besessen von einem einzigen Gedanken: Ramm die Karre doch an den nächsten Baum, setz sie dort an den Brückenpfeiler. Doch für Reissner gab es noch eine Frau und ein Kind.

»Warum, Dieter? Warum hast du das getan? Soll ich dir was sagen? Für mich war das der falsche Entschluß. Fehler können nicht nur schrecklich, sie können auch schrecklich dumm sein.«

»Und was hättest du getan?«

»Ich weiß es nicht, Dieter. Ich weiß es wirklich nicht.«

»Was weißt du dann?«

»Nichts.«

»Doch. Daß du Angst hast.«

»Nicht mal das.«

»Aber du hast sie ja! Und sie kommt wieder. Und sie fährt dir an die Gurgel ... Sie zerquetscht dich. Und dann bist du nichts mehr. Nur eines weißt du dann noch: daß diese Welt ein Wahnsinn ist.«

»Aber warum deine Frau?«

»Wieso redest du nicht von meinem Kind? Warum redest du von ihr?«

»Weil ich kein Kind habe.«

»Also schön. Du hast kein Kind. Sei froh ... Aber gerade weil du keines hast, wirst du mich auch nie begreifen können. Vielleicht hast du recht: Es war kein guter Abgang. Aber ich wollte mein Kind nicht allein lassen. Und nicht meine Frau. Ich wollte sie nicht in diesem Wahnsinn allein lassen. Und weißt du, was es mich gekostet hat ...«

Es gab keine Antwort darauf.

Aber die Stimme wiederholte es: »Weißt du, was es mich gekostet hat? Weißt du das ... Und was willst du unternehmen gegen den Gedanken: Du hast sie angesteckt. Du hast sie alle angesteckt ... Sag mir doch, was willst du dagegen tun?«

Die Autobahn. Und über dem Betonband wie eine durchsichtige Spiegelung Veras Gesicht. Vera, Vera!

Kurven und Böschungen. Und wieder ein Wagen, der vor ihm auftauchte. Und wieder gehorchte der Porsche im letzten Moment.

Rio raste weiter, nahm keine Sekunde den Fuß vom Gas. Der Motor sang. Und es war ein Lied von Haß, von tödlichem, mörderischem Haß ...

Olsen zog gerade seine alte Kamelhaarjacke an, als Rio das Chefredakteursbüro betrat. Er hatte Mühe damit. Rio half ihm und betrachtete wieder einmal den abgeschabten Kragen, die gleichfalls abgewetzten Ärmel. An die Ellbogen hatte sich der Dicke ovale Lederflecken aufnähen lassen. Er war zweimal geschieden, hatte vier Verlage hinter sich – er konnte sich von allem trennen, außer von seinen Klamotten. Die Jacke wie die breitsohligen, derben Schuhe kannte Rio so lange, wie er Olsen kannte.

Der Chefredakteur drehte sich um und funkelte Rio aus blauen, in Fett gebetteten Augen an: »Hör mal, Rio, haben dir meine Mädchen nicht gesagt, daß ich weg muß? Rüber zum Süddeutschen Verlag. Und dort bin ich sowieso schon überfällig. Es geht um unsere VOX-Beteiligung. Der Laden geht ja unaufhaltsam den Bach runter – und damit unsere Millionen.Dieser alte Verrückte im sechsten Stock ist nicht mehr in die Reihe zu kriegen. Und da kommst du ...«

»Ja, da komm' ich ...«

»Na gut. Und wenn du schon kommst: Wo ist dein Manu?«

»Das ist es ja – es gibt kein Manuskript mehr von mir.«

»Was?!«

»Es ist so, wie ich gesagt habe, Ewald.«

Olsen stützte sich auf seinen Schreibtisch. Aus den beiden Schießscharten in seinem Gesicht wurden plötzlich kreisrunde Löcher, aus denen die helle Verzweiflung sprudelte. »Jetzt auch noch du? Anscheinend gibt's nur noch Verrückte in diesem Haus. Was heißt Haus – ein Saftladen ist das! Und was bezweckst du mit dem Quatsch? Soll ich es vielleicht noch selbst schreiben?«

»Möller könnte das tun. Schließlich macht Möller sowieso die Medizin. In der Problematik kennt er sich aus. Und so schlecht schreibt er auch nicht.«

Ewald Olsen holte tief Luft. Was er sagen wollte, schluckte er zunächst weg. Dann machte er wieder den Mund auf: »Sag mal, was ist mit dir los?«

»Ich brauche Urlaub. Zehn, vierzehn Tage vielleicht. Und dann muß ich eine Entscheidung treffen ...«

»So? Nach deinem Urlaub wirst du eine Entscheidung treffen? Ist ja phantastisch! Ist ja wunderbar! Du hast diese ganze Scheiße angerührt, und jetzt willst du mich und das Blatt drin hocken lassen. Oder wie soll ich das sehen?«

»Wie du willst ...«

»Wie du willst?«

Anscheinend hatte Olsen nun Schwierigkeiten mit den Beinen, denn er zog sich seinen Chefsessel heran und ließ sich hineinsinken. Der dicke Bauch hob und senkte sich, und er verschränkte nun beide Hände darüber, als müsse er ihn festhalten.

»Was ist los, Rio?«

Rio mochte Olsen. Er hatte ihn immer gemocht, von der ersten Sekunde an, als er damals dieses Zimmer betrat. Sie hatten gut zusammengearbeitet, verdammt gut sogar. Aber das war es ja nicht, es war etwas anderes – vielleicht, daß er gerne einen Vater wie Olsen gehabt hätte, einen Mann, den er bewundern konnte. Nicht nur als Journalist, sondern als den Mann, den man alles fragen konnte und der stets aus irgendeiner verborgenen Schublade seines unglaublichen Vorrats an Bildung und Wissen die passende Antwort holte. Es war noch etwas anderes: die Sensibilität, die sich hinter all dem Fett und all dem polternden Zynismus verbarg.

Jetzt schien sie zu versagen.

»Nochmals, Rio: Was ist mit dir? So verrückt kannst nicht mal du sein, daß du derartige Erklärungen absonderst.«

Und Rio sagte, was mit ihm war.

Olsen lehnte sich weit zurück. Irgendwo an seinem rechten Mundwinkel machte sich ein kleiner Muskel selbständig und veränderte das runde Gesicht zu einer Grimasse von Staunen und Fassungslosigkeit: »Das ist ... das ist ungeheuerlich, Rio! Das gibt es doch nicht!«

»Das hab' ich auch gesagt ... Das hab' ich mir die ganze Zeit vorgebetet. Ich bete es immer noch.«

»Mein Gott, Rio ...« Er hob den Arm, als wolle er nach seiner Hand greifen, aber die Entfernung zwischen ihnen war zu groß. »Ja, und jetzt?« Rio hatte Olsens Stimme noch nie so leise gehört: »Was willst du machen?«

»Das sage ich dir in spätestens acht Tagen, Ewald. Dann, wenn ich das Testergebnis habe.«

»Oh, Scheiße, Rio!«

»Ja«, nickte er, »Scheiße ...«

Dann ging er zur Tür und zog sie hinter sich zu, ohne sich noch einmal umzudrehen.

Es gab Kinder, unendlich viele Kinder, und Rio fragte sich, wo sie alle herkamen. Schließlich war es nicht einmal zwölf Uhr, da sollten sie doch eigentlich noch in der Schule sitzen. Aber sie schrien, rannten oder spielten Fußball und waren schrecklich mit sich selbst beschäftigt. Rentner kamen vorüber. Sie gingen, wie Rentner gehen, die Fußspitzen schienen ständig nach unsichtbaren Steinen und Stöckchen zu suchen. Es gab Hausfrauen, die sich eine Abkürzung durch den Englischen Garten suchten, die Einkaufstasche fest in der Hand und die Blicke auf den heimischen Küchenherd gerichtet. Es gab die Erfolgstypen mit den Aktenköfferchen, die es nie eilig genug haben können, und die anderen, die Arbeitslosen, die über alle Zeit der Welt verfügten und gar nicht wußten, was sie hier unter den Bäumen eigentlich sollten. Studenten gab's. Penner auch. Und ihn.

Er saß auf einer Bank und ließ sie an sich vorüberziehen. Er hatte seit langem nicht mehr auf einer Bank im Englischen Garten gesessen. Der Himmel war heiter, blau und hoch, und darin segelten weiße, dicke bayrische Wolken.

Sein Blick suchte Gesichter, taxierte Rücken, krumme, gebeugte und gerade, folgte den Beinen eines Mädchens –

und dann hörte er Olsen sagen: »Oh, Scheiße, Rio! Was willst du jetzt machen?«

Alle, die da vorüberkamen, hatten ihre eigenen Probleme. Doch das war es nicht. Alle hatten das Gefühl, daß es nur die eine einzige Welt gibt: die eigene. Und daß deshalb diese Welt mit ihnen zu leiden, sich mit ihren Problemen zu beschäftigen und am Ende mit ihnen zugrunde zu gehen habe. Was das letztere anging, hatten sie sogar auch noch recht. Mit jedem geht die Welt zu Ende ... Subjektiv gesehen.

»Was meinst du, Dieter?« fragte Rio seinen Schatten.

»Interessiert mich nicht.«

»Als Jan Herzog dir sagte: ›positiv, Dieter‹, hast du dich doch auch so hundsgemein, so grauenhaft allein gefühlt, nicht?«

»Ja. Doch dir hat er es nicht gesagt. Noch nicht.«

»Aber du hast die anderen angeguckt, all diese anderen, und dich gefragt: Wen kümmert es, wer du bist und was du in deinem Blut mit dir rumschleppst?«

»Nein. Ich hätte es tun müssen.«

»Und jetzt? Wie ist es dort, wo du bist?«

Es kam keine Antwort.

So ging er weiter. Er war müde. War er nicht schon seit Monaten, seit Ewigkeiten so sonderbar müde? Dann die Hustenanfälle ... Nein, laß das. Hör deinen Schritten zu, einem nach dem anderen, und zwischen jedem stirbt ein bißchen Zeit ... Drüben rauschte der Bach. Er betrachtete die Fliederbüsche, um sich abzulenken, den Schwung der Brücke und dort, hinter den Birken, die kaisergelb gestrichene Mauer seines Gartens: Ein Bild, abgelöst von allem anderen, an den Rändern verschwommen, ein Bild wie aus einem Fotoalbum, unwirklich und fremd, weil es nicht mehr zu ihm zu gehören schien.

Doch er wollte den Garten sehen. Er ging an der Haustür vorbei zu der kleinen Pforte, die in der Umfassungsmauer eingelassen war. Kaum hatte er die Klinke gedrückt, kam Geschrei: »Bleib bloß draußen! Ich bin doch am Streichen!«

Vera! – Vera strich die Gartentür.

Also ging er doch ins Haus, um den Garten durch die Terrassentür zu betreten. Da stand sie: Pfirsichfarbene, schlanke Glieder. Barfuß, Bikini-BH, dazu noch die ausgewaschenen Jeans-Shorts, so eng, daß die ausgefransten Ränder in die Pfirsichschenkel schnitten. In der rechten Hand hielt sie einen Pinsel. Grüne Farbe klebte daran. Grün war die eine Seite der Gartentür, die andere Hälfte wartete noch auf die Farbe. Grün war auch der alte, eiserne Gartentisch, die vier Wirtshausstühle, denen sie im vergangenen Jahr ein unmögliches Schwarz verpaßt hatte. Grün waren die Farbspritzer auf ihrem Bauch, an ihrem rechten Knie und an ihrem linken Arm – und grün und voll Erwartung ihr Blick. Sie ließ den Pinsel sinken.

»Rio? – Du, was ist denn mit dir?«

Was sollte er schon sagen? Was gab es zu sagen?

»O Gott, Rio! Was hast du denn?«

Sie ließ den Pinsel einfach fallen, wo sie stand, und rannte auf ihn zu.

»Du weinst ja … Was, um Himmels willen, ist los?«

Da sagte er es auch ihr …

»Du und Aids?«

Sie hatte ihn angesehen – mit diesem wilden Staunen im Blick, das neu war. Doch da war noch etwas anderes im Hintergrund ihrer Augen: eine unglaubliche Ruhe. Dann hatte sie einem ihrer frischgestrichenen Stühle einen Tritt gegeben, daß er in die Ecke flog, einen Tritt mit nackten Sohlen! Und dann hing sie an seinem Hals.

»Hör mir auf mit deinen Plasmabeuteln. Du hast ein anderes Beutelchen gekriegt – damals im Dachauer Krankenhaus … Und du wirst den Teufel tun und hier durchdrehen.«

Und sie hatte ihn gestreichelt, seinen Hals, sein Haar: »Ach, Rio! Gib's doch zu, du hast diese ganze Geschichte erfunden, um irgendeinen Seitensprung mit irgendeiner dicktittigen kubanischen Tänzerin zu kaschieren ...«

Ja, es war vollkommen unglaublich, wie sie reagierte. Sie nahm ihn einfach nicht ernst. Vielleicht, weil sie ihm helfen wollte, vielleicht, weil es ihr zu abwegig, zu ungeheuerlich erschien, als daß sich ihr Wirklichkeitssinn damit vertraut machen konnte: Ein weinender Rio erschien ihr unheimlicher als jeder Aids-Verdacht.

Rio aber wußte nicht, wie es geschah, nein, wie es geschehen konnte – doch fünf Minuten später fand er sich mit ihr im Schlafzimmer wieder.

»Hör doch zu, Herrgott noch mal! Was soll denn das, Vera?«

»Was das soll?« Sie lachte plötzlich auf. »Sie mal ...«

Ihre Shorts flogen in die Ecke. Vom Nabel bis zum Hüftknochen zog sich ein grüner Ölfarbenstreifen über ihre Haut. Die Arme hatte sie erhoben, und die Spitzen ihrer Brüste hüpften, als sie auf ihn zulief.

»Vera – das geht doch nicht. Ich habe doch gesagt ...«

Gesagt ... Es gab nichts zu sagen. Wie sollte er sich verteidigen, gegen diese Küsse, gegen ihre Umarmungen?

»Vera ... ich hab's doch schwer genug ... Und du weißt ...«

Sie ließ ihn ganz plötzlich los, rannte zur Kommode, zog die Schublade auf, griff hinein und hielt nun eine winzige, rosafarbene Schachtel in der Hand.

»Wenn es das ist?«

»Na gut ... Wieso nicht ... Ich finde zwar, solche Hütchen stehen Männern nicht, aber wenn du unbedingt willst – schön, ich pack' ihn dir ein ...«

Nun lag ihr Kopf auf seiner Brust, und die Spitze ihres Zeigefingers zog Linien und Kurven über seinen Bauch. Und manchmal wanderte ihr Mund diesen Linien nach und wurde erst wieder still, wenn er zu der Stelle direkt über seinem Herzen zurückgekehrt war. Es war unglaublich. Sie war unglaublich. Die Welt war es.

Sie lagen im Bett. Sie hatten sich geliebt. Und sie hatten sich geliebt, wie sie sich noch nie geliebt hatten. Über das Rechteck der Zimmerdecke wehten zarte Schatten hin und her, her und hin. Durch das Fenster drang das Wassergeplätscher des Kanals. Was sollte er noch denken? Was ließ sich in Worten ausdrücken? Diese unwirkliche Liebe war der gute Teil des Traums gewesen. Er überdeckte den anderen ...

ES IST NICHT WAHR, RIO ... KANN GAR NICHT WAHR SEIN!

Natürlich nicht, dachte er, du bist bloß in den verkehrten Traum geraten. Wie soll das, was da abläuft, dir zustoßen? Kannst du das erklären? Gleich wirst du erwachen – hier ist sie ja, deine Wirklichkeit: Vera, ihr Kopf, der auf dein Herz drückt. Vera ... Und Aids? Aids – und du? Irrsinn ...

»Es ist noch nicht raus, Vera«, sagte er leise. »Aber es ist dieselbe Sendung, an der Reissner zugrunde gegangen ist. Er hat sich erschossen. Aber wahrscheinlich sah er sich schon tot ...«

»Hör auf.« Ihr Zeigefinger legte sich auf seine Lippen.

Die nächsten Tage flossen an Rio vorüber, ohne Form und Gestalt anzunehmen. Nichts, das ihm in Erinnerung blieb.

Vera wiederum lebte nach einer Art Drehbuch, und ihm folgte sie strikt. Der Inhalt ließ sich auf einen einzigen Satz reduzieren: Weitermachen, als sei nichts geschehen. Noch gab es keine Gewißheit. Und wenn das Schlimmste kam – ließ es sich ändern?

»Hör mir endlich mal zu, Rio: Mein Großvater war vielleicht nichts als ein armseliger kleiner Pauker in einer schäbigen kleinen Schule in Niedersachsen. Aber er war ein großer Philosoph. Weißt du, was er sagte? ›Im Leben ist nur eines wichtig: Daß man es lebt‹ ...«

Sie erhielt keine Antwort.

An diesem Morgen ließ er den Porsche in der Garage stehen und machte seine alte BMW wieder flott. Er stieg in den Sattel und ließ die Räder des Motorrades dorthin rollen, wo es der BMW gefiel. Nicht zur Autobahn, der Kurs ging über Parkwege, Landstraßen und schmale, vergessene Pfade an der Isar. »Daß man das Leben lebt«. Wie denn, verdammt noch mal?

Jeden Tag fuhr er nun los. Auch am Morgen des Donnerstags. Vera hörte, wie er das Garagentor hochzog, dann das Klicken, das ihr sagte, daß Rio die Raststütze des Motorrads einschlug und die Maschine startklar machte. Nun das Blubbern des Motors, das sich langsam entfernte ...

Sie trat vom Fenster zurück.

Auf dem Fernsehschirm verbreitete sich ein Mann mit Stirnglatze und randloser Brille endlos über den Aufbau Ost. Vera schaltete ab. Sie überlegte, ob sie Dr. Herzog anrufen und sich anmelden sollte, ließ es sein, schloß das Haus ab, setzte sich in ihren alten Golf und fuhr zum Rosenheimer Platz.

Sie fand das Haus, in dem sich die Praxis befand, sofort, stieg die Treppe hoch, stand vor einer ziemlich mitgenommenen Tür, auf der das Praxisschild angebracht war, und läutete.

Niemand öffnete.

Sie läutete wieder. Der Türöffner summte. Sie trat ein. Eine grauhaarige Frau saß an einem Schreibtisch und tippte auf ihrem Computer herum. Nun ließ sie die Hände in den Schoß sinken und drehte ihr den Kopf zu.

»Ich hätte gern Herrn Dr. Herzog gesprochen.«

»Herrn Doktor Herzog? Tut mir leid. Draußen auf dem Schild steht's doch: Die Sprechstunde beginnt erst in einer halben Stunde.«

»Ist der Doktor denn da?«

Die Frau verzog den Mund. Sie hatte nicht unfreundlich gesprochen, doch nun schien es ihr zuviel: »Ich sagte gerade ja schon ...«

»Hören Sie, ich bin eine Bekannte von Herrn Dr. Herzog.« Vera lächelte. Nie war ihr eine Lüge so einfach gefallen wie diese.

»Ach so? Darf ich vielleicht Ihren Namen erfahren?«

»Martin«, sagte Vera.

»Martin?« Vielleicht täuschte sie sich, aber irgend etwas in der Haltung der Sprechstundenhilfe hatte sich geändert. »Oh, dann ...«

Vera spürte, wie Panik in ihr hochstieg. Wieso »oh, dann«? Ihre Glieder waren mit einem Mal sehr schwer. Sie rührte sich auch nicht, als die Frau ins Telefon sprach und dann am Ende des Korridors eine Tür aufflog und ein Mann auf sie zukam. Ein sehr großer, etwas vornübergebeugt gehender Mann in einem weißen Arztkittel. Er lächelte schon von weitem. Aber es war die Sorte von Lächeln, die jede Erklärung vorwegnahm. Er ging auf sie zu, sagte: »Frau Martin! Ich bin Jan Herzog. Kommen Sie doch bitte ...«

Sie gehorchte. Der Gang schien ihr unendlich weit. Und auch die Stimme, sie war so weit, so entfernt, diese Stimme, die sagte: »Setzen Sie sich doch bitte. Eigentlich habe ich Ihren Mann erwartet ... Das heißt, er wollte ja morgen kommen.«

Sie nickte. »Ich bin heute hier.«

Er sah sie an – und nun wußte sie, warum Rio zu ihm gegangen war. Dies war ein Mann, dem man vertrauen konnte. »Herr Doktor! Ich wollte, ich konnte einfach nicht warten. Ich dachte, vielleicht haben Sie bereits ein Ergebnis.«

Er nickte.

»Und?«

Er hatte beide Hände auf der Tischplatte liegen, und für

einen Moment sah es so aus, als würde er aufstehen, um zu ihr zu gehen. Doch er blieb sitzen. Da waren nun die Augen, dieser unendlich traurige, mitfühlende Blick.

»Frau Martin, es ist leider so, wie Ihr Mann es befürchtet hatte ...«

Es war ein kleines Café mit geflochtenen, harten Stühlen. Durch die Scheibe konnte Vera das Haus betrachten, in dem sie gerade gewesen war, doch es war nicht allein die rosafarbene, schmutzige Hausfassade, die sie sah, sie sah das Gesicht dieses Dr. Jan Herzog wieder, sah die schlanken, knochigen Finger, die unablässig eine Stelle über der rechten Augenbraue rieben; hörte die Stimme, diese melancholische, leise und doch so freundliche Stimme, die Dinge erklären wollte, die zu ungeheuerlich waren, als daß man sie erklären konnte.

Und trotzdem – jedes Wort, jedes einzelne dieser Worte war wieder da: »Im Grunde, Frau Martin, ist ja eigentlich nur der direkte Blutkontakt gefährlich. Er kann über kleine Verletzungen entstehen. Aber das ist bei heterosexuellen Paaren ziemlich selten. Deshalb liegt statistisch gesehen die Ansteckungsrate bei Eheleuten nur um die zwanzig Prozent. Die Erfahrung hat inzwischen gezeigt, daß Speichel oder Körpersekrete das Infizierungspotential des Virus weitgehend neutralisieren.«

Sie hörte es, während er die Nadel in ihre Vene schob, während sie zusah, wie der Kolben der Spritze ihr Blut hochsog. Er hatte darauf bestanden –, sie dürfe um Gottes willen keine Angst haben, aber es sei doch wirklich besser, wenn er auch ihr Blut kontrollieren lasse. Das würde die Situation ein für allemal klären.

Er meine es gut, klar doch. Was sonst? Sie spürte keine Angst. Auf irgendeine, vielleicht vollkommen unlogische Weise war sie sicher, daß ihr nichts passieren konnte. Nur, sie hatte Schwierigkeiten mit seinem komplizierten Medizin-Chinesisch. Aber den Grund der Botschaft hatte sie begriffen.

Speichel und Körpersekrete ... Nur zwanzig Prozent ... Infizierungspotential ... Welche Worte für die Liebe! Er meinte es gut. Klar doch, was sonst? Und sie, sie hatte Schwierigkeiten mit seinem komplizierten Medizin-Chinesisch. Aber den Grund der Botschaft hatte sie begriffen: »Aids, Frau Martin – da befinde ich mich in Einklang mit vielen Fachleuten –, braucht noch lange kein Todesurteil zu bedeuten. Ich versuchte es Dieter Reissner einzuhämmern. Ich habe es auch Ihrem Mann gesagt, denn heutzutage werden Infizierte richtiggehend zu Tode geredet. Nicht nur von Ärzten, vor allem auch von den Medien. ›Tödliche Krankheit‹ heißt es, ›ausweglos, keine Prognose‹ ... ›Grauenhaft ist das doch.‹ Das sind alles Totschlagworte, denn wenn sich einer selbst aufgibt, ist es tatsächlich vorbei.«

Dr. Jan Herzog hatte sich in Fahrt geredet, ohne Pause, ohne Komma hatte er geredet – und sie, wie sollte sie das alles verstehen? Was wußte sie von Antigenen, von Antikörpern? Er hatte sie sogar aufgezeichnet, winzig kleine Ketten, die in sich wieder Stellen enthalten, die den Gegner erkennen können. Was wußte sie von Makrophagen, Leukozyten und Lymphozyten, die unter dem Einfluß der T-4-Helferzellen Viren bekämpfen und unschädlich machen können. – »Es sei denn, Frau Martin, sie werden, wie es nun mal bei Aids geschieht, selbst getäuscht ... Und trotzdem, viele Patienten überleben. Von diesen Menschen aber, Frau Martin, wird kaum gesprochen. Und sehen Sie, auf sie kommt's an. Wenn Rio auch positiv ist – das, was Sie bei den meisten Aids-Kranken beobachten können, der drastische Abbau der T-4-Zellen, ist nicht eingetreten – die T-4-Zellen geben uns einen exakten Hinweis auf den Zustand eines Patienten und auf die Abwehrkraft seines Immunsystems. Jeder gesunde Mensch trägt tausend und mehr dieser Zellen in einem Mikroliter Blut mit sich herum. Bei HIV-Patienten sind es nur noch wenige Dutzende. Bei Ihrem Mann aber ...«

Vera hatte Rotwein bestellt. Rotwein beruhigt. Sie hatte ihr Glas schon halb ausgetrunken. Nun nahm sie den Rest. Ihre Stirn brannte weiter, das Herzklopfen hörte nicht auf, die Fingerspitzen waren kühl.

»Das Entscheidende also, Frau Martin, sagen Sie es ihm: Der Befund ist zwar positiv, aber er hat viele, sehr viele dieser T-4-Helferzellen in seinem Blut. Vielleicht nicht ganz so viele, wie er haben sollte, etwas unter tausend, aber das kann auch mit seinem Allgemeinzustand zusammenhängen, verstehen Sie? Immunsystem und der psychische Zustand sind untrennbar verbunden. Das ist längst erforscht.«

Sie hatte verstanden. »Positiv« – dieses grauenhafte Wort. Ein auf den Kopf gestellter Begriff. Aber es gab die Helferzellen. Sie waren nicht vernichtet wie bei den anderen. Sie kämpften. Und noch etwas hatte sie verstanden, und es war einfacher und wichtiger:

»Es gibt keine HIV-Todesregel, Frau Martin. Es gibt viele, unbekannt viele Patienten, die mit dem HIV leben, deren Körper es unter Kontrolle hält, ja, der vielleicht sogar damit fertiggeworden ist. In den Veröffentlichungen werden solche Menschen ›Langzeit-Überlebende‹ genannt. Ein unglaublicher Zynismus. Langzeit-Überlebende sind wir alle. Wir alle tragen den Tod in uns. Sie, ich ... Und noch etwas, Frau Martin: Ich bin froh, daß Sie zuerst hier waren. Sie können besser auf ihn eingehen. Sie versteht er vielleicht eher als mich als Arzt. Also nochmals, Frau Martin: Wir alle sind verurteilt zu sterben. Und so gesehen sind wir alle Langzeit-Überlebende – wie Rio.«

Der Tod in uns ...

Draußen vor dem Fenster spuckte einer der Busse der städtischen Verkehrsbetriebe schwarze Dieselwolken aus.

Menschen stiegen ein, Menschen schluckten den Qualm. Krebserregend. Jeden erwischt es. Wir alle sind Langzeit-Überlebende ...

Das Leben leben? ... Na gut, dachte sie und griff nach ihrer Handtasche, um ein Papiertaschentuch herauszuholen und sich die Augen abzutrocknen. Tränen und Wimperntusche hinterließen einen dunklen Fleck. Das Leben leben ... Nur daß für Rio der Tod Gestalt angenommen hatte, ein unvorstellbar kleiner Winzling von Tod, ein Virus, so klein, daß dreißigtausend davon in einer einzigen Haarpore Platz haben, hatte Herzog gesagt. Dreißigtausend in einer Pore! Und ein einziges reicht aus ... Winzig und mächtig zugleich.

Wieso kommt es zu uns, zu Rio, wieso zu dir? Liebe kann tödlich sein ... Was für ein Gedanke! – Warum heißt es nicht »DER VIRUS«, wenn es schon so gefährlich ist, sondern »DAS«? Wer hat es geschickt?

»Der« oder »das« Virus? Ein Nanometer-Nichts, ein unvorstellbar winziger Partikel aus ein paar hunderttausend Atomen, schon wegen seiner Kleinheit nie so richtig einzuordnen; »das Virus«, eine Sache zwischen Materie und Leben? Schließlich: Sind Viren nicht sogar in der Lage, ein Kristall zu bilden?

Sie sind es, ja. Doch kommt ihre Stunde, starten die Menschenfeinde unter ihnen einen Angriff auf eine Zelle, dann produzieren sie Millionen identischer Kopien nach ihrem Vorbild, diktieren dem Wirt das eigene Gesetz, versklaven ihn somit zu einer Art Vervielfältigungsmaschine, die sich selbst zerstört.

Ein teuflisches Verfahren – doch die Natur läßt sich nun mal nicht verteufeln. Sie hat in ihrer Entwicklungsgeschichte das Virus Milliarden Jahre vor den Menschen gestellt, vielleicht, um seine Abwehrmechanismen zu verfeinern, vielleicht auch, um ein Instrument zu schaffen, das diesen gefährlichsten der Säuger wie jede andere Spezies auszulöschen vermag – falls er nicht in den großen Bauplan paßt.

Eines jedenfalls steht fest: Viren sind nicht Materie, Viren sind lebendig, so lebendig, daß sie sich selbst als Teil des Wirtsorganismus einordnen, so überaus lebendig, daß sie seinen Tod wie sein Leben in den Händen halten ...

Im weitläufigen, modernen Gebäude der CDC, des National Center for Desease-Control der Vereinigten Staaten in Atlanta, versammelten sich im Frühjahr 1981 die Abteilungsleiter zu einer Konferenz.

Bei der Kontrolle des Medikamentenverbrauchs hatten die Computer einen dramatischen Anstieg von Pentamidin gemeldet, einem Antibiotikum, das bisher ausschließlich gegen einen einzigen Mikroorganismus eingesetzt wurde: die Pneumozystis Carinii. Nun ist dieser Keim zwar weltweit verbreitet, aber nur bei Tieren. Für Menschen galt er – wenn man von vereinzelten Krebserkrankungen im Endstadium absieht, wo er heftige Lungenentzündungen hervorruft – als ungefährlich. Das hat sich geändert, finden die Seuchenforscher heraus. Der Pneumozystis Carinii attackiert Menschen. Junge Menschen. Männer. Und die sind ausschließlich homosexuell.

Es vergehen nur wenige Wochen, dann wird in Atlanta erneut Alarm geschlagen. Von der Ostküste wird eine unerklärliche Zunahme von Kaposi-Sarkom-Fällen gemeldet. Das Kaposi-Sarkom, ein Hautkrebs, war bisher als »Mittelmeer-Krankheit« eingestuft worden. Die von ihm befallenen Kranken stammten meist entweder aus den südlichen Mittelmeerregionen oder hatten jüdische Vorfahren.

Nun muß dieselbe rätselhafte Feststellung gemacht werden: Die Opfer der neuen Krankheitswelle sind Homosexuelle. In der »Szene«, in Discos und Schwulen-Clubs von San Francisco bis New York, verbreitet sich panische

Unruhe. Sie schlägt in helle Empörung um, als einzelne Forscher die neuen Krankheitsfälle, die ohne Ausnahme auf einem unerklärbaren Zusammenbruch des Immunsystems beruhen, mit dem fatalen Begriff »GRID« – »gay related immunity deficency« belegen.

Die Empörung der Homosexuellen gegen die Wissenschaftler, die behaupten, der merkwürdige Abbau des Immunsystems müsse »irgendwie« mit homosexuellen Praktiken in Zusammenhang stehen, ist berechtigt. Denn als nun, in den achtziger Jahren, die »Schwulen-Pest« ihren Siegeszug um die Welt antritt, in den Metropolen Amerikas, Asiens, Afrikas und in den großen Städten Europas zuschlägt, werden endlich auch die Hauptmerkmale des Erregers und der neuen, gefährlichen Seuche erkannt: die dramatische Schwächung des körpereigenen Abwehrsystems. Sie geschieht deshalb, weil das Virus sich nicht in irgendeine Zelle einnistet, sondern mit fast zynischem Geschick sich die wichtigsten Helfer bei der Krankheitsabwehr aussucht: die T- und die T-4-Lymphozyten. Sie greift es an, zwingt sie zur Vervielfältigung des eigenen Erbmaterials, verändert sie krebsartig und zerstört sie. Und dies nicht nur bei Homosexuellen, o nein, die Abstammungsspur des Mörders führt nach Afrika, und dort sind die Hälfte der Virusopfer Frauen! Und bald zeigt sich auch in den vom Virus betroffenen Regionen das gleiche Bild: Ob Mann oder Frau – niemand ist vor diesem Killer sicher, selbst nicht das Kind im Mutterleib.

Auch die Annahme, das HIV-Virus würde in erster Linie durch Geschlechtsverkehr übertragen, ist nicht länger aufrechtzuerhalten. Das Virus kennt nur ein einziges Gesetz: leben und sich vermehren. Es schert sich einen Dreck darum, welcher Organismus ihm dies ermöglicht. Es tötet Drogenabhängige, die sich mit Injektionsnadeln infizieren ebenso wie ungeborene Kinder im Mutterleib, es schleicht sich über verseuchte Konserven in die Operationssäle oder in die Blutbahn von Hämophilen, Menschen, die ohne Fremdblut nicht existieren können. Ein Ozean von Leid, ein unentwirrbares Dickicht von Schuld, Verzweiflung und Tod ist die Folge.

Mehr als hunderttausend Menschen sind es, die allein in Deutschland infiziert sind. Die wahren Zahlen aber bleiben noch immer im Dunkeln, verschwommen und verschleiert von der Unfähigkeit einer Behörde, die den Selbstbetrug zur Norm machte, indem sie auf jede genaue Erfassung verzichtete …

AIDS – NICHTS ALS EIN TOTSCHLAGWORT!

Vera klammerte sich an alles, was Jan Herzog ihr gesagt hatte. Jeder Satz bleibt wie eingestanzt in ihrem Bewußtsein: »Aids ist nichts als ein Totschlagwort. Wer spricht denn von denen, die weiterleben? Und das sind in San Francisco dreißig Prozent – und das zum Teil seit vierzehn Jahren … Rios Immunsystem funktioniert doch!«

Doch »Weitermachen« war nicht mehr so einfach. Hinsehen, wie er stundenlang vor dem Fernseher hing, den Kopfhörer auf den Ohren, weil sie das ewige Geplärre und Gequatsche nicht mehr aushielt. Das Zimmer eine einzige Tabakwolke. Daraus sein abweisender, todtrauriger Blick. Nichts sagen, Aschenbecher leeren, Fenster aufreißen, Nerven behalten …

Sie versuchte es.

»Da muß er durch, Schätzchen«, sagte Cleo am Telefon. »Irgendwie ist das auch vollkommen normal, findest du nicht?«

»Nein, das finde ich nicht. Das ist so etwas wie Selbstaufgabe.«

»Hab doch Geduld, Vera! Er weiß es jetzt vierzehn Tage. Was ist das schon?«

»Ich weiß es jetzt auch seit vierzehn Tagen!«

»Ja, aber dir hat dieser Dr. Herzog sagen können, daß

du aidsfrei bist, daß das verdammte Virus dich verschont hat.«

Sie war nahe daran, loszuheulen. Veras Stimme zitterte, und sie ärgerte sich darüber. »Von den vierzehn Tagen ist jeder einzelne zuviel. Er sackt mehr und mehr ab.«

»Aber das ist doch begreiflich, Schätzchen! Er leistet jetzt eine Art Trauerarbeit. Das meint auch Max. Er trauert um sich selbst, um die Person, die er einmal war. Erst wenn er ganz unten ist, erst wenn er Grund spürt, geht's wieder aufwärts.«

»Ach, Scheiße!« hatte Vera gesagt und den Hörer auf den Apparat zurückgeworfen. Aber sie hatte nicht geweint. Nein, sie würde nicht weinen. Sie würde das durchstehen, Himmelherrgott noch mal, sie mußte sich ja nur etwas einfallen lassen ...

Sie ging ins Wohnzimmer. »Rio!« – Keine Antwort. Auf dem Schirm lief eine »Tatort«-Wiederholung.

Ganz sacht klinkte sie die Tür ein, stieg in den ersten Stock, nahm den Holzstab aus dem Schrank, mit dessen Hilfe sich die Schiebetreppe zum Dachboden öffnen ließ. Wann war sie das letzte Mal dort oben gewesen? Im Herbst. Ja, im Herbst vor zwei Jahren ...

Sie brachte den Eisenhaken in die Position, zog am Ring, und die Treppe glitt ihr entgegen. Vera kletterte hoch. Schummerlicht und Dachbodengeruch. Die Erinnerung an die Dachbodenstunden ihrer Jugend, als sie sich vor der Schwester versteckte, der Kritik ihrer Mutter entzog, Tagebuch schrieb, verbotene Bücher las und die Märchen träumte, an die sie glaubte.

Trauerarbeit? – Sicher hatte Cleo recht ... Da standen ihre beiden Alukoffer, mit denen man sie ins Internat geschickt hatte. Im kleineren hatte sie immer ihre Wäsche und die Schulhefte mitgenommen. Sie setzte sich auf den großen und schüttelte den Kopf: Nicht unterkriegen lassen! Das kann uns doch gar nicht zustoßen! Du wirst sehen, das ist nichts als ein blödsinniger Traum.

Die Augen wollten wieder feucht werden. Vera versuchte sie mit dem Handrücken trockenzureiben. Viel nützte es nicht. Aber sie fand die rote Kartonschachtel mit den kleinen, blauen, aufgedruckten Pferdchen. Als sie das Plexiglasregal im Wohnzimmer aufstellten, hatte Rio darauf bestanden, eine Lebkuchenschachtel habe auf Plexiglas nichts zu suchen, und so kam sie auf den Dachboden. Mitsamt den Fotos, die sie enthielt ...

Wie lange sie so saß – sie wußte es nicht. Sie hatte den Schalter für eine nackte, von einem Balken baumelnde Glühlampe gefunden und angeknipst. Da waren sie nun! Zum Teil steckten die Fotos zusammen mit den Negativen in ihren knallbunten Versandkuverts, andere lagen wild durcheinander, manche hatte sie auf der Rückseite mit dem Datum und anderen Hinweisen beschriftet. Sie brauchte keine Kommentare. Sie wußte doch ...

Rio, als er von seiner Beirut-Reportage zurückkehrte, verschwitzt und verdreckt, Haare, die bis auf die Schultern fielen; und als ob das nicht reichte, auch noch ein Vollbart wie ein Country-Sänger. Hier: ein Foto des Porsche. Nicht schwarz, nein weißgepudert mit Staub. Und ein Huhn, das an der Stoßstange herumpickte. Dies war ihre Reise nach Andalusien gewesen ... In Ubeda gab es einen einzigartigen »Parador«, eine umgebaute maurische Festung. Nur, daß sie die umgebaute maurische Festung nie fanden und sich in irgendeiner Mondlandschaft zwischen kahlen Bergen verirrten und sich in der Nacht Flohstiche im durchgelegenen Himmelbett eines Dorfwirtshauses holten ...

Ein ganzer Stapel Fotos, von einem roten Gummiband zusammengehalten. Das erste Bild zeigte Zwiefalten: hohe Tannen, Häuser mit hohen Dächern. Das nächste verwackelt, der linke Rand nur ein heller Streifen, aber sie trug es im Gedächtnis: Ein Fahrrad, ihr Fahrrad. Und Rio hatte sich gegen ihre Proteste auf den Gepäckständer geschwungen, abwärts ging's, der Weg war steil. Ben hatte das Foto geknipst, der gute alte Ben, mit dem sie nach Zwiefalten gekommen war ... Mit Rio war sie hundert Meter weiter unten im Straßengraben gelandet – und Ben war drei Tage später stinkbeleidigt abgefahren. Im Straßengraben hatte es begonnen ... »Was willst du eigentlich, Vera? Dich hab' ich doch im Straßengraben aufgelesen«, hatte er oft genug verkündet.

Sie rannte die Treppe hinab, ging in Rios Büro, holte sich eine Faxrolle Papier und Klebstoff, dazu noch die Schere. Doch als sie alles gefunden hatte, klingelte das Telefon. Sie hob ab.

»Olsen. Rio?«

»Das bin ich, Vera.«

»Na, wunderbar! Wie geht's denn, Vera?«

Die Stimme Olsens war von baritonalem, etwas gekünsteltem Leichtmut: Der freundliche Nachbar um die Ecke, nein, der Chef, dem es mal einfiel, sich nach dem Befinden seines Lieblingsangestellten zu erkundigen.

»Na, wie schon ...«

»Hör mal, Vera, ich könnte jetzt eine Menge sagen, aber ich schenk' es mir. Vielleicht haben wir ein andermal Gelegenheit dazu.« Pause. Dann: »Eines ist uns ja beiden klar: Er muß raus aus seinem Loch.«

»Ja«, sagte sie und betrachtete die Schere in ihrer Hand. »Nur – wie?«

»Wer ist eigentlich sein Arzt?«

»Ein Mann namens Herzog.«

»Ach der? Dr. Jan Herzog?«

»Ja. Er war auch Reissners Arzt.«

Wieder die Pause. Und Olsens Schnaufen: »Kann der nicht ein vernünftiges Wort mit ihm reden?«

»Er hat schon viele vernünftige Worte mit ihm geredet. Und ich auch, Ewald. Das kannst du dir doch denken.«

»Natürlich kann ich das! Himmelherrgott noch mal, sag ihm, daß ich ihn brauche, Vera! Und das ist kein gottgefälliges Märchen. Es ist die verdammte Realität. Sag ihm, er soll in die Redaktion kommen. Sag ihm, daß Möller die Story nie in den Griff kiegt ... Sag ihm, Himmelherrgott noch mal, er soll dran denken, um was es geht. Wir müssen dieses Schwein von Engel zur Strecke bringen. Rio hat schließlich damit angefangen. Er weiß es also am besten, und er schreibt am besten. Er ist der einzige, der die Sache weitertreiben kann. Sag ihm das! Hörst du?«

»Ich will's versuchen.«

Sie klappte die Schere zu und legte den Hörer auf ...

Lange Zeit saß sie ganz still. Vor dem Fenster bogen sich die Birkenzweige im Wind. Ein Vogel versuchte zu landen, ließ es dann aber sein und flog weiter.

Rio!

Rio ... Rio .... Wir kommen da durch. Wir müssen einfach. Glaub mir doch. Und vielleicht ist es gar nicht so schwierig. Da muß nur wieder gehen lernen, ganz aufrecht, Rio! Und ich werde Dir helfen. Ich weiß ja auch, wie es zu machen ist. – Rio, wir brauchen ein Kind ...

Zehn Uhr morgens. Um diese Zeit gab's im »Café Lola« kaum Gäste. Die goldenen Messingstangen, die die Tische und die Bänke voneinander trennten, funkelten im Halbdunkel. An der halbrunden Bar strich sich die Kellnerin gelangweilt ihren Minirock zurecht.

Rio legte die »Süddeutsche« zurück auf den Tisch. Das Blutbad in Nürnberg wurde der Russen-Mafia zugeschrieben, und die Bundesregierung wollte mit neuem Schwung und neuem Einfallsreichtum der Massenarbeitslosigkeit zu Leibe rücken ... Interessierte ihn nicht. Gab es noch etwas, das ihn interessierte? Kaum. Er hob die Hand, um die Bedienung heranzurufen, doch gleich darauf ließ er sie wieder sinken. Ein junger Mann stand vor ihm. Er hatte langes, fettiges Haar, dessen Strähnen sich auf breiten T-Shirt-Schultern kringelten. Das T-Shirt war auch nicht allzu sauber. Er trug Jeans und Turnschuhe, hatte einen kleinen Goldknopf im Ohr und ein halbes Lächeln auf dem Gesicht. Nein, er sah wirklich nicht vertrauenerweckend aus.

»Sie sind Herr Martin, nicht wahr?«

»Warum? Kennen wir uns?«

»Jetzt schon. Mein Name ist Bauer. Ich gehöre zu Herrn Novotnys Abteilung. Der Chef wartet draußen.«

»Und wo?«

Der Junge deutete mit dem Kinn zur Scheibe. Dieses Mal war es kein grauer BMW, sondern ein grüner Audi.

»Warum kommt er dann nicht rein?«

Rio bekam keine Antwort. Der sonderbare Junge, offensichtlich einer von Novotnys »verdeckten« Fahndern, ging bereits dem Ausgang zu und verschwand draußen zwischen den Passanten.

Rio legte fünf Mark für seinen Tee auf den Tisch, ohne auf das Wechselgeld zu warten, und durchquerte das Lokal. Draußen am Bordstein hielt Novotny die Wagentür auf.

»Hallo, Rio!«

Rio setzte sich neben ihn. Novotny war zweimal bei ihm zu Hause aufgekreuzt, das letzte Mal war auch schon wieder drei Wochen her.

»Was soll das? Seit wann hast du was gegen ein Bier am Morgen?«

»Erstens mußte ich um fünf Blocks fahren, um einen Parkplatz zu finden, und zweitens habe ich sowieso keine Zeit. Aber ich möchte mit dir sprechen. Und das können wir ja auch im Auto, nicht?«

Er fuhr los, und dabei legte er die rechte Hand auf Rios Unterarm. »Rio! Ich möchte dir eine ganze Menge erklären.«

»Tu's nicht.«

»Eben«, sagte Novotny lakonisch.

»Wie hast du mich überhaupt gefunden?«

»Ich war bei dir zu Hause. Vera hat mir gesagt, daß du wahrscheinlich im ›Lola‹ die Zeitung liest.«

»Und warum warst du bei mir?«

»Das ist einmal eine ganz blöde Frage. Schließlich hat man manchmal Lust, einen alten Freund zu sehen. Und zweitens wollte ich mit dir sprechen. Dienstlich. Zufrieden?«

»Wie man's nimmt.«

Der Audi schlängelte sich durch den Verkehr. Sie erreichten die Königinstraße. Novotny ließ den Wagen ganz langsam rollen. Rio betrachtete die Studenten, die vor dem tierärztlichen Institut auf den Mauern saßen.

»Und wenn ich an deinem dienstlichen Gespräch kein Interesse hätte?«

Novotny warf ihm einen halben Blick zu: »Auch nicht, wenn ich dir erzähle, daß wir Engel verhört haben?«

»Auch dann nicht. Aber erzähl trotzdem ...« Sein Herz machte sonderbare Dinge: Es setzte aus, hämmerte los, änderte den Rhythmus erneut zu einem langsamen, quälenden Schlag. Er drehte wieder den Kopf und blickte fast krampfhaft durchs Fenster auf die vorüberziehenden großen Gebäude.

»Was ist er für ein Typ?«

»Weiß nicht. Schwer zu sagen. In jedem Fall nicht der, den wir uns beide vorgestellt haben. Ellenlang. Sieht bedeutend jünger aus, als er ist. Sportlich ... was weiß ich. Natürlich eine Super-Ibiza-Bräune im Gesicht. Vielleicht macht es das aus. Rennt in Jeans und Jeanshemd rum; sogar Jesus-Latschen hatte der an den Füßen, während sein Anwalt schniekefein im Anzug mit Weste ankam. Die Vernehmung fand im Büro des Staatsanwalts statt. Der Mann heißt Schröder, Waldemar Schröder, ist noch keine fünfunddreißig, aber tüchtig und scharf wie ein Terrier. Wendland und ich gaben uns auch jede Mühe, doch es nützte alles nichts.«

»Und?«

Novotny schüttelte den Kopf: »Bei dem Kerl kommst du einfach nicht weiter ... Aalglatt ist der. Weiß von nichts, sieht nichts, hört nichts, interessiert ihn auch nicht. Seine eigentlichen wirtschaftlichen Interessen liegen seit Jahren in Spanien. Für das Bio-Plasma-Management und die Details hat man schließlich seine Angestellten, nicht wahr? Die werden teuer genug bezahlt. Außerdem, Herr Staatsanwalt: Was wollen Sie eigentlich? Ich bin doch seit Jahren kaum noch in Bernhagen! Und Herr Dr. Hochstett ist als Wissenschaftler schließlich über alle Zweifel erhaben. Unsere Unterlagen beweisen zudem einwandfrei, daß die fraglichen Produkte gar nicht nach München geliefert wurden.«

»Dieses Schwein ...« Rio murmelte es zwischen zusammengebissenen Zähnen.

Novotny nickte. »Ja. Dieses Schwein. Er schiebt alles auf Boder. Boder habe die betreffende Charge verkauft, sagt er. Skrupellos, ohne jedes Gewissen und nur mit dem einen Ziel, ihn, Engel, zu schädigen und die Firma in Verruf zu bringen.«

»Hab' ich doch alles schon mal gehört ...«

»Es interessiert dich also nicht?« Paul Novotny hatte einen Parkplatz erspäht und bog ab. Weiter unten, vor dem amerikanischen Konsulat, hatte sich eine Gruppe Demonstranten versammelt. Sie schwenkten irgendwelche Transparente. Sie schrien auch, mußten schreien, denn sie hatten die Münder weit offen, doch nichts war zu hören. Die Scheiben des Audi waren geschlossen. Nur die Klimaanlage summte leise. »Wir kriegten ihn noch nicht mal zum Schwitzen. Was soll ich dir sagen – der Kerl hat eine Selbstsicherheit ...«

»Du sollst mir gar nichts mehr sagen, Paul.« Rio saß da, die Hände im Schoß, und blickte geradeaus. Wieder erwachte in seinem Bewußtsein das Bild des Feindes. Doch er trug weder Gesicht noch Namen. Er hieß nicht Engel, o nein, und er hatte auch nichts, nicht das Geringste mit all den miesen Gedanken, Methoden und Tricks zu tun, die Menschen erfanden, um sich zu betrügen oder umzubringen. Dieser Feind war Millionen Jahre älter als der Mensch. Und er kannte nur ein Ziel: sich zu vermehren. Er verlor es nie aus dem Auge, bediente sich der unglaublichsten Tarnungen und hatte alle Zeit der Welt, um dieses Ziel zu erreichen. Fünf, zehn oder fünfzehn Jahre, was machte es schon aus ...

Retro-Viren arbeiten so langsam, daß man sie zunächst gar nicht bemerkt; sie verstecken sich, warten, täuschen die Abwehr, schlüpfen in die Körperzelle, verändern ihren Code, und statt Zellerneuerung produzieren sie Tod am laufenden Band. Er hatte sich den Vorgang vor Augen geführt, sich Bücher besorgt, sich stundenlang der Faszination überlassen, die vom Bild des Gegners ausstrahlte: eine stachlige, winzige Proteinhülle. Zäpfchen zum Andocken an die Helfer-Zellen, so geschickt angeordnet, daß die Zelle nicht merkt, wer da kommt, das Bläschen, das sich ausstülpt, das Enzym, das die Zellwand aufspaltet ...

»Hörst du mir zu oder nicht?«

Rio schüttelte den Kopf. »Ich hör' dir nicht zu. Tut mir leid, Paul ... Aber zu was bist du Polizist? Wie heißt es so schön: Walten Sie Ihres Amtes, Herr Kommissar! Aber laß mich mit diesem ganzen Schiet in Frieden.«

»Das sagst du im Ernst ...«

»Das kann ich auch sagen, Paul.«

»Ich hab' dich anders eingeschätzt.«

»Ich bedauere tief, wenn ich dich enttäusche. Wie hast du mich denn eingeschätzt?«

Darauf gab Novotny keine Antwort. Da war nur dieser merkwürdige Blick. »Ich hab' mit dem Doktor gesprochen, deinem Doktor ...«

»Du machst dir eine Menge Mühe meinetwegen.«

»Herzog ist der Ansicht ...«

»Ja, ja, die Herzog-Theorie ... Keine Sorge. Es gibt noch so viel Überlebende ... Nein, nicht mal das Wort ›Überlebende‹ will er akzeptieren. Es kommt nur auf dich an, und so weiter und so weiter. Kenn' ich ...«

»Und es ist was dran, hörst du?!«

»Quatsch ist das!«

Paul Novotny fuhr in seinem Sitz herum, packte Rio, ehe der sich wehren konnte, an beiden Schultern, schüttelte ihn, zwang ihn, ihn anzusehen, flüsterte, nein, stieß zwischen zusammengepreßten Zähnen hervor: »Jetzt ist Schluß, Junge! Endgültig! Jetzt wachst du wieder auf, hörst du? Du bist nämlich völlig intakt. Dein Immunsystem arbeitet einwandfrei. Und du wirst verdammt noch mal dafür sorgen, daß es das auch weiter tut. Und dazu gehört, daß du endlich den Kopf wieder hochnimmst. Daß du irgendwas tust – hörst du, irgendwas! Daß du zuschlägst, zum Beispiel ... Schlagen, nicht einstecken, darum geht's. Diese Scheißdinger werden dich nicht ...«

»Schluß, Paul.« Rio streifte Novotnys Hände ab. »Laß mich los.«

»Den Teufel werd' ich! Irgendwann eines Tages gibt's ein Heilmittel. Aber bis dahin laß ich dich nicht in deinem Selbstmitleid versacken. Du wirst jetzt, verdammt noch mal, aus deinem Loch heraussteigen.«

»Sonst noch was?«

Rio griff nach seinem Taschentuch und tupfte sich den feinen Speichelregen ab, den ihm der Kommissar in seiner Erregung ins Gesicht geschleudert hatte. Novotny schwieg und atmete heftig.

»Ja«, sagte Novotny dann leise, »da wäre noch etwas ...«

Die Demonstranten waren inzwischen auf die Fahrbahn gerückt. Zwei grüne Streifenwagen fuhren heran. Beamte stiegen aus und gestikulierten mit ihnen. Aus der Ferne erklang der Ruf eines Martinshorns. Das war laut genug, daß man es im Audi-Inneren hören konnte.

»Ich kenne einen Mann, dem es ähnlich geht wie dir«, sagte Novotny.

»Da gibt es viele ...«

»Gut. Aber der auf dieselbe Weise infiziert wurde.«

»Von Bio-Plasma?«

»Er glaubt es jedenfalls. Aber er hat es nie mit Sicherheit beweisen können. Und das bringt ihn um.«

»Was bringt ihn um? HIV?«

»Daß er nicht weiß, auf welche Weise die Ansteckung erfolgte. Es bringt ihn schon deshalb um, weil es sein Geschäft ist, so etwas herauszubringen. Ludwig Kiefer war einer der erfolgreichsten Fahnder der Bundesrepublik. Er war mein Lehrer. Er hat Tausende von Leuten ausgebildet, und am Schluß saß er auch noch im BKA in Wiesbaden. Ein Topmann. Wenn es einen wirklichen Kriminalisten in Deutschland gibt, dann ist er es.«

»Und warum erzählst du mir das alles?«

»Weil er dich sprechen will«, sagte Paul Novotny.

Aus der Tiefe des Parkes wehten Tierschreie, aber sie standen wie in einem Kreis aus Stille. Tannen warfen ihre Schatten über den flachen Teich, und die Flamingos bildeten eine weiß-rosafarbene Insel in dem bräunlich-trüben Wasser. Einzelne Vögel stelzten dieser Insel auf hohen, roten, knotigen Beinen entgegen, andere standen nur da, die Köpfe in den Federn vergraben.

»Hier?« fragte Rio.

»Ja, hier«, antwortete Paul Novotny.

Rio setzte sich auf eine Bank. Er fischte in seinen Taschen nach Zigaretten, zündete sich eine an und sog begierig den Rauch in die Lungen. Dieses Bild, die Flamingos und die Sonne über dem Teich – er hatte es schon einmal gesehen. Mit Vera, vor vielen Jahren, damals, als es noch gar nicht so sicher war, ob das etwas werden würde mit ihnen ... Doch an Vera dachte er besser nicht. Nicht jetzt.

»Zu einem konspirativen Treff gehören doch zwei, Paul. Wo ist der andere?«

»Irgendwo in der Nähe, vermute ich. Der kommt schon.«

Was war dies nun wieder für ein Spielchen? Pauls alter Chef ... Ludwig Kiefer, das kriminalistische Superhirn. Was wollte er von ihm? Was ging der Mann ihn überhaupt an?

»Guten Morgen! Da seid ihr ja ... Grüß dich, Paul.«

Eine tiefe, etwas kratzende Altmännerstimme. Rio richtete sich hoch und schlug die Augen auf. Der Mann, der vor ihm stand, mochte, sechzig, siebzig oder achtzig Jahre alt sein, irgendwie blieb das unwichtig. Trotz der Wärme trug er einen olivfarbenen langen Trenchcoat. Knöpfe und Gürtel waren geschlossen, so als friere er. Den langen Schädel bedeckte eine Baskenmütze, die tief in die Stirn geschoben war. Er sah ihn an. Er lächelte sogar, doch Rio erschrak. Nie hatte er ein kränkeres Gesicht gesehen. Das einzige, was daran gesund wirkte, war das schimmernde, makellose Weiß der Zahnprothese. Ein Totenkopf mit hochstehenden Wangenknochen. Die Tönung der Haut war fahlgelb bis grau, an den Schläfen war sie aufgrund eines Ekzems geschrumpft wie die eines Reptils, das Gewebe um die Augen von Flüssigkeit aufgequollen, so daß die Haut sich dort weiß und glänzend spannte. Die Augen selbst – unter den grauen, stacheligen Brauen wirkten sie tiefschwarz. Augen, die glänzten wie im Fieber ...

Rio schluckte.

»Sie also sind Herr Martin? Freut mich ... Freut mich sogar sehr. Ich habe Ihre Artikel gelesen, Herr Martin.«

Rio nickte. Die Hand, die er nun hingehalten bekam, war von einem dünnen Baumwollhandschuh bedeckt. Er war dankbar für diesen Handschuh.

»Ich setz' mich mal neben Sie, Herr Martin. Kann ich?«

Es passierte selten, daß Rio verlegen wurde. Er war in

den unmöglichsten Situationen den unmöglichsten Menschen begegnet, Kranken, Leidenden, Ausgestoßenen, auch Sterbenden – nie aber hatte er eine derartige Befangenheit verspürt. Vielleicht lag es an der Selbverständlichkeit, die der Mann trotz seines Aussehens ausstrahlte, vielleicht auch an der gelassenen Kraft seiner Stimme ...

Paul Novotny stand vor ihnen. Er sah sie an mit dem wachsamen Gesicht eines Arztes, der seine Lieblingspatienten betrachtet.

Rios Hals wurde noch enger. Was sollte das?

»Wissen Sie, Herr Martin, ich wohne in Steinebach. Früher fuhr ich jeden dritten Tag nach München, holte mir Bücher in der Bibliothek oder besuchte alte Freunde wie Paul. Heute reicht's nur noch bis zum Tierpark.«

Rio beobachtete das Auf und Ab seines Adamsapfels. Gleich einem Stengel ragte der Hals aus einem viel zu weiten Kragen. Und auch er war schuppig, von einer Art Ausschlag bedeckt.

»So ein Zoo hat etwas ungemein Entspannendes an sich. Vor allem jetzt, um diese Zeit. Die Schulklassen sind weg, die Liebespaare haben noch keine Zeit, und die geschiedenen Väter, die hier immer rumtraben, dürfen ihre Kinder auch noch nicht abholen ... Wie ist das eigentlich, Herr Martin, haben Sie welche?«

»Kinder?«

»Ja, Kinder. Das hab' ich nämlich vergessen, Paul zu fragen.«

»Ist das denn wichtig für Sie?«

Rio erhielt keine Antwort, nur dieses halbe Lächeln, das kein Lächeln war, sondern nichts anderes als ein gespenstisches Bemühen um Sympathie.

»Ich habe keine Kinder.«

Kiefer nickte. »Sehen Sie, so ein Tierpark hat noch andere Vorteile. Die Menschen lassen sich da leichter aus der Distanz beobachten.«

»Wie praktisch!«

»In diesem Fall, lieber Herr Martin, schon. Und jetzt wollen Sie doch sicher wissen, wieso ich den guten Paul gebeten habe, dieses Zusammentreffen herbeizuführen.«

Und Paul schwieg weiter.

»Ich nehme an, es geht um das Thema Bio-Plasma ...«

»Das ist mir zu vage, Herr Martin, das Thema Bio-Plasma ... Es geht um uns. Damit meine ich nicht allein uns beide, obwohl wir ja eigentlich schon Grund genug wären.«

»Sie sind also auch ...«

»Ja, Herr Martin, Paul hat's Ihnen ja gesagt. Ich bin auch durch eine Charge von Bio-Plasma angesteckt worden. Nach einer Bypaß-Operation. Wir sitzen im selben Boot ... Wir haben die gleichen Henker ... Für Sie müßte eigentlich ein einziger Blick auf mich genügen, um zu wissen, was das letztendlich bedeutet.«

Er brach ab. Die Stimme war bei den letzten Worten leise geworden, fast erloschen, nun ertrank sie in einem wilden Hustenanfall. Es war ein kurzer, gräßlicher, heftiger Anfall, der den ganzen Körper schüttelte.

Paul Novotny war neben den alten Mann getreten und hielt ihn an der Schulter fest, als könne er damit irgend etwas ändern. Rio wartete, bis es vorüber war, bis das hechelnde, bellende Geräusch aufhörte, die bläuliche Gesichtsfarbe verschwand und der Kriminalrat sich den Mund mit einem Papiertaschentuch abgetupft hatte. Kiefer lehnte sich nun zurück und wischte mit dem behandschuhten Zeigefinger eine Träne aus den Augenwinkeln.

Und wieder war die Stimme kräftiger, als es nach allem zu erwarten war: »Pneumokokken«, sagte er ganz ruhig. »Meine lieben Freunde, die Kokkis ... Haben wir aber inzwischen ganz schön in den Griff bekommen ... Die kommen und gehen. So wie all die anderen, ob Pilze oder Bakterien ... Wenn Sie mal soweit sind, können Sie sich's nämlich aussuchen.«

Rios Hände krampften sich zusammen.

»Am Anfang, als die Husterei begann – das ist der Witz, Herr Martin –, am Anfang, da dachten sie alle: Na ja, den Kiefer hat's erwischt. Ein sauberer Morbus Hodgkin's. Wer tippte denn bei einem alten Polizisten auf Aids, nicht wahr? Aber lassen wir mich aus dem Spiel. Was bin ich schon? Nichts ... Was war ich damals? Ein angeschlagener, rostiger alter Dampfer. Vergessen wir auch Sie, obwohl Sie ja aus meiner Sicht bewundernswert gesund wirken. Vergessen wir also uns beide und denken an all die anderen. Auch an die, die womöglich noch diesen Schweinen zum Opfer fallen werden ... Warum? Weil wir uns fragen sollten: Was ist denn schließlich schon geschehen? Dienstaufsichtsverfahren, das ja, halbherzig angeleierte Prozesse – aber keiner, den's erwischt, keiner, den sie dorthin gebracht hätten, wo er hingehört. Die einen laufen frei rum, die anderen verrecken. Ist es nicht so?«

Rio nickte. Es war wohl so. Und er hatte plötzlich wieder einmal das Gefühl, daß Reissner zuhörte ... »Hat er nicht recht, Dieter? Was sagst du? ...«

Aber wieder blieb Reissner stumm.

»Sie haben also Material über Bio-Plasma? Auch über Engel?« Seine Stimme klang ungewohnt rauh.

»Natürlich ... Und nicht nur über ihn.«

»Und, entschuldigen Sie die Frage, haben Sie es Paul übergeben?«

»Das Wichtigste.«

»Und der Rest?«

Kiefer legte die Hände auf die Knie: »Sehen Sie, ich war Kriminalbeamter. Ich bin es nicht mehr. Paul, hilf mir mal ...«

Er streckte den rechten Arm aus, Paul ergriff ihn, ganz behutsam, und Ludwig Kiefer stand auf. Er legte Novotny die Hand auf die Schulter.

»Paul war einer meiner Besten, Herr Martin. Das ist er

wohl noch heute. Und außerdem ... nun, wir mochten uns. Stimmt's, Paul?«

Novotny lächelte, er lächelte wie ein Schuljunge über ein unerwartetes Lob. Das mochte rührend sein, doch es klärte nicht die Situation.

Auch Rio erhob sich.

»Was ich damit sagen wollte ...« Nun klang Kiefers Stimme gepreßt, denn der Atem ging rasch und unregelmäßig: »... das ist ... das ist ... daß man im Alter und vielleicht in einer solchen Situation ... ganz gerne ein paar Dinge für sich behält. Nicht, um sich wichtig zu fühlen, das gehört vielleicht auch noch dazu, aber es gibt nun mal Erkenntnisse und Informationen, von denen man weiß, daß es nutzlos ist, sie in die offiziellen Regelkreise einzuschleusen. Und der arme Paul ist nun mal so ein ›offizieller Regelkreis‹, tut mir leid.«

»Na schön.« Es war das erste Mal während des ganzen Gespräches, daß Paul Novotny den Mund aufmachte. »Wenn du das so siehst, Ludwig, und es für richtig hältst, auf deinen Ostereiern sitzen zu bleiben, werd glücklich damit.«

»Ich halte es so für richtig. Gehen wir ein Stück. Ich habe meinen Wagen vorne am Eingang stehen.«

Er schien tatsächlich über den sechsten Sinn der Kriminalisten zu verfügen, oder es war seine Intuition, doch er hatte den schnellen, erstaunten Blick Rios richtig gedeutet: »Ja, Herr Martin, ich fahre selbst. Und das geht noch ganz gut, das können Sie mir glauben. Und falls es mal nicht mehr klappen sollte – keine Sorge, ich steig' schon rechtzeitig aus. Das habe ich immer getan. Ich bin immer rechtzeitig ausgestiegen.«

Sie gingen nebeneinander her. Besucher kamen ihnen entgegen. Kiefer hatte recht: Es waren sehr wenige, die sich in der grüngoldenen Stille des Tierparks aufhielten. Ihre Schritte knirschten auf den sandbestreuten Wegen.

Rio sah Zebras, dunkle und helle Augen, die ihnen mit dem sonderbar unbeteiligten Ernst der Zootiere folgten. Hyänen, Füchse, ein unruhiger Wolf ... Und in der Luft hing der stechende Geruch des Raubtiergeheges.

»Wann besuchen Sie mich denn mal?« Kiefers Schritte wurden immer kürzer. Jetzt blieb er wieder stehen. Vielleicht war die Frage nichts als ein Vorwand, um Luft zu schöpfen. »Hätten Sie Lust dazu? Ich verlange jetzt nicht, daß Sie höflich zu mir sind, aber vielleicht wäre es auch für Sie ganz interessant.«

»Ich komme gerne.«

»Sehen Sie, meine Schwester ist eine ganz gute Köchin. Ihre Tragödie besteht darin, daß sie niemanden mehr hat, der das so richtig schätzen kann. Früher kam Paul manchmal. Aber der hat ja auch keine Zeit mehr – nicht wahr, Paul?«

»Leider.«

»Also, was meinen Sie, essen Sie mit uns zusammen? Ich verspreche Ihnen, zum Aperitif gibt's ein paar Informationen, die ganz interessant für Sie sein dürften.«

Rio nickte.

»Bringen Sie Appetit mit. Menschen, die Appetit haben, sind mir ausgesprochen sympathisch. Wissen Sie, die essen gewissermaßen stellvertretend für mich ...«

Sie standen am Parkplatz. Ludwig Kiefer fuhr über seine Baskenmütze, als müsse er sie zurechtrücken. Der feine Zwirn der Handschuhe machte ein schabendes Geräusch. Unter den dichten Brauen wirkten die Augen nun distanziert, fast kalt. Und da war wieder das Lächeln, das Rio zuvor schon erschreckt hatte: Es war ein Lächeln, das sich ein Totenschädel abrang ...

»Ich wohne in Steinebach, wie gesagt. Sehen Sie, das ist meine Adresse und meine Telefonnummer. Die der Klinik schreibe ich Ihnen auch gleich dazu. Denn die haben mich nächste Woche wieder am Wickel. Man soll sich nicht beklagen ... Und die Kollegen dort, die anderen Patienten ... na, die meisten sind ja verdammt viel jünger als ich, aber nette Kerle sind es allemal ...«

Er schloß die Tür seines alten Peugeot auf. Der Wagen sah aus, als habe er zehnmal die Sahara durchquert.

»Ich kann nicht sagen, Herr Martin: Ihr Schaden wird's nicht sein, wenn Sie kommen. Leider nicht ... Bei Leuten in unserer Situation sind solche Sätze wohl nicht angebracht. Aber es könnte ja sein, daß unser Gespräch etwas bewirkt.«

»Wenn Sie meinen ...«

»Vielleicht können wir noch dankbar sein, daß sich das Schicksal eines Menschen namens Paul Novotny bediente, um uns zusammenzubringen. Dieser Schicksalsmensch Novotny wird Ihnen auch genau erklären, wo ich zu finden bin.«

Diesmal gab er ihm keine Hand. Er hob sie an die Schläfe, kurz und abrupt – ein perfekter militärischer Gruß.

Sie standen beide nebeneinander, hörten, wie er den Gang einlegte, sahen zu, wie der alte Wagen grauen Rauch aus dem Auspuff spuckte und dann langsam davonrollte.

Als er verschwunden war, seufzte Novotny kurz auf, schüttelte den Kopf und wandte sich an Rio: »Ich geb' dir gleich die Adresse. Und eine Lageskizze zeichne ich dir auch auf. Es ist leicht zu finden.«

Er setzte sich in den BMW, nahm ein Notizbuch, schrieb Kiefers Adresse darauf und entwarf mit raschen, geschickten Strichen eine Skizze.

Dann schien er es plötzlich sehr eilig zu haben. Er nahm das Blaulicht, setzte die Haftplatte auf das Wagendach und ließ den Motor an. Kaum hatten sie die Straße erreicht, ließ er das Blaulicht auffunkeln und gab Gas.

Rio lehnte sich zurück.

WIR HABEN DIE GLEICHEN HENKER ...

LEUTE IN UNSERER SITUATION ...

DIE EINEN LAUFEN FREI RUM, DIE ANDEREN VERRECKEN ...

Sätze wie Hämmer ...

»Keine Hämmer, Rio«, meldete sich Reissner, »Tatbestände.« Er mischte sich in seine Gedanken, immer mit derselben leisen, traurigen Stimme: »Ist doch so? Gib es zu ...«

»Laß mich zufrieden.«

Und Reissner ließ ihn zufrieden. Der Wagen raste dahin. Die anderen Fahrzeuge drängten sich vor dem heranpreschenden Blaulicht zur Seite, Paul hing über dem Steuer, als ginge es darum, irgendeinen Geiselnehmer an der Ausführung seines Plans zu hindern. Aber wahrscheinlich wollte er nichts anderes, als die Spannung loswerden, die die kurze Begegnung mit Kiefer in ihm hinterlassen hatte.

Rio war heilfroh, als sie am Präsidium ankamen. Er wollte aussteigen, aber der Kommissar hielt ihn am Ärmel fest: »Hör mal, Rio, hör mir einen Moment zu. Da wär' noch etwas ...« Novotny zog die Unterlippe zwischen die Zähne. Er schien einige Mühe zu haben, es loszuwerden. »Rio, der Alte ist wirklich mein Freund. Das hast du ja gesehen.«

»Und weiter?«

»Wenn ich Ludwig ansehe, zerreißt's mir das Herz. Das ist die eine Seite der Medaille.«

»Nun red mal von der anderen.«

»Gut. Wenn du da rausfährst, nach Steinebach, dann mußt du dir etwas merken: Er mag noch so hinfällig wirken, aber er ist stets mit Vorsicht zu genießen. Ludwigs Hirn tickt noch immer schneller als die meisten Computer. Falls er dir irgendeinen Vorschlag macht, falls er irgend etwas von dir will – überleg's dir genau. Überschlaf's ... Sei auf der Hut. Du weißt, was ich meine ...«

»Ich versuch's.« Rio tätschelte seine Hand. »Bis bald, Paul. Und danke. Ich ruf' dich an ...«

Die Fliederbüsche. Und die Blüten daran waren alle verwelkt. Ein kleiner Junge kam Rio auf einem Dreirad entgegengestrampelt und hob die rechte Faust. Rio wich aus, und der kleine Junge lachte.

Er läutete. Nichts. Dabei stand Veras Golf vor der Garage. Rio schüttelte den Kopf und kramte den Hausschlüssel aus der Hosentasche. Als er die Tür öffnete, fühlte er Widerstand, vernahm ein schabendes Geräusch, das ihn an einen Ziegelstein denken ließ.

Er stieß auf – und es war ein Ziegel!

Im Licht der Korridorbeleuchtung wurde ihm sofort klar, was der Ziegel sollte und weshalb Vera ihn direkt hinter die Haustür plaziert hatte. Paß auf! sagte das braunrote Rechteck am Boden, es gibt hier was zum Staunen!

Was es gab, war ein weißes Papierband, das wohl von einer Faxrolle abgewickelt worden war. Dieses leuchtendweiße Band erstreckte sich vom Eingang bis zur Schlafzimmertür und war mit Fotos beklebt. Den Anfang bildete der mit großen roten Filzstiftlettern hingeworfene Satz: ALLE STRASSEN FÜHREN NACH ROM. HIER IST UNSERE STRASSE.

Darunter waren zwei rote Herzen gemalt.

Rio ließ sich auf die Knie nieder. Es wurde ihm sonderbar, fast andächtig zumute, dabei war das erste Bild ziemlich verwackelt. Es zeigte ihn auf dem Gepäckständer eines Damenfahrrades, ein ironisch-überhebliches Grinsen im Gesicht. Wann war denn das gewesen? Zwiefalten natürlich. Damals, als sie im Straßengraben gelandet waren ...

Und weiter? Die nebelverhangenen Palmengärten von Gomera, durch die sie im November gewandert waren ... Hier wiederum er selbst: wild im Wasser herumplanschend. Wo noch? Stimmt, Langenargen, Bodensee. Und Vera hatte ihn über die Mauer gekippt, einfach so ...

Und da war auch sie! Schräg über das weiße Papierband geklebt. Es war ein großes Farbfoto, das Pestel, der Berliner Korrespondent des »NEWS KURIER«, geschossen hatte. Das

Foto war nachts aufgenommen, den Hintergrund bildete der Pastellschein von Feuerwerken. Vorne aber ritt Vera auf den Schultern eines Mannes. Wer immer der Kerl gewesen sein mochte – man sah nur den struppigen Kopf. Darüber aber schwebte Veras verzücktes, lachendes Gesicht. Eine Sektflasche hielt sie in der Hand, hielt sie genau dem Beschauer entgegen. Berlin … Neunundachtzig. November … Die Nacht, als die Mauer fiel …

Sein Herz klopfte laut und hart. Und der Finger, der sich auf das Foto legte, zitterte.

Er stand auf. Vera, dachte er, Vera …

Und dann rief er es: »Vera!« – und scherte sich einen Dreck um die anderen Bilder, die Moskau-Fotos, die Fotos, die Rio, den NEWS-KURIER-Star-Reporter, in Südafrika zeigten. Zum Teufel damit!

Er schob die Tür auf.

Das weiße Band lief mit seinen Bildern im Schlafzimmer weiter. Es endete direkt am Bett. Und darauf saß sie nun, saß im Lotussitz, saß auf den braun-weißen Mäanderstreifen der Indiodecke, die er ihr von seiner Perureise mitgebracht hatte, und sah ihn aus weitgeöffneten Augen entgegen.

»Menschenskind, Vera … Ach – Vera …«

Ihre Haut leuchtete. Sie trug eines seiner Jeanshemden, aber sie hatte es nicht zugeknöpft. Die Schenkel und der zarte Streifen des Oberkörpers, den die Hemdkanten freigaben, leuchteten weiß wie Schnee, und als sie die Arme hochhob und lächelte, öffnete sich das Hemd und gab die festen und doch so zarten Wölbungen ihrer Brüste frei.

»Sieh mal, wer da kommt!« lachte sie.

»Vera – Vera. Ich bin den ganzen Weg nach Rom gepilgert. Meine Füße – hilf …«

Seine Arme streckten sich ihr entgegen, die Fingerspitzen hatten ihre Kniekehle erreicht, fühlten darüber, sacht, ganz sacht, fühlten die Wärme, all diese zarte Glätte, wanderten weiter …

»Laß das ...«

»Wieso?«

Ja – wieso? Das Hemd stand nun ganz offen, und es war ohnehin das einzige Kleidungsstück, das sie am Leib trug. O Vera! ... Veras Körper, Veras Bauch, die Beine, alles so glatt, so vertraut und aufregend.

»Jetzt hast du's plötzlich eilig ... Und vorhin? Was war da? Kerzen hab' ich angehabt. Und ein Räucherstäbchen wollte ich auch noch anzünden, aber du ...«

»Ich? Ja, ich ...« Das Wort »ich« in ihm war wie ein pulsierendes Echo.

»Wo kommst du überhaupt her? – Nimm die Finger weg. Ich hab' dich was gefragt. Laß das ... Und ich finde ...«

Seine Lippen erstickten allen Protest. Er spürte, wie die Erinnerung wieder in ihm aufsteigen wollte, hörte Stimmen, die Stimme des alten Mannes, und schob sie zur Seite. Vera! Der Hals, die Schultern, das war Vera, ja, dies war das Leben ...

Er umklammerte ihre Schultern wie ein Ertrinkender und verlor sich in all dieser Hingabe, dieser Weichheit, diesem Sich-Öffnen – er verlor sich und fühlte sich geborgen ...

Die Kerzen brannten. Ruhige, stille, kleine Lanzenspitzen in der ruhigen Stille des Zimmers. Sie atmeten, und ihr Atem war derselbe.

Vera schlief .... In Rio versuchte steinschwere Benommenheit den von Furcht getriebenen Aufruhr der Gedanken gnädig zu dämpfen.

Er zog den Arm unter ihrem Nacken hervor, richtete sich auf und betrachtete die Schatten, die die Kerzen an die Wand warfen. Und es war ihm, als würden die Schatten lebendig, als würden sie sich bewegen, sich ausbreiten wie auslaufende Tinte, als würde aus dem Dunkel der Zimmerecke etwas wie Nebel hochkriechen, etwas, das nicht benennbar war – noch nicht. Bis es sich dann zu Gesichtern formte, zu einem anderen Gesicht, das er stets auf dieselbe Weise erlebte, starr ihn anblickend wie eine unfertige Zeichnung, ein Mund, den immer dieselbe schüchterne, manchmal zynische Traurigkeit umspielte: Dieter Reissners Mund, Reissners Gesicht ...

Und da, wie ein Pfeil aus dem Dunkel herangeflogen, kam Reissners Frage: »Und? War es schön?«

Es war kein Spott darin. Es klang wie eine Drohung.

»Bist du dir eigentlich im klaren, Rio, was du da getan hast?«

Für eine Sekunde, für eine Gnadensekunde noch blieb ihm die Bedeutung des Satzes unklar. Dann begriff er. Dann sprang ihn die Panik mit der gewalttätigen Brutalität eines Wegelagerers an, riß jeden Schutz nieder, lähmte jeden Widerstand ...

Er zog den Arm unter Veras Kopf hervor, richtete sich auf, und es wurde ihm prompt übel.

»Bist du dir darüber klar, was du getan hast ...«

Die Kerzen flackerten. Ihr Schein spielte mit Veras Haut, ließ sie warm und lebendig von innen glühen – und er stand neben dem Bett, beide Fäuste gegen die hämmernden Schläfen gepreßt und sah ... sah den Hals des Alten, sah den Schorf daran, die Reptilienmuster.

»Bist du dir darüber klar ...?« War ich es – war sie's? Hatte sie es nicht abgelehnt, die Schublade des Nachttisches aufzuziehen und nach diesen wurstpelleartigen Dingern zu greifen, die sie immer »deine albernen Hütchen« nannte? HIV-positiv? Na und?

»Eine Übertragung ist beim heterosexuellen Verkehr äußerst selten, Herr Martin. Nur unter extrem ungünstigen Umständen passiert da nämlich was ... Feine Haarrisse, zum Beispiel, könnten ...«

Feine Haarrisse? ... Jawohl, Herr Doktor!

»Bei uns gab es vielleicht auch feine Haarrisse«, hörte er Reissner, den Mörder, und nun war ein Lächeln in seiner

Stimme. »Wer kann es wissen? Jedenfalls, werd fertig mit dem Gedanken: Du hast sie angesteckt! Leb einfach weiter. Vergiß es – wenn du das kannst ...«

Rio warf sich den Bademantel über, ging hinüber in sein Studio und nahm die Whiskyflasche aus dem Fach. Reg dich nicht auf, verdammt noch mal! Was ist schließlich schon passiert? Also reiß dich zusammen ...

Aber es wurde nicht besser, soviel er auch trank. Der Gedanke wand sich durch den Aufruhr in ihm wie eine winzige, dunkle Schlange, die immer wieder den Kopf hochschob und ihn anstarrte. Alle seine Argumente zerfielen zu Trümmern vor dem einzigen Gedanken: Du hast sie angesteckt!

Und die Schlange wurde noch dunkler, wurde noch giftiger: Wenn das so ist – was dann? Dann gibt es doch nur noch eines: Reissners Weg zu gehen ... Mein Gott ...

Und da war es da, zum ersten Mal, ein Wort, von solcher Heftigkeit, daß es alles andere auslöschte: SELBSTMORD.

»Siehst du«, sagte Reissner, »ich hab's dir vorgemacht. Und da sind wir jetzt also endlich zusammen. Das war kein guter Abgang, hast du getönt. Aber was hätte ich denn tun sollen? Schließlich – es hätte nicht nur meine Frau, es hätte ja auch mein Kind erwischen können.«

»Ich habe kein Kind.«

»Das sagst du. Weißt du's? – Soll ich dir erzählen, daß wir nie ein Kind haben wollten und daß ausgerechnet an dem Tag ....«

»Sei endlich still, Hergott noch mal!« brüllte Rio.

»Gut. – Aber begreifst du jetzt? Vielleicht, daß ich durchgedreht bin. Aber du? – Wie ist das denn mit dir?«

Rio fuhr nicht länger als eine halbe Stunde und war in einer anderen Welt: Streß, Hektik, Gerenne – vorbei, erloschen wie der Talmi-Charme von München, der »Hauptstadt mit Herz« ...

Das Land war flach und von kleinen Hügel durchzogen. Tannen gab es, Rapsfelder, schwarz-weiß gefleckte Kühe, eine lange Straße mit dem für die Stadtnähe typischen Gemisch von Bungalows und Bauernhöfen. Ja, und es gab auch die Anhöhe mit der Jugendstilvilla, von der Paul Novotny gesprochen hatte. Aus den Löchern der Aspaltdecke der kleinen Straße, die zum Haus führte, wuchs Gras, an den Mauern rankte sich Efeu. Als er ausstieg, umfing ihn eine kühle Stille.

Er sah sich suchend um. Doch da öffnete sich schon die Tür, und eine Frau in einem dunkelblauen Schürzenkleid erschien. Das eisengraue Haar lag glatt an ihrem Kopf. Sie trug eine Hornbrille, die sie jetzt abnahm.

»Sie sind Herr Martin, nicht wahr?«

»Ja.«

»Wie schön. Ich kann Ihnen die Hand nicht geben, da ist Kuchenteig dran. Mögen Sie Kuchen?«

»O ja! Und Sie sind Herrn Kiefers Schwester, nicht wahr? Paul Novotny hat mir viel von Ihren Kochkünsten erzählt.«

»Ach, der Paul ... Wenn er sich nur öfters hier sehen ließe! Mein Bruder sitzt auf der Terrasse, gleich auf der anderen Seite des Hauses. Er wartet schon auf Sie. Also dann, bis nachher.«

Stille herrschte auf der anderen Seite des Hauses. Die große, steingemauerte und von einer Steinbalustrade umfaßte Terrasse führte bis zu einer Gruppe hoher Tannen.

Diesmal hatte Ludwig Kiefer den langen, zerbrechlichen Körper in einen dunkelbraunen Trainingsanzug gesteckt. Die Baskenmütze trug er, wie bei ihrer ersten Zusammenkunft, auf dem Kopf. Über seinen Knien lag eine karierte Decke. Er saß zurückgelehnt in einem Liegestuhl, und zwar so, daß er den Weg um die Hausecke im Auge hatte. Vor ihm stand ein Gartentisch mit zwei Reihen von Tontöpfen, aus denen Pflanzen wuchsen. Und neben seinem Stuhl hatte er einen großen Henkelkorb auf die Terrasse gestellt.

»Hallo, Herr Martin!«

Sein Gesicht verzog sich zu einem Lächeln – oder zu dem, was auf einem anderen Gesicht ein Lächeln geworden sein könnte. »Schön, daß Sie zu mir hergefunden haben.«

»Das war nicht schwierig.«

Kiefer trug heute keine Handschuhe. Seine Hand war kühl, feucht und schlaff. Es machte Rio nichts mehr aus, sie zu berühren.

»Setzen Sie sich doch. Wissen Sie, was das sind?«

»Die Pflanzen hier?«

»Die Pflanzen. Sie kennen doch diese Filme, wo sich alte, todkranke Herren von ihren Hobbys verabschieden. Ich versuch' das noch ein bißchen hinauszuzögern. Ich bin verrückt nach diesen Gewächsen. Schauen Sie sich die Formen an! Diese hier ist eine Portulaca. Sehen Sie die Blüte?«

Rio nickte. Es waren fleischige, grüne Gebilde von wirklich bizarrem Aussehen. Manche ähnelten gepunkteten Schlangen, andere irgendwelchem grünen Seegetier. Es gab geometrische Formen, alle erdenkbaren Gelb- und Rot-Varianten. Und dieser Mensch hier, dieser Ludwig Kiefer, der todkranke Ludwig Kiefer, Kriminalrat, im Endstadium einer Krankheit, die ihm nun wirklich keiner zutrauen konnte, schien damit beschäftigt, Pflanzenableger in neue Töpfe zu versenken. Wozu sollten sonst die Schere und der kleine Kübel mit Gartenerde gut sein?

»Sukkulenten«, sagte er. »Ich habe eine ganze Sammlung davon in meinem Gewächshaus. Die meisten kommen aus Afrika oder Südamerika. Zu Beginn des vorigen Jahrhunderts wurden sie dann im Mittelmeerraum eingeführt. Heute gelten sie als Mittelmeerpflanzen. Dort brauchen die Dinger kaum Regen. Die speichern ihren Wintervorrat, halten monatelang in der sengenden Sonne durch. Sie sind wahre Kämpfer ...«

Rio nickte. Was sollte dieser Vortrag über Sukkulenten? Was sollte sein Besuch hier überhaupt?

»Haben Sie meine Schwester schon gesehen?«

»Ja, wir haben uns begrüßt.«

Eine Pause entstand. Irgendwo sangen Vögel. Die Pause dehnte sich lange. Kiefer schob seine Skeletthand an den Schädel, um die Baskenmütze zurechtzurücken. »Sie können ruhig rauchen, falls Ihnen danach ist, Herr Martin. Mir schadet's wohl nicht mehr ... Obwohl, ich hab' heute mal wieder meinen hustenfreien Tag.«

Rio ließ die Zigaretten stecken.

»Ich bin ganz froh, wenn ich wieder in meine Klinik komme. Das Antibiotikum möchte ich mal wissen, das sie mir dort noch nicht verpaßt haben. Flächendeckend. Die verdammten Sekundärinfektionen ... Immerhin, ich kann wieder besser atmen.«

Ein kurzer, schneller Habichtsblick. Jetzt wußte Rio, an was Kiefer ihn erinnerte: an einen alten, verhungerten Vogel.

»Wissen Sie, auf so einer Station ist das schon sonderbar ... Lauter junge Burschen. Und du, der Rentner, der Opa. Obwohl ...« Ein Kichern, leise und trocken wie das Rascheln des Laubes. »Obwohl, es gibt eine Phase, da gleichen wir uns alle an. Die Jungen wie die Alten. Nur an den Augen sehen Sie vielleicht noch, was Jugend ist. Am Protest, der in den Augen ist. Das ist schon erschütternd. Die Jungen wollen nicht aufgeben. Aber wer will das schon?«

Und wieder nickte Rio. Kiefer hielt den Kopf jetzt schief und musterte ihn, als taxiere ein Fotograf sein Modell.

»Sie wiederum, Sie sehen blendend aus, Herr Martin ... Haben Sie was dagegen, wenn wir darüber sprechen?«

Darüber? Über die Krankheit? Über den Tod ... Und anschließend das Essen aus der erstklassigen Küche der Schwester ...

»Natürlich nicht.«

»Ich werde Sie jetzt duzen, Rio. Schließlich gehören wir zum selben Verein. In der Klinik gibt es niemand, der auf die Idee käme, ›Sie‹ zu sagen. Auch nicht gegenüber einem so alten Krauter, wie ich einer bin … Dort wird das ›du‹ selbstverständlich. Und das ist es wohl auch, wenn du verstehst, was ich damit sagen will … Na gut, Rio – ich finde, wir sollten über uns selber sprechen, ehe wir zum Thema kommen.«

»Und das Thema? Wie lautet das?«

»Was zu unternehmen ist. Aber zunächst: Wie lange hast du's schon?«

»Vier Jahre. Ich kann den Tag auf die Stunde genau bestimmen.«

»Ich auch.«

»Eine Operation?«

»Ja. Ein Bypaß. Eine äußerst notwendige Bypaß-Operation … Ich war kurz vorm Abkratzen … So gesehen kann ich mich noch nicht einmal beklagen. Das ist das Verrückte: Hätte mich mein Freund Ernst Sänger nicht auf den Tisch gelegt, wäre ich vielleicht längst tot. Das Plasma, das dabei verwendet wurde, dieses Sauzeug … in gewissem Sinne hat es mir tatsächlich auch noch das Leben gerettet. Allerdings, auf das, was drin war, darauf war ich nicht vorbereitet.«

»Und wo hat die Operation stattgefunden?«

»In Wiesbaden. Ich war ja lange Zeit dort beim BKA. Sie haben eine Spezialklinik, mit der sie zusammenarbeiten. Professor Sänger war so etwas wie unser medizinischer Obergott, dem wir blind vertrauten. Konnten wir ja eigentlich auch. Nur daß Sänger damals – wie andere Chirurgen auch – einer Art Mythos aufgesessen ist – einem, wie ich inzwischen herausgefunden habe, äußerst geschickt aufgebauten und manipulierten Mythos, einem wissenschaftlichen PR-Trick gewissermaßen: die Heilkraft von Plasma. Der kurative Nebeneffekt … Gib Frischplasma, und alles wächst rasch zusammen, alles regeneriert sich schneller.«

»Bei mir war das auch so.«

»Na, siehst du!«

»Was taten Sie dann?«

»Wir sind beim Du, Rio.«

»Sie dürfen das nicht übelnehmen, vielleicht liegt es an meiner Erziehung, aber ich habe einfach zuviel Respekt vor Ihnen, Herr Kiefer … Sagen Sie ruhig du, aber ich möchte Sie weiter siezen.«

»Na schön. Dann wird mein Du halt väterlich … Das ist jetzt auch nicht wichtig. Eine Frage, Rio: Die Krankheit ist bei dir noch nicht ausgebrochen? Keine Infektionen? Keine Lungen-, keine Darmprobleme? Du siehst hervorragend aus. Ich sag' das nicht aus Neid, ich sage es voll Freude, glaub mir … Aber was sagt dein Arzt?«

»Daß mein Immunsystem noch ziemlich intakt ist.«

»Wieviel hast du?«

»T-4-Helferzellen?«

»Ja.«

»Neunhundertzwanzig«, antwortete Rio und konnte einen gewissen Stolz nicht unterdrücken. Er hörte ihn aus seiner Stimme heraus und schämte sich dafür wie ein Musiker über einen mißglückten Saitenton. Wahrscheinlich würde es überall so sein, wo ähnliche Gespräche geführt wurden: Dieselbe Straße, der gleiche Weg; den einen erwischt's früher, den anderen …

»Unglaublich! Ehrlich, du, ich freu' mich nicht nur darüber. Es ist wichtig, wichtig …«

Ludwig Kiefer erklärte nicht, was er damit meinte. Statt dessen nahm er seine Baskenmütze ab. Der Kopf war von gelblichem, dünnem Schorf bedeckt. Das schlimmste aber waren die schwarzen, unregelmäßig geformten Hauterhebungen, die wie fremdartige, verwitterte, flache Steine seine Schläfen verunstalteten.

Sein rechter Zeigefinger deutete darauf: »Hast du schon einmal ein Kaposi-Sarkom gesehen?«

Rio antwortete nicht. Er starrte nur auf die schwarzen Flecken.

»So sieht das aus. Ich wollte es dir zeigen. Und von dem anderen will ich gar nicht reden. Nicht davon, wie das war, als ich mir wochenlang die Seele aus dem Leib geschissen habe, ganze Nächte auf der Toilette verbracht, nicht von der Magenschleimhautwucherung, auch nicht davon, daß meine rechte Lunge praktisch aufgehört hat zu funktionieren ...«

Rio regte sich nicht, aber er zwang sich dazu, den Blick nicht abzuwenden. Er mußte etwas sagen. Aber – was sagt man in solchen Sekunden?

Kiefer war es, der es aussprach: »Ich wollte dir zeigen, mein Junge, wie es aussieht, wenn du einmal die Phase erreicht hast, in der ich jetzt bin. Ich muß es dir zeigen, damit du verstehst, was ich dir sagen will. Es ist die Einleitung.«

»Einleitung?« hörte Rio sich sagen. »Einleitung zu was?«

»Davon reden wir später ...«

»Nach dem Essen?« Vielleicht war die Frage nichts als ohnmächtiger Protest. Rio wußte nur eines: Die Situation begann zuviel für ihn zu werden.

Der blasse Totenschädel vor ihm verzog sich zu einem vagen Lächeln: »Nein. Tu mir den Gefallen und räum mal die Blumentöpfe weg. So, und nun gib den Korb her ...«

Rio hob ihn auf den Tisch. Er war schwer und vollgepackt mit Akten, Papieren, Dokumenten.

»Das ist das, was ich über ihn herausbringen konnte«, begann der Kriminalrat Ludwig Kiefer.

»Über wen?«

»Über deinen Mörder, Rio. Und über meinen, wenn

man's mal pathetisch ausdrücken will … Pathetisch und ungenau. Denn schließlich waren noch eine ganze Reihe anderer daran beteiligt. Und außerdem …«

Er konnte nicht weitersprechen. Ein Hustenanfall schüttelte ihn. Sein Körper krümmte sich nach vorne ein, daß die Baskenmütze, die verdammte Baskenmütze, rutschte. Und Rio fragte sich verzweifelt, was jetzt zu tun sei. Er konnte ihm nicht helfen. Wie denn?

Dann beruhigte sich das rasselnde, grauenhafte Geräusch. Kiefer legte den Kopf zurück, seine Hand suchte unter der Decke, kam mit einem Taschentuch zum Vorschein. Langsam und mühsam atmend tupfte er sich die Tränen aus den Augen.

»Hat's mich doch erwischt … Na gut. Sieh dir die Fotos an …«

Fotos, jawohl, ein ganzer Packen Fotos. Die meisten im 6x9-Format, ein halbes Dutzend davon waren Großkopien. Und allesamt waren sie farbig.

Ludwig Kiefer gab keine Erklärungen. Und Rio stellte keine Fragen, saß nur da, schob Bilder hin und her.

Aus dem Stapel von Papier war die Fotokopie eines Fernschreibens gerutscht. Es wirkte sehr offiziell mit seinem pompösen, wappengeschmückten Briefkopf: *»Querido amigo, contestando a tu pragunta referiendo a Señor Thomas Engel …«*

Die paar Brocken Spanisch, die Rio kannte, halfen nicht weiter. Aber der Brief roch nach Polizeidienststelle …

Eines stand fest: Der alte Mann mit der Baskenmütze hatte ganze Arbeit geleistet. Was Rio am meisten interessierte, war Engel selbst, waren Fotos des Mannes, der ihn in seinen Alpträumen verfolgte.

Der See glitzerte durch die dunklen Tannen. Von der Straße dort unten drang das Heulen eines Lkw-Motors, der sich in den ersten Gang quälte. Rio betrachtete weiße

Schiffe, weiße Häuser im arabischen oder ibizenkischen Stil.

Die Schiffe lagen eines am anderen vertäut um eine schmale Hafenbucht gruppiert, die sich wie eine blaue Messerklinge in das braune Land bohrte. Es waren große Schiffe, teure Schiffe ...

Auch die Häuser, die die Bucht umstanden und sich den Hang hochschoben, mußten eine Menge Geld gekostet haben. Weiße Villen mit maurischen Arkaden. Blühende Gärten. Tennisplätze ... Dann, direkt am Hafen, Terrassen mit Sonnenschirmen. Terrassen, die von Boutiquen, Kneipen und Luxusgeschäften gesäumt waren. Und überall Volk, entspannt oder staunend – Touristen.

»Cala d'Or«, sprach die mühsame Stimme Ludwig Kiefers in die merkwürdige Leere hinein, die Rio bei diesem Anblick erfaßt hatte. »Engels Aktionsfeld. Nicht besonders erstaunlich, denn Cala d'Or ist seit langem ein Tummelplatz für Millionäre. Er fand das wohl ziemlich passend.«

»Und wo liegt das? Sieht nach Ibiza aus ...«

»Auf Ibiza war er früher, nachdem er den Bio-Plasma-Laden angeworfen hatte ... Als er sichergehen konnte, daß die Geldmaschine lief, setzte er sich nach Mallorca ab. Nicht nur zum Wasserskilaufen, auch nicht allein wegen der Frauen, obwohl er auf diesem Gebiet äußerst aktiv ist – bei ihm hat immer eines Vorrang: die Geschäfte. Auf Ibiza, in Santa Eulalia, gründete er damals zusammen mit einem Geschäftsmann aus Madrid eine Bauträgergesellschaft. Der Mann heißt Pepe Armado. Die beiden verschandelten die Landschaft mit irgendwelchen zusammengeschlampten Zementblockchalets, die sie dann teuer verkauften ...« – Er pausierte, holte Luft. Das Sprechen schien ihn anzustrengen.

»... aber Ende der achtziger Jahre begannen sich auf den Balearen die Dinge zu ändern. Mallorca, das ja viel größer ist und auch eine Menge mehr zu bieten hat als Ibiza, mauserte sich von der ›Putzfrauen-Insel‹ zum Zweitwohnsitz für Zahnärzte, Spekulanten, Vorstandsvorsitzende. Und Engel hatte wieder mal die goldene Nase. Wo Kapital hin will, findet man auch ihn. Im Oktober '88 machte er den Sprung. In Santa Eulalia auf Ibiza hat er zwar noch ein Büro, aber das Geschäft läuft jetzt hier …«

Der knochige Zeigefinger deutete auf ein Foto: »Sein Haus … in der Nähe von Cala d'Or … Was heißt Haus – ›Can Rosada‹ ist ein zum Privatpalast umfunktioniertes altes Gutshaus. Und das – hier – das ist übrigens die ›Pirata II‹, seine Yacht.«

Er meinte damit eines der Schiffe, die am Kai lagen. Rio verstand nichts von Schiffen. Er sah nur, daß es eine Motoryacht war, eine ziemlich große dazu.

Ludwig Kiefer lehnte sich in seinem Liegestuhl zurück. Und so, mit den geschlossenen Augen, unter den Schatten des Nachmittags, erinnerte er Rio an einen ägyptischen Pharao, dessen Mumie ein Grabräuber oder irgendein respektloser Archäologe aus dem Pyramidengrab gezerrt hatte.

Rios Kopfschmerzen begannen erneut. Kleine, pulsierende Kreise an beiden Schläfen, winzige Hitzepunkte, die wie Signale Pfeile von sich schleuderten. Er wußte, woher sie kamen: Die Nacht zuvor, seine Alpträume, Ludwig Kiefer, der Pharao im Lehnstuhl, die Fotos … Er zwang sich, sie weiter anzusehen …

»Can Rosada«, Engels Haus, stand auf einer Anhöhe und war aus gewaltigen, goldbraunen Bruchsteinmauern erbaut. Im ersten Stock gab es eine Säulenloggia, doch es war nicht zu erkennen, ob es sich bei den bunten Flecken um Blumen oder Menschen handelte. Rechts stieß die Loggia an einen quadratischen, mit Zinnen versehenen Turm. Pinien und Olivenbäume bildeten eine Art Park. Links zog sich ein Spalier von Zypressen. Sie erhoben sich dunkel, fast schwarz über einem blau leuchtenden, mit zwei Statuen geschmückten Pool. Es war ein Bild wie aus einem Maklerkatalog für diejenigen unter den Millionären, die das Besondere lieben.

Rio schob das Bild zur Seite und nahm ein neues zur Hand. Sein Puls ging schneller. Es war der Schnappschuß eines Mannes, und die Kamera hatte den Mann in einer aufschlußreichen Situation eingefangen: Er flankte über ein Hindernis, hing regelrecht in der Luft. Das Hindernis war eine rot-weiß gestrichene Abschrankung. Sie mußte sich irgendwo in diesem Hafen von Cala d'Or befinden, denn im Hintergrund sah man Schiffssteven, Poller, Schiffsseile. Und man sah zwei Frauen. Sie waren beide ziemlich jung und tadellos gewachsen. Bei den wenigen bunten Stoffetzen, die sie auf der Haut trugen, war das ohne weiteres feststellbar. Wem der Typ entgegenflankte, blieb unklar. War das Thomas Engel?

Ja, denn hier haben wir ihn wieder! Ohne Frauen, ohne Yacht, im Freien, an einem Tisch, die Hände unter dem Kinn.

Rio fiel ein, wie der dicke Olsen herumgetobt hatte, als es weder den Bilder-Diensten noch dem »NEWS KURIER«-Bildarchiv gelungen war, für die Artikel über den »Bio-Plasma«-Skandal ein vernünftiges Bild von Engel aufzutreiben, so daß sie schließlich zu einem verschwommenen, verjährten Schwarzweißfoto Zuflucht nehmen mußten.

Über dieses Foto hier hätte der Dicke gejubelt. Es zeigte einen braungebrannten, schmalgesichtigen, schmallippigen Mann mit Stirnglatze. An den Schädelseiten klebten kurzgeschnittene, graublonde Locken. Die Brauen waren beinahe waagerecht. Die Stirn zerschnitten vier wie mit der Gabel gezogene Falten. Das auffälligste war der Ausdruck der Augen. Ihre Farbe war von einem rauchigen Blau, in den Pupillen schien sich eine Art lauernder, verzweifelter Zorn zu sammeln. Es war das Foto eines Mannes, der sich anschickte, irgend jemandem, den er nicht kannte und den man nicht sah, an die Gurgel zu gehen.

Rio drehte das Bild um.

Es gab keinen Vermerk darauf. Nur ein Datum: 24. März. Das war nicht allzu lange her. Fest stand auch: Das Foto war mit einem Zoom geschossen. Nur das Porträt des Mannes war scharf, was ihn umgab, blieb eine Szenerie verwischter Schatten. Offensichtlich ein Café. Cala d'Or? Was sonst? …

Rio schob die Fotos hin und her, sie klebten an den Fingerspitzen, die matte Abdrücke auf der Hochglanzoberfläche hinterließen. Die Visionen der Nacht wuchsen wieder hoch, und mit ihnen seine Angst. Er dachte an Vera, an Reissner – und sein Mund wurde trocken, und sein Herz raste.

Wieder Engel … In Jeans und Polohemd, durchtrainiert, souverän, gelassen, genau so, wie man sich die Millionärsrentner vorstellt. Uninteressant.

»Hast du das kleine Mädchen gesehen?« fragte der Alte.

Es gab einige »kleine Mädchen« auf diesen Bildern, doch Rio wußte sofort, was der Kriminalrat meinte: Eine 6x9-Aufnahme, wahrscheinlich mit einem extremen Weitwinkel aufgenommen, denn die Hand, die sich der Kamera entgegenstreckte, hatte sich zu einer absurden Größe verzerrt.

Das Mädchen, dem die Hand gehörte, war braungebrannt, schlank und trug nichts als einen schwarzen Monokini. Nach der Form der kindlichen Brüste zu schließen, konnte sie nicht älter als vierzehn oder fünfzehn sein.

Als er das Foto in der Hand hielt, fiel ihm alles ein, was er sich über Engels Beziehungen zu Frauen zusammengereimt hatte. War er auch auf Minderjährige scharf? Doch nun erwartete ihn eine Überraschung.

»Es ist seine Tochter«, sagte Ludwig Kiefer. »Sie heißt Irena. Sie wurde bisher in einem Internat erzogen, in der

Odenwald-Schule, aber irgendwie hat er es fertiggebracht, sie zu überzeugen, dort abzuhauen und zu ihm zu kommen. Natürlich hat er kein Fürsorgerecht. Und natürlich geht jetzt die Mutter gerichtlich gegen ihn vor. Doch ein Engel schert sich um so was ja nicht.«

»Und sie wohnt bei ihm?«

»Ja.«

»Woher wissen Sie das alles? Wo haben Sie die Fotos, das ganze Material her?«

»Wollen wir uns damit aufhalten?«

»Aber das ist doch ein ganzes Dossier?«

»Wenn ich mich mit etwas beschäftige, lieber Rio, kommt leicht ein Dossier zustande.«

Er hüstelte erneut. Rio machte sich Sorge, daß wieder einer seiner schrecklichen Hustenanfälle ihn überkommen könne. Er hatte sich getäuscht. »Dies ist mit Sicherheit das wichtigste Dossier, das ich in meinem Leben zusammengestellt habe. Und auch das letzte ...«

So hinfällig er sein mochte, die Stimme klang fest und klar. Auch die Augen hatten ihre eigenartige Lebendigkeit zurückgewonnen: »Du kannst dir das alles durchlesen, Akte um Akte. Mitgeben werde ich dir's nicht. Leider ist eine Menge des Materials auf Spanisch verfaßt. Meine Kontakte aus alten BKA-Zeiten funktionieren noch. Und in diesem Fall, das kannst du mir glauben, hab' ich sie alle eingesetzt. Vor allem meine Freundschaft zu Pablo Vidal, einem Oberst der Guardia Civil. Als Drogenspezialist ist er jetzt im Gobierno Civil in Palma eine Art Sonderbeauftragter. Und das heißt, daß er Zugang zu allen spanischen Polizeikörperschaften hat. Er ist mein Mann auf Mallorca.«

Wieder fiel Rios Blick auf Engels Gesicht. Und wieder spürte er dieselbe Mischung von Ekel und Haß. Kiefer hatte also einen »Mann auf Mallorca«. Und der beobachtete Engel, oder er ließ ihn beobachten. Mallorca? Vor diesem ganzen Hintergrund klang das Wort beinahe obszön.

»Rio ...«

Der Tisch schwankte. Ludwig Kiefer hatte beide Hände auf die Lehnen seines Liegestuhls gelegt und schob sich hoch. Die Decke fiel. Auf dem Tisch war noch ein Blumentopf stehengeblieben. Rio hielt ihn rasch fest, ehe er vollends umkippte.

Kiefer schien es nicht zu bemerken. »Rio, ich will jetzt mit dir über das Projekt reden.«

Er setzte sich in Bewegung, ging auf der Terrasse auf und ab, aufrecht, das Kinn hoch, die Hände in den Taschen seiner unmöglichen, sackartigen braunen Trainingshose versenkt.

»Projekt klingt vielleicht etwas zu großartig; noch ist es nichts als ein Plan.«

Er war an der Balustrade stehengeblieben und blickte zu Rio herüber. Trotz der Entfernung war seine Stimme klar und deutlich: »Die Voraussetzung zu jedem Plan ist, daß man die Situation auf den Punkt bringt. Ich habe das getan. Für mich bleibt nur eines: Schluß zu machen. Die Fahrkarte habe ich schon. Es ist nicht besonders schwierig – du beißt auf eine kleine Kapsel und schluckst. Und teuer war das Ticket auch nicht ...« Er verzog den Mund zu einem gespenstischen Grinsen: »Ich meine, wenn man die Länge der Reise dabei in Betracht zieht.«

Die Länge der Reise ... Rio spürte die Kälte, die über seinen Nacken kroch. Sein Rücken verspannte sich. Er saß stocksteif da, die Hände auf den Knien. Die Nacht ... Der Gedanke daran, was er Vera angetan haben konnte ... angetan durch ihre, durch seine Liebe ... Die kleine Schlange, die schwarze kleine Schlange ... Da war sie wieder ...

»Doch das alles ist nicht das Problem. Das Problem liegt woanders ...«

Kiefer kam wieder an den Tisch, hatte nun die geschuppten, fleckigen Klauenhände zu Fäusten geballt. Beide waren mit spitzen Knöcheln gegen die Eisenplatte gepreßt. »Das Problem ist, daß ich nicht daran denke, allein zu gehen. Ich kann, ich darf das nicht. Da müssen andere mit.«

»Engel?« Rios Stimme war leise und atemlos.

»Engel, ja. Natürlich. Aber nicht nur er ... Und darin liegt meine Schwierigkeit. Denn da ist noch einer, der drankommen muß ...«

Rio starrte ihn aus weit aufgerissenen Augen an. Er versuchte zu begreifen ...

Nun griff Ludwig Kiefer selbst zu, sortierte Papiere und Akten, nahm einen Umschlag und zog eine Fotografie heraus.

»Hier – der!«

Es war eine jener sorgsam ausgeleuchteten Porträtaufnahmen, die eigentlich in einen Silberrahmen gehören. Sie zeigte das quadratische, ziemlich verfettete Gesicht eines Mannes, der wohl die Fünfzig längst überschritten hatte. Die modische Fassung seiner Metallbrille verlieh ihm einen Hauch von Bedeutung und Intellektualität, doch der Mund wirkte schmal und verkniffen, und die Augen sahen wichtigtuerisch den Betrachter an. Es war ... ja, es war ein Beamtengesicht, so typisch, daß es wie aus einer Maschine gestanzt wirkte.

»Er heißt Bernhard Hampel«, sagte Ludwig Kiefer. »Er ist Regierungsdirektor. Genauer – das war er. In den ganzen kritischen Jahren, als die große Schweinerei passierte, in diesen Jahren, als sich keiner so richtig für zuständig erklären wollte, da war Hampel der Verantwortliche für die Bearbeitung der Aids-Problematik im Bundesgesundheitsamt in Berlin. Er war also der Chef der Zentrale. Er war es, der die Proteste der Hämophilen unter den Teppich schob, so laut sie auch wurden; er war es, der Beschwichtigungspolitik nach allen Seiten betrieb, die schlimmsten Dinge kleinredete, der seine Minister nicht korrekt informierte, und wo immer etwas hochkochen wollte, seine schützende Hand über die Freunde in der Industrie hielt. Schön, jetzt haben sie ihn geschaßt. ›Vorzeitig in den Ruhestand versetzt‹ heißt so was. Jetzt kann er endlich seine Konten genießen, die ihm Leute wie Engel aufgefüllt haben. Und außerdem läuft sein Gehalt weiter. Eines Tages wird er ohne Sorgen wohlhabender Pensionär sein – wenn wir schon die Radieschen von unten betrachten.«

Rio brachte keine Antwort zustande, in ihm waren nur Fragen. Aus einem offenen Fenster des Hauses wehte Klaviermusik heran. Irma deckt den Tisch ... dachte er.

»Sie sagten, ›er ist dran‹?«

Ludwig Kiefer setzte sich wieder. Er schob den Kopf vor. »Rio, das heißt genau das, was du denkst. Rio, du bist der erste und der einzige Mensch, mit dem ich darüber spreche. Ich habe mich entschlossen, ihn umzubringen. Ihn und Engel ...«

Rio versuchte zu schlucken, doch sein Mund war zu trocken. Er konnte nicht glauben, was er gehört hatte.

»Sie?«

»Ja – ich.« Kiefer schob das Bild in den Umschlag zurück. »Schau mich nicht so an. Natürlich traust du mir das nicht zu. Kannst du auch gar nicht, so wie ich beieinander bin. Aber das wird sich ändern. In der Klinik bringen die mich schon wieder in die Gänge. Darauf kannst du dich verlassen. Sicher, es wird nur ein Strohfeuer sein, so wie die ganze Zeit, aber das reicht. Ich muß schließlich nicht länger als fünf Tage durchhalten. Und das werde ich, darauf kannst du dich verlassen ...«

Schweigen. In Rios Ohren war ein feines Summen. Doch die Kopfschmerzen waren verschwunden, waren wie weggewischt. Er versuchte zu verarbeiten, was er gehört hatte. Es gelang nicht. Die Vorstellungen schoben sich übereinander wie die Farben eines Kaleidoskops: Cala d'Or, Engels Yacht, das Haus ... Und nun einer, der

Bernhard Hampel hieß und sicher irgendwo in Berlin wohnte.

Und dieses Gespenst hier, dieses klapprige Gestell von Ludwig Kiefer wollte ...?

Er fühlte nun die Kühle, die aus den dunklen Schatten der Tannen herüberkam und sie beide umfing. So still war es. Sie saßen an ihrem Tisch wie auf einer Insel. »... im selben Boot«, hatte Dieter Reissner gesagt? – Dieter war tot, sie beide lebten noch ... Und dann verstand er. Einfach darauf zu warten, bis es vorüber ist, sich zu ergeben, alles für unvermeidlich und unabänderbar zu halten, während ein Engel, während ein korrupter Lump wie dieser Hampel ...

»Würdest du mir dabei helfen, Rio?«

Er nickte. Die Bewegung kam ganz spontan, wie aus einem inneren Zwang heraus.

»Ich habe es mir erhofft, Rio ...«

Kiefers Hand kroch herüber und streichelte seine Hand.

»Es muß sein«, flüsterte er. »Glaub mir. Es wird das Signal, das alles ändert. Und wir brauchen das Signal. Nicht nur wir, auch die anderen. Doch es gibt eine große Schwierigkeit ...«

»Welche?«

»Der synchrone Ablauf. Die Gleichzeitigkeit. Schon wegen der Wirkung auf die Medien wäre es am besten, wenn es am gleichen Tag und nur mit wenigen Stunden Unterschied geschehen könnte. Ich habe da einige Vorstellungen ... Nun, ich werde jetzt in die Klinik gehen und darüber nachdenken. Ich finde die Lösung, glaube mir ...«

Er nahm einen Zettel und schrieb eine Telefonnummer auf. »Hier, das ist die Nummer des Krankenhauses. Vielleicht kannst du mich dort mal anrufen ...«

Der schwere Geländewagen war von der Straße abgebogen und nahm den ersten der Hügel, die in sanften Wellen zum Berg hochführten, verschwand jetzt, kam wieder zum Vorschein, diesmal eine Staubwolke hinter sich herziehend, die langsam in dem hohen Zypressenspalier verwehte, das den Eingang der »Can Rosada« bildete.

Irena ließ ihr Magazin sinken und legte die Hand an die Stirn, um die Augen vor dem Licht zu schützen. Madalena, die wie jeden Samstag vom Verwalterhaus herübergekommen war, um mit ihr den Verlauf des Abends zu besprechen, war aufgestanden.

»Da kommen sie!«

»Wer kommt?«

»Na, mein Alter auf jeden Fall. Dein Vater hat ihn zum Flughafen geschickt. Wen er da abholen sollte, müßtest du doch wissen, oder?«

»Vielleicht müßte ich. Aber es interessiert mich nicht.« Sie versenkte sich wieder in ihren Artikel. Das Magazin nannte sich »Prima«, was sie las, war der Gesellschaftsteil. Es ging darum, ob der spanische Kronprinz nun eine Freundin hatte oder nicht.

Mühsam kämpfte sie sich durch die gewundenen spanischen Sätze. Wenn das so weiterging und sie sich selbst mit einer Madalena auf Deutsch unterhielt, würde sie noch Spanisch-Nachhilfestunden nehmen müssen, da konnte Thomas toben, wie er wollte. Schließlich, auch in Palma, auf der ›Deutschen Schule‹, wo sie mit Ausnahme der Wochenenden ihre Tage verbrachte, war es das gleiche: Alle sprachen deutsch mit ihr. Manchmal, wenn sie das Heimweh packte und die Frage: Was hast du eigentlich hier zu suchen? sie zu überwältigen drohte, half nicht einmal mehr der Vergleich zwischen dem verregneten Odenwald und der Sonne Mallorcas weiter. Himmelherrgott, wie sehr hatte sie sich auf ihren Vater gefreut, wie hatte sie davon geträumt, mit ihm auf der ›Pirata‹ an den Buchten vorbeizubrausen, unter braungebrannten, lustigen, unkomplizierten Typen zu leben, neue Leute und keine Langweiler kennenzulernen! Das führt ja doch zu nichts. Soll Thomas doch in seinem Luxusschuppen seine Bumspartys abziehen, mit seinen komischen Weibern seine miesen Typen empfangen – ihr hatte er wenigstens, wenn sie hier war, das Gästehaus überlassen. Aber im Grunde verbrachte sie, wie gehabt, ihre Tage im Internat ...

»Das ist ein Deutscher«, sagte Madalena. »Da mach' ich jede Wette.«

»Na und? Außerdem: Woher willst du das wissen?«

»So, wie der geht ...«

Nun stand auch Irena auf.

Der Wagen hatte auf dem unteren Parkplatz angehalten. Juan, Madalenas Vater und Verwalter von ›Can Rosada‹, reichte dem Neuankömmling einen Koffer. Irena konnte nur den Rücken des Mannes sehen, der da die flachen Stufen zur Terrasse hochstieg, bolzengerade, als habe er einen Besen verschluckt. Dazu bei dieser Hitze ein blauer Blazer? Madalena hatte recht, so was brachte nur ein Deutscher.

»Komischer Vogel«, kommentierte Madalena.

Nun war er stehengeblieben. Die Hand auf die Steinbalustrade gelegt, die die Treppe einsäumte, drehte er sich ein wenig, um den Ausblick zu begutachten. Und der lohnte sich: Olivengärten, kleine Dörfer, unten die weißen Häuser von Cala d'Or; dann das Meer, kobaltblau, soweit man sehen konnte ...

»Den kenn' ich.«

»Ein Freund vom Chef?« Madalena nannte Thomas »el jefe«, so wie alle hier, und das war er wohl auch. Zumindest ließ er keine Gelegenheit aus, es zu zeigen. Aber Freund? Ob Thomas überhaupt Freunde hatte? Er tat so, aber Irena bezweifelte es schon lange.

»Kein Freund. Einer seiner Leibsklaven, Madalena.«

»Was ist das?«

»Der Mann ist Arzt und leitet eine pharmazeutische Fabrik.«

»Wo?«

»In einem Scheißkaff namens Bernhagen. Ich kann nur hoffen, daß du's nie kennenlernst.«

»Und was ist ein Leibsklave?«

»Ach, laß mal«, winkte Irena ab, »das würdest du doch nicht verstehen …«

Ja, sie machte es geschickt, mit Gefühl, nichts war zu spüren von Ungeduld oder Tölpelhaftigkeit. Ein Händchen wie Seide, auf und ab, auf … Engel spürte, wie sich die Muskeln an seinem Becken spannten und schloß die Augen. Eigentlich wollte er Kitty in der nächsten Woche vor die Tür setzen. Die drei Wochen waren vorbei, und drei Wochen waren nun wirklich das Maximum, das er einem Weib auf ›Can Rosado‹ zubilligen konnte. Aber dieses Biest – oh –, er hatte Mühe, ein Stöhnen zu unterdrücken.

Und da hörte sie auf.

»Bist du wahnsinnig?« Er stieß es zwischen zusammengepreßten Zähnen hervor.

»Aber Thomas. Da kommt doch jemand …«

Auch er hatte den Wagen gehört. Hochstett … »Na und? Los schon. Weiter!«

Und sie machte weiter, rasch, so gut, daß sich das Gefühl in ihm aufblähte wie ein roter heißer Ballon und seine Spannungen sich in einem dumpfen, tiefen Laut entluden. Er seufzte erleichtert, gut, okay, tätschelte Kittys blonden Kopf, warf die Beine über die Lederliege, ging ins Bad, nahm eine Dusche, zog sich den kurzen, weißen Kimono an und ging hinaus auf die Terrasse.

Hochstett …

Da stand er. Kummerfalten in der käsigen Haut, dünnes Grinsen, dazu dieser unmögliche Blazer, so wie immer. Aber da war irgendwas in diesem Grinsen, das Engel nicht gefiel.

»Da bist du ja. Wie war der Flug, Jochen?«
»Geht so.«
»Gab's was zu essen in der Maschine?«
»Ja.«
»Einen Drink?«
»Danke. Lieber ein Glas Mineralwasser.«

Mineralwasser. Was sonst! Auch das war typisch. Er kannte ihn, und daher wußte er auch, daß Hochstett bei diesem Besuch irgendwas auf der Pfanne hatte. Himmelherrgott noch mal, wieso hatte er einen Hochstett am Hals? Wieso war er damals nicht auf Muschke eingegangen, als der ihm sechs Millionen für den Laden bot und auch noch alle Verbindlichkeiten ablösen wollte? Hättest du's bloß getan, dann wärst du jetzt einen Haufen Sorgen und auch diesen verfluchten Erbsenzähler von Hochstett los ...

»Mineralwasser gibt's nicht. Nicht jetzt. Nicht für dich, Jochen. Na, los schon. Was wir brauchen, sind schließlich gute Nerven. – Kitty, besorg uns was zu trinken. Wein, Jochen? – Bier, Whisky, Cognac?«

»Bier.«

Sie ging. Er beobachtete, wie ihr Hochstett unter gesenkten Lidern nachschielte. Einen solchen Bikinihintern bekam der nie zu Gesicht. Man könnte sie eventuell auf ihn ansetzen. Auch ein verklemmter Typ hat seine schwachen Stellen ...

Engel lächelte Kitty entgegen, als sie mit dem Tablett zurückkam. »Geh an den Pool. Oder sieh mal nach, was Irena macht. Mein Freund Jochen hat furchtbar wichtige Dinge mit mir zu bereden. Und wie ich ihn kenne, will er da alleine sein.«

Sie verschwand. Engel ließ das Eis in seinem Glas klingeln.

»Also. Was war denn so dringend? Und was konnte man nicht am Telefon besprechen?«

»Alles ist dringend, Thomas. Und nichts läßt sich mehr am Telefon besprechen.«

Engel spielte weiter mit seinem Glas. »Wieso kommst du dann hierher?«

»Wie bitte?«

Engels Oberkörper schnellte nach vorn. So hart stellte er das Glas auf, daß der Whisky hochschlug. »Hör zu! Nicht nur du, auch Dr. Schröder hat mich angerufen. Für ihn befindet sich die Sache noch im Stadium der Voruntersuchung. Er müßte es wissen. Er ist schließlich Anwalt ... Sie können uns nicht an den Karren, Jochen, sie haben keine Beweise. Sie haben nichts als einen Verdacht.« Er verzog das Gesicht: »Und jetzt zu dir: In einer solchen Situation gehörst du auf die Brücke. Aber was machst du? Läßt den ganzen Krempel fallen, fliegst hierher, zu mir. Das ist schon kein Leichtsinn mehr, so was nenne ich bodenlose Dummheit.«

»Hör mal ...«

»Nein, du hörst. Was willst du eigentlich für eine miese Suppe anrühren? Was ist denn, wenn sie zum Beispiel das Telefon überwachen? Vielleicht haben sie jemanden auf dich angesetzt?« Er sah sich um, blickte die Treppe hinab, als könne er hinter den Zypressen einen Schatten entdecken. »In einer solchen Situation gibt es doch nichts, als Ruhe zu bewahren und seiner Arbeit nachzugehen, so wie sonst. Business as usual ... Keine Nerven zeigen. Keine Nervosität. Denn darauf warten die doch nur. Aber du ...?«

Engel blickte wieder in sein Glas und verzog den breiten Mund, als habe er in seinem Whisky eine Fliege entdeckt. »Ja«, hörte er Hochstett sagen, »ich bin hier.«

Überrascht sah er auf. »Seh' ich. Und du bist auch noch richtig stolz darauf, was? Vielleicht erfahre ich endlich auch, warum.«

Hochstett sah zum Himmel: »Du hast recht gehabt,

Thomas. Ich steh' nicht mehr auf der Brücke. Und ich will da auch nicht mehr hin. Ich werde nicht nur die Brücke, ich werde den ganzen Dampfer verlassen ...«

Engel war überrascht. Eine derartige Eröffnung lag natürlich immer im Bereich des Möglichen, aber daß Hochstett sie ohne jede taktische Einleitung auf den Tisch legte, einfach so? Er hatte leise und überraschend ruhig gesprochen, hatte sich also alles zuvor genau zurechtgelegt. Engel verschränkte die braunen Hände über der nackten Brust. Daumen und Zeigefinger spielten mit der schweren Goldkette, die von seinem Nacken hing.

»Sieh mal einer an!«

Schweigen. Über dem trockenen Hügelkamm zog ein Schwarm Tauben einen Kreis. Von irgendwo kam das leise Tuckern eines Generators. Das Land, die Küste, das Meer, so viel Frieden ...

Hochstett wischte sich mit dem Handrücken den Schweiß von der Stirn.

»Warum ziehst du nicht deine dämliche Jacke aus?«

Hochstett stand auf, mit abwesendem Gesicht, und entledigte sich seines Blazers.

»Und jetzt die Krawatte ...«

Die weiche, väterliche, gönnerhafte Stimme – wie oft hatte er sie gehört, wie oft war er ihr gefolgt, ohne zu überlegen, ohne Zögern. Ja, das auch. Doch damit war's vorüber. Endgültig.

»Jetzt trinkst du dein Bier aus, Jochen, und dann sagst du mir in aller Ruhe ...«

»Was zu sagen war, habe ich bereits gesagt, Thomas. Ich werde meinen Entschluß nicht ändern.«

Engel stand auf. Unter seinen nackten Füßen spürte er die Tonkacheln, die die Wärme des Nachmittags aufgesogen hatten. Nachdenklich betrachtete er den zusammengedrückten, schmalbrüstigen Mann dort im Rattansessel; doch in rasender Geschwindigkeit meldete zur gleichen

Zeit sein Gehirn Möglichkeiten, Folgerungen, Konsequenzen. Er kam zu keinem Schluß – außer dem einen: So lächerlich beeinflußbar Hochstett ihm manchmal erschienen war, eines war klar, daß es in ihm einen Kern von unbeugsamer, verbiesterter Entschlossenheit gab. Es konnte also schwierig werden. Verdammt schwierig …

Er ging zum Tisch zurück und umfaßte die Lehne des Sessels, in dem Hochstett saß, mit beiden Händen. »Na schön, Jochen, lassen wir meine Meinung erst mal beiseite. Spielen wir durch, was du dir da vorgenommen hast. Wie stellst du dir das vor?«

Die Stimme von oben – suggestiv und ein bißchen amüsiert wie immer. Hochstetts Mund war trocken. Er hatte Schwierigkeiten mit der Antwort. »Ich bring's dir auf eine einfache Formel, Thomas: Du zahlst mich aus – und ich bin weg.«

»So? Ich zahl' dich aus, und du bist weg? Und was zahl' ich aus?«

»Was du mir schuldest.«

»Aha. Bleiben wir beim zweiten Punkt. Du bist weg … Was heißt das?«

»Das heißt, daß ich, sobald das Geld auf meinem Schweizer Konto liegt, nach Venezuela abfliege.«

»Venezuela? Aha! Klar doch! Dort hast du noch immer eine Basis. Dort sitzt unser alter Freund Alonso.« Die Ironie in Engels Stimme hielt an, doch dahinter kündigte sich etwas anderes an. »Schließlich hat der gute alte Alonso genug verdient. Jede Menge Kohle hat er durch unsere Hilfe gemacht. Mehr als alle anderen dieser Importeur-Banditen zusammengenommen. Und wer hat dafür gesorgt? Sag mal, wer?!«

Hochstett schwieg.

»Eine noch einfachere Frage, Jochen: ›Wer? Du – oder ich?‹«

Hochstett wollte die Füße aufsetzen, machte eine hilflose Bewegung – zu spät. Da war das Gefühl des Sturzes, ein Fallen ... dann der Schmerz! Eine harte, weiße Flamme von Schmerz, die aus dem Hinterkopf hochschlug und sich in einem metallischen, anschwellenden Dröhnen verlor. Die Welt wurde dunkel. Hochstett versuchte, sich zur Seite zu rollen, es gelang nicht. Er hat den Stuhl einfach umgekippt! Wie einen Hund hat er dich auf den Steinboden geschleudert! Das wußte er nun. Mein Kopf, oh, mein Kopf ...

Er wollte die Augen nicht aufschlagen. Er tat es dennoch und blickte an braunen, muskulösen, über ihm gegrätschten Beinen hoch, sah, daß Engel unter dem schwarzweißen Kimono nicht mal eine Unterhose trug. Da hing es nun, auf was Thomas so stolz war – und weiter oben war Engels Gesicht, sein bösartiges Grinsen, das Grinsen eines blonden, faunischen Dämons. Und als ob das alles nicht genügte, schob er ihm nun auch noch einen harten, hornigen, staubigen Fußballen gegen das Kinn und schob es zur Seite.

»Du oder ich, Jochen?«

Hochstett wimmerte.

»Weh getan? Ach nein?«

»Du ... du ...«

»Ja – ich! Meinst du, so was macht mir Spaß? Wie heißt das so schön: Wie du mir, so ich dir. Oder hast du erwartet, daß ich dir zu deinem phantastischen Konzept gratuliere?«

Mit einer raschen Bewegung stellte er den Sessel wieder auf die Beine, blickte zu Hochstett, riß ihn hoch und schob ihn hinein.

»Mein Kopf ...«

Tränen standen in Hochstetts Augen. So sehr er sich auch dagegen wehrte, er war nahe daran loszuheulen. »Bist du irre? Ich könnte eine Gehirnerschütterung ...«

»Quatsch, Gehirnerschütterung. Eine Beule hast du. Setz dich in den Schatten. Nein, geh ins Bad, steck deine

Rübe unters Wasser. Und dann reden wir weiter. Wir sind noch nicht fertig, wir zwei ...«

Das Haar war klatschnaß und dunkel an den Schädel geklebt, als Hochstett zurückkam. Die Gesichtshaut war nun nicht mehr blaß, sie war gelblich, wie die Farbe vergilbten Papiers. Seine linke Hand preßte ein Handtuch gegen die Stelle am Hinterkopf, wo er auf der Terrasse aufgeprallt war.

Engel betrachtete ihn mit liebevoller Teilnahme: »Nun, was macht die Gehirnerschütterung?«

Hochstett starrte ihn nur an.

»Willst du dich nicht setzen?«

Hochstett blieb stehen. Unter Engels Lächeln verstrichen Sekunden. Dann begann er doch zu sprechen. Er sprach so leise, daß Engel Mühe hatte, ihn zu verstehen – Mühe, ja, aber er verstand, denn alles, was der schmale Mann mit dem nassen Hemdkragen vor ihm sagte, alarmierte seine Nerven. Was da gerade geschehen sei, sagte Hochstett, erscheine ihm jetzt wie die logische Konsequenz einer langen Entwicklung. Er müsse Engel dankbar dafür sein. Denn nun sei ihm alles bis ins letzte Detail klargeworden. Klarheit sei schließlich nichts anderes als die Voraussetzung von Erkenntnis. Und dazu gehöre zum Beispiel auch, daß jeder weitere Versuch, die Situation, in der sie sich alle befänden, schönzureden, Selbstmord gleichkäme. Er aber, Hochstett, habe lange genug den Kopf hingehalten, so lange, daß er die Beulen gar nicht mehr spüre. Er sei an Beulen gewöhnt, jawohl, aber das sei jetzt vorüber ...

»Endgültig vorüber, Thomas.«

Thomas Engel spielte mit seiner Goldkette. Die farblose Helle in seinen Augen war um eine Nuance dunkler geworden.

»Das war also das Prinzipielle, Jochen«, sagte er ruhig. »Jetzt hätt' ich's gerne etwas präziser.«

»Gut. Mal ganz präzis, Thomas ... Du schuldest mir einskommazwei Millionen. Nicht D-Mark – Dollars. Das ist der zwölfprozentige Gewinnanteil, der mir vertraglich zugesprochen ist. Von ihm habe ich die letzten viereinhalb Jahre keinen Pfennig gesehen. In diesen viereinhalb Jahren aber habe ich für ein lächerliches Geschäftsführergehalt den ganzen illegalen Wahnsinn gedeckt, den du ausgeheckt hast. Von meinem Gewinn sind sogar die Schmiergelder abgeflossen, mit denen du so großzügig die Klinik- und Institutsfritzen bedient hast, damit sie uns die Ware abnehmen. Du selbst aber hast jeden Pfennig aus der Firma herausgepumpt...«

»Und weiter?« Engel polierte jetzt seine Kette mit dem Kimonoärmel. »Immer schön sachlich: einskommazwei Millionen Dollar also? – Da kommt doch noch etwas, wenn ich das richtig sehe?«

»Du siehst es völlig richtig. Ich werde auf das Geld nicht lange warten. Es muß bis zum siebzehnten, und zwar zum siebzehnten dieses Monats, auf meinem Konto sein.«

»Also in der nächsten Woche?«

»In der nächsten Woche, Thomas.«

»Sonst...?«

Hochstett schwieg.

Die Tauben waren zum Haus zurückgekehrt. Sie strichen flach über das Verwaltungsgebäude von »Can Rosada« und erzeugten dabei ein schwirrendes, knatterndes Rauschen.

»Du bist verrückt.« Engel hatte die Kette losgelassen. Er sagte die drei Wörter im kurzen Ton einer Feststellung.

»Das kannst du sehen, wie du willst, Thomas...«

»Und wie willst du mich dazu bringen, auf deine Verrücktheiten einzugehen, statt dich zum Psychiater oder sonstwohin zu schicken?«

»Das kann ich dir sagen. Und es wird dir auch helfen zu überlegen, ob es das Richtige ist, wenn du mit mir so verfährst wie mit den anderen … Dies, Thomas, als ein kleiner Hinweis: Ich habe alles, was in der Firma gelaufen ist, schriftlich niedergelegt. Ich wiederhole: alles. Auch, wie Lars Boder, wie Jürgen Cenitza und wie die arme kleine Reichenbach dran glauben mußten, nur weil du es für angebracht hieltest, ihnen für immer den Mund zu stopfen … Selbst was dein Haus-Irrer, dieser René, mit dem Mädchen des Journalisten anstellte, der uns auf die Pelle rückte, steht da drin. Noch ist alles versiegelt. Falls ich aber nicht mehr auftauche oder auch nur anrufe, geht das Material zur Staatsanwaltschaft. Ein paar Morde, garniert mit den sehr eigenwilligen Geschäftspraktiken des Thomas Engel. Alles aufgezeichnet und bewiesen.«

»Unsere Geschäftspraktiken, Jochen.«

Hochstett zuckte mit den Schultern und sagte: »Nicht unsere Morde.«

Engel erhob sich und ging zur Balustrade. Er legte beide Hände flach auf den Stein, blickte lange über das Land und das Meer, als müsse von dort eine Antwort kommen.

Dann drehte er sich um. »Schach dem König, was, Jochen?«

»Nenn es, wie du willst«, erwiderte Hochstett mit schmalem Mund …

Der Scheck steckte in Jochen Hochstetts Brieftasche. Es war ein Scheck der Banco Bilbao Vizcaya, ein weißer, schmaler Streifen Papier, auf dem die Summe »sechzig Millionen Peseten« stand. Dies waren zwar noch lange nicht die einskommazwei Millionen Dollar, die er verlangt hatte, es war viel weniger – und viel mehr …

Wie immer auch zuvor seine Pläne ausgesehen hatten, vor Thomas Engels eindringlichem Blick, vor seinem: »Sei doch vernünftig, Jochen. Was bringt dir das, dich nach Südamerika abzusetzen? Hier lebst du doch viel besser«, waren sie geschmolzen wie Butter an der Sonne.

Und Engel gab sich bei Gott alle Mühe, die Seriosität seines Vorschlages zu untermauern. Sogar die Bankauszüge vom Vortag hatte er Hochstett gezeigt, um seine Solvenz zu beweisen, beachtliche Bankauszüge, alles was recht ist. Und nach langen, hitzigen Diskussionen standen sie schließlich in Engels Büro in Cala d'Or. Auch da war eine Menge zu bestaunen: nicht nur das große Modell des neuen Golfplatzes »Son Pajol« mit den Residenzen für mehr als tausend Personen (Golfer, die sich solche Residenzen leisten konnten, wohnten teuer), es gab auch handfeste Unterlagen: Betreiberkosten, Wasserverbrauch, Bauaufwand, Rendite, zu erzielender Gewinn der Golfanlage, Verkaufserlöse aus dem Wohnkomplex …

»Und jetzt, Jochen, vergleich mal! Bilanzen hast du schließlich bei mir zu lesen gelernt. Bernhagen oder Cala d'Or? Das ist deine Alternative. Denn du kannst auch hier dabei sein. Und wieder mit zwölf Prozent … Nur, daß ich sie dieses Mal auszahlen kann, daß ich nicht wieder in Schwierigkeiten gerate wie bei diesem bescheuerten Plasmaladen. Einst war das eine gute Idee, Anfang der achtziger Jahre. Aber jetzt? Reden wir nicht davon. Sagen wir so: Hier handelt es sich um grünes Gras, das sich vergolden läßt. Bernhagen, das war ein mistiger Blutsumpf, tief und grundlos. Und warum? Weil er nur mit schrägen Ganoven, korrupten Figuren oder amoklaufenden Kranken zu tun hatte. Aber hier, Jochen, hier habe ich solvente Leute und eine Insel, die wirklich ein Paradies darstellt – und einen Boom, der eigentlich erst jetzt so recht anfängt …«

Das Angebot konnte einer von Engels brutalen Tricks sein. Er brauchte doch nur an die arme Reichenbach, an Boder oder Cenitza zu denken … Vielleicht war es sogar ein Verzweiflungstrick, weil ihm auf die Schnelle nichts anderes eingefallen war. Aber kam man Thomas hart, wurde er realistisch. Er wußte genau, daß seine, Hochstetts, Position unangreifbar war. Engel hatte nicht ihn – er hatte Engel am Boden. Und deshalb sah die Welt entschieden anders aus. Auch wenn seine Beule noch schmerzte.

»Gut, Jochen, was meinst du? Fangen wir nochmals von vorn an. Jetzt haben wir ja wieder gleichgezogen.«

Nach dem »Gleichziehen« kamen die angenehmen Seiten des Lebens: Ein leichtes Essen, eine ausgedehnte Siesta, dann die Fahrt runter nach Cala d'Or, Badezeug kaufen. Der Laden war wirklich todschick, und die Verkäuferin war eine dieser spanischen Göttinnen: unwahrscheinliche Augen, unwahrscheinliche Haare und ein unwahrscheinliches Lächeln.

Und weil Jochen Hochstett dieses Lächeln so sehr beeindruckte und er sich in seinem Outfit ohnehin etwas deplaziert fühlte, kaufte er sich gleich eine weiße Leinenhose, Bootsschuhe und ein blaues T-Shirt. Die Ferienuniform … Dann bestiegen sie die »Pirata II«.

Und da war wieder eine Göttin: Kitty.

Dieser Blick … Und dieser unglaubliche Körper … Die Taille, die Hüften, der kleine grüne Stoffetzen, den sie trug … Also, der war ja nun wirklich so winzig, daß sie darauf verzichten könnte …

Hochstett fühlte, wie seine Ohren zu glühen begannen. Er trug eine Sonnenbrille. Vielleicht merkte sie, daß er sie beobachtete, denn wieso stellte sie sich in Positur, reckte die Brüste? Die waren nun wirklich zum Vorzeigen!

Was sagt man in einer solchen Situation?

Hochstett fiel nichts ein. Nichts außer der Frage, ob Kitty eine von Thomas' »Hostessen« sei. Die hatte er sich früher reihenweise aus den besten Etablissements Frankfurts besorgt, um sie an Kunden, Ärzte oder irgendwelche Betonköpfe von Beamten zu vermitteln.

Schon war sie wieder verschwunden.

Hochstett griff nach der Flasche Sonnenmilch, verteilte

ein paar Tropfen auf der Hand und rieb sich die Stirn ein. Er lag jetzt allein in einem der Liegestühle am Heck. Und er genoß es; er genoß die Möwen, genoß das sanfte Schaukeln, genoß, daß seine Kopfschmerzen verschwunden waren, genoß alles.

Vereinzelte Kiefern hielten sich auf rostroten Felsen. Die Stürme hatten sie geduckt und gespalten, aber sie klammerten sich fest. Und das Meer – hier in der Stille der Bucht wirkte es fast schwarzblau. Das große weiße Boot zerschnitt seine Oberfläche, die ölig schimmerte wie Atlasseide.

Lieber Gott: Was für ein Tag! Was hatte er da alles reingepackt. Jetzt – jetzt war alles zu einem guten Ende gebracht ...

Da war sie wieder: Kitty, die blonde Polynesierin. Die langen Schenkel, der flache Bauch, der steile Busen, der Hintern – lückenlos zu bestaunen, denn was trug sie schon? Nichts als dieses lächerliche Band, an der der gleichfalls lächerliche, grüne Stoffstreifen zwischen ihren Beinen verschwand.

Die Krönung, dachte Hochstett und fühlte, wie sein Herz zu klopfen begann: Die Krönung des Tages!

Sie hielt ihm ein Tablett mit Gläsern hin.

»Wie ist das, Jochen? Ein bißchen was für den Durst, ja? Das Zeug schmeckt nicht nur prima, es bringt auch in Form.«

»In Form zu was?« grinste Hochstett und kam sich verrucht vor.

»Für all das, was du vorhast, Jochen ...«

Was er trank, schmeckte wie Champagner mit einer Spur Bitternis – Campari vielleicht ...

»Danke.«

Doch sie war schon wieder verschwunden. Weiß der Teufel, was sie da drinnen in ihren Luxuskabinen trieben. Der Bootsmann jedenfalls ließ jetzt den Anker fallen.

Hochstett streckte sich, fühlte sich tatsächlich besser, fühlte sich in Form, so was von in Form – und vor allem fühlte er sich frei und siegreich.

Eine Berührung, zart wie ein Hauch. Fingerkuppen, die über seinen Nacken, an den Delta-Muskeln vorbei bis zur Schulter spazierten ...

Hochstett sah hoch, an braunglänzenden, unglaublich aufregenden Wölbungen vorbei, sah dunkle Augen, blonde Locken. Die hat sie gefärbt ... Er klammerte sich an den Gedanken.

»Tut das gut? Nicht mehr so müde?«

Sein Mund wurde trocken.

»Was macht Thomas?« hörte er sich fragen.

Das Rasseln der Ankerkette zerschlug die Frage.

Aber da war wieder ihr Lächeln. Und ihr Blick, der langsam zu seiner Badehose glitt: »Na, was seh ich? Was regt sich denn da?« Sie sagte es im reinsten Frankfurter Tonfall. »Da wird ja einer ganz putzmunter ...«

Engel hatte es bereits auf »Can Rosada« versucht. Dann noch einmal in einer Telefonzelle, als Hochstett in Cala d'Or Klamotten kaufte. Es war immer das gleiche gewesen: »Der Anschluß befindet sich zur Zeit außerhalb der Reichweite«, beschied ihn die abgehackte Frauenstimme des Automaten.

Außerhalb der Reichweite?

Was hieß das? Wahrscheinlich, daß René irgendwo mit dem Jeep in der Gegend rumgurkte, sich einen Joint reinzog oder sich nüchtern oder besoffen in eine der Höhlen verkrochen hatte, die er in der Nähe seiner Finca in Son Massia in den Bergwald gegraben hatte. Um dort herumzuspinnen. Was sonst? Renés Höhlenspielchen reichten vom Karatetraining bis zu Pornoaufnahmen oder Herumballern mit seiner Waffensammlung. Manchmal schleppte er auch irgendwelche unbedarften Touristinnen in die

Höhle ab … Sollte er! Aber Herrgott noch mal, wenn man den Arsch brauchte, war er nicht da!

Engel versuchte es wieder.

»Ja?«

»Da hab' ich dich ja endlich!«

»Okay, Boß, da hast du mich. Und?«

»Paß auf, René: Ich bekam heute Besuch. Und mit dem Besuch auch ein paar Probleme.«

Stille. – Dann: »Was für mich?«

»Na schön, Probleme sind nun mal dazu da, daß man sie löst, oder? Deshalb erst mal rein theoretisch … Die Ausgangslage: ein Büro. Im Büro ein Panzerschrank. Und im Panzerschrank ein paar Papiere, die besser nicht unter die Leute kommen. Was würdest du in einem solchen Fall tun?«

René stieß sein schreckliches Kichern hervor. Vielleicht waren es auch bloß die atmosphärischen Störgeräusche der Satellitenverbindung.

»Die Papiere? Brauchst du die?«

»Nein.«

»Na, dann ist es doch ziemlich einfach. Eine Hafthohlladung …«

»Was ist das?«

»Eine Hafthohlladung ist ein nach außen hochverdämmter Sprengstoff.« Selbst derartige Auskünfte brachte René Honolka, als erzähle er irgend etwas ungemein Komisches. »Der Detonationskegel, also all seine Kraft und seine Hitze, konzentrieren sich bei der Explosion auf einen einzigen Punkt. Das macht dann ein ganz wunderschönes ›Peng‹. Und damit hat sich's auch schon. Damit kannst du nicht nur einen Panzerschrank, sondern sogar einen Tiger-Panzer knacken. Und was aus dem wird, was da drinsteckt, ob Papierchen oder Leutchen, kannst du dir auch vorstellen. Saft oder Asche …«

Saft oder Asche! Nun lächelte auch Engel.

»Und wo steht der Panzerschrank, Boß?«

»Im Hessischen. In dem Kaff, in dem du schon mal warst. Bernhagen.«

»O nein!« stöhnte Honolka.

»Keine Sorge, René, die Sache ist nicht aktuell. Noch nicht ...«

»Muß ja ein interessanter Besuch sein!«

Engel überlegte. »Für den müssen wir uns auch noch was einfallen lassen«, sagte er dann. »Aber zuerst käme der Schrank ...«

Er legte auf, verließ die Eignerkabine, um durch den Mittelgang in den Salon zu gehen. Am Eingang blieb er stehen. Durch die Hecktür konnte er das Sonnendeck beobachten. Und Kitty, die sich weit über Hochstett beugte und ihre Wunderhände spazieren führte ... Wirklich eine Wucht, das Mädchen! Ein Naturtalent ...

Der Sommer nahm an Kraft zu. Sonnige Tage wechselten mit von sintflutartigem Regen begleiteten Unwettern, die wie riesige graue Walzen über die Stadt rollten.

Vera versuchte aufgeregt, ihre Topfpflanzen im Garten zu bergen, Rio half und befestigte auch eine vom Sturm weggerissene Markise. Doch selbst der Regen und der Sturm hatten für ihn etwas merkwürdig Unreales. Was er tat, tat er, als sei er nicht daran beteiligt. Und ähnlich verhielt es sich auch mit der Erinnerung an den Nachmittag in der düsteren, tannenumstandenen Villa in Steinebach: Das Haus, die Terrasse, der Mann im Liegestuhl, Akten, Fotografien – für ihn war es wie eine Szene aus einem Theaterstück.

Mit Kiefers Worten allerdings war es anders: sie blieben. Sie geisterten durch seine Nächte, wenn er den Schlaf nicht fand, begleiteten ihn auf seinen ruhelosen Spaziergängen durch den Englischen Garten, übertönten selbst Veras Stimme: ES MUSS SEIN, RIO. ES WIRD DAS SIGNAL, DAS ALLES ÄNDERT ... WIRST DU MIR HELFEN?

Rio ertappte sich dabei, wie er mit Stablampe und Handspiegel in Gaumen und Rachen nach verdächtigen Rötungen fahndete. Und das Brennen in der Blase? Er starrte in die Toilettenschüssel, um die Farbe des Urins einzuschätzen …

»Hysterie«, kommentierte Vera, und wahrscheinlich hatte sie recht. »Du machst dich völlig unnötig selbst fertig. Komm doch endlich runter von diesem Trip.«

Als ob das so einfach wäre …

Als ob man Ludwig Kiefers Totenkopfschädel, die dunklen, krankhaften Hautwölbungen an der Stirn, die schuppige Reptilienhaut seiner Ekzem-Hände so leicht vergessen könnte …

Eines Morgens rief Olsen an: »Wann kommst du endlich hoch aus deinem Loch? Oder gefällt's dir so gut da unten?«

»Ja. Es gefällt mir, Ewald. Ich hab' mich da unten eingerichtet.«

Auch Bruno Arend kam vorbei, sah ihn an und schüttelte den Kopf. Paul Novotny ließ überhaupt nichts mehr von sich hören.

»Geh endlich zu Dr. Herzog«, sagte Vera. Und manchmal hatte sie Tränen in den Augen oder fuchtelte mit den Fäusten vor seiner Nase herum. »Laß dir von ihm sagen, daß du zufrieden, ja, dankbar dafür sein kannst, daß dir nichts fehlt!«

Aber Rio ging nicht. Mit Schaudern dachte er daran, daß sich Vera nach jener Liebe am Nachmittag selbst untersuchen lassen mußte …

Als er dann tatsächlich Dr. Herzog aufsuchen wollte, fühlte er sich zu schwach. Er wartete, bis Vera das Haus zum Einkaufen verließ, dann schaltete er ein paar Takte des ARD-Morgenfernsehen ein, doch die Bilder wie die Stimmen blieben für ihn so fremd, so unbegreiflich, als betrachte er eine Sendung in einer ausländischen Sprache.

»Es ist nun mal so, daß dir diese Schweine nicht nur das

Leben nehmen, Rio«, sagte Ludwig Kiefer, als er ihn endlich doch im Krankenhaus besuchte und sie in der Klinikcafeteria zusammensaßen, »sie zerstören dir auch noch die paar Jahre, die dir bleiben. Sie verurteilen dich zum Tode – und dann machen sie einen Bittsteller aus dir ... Wir haben einen Hämophilen auf der Station. Für sechzigtausend Mark hat er sich abfinden lassen. Du mußt dir vorstellen, was sechzigtausend Mark sind ... Die kannst du in einem halben Jahr verbrauchen, wenn du krank bist. Und dann? Ausgesteuert. Mitglied irgendeiner Notgemeinschaft ... Das ist alles. Und die in Bonn bilden Ausschüsse, spenden ein paar Mark und sehen zu ...«

Wie lange würde Olsen durchdrücken können, daß er sein Gehalt noch bekam? So, wie Rio den Verleger kannte, würde er ihm in einem halben Jahr kündigen ... Eine Tragödie, lieber Olsen, ich weiß, ich weiß. Tut mir ja auch sehr leid um Rio. Aber schließlich – sind wir hier für alle Tragödien zuständig?

So würde es sein.

Und noch in einem anderen Punkt hatte Ludwig Kiefer recht: »Ehe sie dich umbringen, nehmen sie dir auch noch deine Identität.«

Es wurde ein ziemlich sonderbarer Krankenhausbesuch. Um sie herum saßen Patienten in Hausmänteln mit ihren Angehörigen. Sie aßen Kuchen, unterhielten sich leise, lachten oder machten kummervolle Gesichter.

Und vor ihm Ludwig Kiefer mit seinen »Mordplänen«. Die Baskenmütze, die gab es noch, aber sonst hatte der ehemalige Polizist sich sehr verändert. Er trug einen elegant geschnittenen, elfenbeinfarbenen leichten Popelinanzug, dazu ein rosenholzfarbenes Hemd, und den Hals verbarg ein zum Hemd passender, tabakbrauner Seidenschal.

Doch nicht der Aufzug, das Gesicht war es, das sich verwandelt hatte. Es sah aus, als habe irgendein Maskenkünstler den Kriminalrat für diesen Auftritt vorbereitet. Aber die Haut war nicht überschminkt worden, die Ekzeme waren fast vollständig abgeheilt und die Wangen wirkten straffer, die spitzen Wangenknochen waren verschwunden …

»Die haben Sie hier ja wieder prima hingekriegt, Ludwig.«

»Ja, die Therapie hat gewaltig angeschlagen. Eine ›Phasenverbesserung‹ nennen sie das. Hilft nicht auf Dauer, aber auf Zeit ist sie geeignet zur Hebung des ›subjektiven Befindens‹ und des allgemeinen Status. Und das, Rio, das muß ich nützen. Und zwar bis ins Letzte. Hast du über das Projekt nachgedacht?«

»Das Projekt« – so nannte er tatsächlich den Attentatsplan, den Mord an zwei Männern …

»Falls du aus irgendwelchen Gründen – seien sie nun ethisch, moralisch oder persönlich – die Sache nochmals überdenken willst, Rio, respektiere ich das. Das kannst du mir glauben. Nur bitte, tu es bald … Ich muß handeln. Und falls du mir tatsächlich helfen willst – ich habe da einige logistische Probleme …«

Logistische Probleme? Was er so hochtrabend ankündigte, war die Frage, wie Ludwig Kiefer es schaffen sollte, in möglichst kurzem und daher »pressewirksamem« Abstand seine zwei Opfer zu erschießen.

»Sieh mal, es ist so: Ich war zwar schon auf Mallorca, das ist aber gut zehn oder fünfzehn Jahre her. Ich war damals in Begleitung einer Freundin, einer entzückenden Frau, die es leider inzwischen auch nicht mehr gibt. Aber das heißt ja nicht, daß ich mich auf der Insel auskenne. Und da beginnt das Problem. Ich muß Erkenntnisse sammeln. Ich kann schließlich nicht zu meinen spanischen Guardia-Civil-Freunden gehen und sagen: Zeigt mir das alles mal, ich will den Engel jetzt umlegen … Ich brauche also einige Tage.«

Er sprach leise und völlig ruhig, so, als schildere er den Plan eines Wochenendausflugs. »Wie ich das mit meinen Kraftreserven durchstehen soll, ist mir nicht klar.«

Rio nickte und trank seinen Tee. Aber die Hand, die nach den Zigaretten griff, war nicht sicher. Er mußte die Feuerzeugflamme zweimal aufspringen lassen.

»Und es kommt noch etwas dazu, Rio: Daß ich es schaffe, daran habe ich keine Zweifel. Aber wie komme ich von der Insel runter, wenn es passiert ist? Sie haben einen einzigen Flugplatz dort. Und den können sie leicht sperren. Und dasselbe gilt auch für den Hafen. Ich sitze also gewissermaßen in der Falle …«

Wieder nickte Rio, er versuchte sich alles vorzustellen. Am Nebentisch zerrte ein kleines, etwa vierjähriges Mädchen an der Stuhllehne seiner Mutter. Das Mädchen heulte los, und der dicke Mann im Hausmantel eines Patienten schüttelte bekümmert den Kopf.

Ludwig Kiefer aber sagte: »In Berlin habe ich es einfacher. Deshalb habe ich mich entschlossen, zuerst diese Berliner Geschichte zu erledigen.«

Die »Berliner Geschichte« …

»Ich besitze noch meinen alten Dienstausweis – Hampel ist schließlich selbst Beamter. Ich möchte mal sehen, ob der nicht einen Kriminalrat des BKA bei sich empfängt. Und Berlin, nun, das kenne ich … Von Berlin aus komme ich auch leicht nach Mallorca. Da gibt's ja jede Menge Flieger.«

Rio rührte in seiner Tasse. Und Ludwig Kiefer betrachtete ihn wieder mit einem seiner langen, nachdenklichen Blicke. »Ich will jetzt nicht mehr wiederholen, was das Projekt für mich bedeutet und was für uns alle auf dem Spiel steht. Ich will dich nur fragen: Bist du immer noch dabei?«

»Ja«, sagte Rio. Er sagte es, ohne zu überlegen.

»Wirklich?«

»Wirklich.« Er hielt Kiefers forschenden Blicken stand

und hatte dabei das Gefühl, als dringe ihm dieser Blick ins Gehirn, als könne er ihm durch das Labyrinth, nein, das Chaos seiner Gedanken folgen ...

Wieder kam dieses flaue Gefühl im Magen zurück. Rio kämpfte es nieder. Er überwand sich, griff nach Kiefers Hand und streichelte sie. »Wenn's daran liegt ...«

»Es liegt daran, mein Junge. Sieh mal, es ist einfach ein Prinzip: Man sollte sich im Vorfeld nicht zu sehr aus der Deckung wagen. Deshalb wäre ich froh, wenn du ...«

»Ich mach das schon«, lächelte Rio. »Ich hab' ja viele Freunde. Auch in Reisebüros. Ich besorge Ihnen das Tikket ...«

Erneut dieser Blick. Und dann hatte Kiefer in die Jacke seiner Tasche gegriffen und ein Scheckbuch hervorgeholt. Doch Rio war zu müde gewesen, um zu protestieren. Er hatte das Scheckbuch genommen, zugeklappt und dem Alten wieder in sein Jackett gesteckt ...

Gegen zehn Uhr überzog sich der Himmel wieder mit dunklen Gewitterwolken. Vera war in die Stadt gefahren, nervös und ungeduldig hatte sie etwas von »dringenden Besorgungen« erzählt. Nein, dies war kein guter Vormittag. Die alte innere Unruhe hatte Rio wieder gepackt. Und er hatte noch immer nicht das Mittel, damit fertigzuwerden. Er ging in den Garten, um das Frühstücksgeschirr abzuräumen, nahm eine Dusche und setzte sich schließlich in den Sessel neben dem Telefon. Als er Ludwig Kiefers Nummer wählte, vertippte er sich gleich zweimal. Dann endlich – eine Frauenstimme. Irma Kiefer ...

»Ach, Sie sind das, Herr Martin! Wie komisch, gerade haben wir von Ihnen gesprochen. Es muß doch wohl so etwas geben wie Telepathie.«

»Wieso? Ist Ihr Bruder denn in Steinebach?«

»Ja. Und ob der hier ist! Sie haben ihn aus der Klinik davongejagt. Sie werden's gleich merken – *Ludwig!*«

»Was ist los?« Irma Kiefer hatte recht: Die Stimme, die antwortete, klang kräftig, gespannt, geradezu energiegeladen. Und dann: »Wie geht's denn so, Rio?«

»Wie? – Anscheinend nicht so gut wie Ihnen.«

»Das könnte sein.« Er lachte. »Wenigstens heute. Warum bist du nicht nochmal in die Klinik gekommen?«

Rio nestelte an der Telefonschnur. Weil ich keine Lust hatte. Oder ehrlicher: weil es die verdammte Angst war ... Sollte er das sagen? Er entschied sich: »Weil ich Kliniken hasse.«

»Verstehe. Wie ist das, hast du die Flugunterlagen?«

»Ja. Hören Sie, Ludwig ...«

»Ich höre gerne. Aber wieso kommst du nicht auf einen Sprung raus zu uns? Am Telefon bespreche ich solche Details nur ungern.«

»Meine Frau«, hätte Rio einwenden können, aber das war ein Argument, das ein Ludwig Kiefer nicht gelten ließ. Er wußte es.

»Gut. In einer Stunde bin ich bei Ihnen.«

Er schaffte es in fünfundvierzig Minuten. Als er geparkt hatte und die Tür öffnete, sah er den Kriminalrat. Eine Gartenschere in der Hand, kam er zwischen seinen Rosen hervor. Die dunklen Augen unter dem Rand der Baskenmütze lächelten. Und diesmal war es nicht nur die Gesichtsfarbe, die sich verbessert hatte, diesmal schien der ganze Mann verwandelt. Er wirkte größer, jünger, hatte zugenommen – die Ärzte schienen ein kleines Wunder an ihm vollbracht zu haben.

Das große Haus lag still. Es wehte kein Essensgeruch aus der Küche. Irma Kiefer war wohl klargeworden, daß sie ihre Mühe an den falschen Gast verschwendete.

Sie passierten schweigend den Eingang mit dem bleigefaßten Jugendstilfenster. Eine Lilie zeichnete einen fünfmarkstückgroßen, grünen Fleck auf Kiefers Kinn. Er war stehengeblieben.

»Ich will dir was zeigen. Hast du Erfahrung mit Waffen?«

»Sie meinen – mit Gewehren?«

»Pistolen, Revolvern, Handfeuerwaffen.«

Erfahrung mit Handfeuerwaffen? Hatte er zweieinhalb Jahre Zivildienst im Altenheim abgerissen, Schwerkranke gewaschen und Nachttöpfe geleert, um eine solche Frage gestellt zu bekommen? Bruno Arend hatte einmal eine Pistole aus irgendeinem algerischen Souk mitgebracht und war mächtig stolz darauf: »Komm, Rio! Gehen wir im Steinbruch mit der Wumme ballern!« Rio hatte sich geweigert. Er wollte nicht in Steinbrüchen ballern.

»Nicht mal mit einem Luftgewehr.«

Ludwig Kiefer lächelte. »Komm!«

Er stieß eine Tür auf. Sie führte zu einer Treppe, einer ziemlich steilen Treppe. Der dumpfe Geruch abgestandener Luft wehte herauf. Kiefer schaltete das Licht an, und vor ihnen lag ein quadratischer Raum. In den Wänden befanden sich Einbauschränke, der Boden war mit einem Sisalteppich bedeckt. Die schmiedeeisernen Wandleuchten und der Grobverputz gab allem die bekannte »rustikale Note«.

»Mein Hobbyraum.« Es sollte ironisch klingen, doch Kiefers Gesicht wirkte ernst und konzentriert.

Er öffnete einen der Schränke, zog eine Schublade heraus und entnahm ihr zwei Pistolen. Eine legte er in Rios Hand: »Das hier ist eine H & K-9-mm, eine ›Heckler und Koch‹. Das Beste vom Besten, wird behauptet. Und hier hab' ich eine Walter-PK-7.65, meine alte Dienstpistole. Gegen ›Heckler und Koch‹ ein Fossil. Ich halte sie trotzdem für besser ausgewogen. Aber vielleicht bilde ich mir das ein, ich mag sie einfach. Weißt du, mit Waffen ist das so: Wer mit ihnen umgeht, entwickelt mit der Zeit so etwas wie ein erotisches Verhältnis zu ihnen. Man kann den Kopf schütteln, man kann es verneinen, aber es bleibt die Wahrheit.«

Kiefer öffnete eine weitere Tür, und nun, als auch hier das Licht zweier Neonlampen aufflammte, sah Rio, daß sie in einem Schießstand waren. Ein Hobbykeller? O ja! Und was für einer!

Er spürte, wie sein Mund trocken wurde. Die Seilzüge schimmerten, die länglichen Formen dort, das waren wohl umgeklappte Scheiben ...

»Nimm mal.« Ludwig Kiefer reichte ihm einen Stahlbügel mit zwei aufgesetzten Plastikschalen und stülpte sich selbst, ohne seine Mütze abzunehmen, so ein Ding über den Kopf. »Das knallt nämlich ganz schön.«

Er sah ihn an. »Was wir hier tun, Rio, ist natürlich nichts als Spielerei. Oder nennen wir es mal ›technisches Training‹. Die Wirklichkeit sieht anders aus ... Ich zeig dir jetzt, wie diese Waffe gehalten wird. So.«

Beine breitsetzen, das Gelenk der Schußhand mit der anderen Hand stabilisieren – Rio hatte es hundertmal im Fernsehen oder bei Polizeiübungen gesehen. Er versuchte es. Und als sich seine Finger um den Pistolengriff schlossen, war ihm die Waffe nicht mehr so fremd wie zuvor. Es war, als ströme eine gewisse Kraft von ihr aus. Ein erotisches Verhältnis? Vielleicht ...

Kiefer korrigierte seinen Ellenbogen. Und lächelte wieder. »Jetzt paß auf.« Halb zu ihm stehend, seine Augen noch auf Rios Gesicht gerichtet, betätigte er einen Schalter. Und nun verlief alles gleichzeitig: das metallische Klacken, als die Scheibe dort am Ende des Raumes hochklappte, Kiefers fließende, blitzschnelle Seitwärtsbewegung, das Hochreißen beider Arme, die Stichflamme aus der Pistolenmündung, die von den Plastikschalen des Gehörschutzes gedämpfte Explosion ...

Dies war das eine. Das andere war die Scheibe dort: Engel! Kein Zweifel: Thomas Engel. Auf die Scheibe war dasselbe Foto geklebt, das ihn damals, bei seinem ersten Besuch vor vier Wochen, beeindruckt hatte. Nur, daß es ihm jetzt als Schießstand-Vergrößerung in Schwarzweiß präsentiert wurde …

Engel starrte ihn an. Die Brauen ein flacher Strich über der Nasenwurzel. In den hellen Augen der Ausdruck gedankenverlorener Sorge, an den Rio sich so oft erinnert hatte. Zum ersten Mal fühlte er etwas wie Triumph. Ein Schießstand? Gab es einen besseren Platz für dieses Schwein?

»Getroffen haben Sie ihn nicht«, wandte er sich an Kiefer.

»Nein? Sieh mal genauer hin.«

Rio beugte sich nach vorne. Tatsächlich: Genau über der Nase, in der Mitte des dunklen, flachen Strichs der Brauen, saß die Schußöffnung.

»Hervorragend!«

»Ja, ein guter Schuß. Außerdem …«

Ludwig Kiefer ließ den Rest des Satzes unbeendet. Er legte die Waffe auf ein Holzbord.

»So, jetzt du. Und zieh nicht sofort durch … Laß dir Zeit zum Zielen.«

Rio nahm die Waffe hoch in Schußhaltung. Er wußte, wer ihn erwartete: ein fetter Frühpensionär. Ein Mann namens Hampel, pardon, Regierungsdirektor Bernhard Hampel. Und er schien in Kiefer größere Emotion auszulösen als Engel. Engel war Engel, ein Geschäftemacher und Schwein … Aber Hampel …

Da kippte er hoch! Aufrechtstellung. Graue Anzugsschultern, Krawatte – das Gesicht. Und was für ein Gesicht! Hohe, fliehende Stirn. Gepolsterte Wangen. Randlose Brille. Schmaler, indifferenter Mund …

Rio ließ sich keine Zeit.

Er schoß.

Die Kugel durchschlug die Fotografie auf der Scheibe etwas oberhalb der Krawatte.

»Gar nicht so übel«, murmelte Kiefer. »Ganz beachtlich für das erste Mal …«

»Hören S'! Wollen S' denn wirklich hier sitzen bleib'n?«

»Wie bitte?« – Rio sah auf, schaute in ein strenges Kellnerinnengesicht, das ihn über einen Stapel verfleckter Tischtücher hinweg anstarrte.

Dunkle, fast schwarze Wolken schoben sich über die drei kümmerlichen Tannen, die im Garten des Cafés standen. Der Wetterumschlag mußte blitzartig erfolgt sein. Als er auf der Rückfahrt von Steinebach hier einkehrte, war der Himmel noch ganz blau und sauber gewesen.

Die wenigen Gäste drängten sich die Stufen zum Lokaleingang hoch.

»Ich kann Ihnen den Kaffee und den Obstler drinnen servieren. Hier werden S' doch naß.«

»In Ordnung. Ich komme sofort.«

Böen zerrten an den Blättern der Büsche. Die Spitzen der Tannen bogen sich. Er blieb sitzen.

»Wir müssen da noch weiterüben«, hatte der Kriminalrat zum Abschied gesagt. »Dein erster Schuß heute – na ja, Anfängerglück. Die nächste Serie lag ja nicht so gut im Ziel. Doch Talent hast du. Und darauf kommt es an. Das zu trainieren, ist wichtig. Was ich plane, ist Mord. Und ein Mord ist kein Kinderspiel. Falls du mitmachst, kann eine Situation eintreten, in der ein einziger Schuß genügen muß. Und der muß im Ziel sein.«

FALLS DU MITMACHST ...

Mordkomplott – Mordwetter ...

Seine erste Kugel hatte die Krawatte auf Hampels Fotografie zerschlagen. Was lag darunter? Speiseröhre, Knorpel, Halsschlagadern. Dahinter das Rückgrat. Nicht sehr appetitlich. Vielleicht ein schneller, aber kein schöner Tod. Doch der Tod war es, der zählte. Schüsse aus einer »Heckler und Koch«, Kaliber 9 mm, Schüsse ins Herz, in den Kopf, durch die Krawatte in den Hals, wohin auch immer. »Was ich plane, ist Mord.«

Er plant ... Aber du?

Bin ich soweit?

Neunundfünfzig Jahre alt war Bernhard Hampel. Vermutlich das Alter, um sich auch ohne Druck in den vorzeitigen Ruhestand versetzen zu lassen. Er aber ging nicht freiwillig. Der Minister wollte das so. Und was der Staatsanwalt, der sich auch mit ihm beschäftigte, von ihm wollte, war noch nicht heraus ...

Vor dem Garten, draußen auf der Straße, begannen die Leute zu rennen. Rio spürte den körnigen Anprall der Sandpartikel, die der Sturm ihm ins Gesicht schleuderte. Es war wie tausend kleine Stiche. Er schloß die Augen.

»IST AUCH NUR EIN EINZIGER BISHER VERDONNERT WORDEN? DABEI IST HAMPEL DER SCHLIMMSTE. ENGEL IST NICHTS ALS EIN LUMP. HAMPEL, RIO, HAMPEL VERKÖRPERT DAS SYSTEM, VERSTEHST DU?«

Welches System meint er? dachte Rio. Auch Ludwig Kiefer hat es schließlich verkörpert. Er war sogar stolz darauf. Er sah sich auf der Seite des Rechts. Und wieder meinte Rio, seine Stimme zu hören: »Das schlimmste an allem, Rio, ist die menschliche Ignoranz, die nichts wahrnehmen will. Die erst macht die Hampels möglich ...«

Der erste Blitz flammte auf. Er ließ den First des Gasthofes bläulich aufleuchten. Der Sturm tobte weiter. Doch kein Tropfen fiel.

Engel ... Hochstett ... Hampel ... Und dazu noch viele unbekannte, ungezählte andere. Ein Beispiel geben? Wie hatte Hampel in einem der Briefe geschrieben, die ihm der Kriminalrat draußen in Steinebach vorgelegt hatte: *»... und gehe ich davon aus, daß das unsachliche, vor allem aber unqualifizierte Medienspektakel, das interessierte Kreise wie die Aids- und Hämophilenorganisationen, aber auch noch andere zur Zeit anstrengen, von handfesten politischen Interessen getragen wird. Doch wie die Erfahrung der letzten Jahre zeigt, wird es auch bald wieder abklingen. Schließlich muß festgestellt werden, daß bei dem hohen Standard der Sicherheitsvorkehrungen der* *betroffenen Firmen eine Kontaminierung nicht zu erwarten war ...«*

Nicht zu erwarten ... Aber die Sicherheitsvorkehrungen waren den »betroffenen Firmen« ein wenig zu teuer geworden. Und sie hatten ja Hampel, den Superstar im Abwiegeln ...

»Und so bleibe ich, verehrter Herr Doktor, im Gedenken an unsere interessanten und fruchtbaren Gespräche und die unvergeßlichen Tage, die ich in Ihrem Feriensitz verbringen durfte – Ihr ergebener Bernhard Hampel.«

Und gleich anschließend das PS:

»Seien Sie versichert, daß Ihre Sorgen und Wünsche auch in Zukunft bei mir volles Gehör und Rückendeckung finden werden ...«

So lief das. Und jetzt regnete es.

Rio stand auf und schüttelte sich, aber er spürte die Tropfen nicht.

Beschwerden aus der Aids-Hilfe, Beschwerden der Kliniken, Beschwerden der Hämophilenverbände, Beschwerden der Presse – das sowieso, denn auch dort schottete Hampel ab – doch für die Firmenleitungen nie ein böses Wort. Wie auch? Bei ihnen war der Biologe Hampel freier wissenschaftlicher Mitarbeiter. Und ein Ticket für eine kleine Reise zu einem unvergeßlich schönen Feriensitz fiel auch ab ...

Ein Mann namens Hampel ...

»Sie sind ja ganz naß. Was ist jetzt mit Ihrem Kaffee?«

Rio stand in der Gaststube.

»Hier.« Er gab der Kellnerin einen Zehnmarkschein und stürmte hinaus ...

Der Himmel – Schiefer! Über den Fernsehantennen das Geäder der Blitze. Autos, die nur noch im Schritt fuhren, Passanten, die sich in Hauseingänge geflüchtet hatten.

Rio zwängte den Porsche durch eine Toreinfahrt. Sekunden später verließ er den Wagen, rannte mit eingezogenem Kopf an ein paar Abfallkübeln vorbei und stellte zu seiner Erleichterung fest, daß er die Haustür aufdrücken konnte.

Drinnen war es dunkel. Es roch nach Nässe und Bohnerwachs.

»Ursula Bühler.« Hier stand es!

Als er die Klingel drückte, hatte er kaum Hoffnung, die junge Frau anzutreffen. Und doch, er vernahm Schritte, ein Hüsteln, die Tür öffnete sich – und da stand sie.

»Erinnern Sie sich noch an mich, Frau Bühler?«

»Herr Martin! Und ob! – Kommen Sie rein.«

Sie trug einen grünen Bademantel und einen blauen Frotteeturban auf dem Kopf. Die Haut glänzte frischgecremt.

»Entschuldigen Sie schon, aber ich komme gerade aus dem Bad.«

»Ich muß mich entschuldigen, Frau Bühler. Ich dachte ...«

Er verstummte. Er wußte nicht mehr, was er gedacht hatte, aber er sah: Sie hatte sich verändert. Die Frau, der Gang, die Augen ... Die Brauen waren rasiert, die Hände manikürt, und das Gesicht, es wirkte verjüngt, nein, befreit.

Da wußte er es! Doch er stellte die Frage trotzdem: »Angela ... ist sie ...?«

»Ja.« Sie nickte. »Vor drei Wochen.«

Die Augen, die frisch umrandeten, füllten sich mit Tränen.

»Entschuldigen Sie, Herr Martin ...« Sie tupfte mit den Fingerspitzen die Tränen fort, aber das machte es noch schlimmer: Ein schwarzer Strich zog sich über ihre Nase. »Wollen Sie nicht reinkommen?«

Er hätte ihr so gerne die Hand auf die Schulter gelegt oder sie an sich gezogen, ja, einfach irgend etwas getan, denn was gab es schon zu sagen? Doch er wagte es nicht.

Er folgte ihr in das Zimmer, das er schon kannte. An der Wand über dem Sofa hingen Kinderzeichnungen. Eine Sonne über einem kleinen Haus. Ein Baum stand daneben. Dieselbe lachende Sonne über einem blauen See, auf dem Enten schwammen …

»Hat Angela das gemalt?«

Sie nickte nur.

Die Tür zum Nebenraum war weit geöffnet. Dort hatte er Angela zum letzten Mal gesehen. Dort hatte ihr Bett gestanden. Nun waren die Wände frisch gestrichen, und in der Luft hing noch immer der Geruch der Farbe.

Sie hatte seinen Blick bemerkt: »Wissen Sie, Herr Martin, man wundert sich selbst, daß alles einfach weitergeht. Nichts stürzt ein, nichts steht still. Man räumt die Wohnung aus, und dann wird frisch gestrichen …«

Ihre Stimme zitterte.

»Vielleicht ist das auch ganz gut so. Das muß so sein. In diesem Fall muß das einfach sein – verstehen Sie, was ich meine?«

»Ich glaube ja, Frau Bühler.«

»Herrgott, was hat sie denn getan? Angela … Sie war so unglaublich lieb, das kann man gar niemandem erzählen! Und so geduldig … Nur eines hat sie nie verstanden: warum es den anderen Kindern gutging, warum sie nicht mitspielen durfte, wieso sie sie auslachten – während es für sie nur die Schmerzen gab, diese schrecklichen, langen Schmerzen … Und die Schwäche … Das war wohl das Schwerste. Darunter hat sie am meisten gelitten.«

Nun griff er doch nach ihrer Hand und hielt sie fest. Er spürte, wie sich die Finger wieder öffneten.

»Aber, Herr Martin, es war Zeit, daß alles ein Ende nahm, glauben Sie mir … Wissen Sie, auch ich hätte es nicht mehr lange durchstehen können. Es war ja nicht nur das Kind im Bett, das Hilflos-zuschauen-Müssen, wie die kleine Maus richtig zusammenschmolz, es war auch das andere:

das Finanzielle. Das gehörte doch auch dazu. Auch wenn sich der Verband alle Mühe gab, was konnte er schon helfen? Ich hatte doch keine Basis! Ich mußte einen Halbtagsjob annehmen. Und wenn ich dann noch Zeit hatte, zwischen Arbeit und Pflege, konnte ich bei den Behörden rumrennen. Ich war ja nicht mal die leibliche Mutter ... Doch statt mich zu unterstützen, schmissen die mir nur Prügel in den Weg. Sogar an den Minister habe ich geschrieben. Meinen Sie, ich hätte eine Antwort erhalten? Nichts. Gar nichts ...«

Sie zitterte. Nun konnte sie auch das Schluchzen nicht mehr verhindern. Sie nahm ihr Taschentuch und tupfte entschlossen das Gesicht sauber, ohne zu bemerken, daß es zu einer Maske aus feuchter Haut und schwarzen Streifen geworden war.

»Das Schlimmste ist die menschliche Ignoranz ...« Er hörte es sich sagen, und dabei wurde ihm klar, daß er Ludwig Kiefer zitierte. »Und diese Ignoranz«, setzte er hinzu, »ist wie eine Verschwörung.«

Das war es! Und Kiefer wollte eine andere Verschwörung dagegensetzen!

Es war kurz nach fünf, als er die Gartentür des Hauses aufstieß. Der Regen hatte aufgehört, überall lagen abgebrochene Zweige und Blätter, die der Sturm von den Bäumen und Büschen gerissen hatte. Vera war im Anbau dabei, die Waschmaschine auszuräumen. Sie tat es mit übertriebener Konzentration. Sie mußte ihn gehört haben – aber nein, sie sah nicht auf.

»Hallo, Vera.«

Noch immer keine Reaktion. Er erkannte, daß sie die grauschwarze Seidenkombination trug, die sie zu besonderen Gelegenheiten anzog.

Endlich drehte sie den Kopf: »Auch mal wieder da?«

»Richtig. Auch mal wieder.«

»Wir treffen uns in letzter Zeit ja ziemlich selten.«

»Meinst du?«

»Ja, das meine ich. Und an mir liegt's nicht.«

Sie war böse. Gut. Aber er kannte sie: In diesem Stadium würde sie sich rasch beruhigen.

»Ich habe dich angerufen«, log er. »Aber da ging ja niemand an den Apparat.«

»Das muß am Vormittag gewesen sein. Da war ich allerdings weg.«

Er griff zum Korb, um dem Vorwurf ihrer Augen auszuweichen. Sie kam ihm zuvor. »Laß das.«

»Darf man wissen, wo du warst, Vera? Ich meine, so schick, wie du dich gemacht hast ...«

»Man darf. Ich war bei Dr. Herzog.«

»Schon wieder?« stöhnte er.

»Du eingebildeter Kerl mit deinem Mittelpunktswahn! Nicht deinetwegen war ich beim Arzt. Diesmal ging's um mich ... War ja auch mal nötig, oder?«

»Fühlst du dich nicht gut?«

»Ich fühl' mich sogar bestens. Wirklich, ich fühl' mich so gut wie nie.«

Sie brachte diese Mitteilung mit merkwürdigem Ernst hervor. Auf ihrer Stirn entstanden die beiden Kerben, die stets etwas sehr Aufregendes oder unendlich Wichtiges ankündigten.

»Bitte, Vera, nun rück schon raus damit.«

»Ja, ich rücke raus damit.« Sie bewegte sich nicht, sie sah ihn an, aber dann erschien endlich das Lächeln, auf das er gewartet hatte. Sie sagte: »Du, Rio, wir bekommen ein Kind ...«

Vielleicht – Rio Martin dachte es später oft genug –, vielleicht lag es daran, daß ich Ursula Bühler besucht habe, daß sie mir die Fotos zeigte, diese Fotografien des winzigen, greisenhaft zusammengeschrumpften Gesichtchens eines

Kindes namens Angela ... Vielleicht lag es sogar daran, daß ich mir von Ursula Bühler diese Beerdigungsmitteilung zustecken ließ – ein schmaler Papierstreifen nur, auf der Vorderseite Angelas Fotografie, eine Angela, die noch gesund und rund wirkte und in die Kamera lächelte wie die Sonne auf ihren Bildern. Auf der Rückseite stand ein Gebet: »Herr, gib ihr die ewige Ruhe, und das ewige Licht leuchte ihr ...«

Vielleicht war es das? Vielleicht seine Ängste, seine Alpträume, in die er sich mehr und mehr verstrickt fühlte. Vielleicht waren es auch die Gespenster, die ihn Nacht um Nacht heimsuchten, die Angstgespenster, das ewige: Und wenn Vera sich angesteckt hat, was dann?! ... Wer hat Schuld? Wer hat Aids? Wer schleppt die Killerviren in sich herum und trägt somit die Verantwortung? ... Du doch, du verdammter Idiot!

Und jetzt ...

Und jetzt, jetzt – jetzt?!

Und jetzt sagt sie: Rio, wir bekommen ein Kind ...

Er rannte durch den Park.

Die Sohlen seiner weißen Laufschuhe verursachten ein hartes, knappes Geräusch. Es war ihm, als müsse er weiterlaufen, ewig so weiterlaufen, bis ans Ende der Welt ...

Und er war nicht länger allein. Dieter Reissner, der Schatten, nein, der Begleiter, hatte sich wieder eingefunden ...

»Begleiter, Rio? Begleiter ist passé ... Partner sind wir ...«

Partner? dachte Rio. Verflucht seist du!

»Lauf, los! Renn schneller! Dem Wahnsinn läufst du nicht davon ...«

»Das brauchst du mir nicht zu sagen.«

Aber er lief schneller. Und er war froh um das Hämmern des Pulses, das Stechen in den Lungen; er drehte den Kopf nicht, wenn Passanten ihm nachfluchten, sah stur geradeaus, hechtete über abgebrochene Äste, durch Schmutzlachen.

»Siehst du, Rio, siehst du ... Nun weißt du, wie es ist ...«

Er wußte nicht, unter welchen Stichworten Psychologen derartige Stimmen und Einbildungen abhaken: »Hysterisch bedingte Visionen«? Vielleicht »Schizophrenie« ... Sollten sie. Er war wahnsinnig. Stimmte doch? Und ob er es war! Aber noch immer nicht wahnsinnig genug, einem Reissner recht zu geben.

Während ihm die Luft wegblieb und sein Herz aussetzte, schrie er: »Ja – jetzt weiß ich's! Aber ich bring nicht meine Familie um wie du. Da greif ich mir schon andere. Die, die umgelegt gehören, die, die Schuld haben ...«

Es war eine Telefonzelle wie jede andere. Sie stand an einem der Parkausgänge, leuchtete gelb vor sich hin und gab ihm eigentlich nur eine einzige Frage auf: Wie er überhaupt in diese Gegend geraten war?

Die Kappen seiner Schuhe waren mit Dreck verschmiert, und an den Dreck hatten sich Blätter geheftet. Auch die Aufschläge der Hosen waren naß. Der Regen hatte überall im Park große Lachen und ganze Teppiche abgerissenen Laubes hinterlassen. Und er, er hatte es noch nicht einmal bemerkt. Sein Herz pumpte, und er hatte sich unter dem Gürtel den obersten Knopf der Hose geöffnet, um besser Luft zu bekommen. Getrabt, gerannt, Schweiß abgesondert – eine Reise durch das Land des Selbstmitleids, die letzte Reise ...

Die Zelle roch nach abgestandenem, bitterem Zigarettenrauch. Am Boden lag eine Papiertüte mit trockenen Brötchen. Eines war herausgekugelt. Jemand hatte wohl Enten füttern wollen und es dann aufgegeben. Die Hälfte der Telefonbuchseiten waren herausgerissen.

Aber er brauchte ja auch kein Telefonbuch. Diese Nummer wußte er auswendig.

»Kiefer.«

»Ich bin's, Ludwig.«

»Na, hat dich das Gewitter noch erwischt?«

»Wie bitte? – Ach so ... Ja, auch. – Hör zu, Ludwig, ich habe über alles nochmals nachgedacht.«

Vielleicht hätte er die folgende Pause nicht machen dürfen. Es kam auch keine Antwort. Aber er konnte die Spannung spüren – Ludwigs angsterfüllte Erwartung, daß er jetzt absage, daß er mit einem einzigen Satz den Plan zunichte machen könnte.

»Ludwig – du hast dir da zuviel vorgenommen.«

»Das glaube ich nicht, Rio.«

»Doch. Allein schaffst du das nicht. Nicht beide.«

»Es ist zu schaffen, o doch! Bei einer ordentlichen Vorbereitung ...«

»Auch dann nicht«, widersprach er.

»Und? Was heißt das?«

Und wieder die Pause. Nun wurde sie lastend. Auch für Rio. Noch konnte er abspringen ... Noch immer ... Aber hatte er deshalb Ludwig angerufen? Dann war auch das vorbei. Und es war ihm, als habe eines dieser alten Zugsignale seiner Spielzeuganlage aus der Kindheit den Blecharm hochgehoben, um Grün zu zeigen, um den Weg freizugeben ...

»Hör zu, Ludwig. Ich hab' das alles genau durchgedacht. Ich übernehme Berlin. Ich meine, du sprichst spanisch, du kennst dich ein bißchen auf Mallorca aus und hast dort auch Kontakte. Das trifft auf mich alles nicht zu.«

»Und was heißt das – ›Ich übernehme Berlin‹?«

»Alles, Ludwig. Alles, von A bis Z. Wir brauchen darüber gar nicht zu diskutieren. Mir geht es wie dir: Ich will, nein, ich muß das hinter mich bringen.«

»Und ... und du hast wirklich darüber nachgedacht?«

»Ja, Ludwig, glaub mir. Und noch etwas: Es muß schnell passieren, hörst du, so schnell als irgend möglich ...«

Rio stieg am Freitag der darauffolgenden Woche in Berlin aus dem Intercity. Eine verwunderte Vera hatte ihn in München am Bahnhof verabschiedet; daß Rio den Zug nahm statt eines Flugzeugs, konnte sie kaum fassen. Er aber hatte ihr etwas von »vorverlegten Terminen« vorgeflunkert, denn den wahren Grund konnte er ihr nicht nennen: die strikte Waffenkontrolle auf den Flugplätzen.

Eine strahlende Vera winkte ihm nach. Wie sollte sie auch nicht? Rio war endlich vernünftig geworden, nahm die Zügel wieder auf, wollte sogar eine Art Kulturreportage, einen Bericht über die Berliner Theaterszene schreiben – und zu allem hatte er sich sogar noch am Vormittag zu Dr. Jan Herzog schleppen lassen.

»Alles bestens, wie immer, Rio. Eine kleine Blutabnahme vielleicht noch? Weißt doch ...« – Herzogs Leukozyten! Er zählte sie, die Wächter des Immunsystems, wie ein Förster seine Hirsche. Und Vera stand immer an seiner Seite, mit diesem aufmerksamen Blick, ihrem allzeit bereiten Nicken.

»Das kapierst du doch, Rio, nicht?«

Und ob er kapierte! In ihrem Gesicht, ihren Augen sah er sich wie in einer Art Spiegel. Ein- oder zweimal war er nahe dran gewesen durchzudrehen, aber das war vorüber, nun spielte er die Rolle, die ihm Vera auf den Leib geschrieben hatte; er spielte sie zur Zufriedenheit, alles klappte hervorragend. Vera hatte einfach die Uhr zurückgedreht, und schon war er wieder da, ein bißchen zerstreuter vielleicht als früher, aber alles in allem der gute alte Rio ...

Er betrat den Bahnhofsvorplatz, Taxis fuhren vor, spuckten Rauchwolken; Frauen mit bunten Kopftüchern schleppten Koffer; zwei Gruppen dunkelhaariger Menschen stürmten aufeinander zu, fielen sich küssend und schreiend in die Arme – Türken! Es war ein wahres Volksfest.

Rio sah dies alles, ohne die Bilder wirklich in sich aufzunehmen. Er fühlte sich trotz der langen Fahrt noch nicht einmal müde. Eine überreizte, gläserne Aufmerksamkeit durchdrang ihn; was er sah, sah er, als analysiere er einen Film. Seine neue Rolle hatte begonnen: die Rolle des beobachtenden, gesichtslosen Attentäters, des Mannes, der zuschlägt, um sich dann ins Nichts aufzulösen.

Er griff in die Tasche seiner Jacke, holte die Sonnenbrille hervor und setzte sie auf. Und dann zog er aus dem Jeanshemd das Notizblatt hervor, auf das ihm Ludwig Kiefer den Namen der Pension geschrieben hatte: »Pension Carola« ...

»Das liegt in der Windscheidstraße, Rio. Das ist nicht allzu weit weg vom Max-Kroner-Platz. Dort wohnt er.«

»Hampel?«

»Ja. Und noch etwas, Rio, ein ziemlich wichtiges Detail: Nimm möglichst öffentliche Verkehrsmittel und meide die Taxis. Taxifahrer haben oft ein unglaublich gutes Personengedächtnis ...«

Nun zwängte er sich zwischen Taxis hindurch. Sie kamen, fuhren an; Reisende, U-Bahn-Fahrer kamen ihm entgegen, junge Mädchen in Sommerfetzen rannten an ihm vorbei, kamen sich ungemein wichtig vor. Da war eine Blonde, die ihn anlachte. Und er mit seinem alten »Pilotbag« in der Hand, unbeholfen und verwirrt. Ja, zum ersten Mal fühlte er sich fremd in Berlin, Aber auch auf irgendeine Weise gelöst von allem. Vorbei die Zeiten der Edelpension »Tauentzien« oder gar des »Kempinski«, wo er sonst logierte. Vorbei – für alle Zeiten ...

»Verzeihung, könnten Sie mir vielleicht sagen, wie ich zur Windscheidstraße komme?«

»Windscheidstraße?« Es war eine ältere Dame, die ihn mit glasblauem, scharfem Blick aus vielen Fältchen heraus musterte. »Windscheidstraße, ach ja ... Haben Sie ein Auto?«

Er schüttelte den Kopf.

»Na, nehmen Sie den Bus. Ist nicht allzu weit. Das heißt,

Sie könnten auch die U-Bahn ... Aber vielleicht ist der Bus doch günstiger.« Sie erklärte mit soviel Wärme und Temperament, als sei er ein verlorengegangener Pfadfinder. Ihre Anteilnahme tat Rio gut, aber er drehte sich ziemlich hastig und unhöflich um, um rasch weiterzugehen. Verdammter Mist: Da steckt der neue Stadtplan von Berlin in deinem Koffer. Wieso hast du ihn nicht herausgenommen, statt alte Frauen anzulabern? Lern dazu, Mensch! Du mußt lernen! – Und rasch.

Es war ein sehr großes, von der Zeit braun eingefärbtes Haus aus der Gründerzeit mit aufwendig dekorierten Fensterfassungen aus Sandstein. Das Schild »Pension Carola« stand neben der Klingelleiste.

Er drückte. Die Gegensprechanlage knackte. Dann ertönte der Summer. Die Halle, die zum Treppenhaus führte, war mit einer messingverzierten Glaswand abgetrennt. Das Glitzern bildete einen überraschenden Gegensatz zu dem schäbigen Eindruck, den das Haus von außen machte.

Unter einer hohen, geöffneten Tür stand ein Mann. Er hatte etwa Rios Größe. Er trug einen dunkelblauen Pullover und eine dunkelblaue Hose. Eigentlich sah er aus wie ein in die Jahre gekommener Student. In die schwarzen Haare mischten sich bereits graue Strähnen. Durch seine randlose Brille musterte er Rio mit wachsamer Freundlichkeit.

»Kann ich Ihnen helfen?«

»Ich hätte gerne ein Zimmer.«

»Sie haben vorbestellt?«

Rio nickte.

»Der Name, bitte?«

»Wohlmann«, sagte er. »Günter Wohlmann.«

»Ah – hier ...«

Ludwig Kiefer hatte gute Arbeit geleistet. Doch nun wurde es kritisch ... »Ich melde dich im ›Carola‹ an. Ich hätte dir natürlich auch einen Paß besorgen können, Rio. Wäre nicht einmal so schwierig gewesen. Aber so auf die Schnelle? Das ›Carola‹ ist ein ganz spezieller Laden, so speziell, daß sie auf Ausweispapieren nicht unbedingt bestehen. Du mußt nur einen kleinen Trick anwenden ...«

Rio wandte den Trick an und betete die Formel herunter, die Kiefer ihm mitgegeben hatte: »Ach ja«, sagte er, »falls Sie den Ausweis brauchen – er steckt noch in meinem Aktenkoffer im Schließfach.«

Der Mann lächelte, lächelte ohne mit der Wimper zu zukken. »Wir haben Zimmer Nummer zwölf für Sie bereit, Herr Wohlmann. Ein sehr ruhiges Zimmer. Es geht zum Hof.«

Und es war wirklich ein sehr ruhiges Zimmer! Durch das breite, von goldenen Vorhängen eingefaßte Fenster erblickte Rio nichts als eine graue Betonwand. Sie war mit einem grünlackierten Spalier geschmückt, an dem auch tatsächlich ein paar halbverhungerte Gewächse wuchsen – aber sie blieb Beton. Ruhig war es auch. Ruhig wie auf einer Insel. Ruhig wie im Gefängnis ...

Rio schloß das Fenster und zog die Goldvorhänge vor, setzte den Pilotenkoffer auf die kleine, hübsche Nachbildung eines antiken Sekretärs, warf sich aufs Bett und verschränkte die Hände unterm Kopf.

Nachdenken? Erübrigte sich. Wieso noch überlegen? Die Koordinaten sind vorgegeben – der Rest verläuft nach Plan.

Nur die Erinnerung an Veras strahlendes Abschiedsgesicht abzuwehren, war nicht so einfach ... Doch dies ist nicht die Zeit für Gefühle, ich weiß, Herr Kriminalrat: Wir befinden uns in der »Phase Rot«.

Als Ludwig Kiefer letzte Woche mit seinen Zeichnungen herausrückte, die er auch noch »Charts« nannte, hatte Rio alle Mühe gehabt, ernst zu bleiben: Zielperson, Umfeld, Lebensgewohnheiten, Charakteristiken – das ging ja alles noch. Aber »Phasenablauf«?

»Ist gar nicht so albern, wie du glaubst, Rio. Denk es durch. Versuche es zu verinnerlichen.«

Phase Rot: erkunden und Erkenntnisse sammeln. Bei größtmöglicher innerer Entspannung Ablauf, Probleme und mögliche Alternativen ins Gedächtnis rufen ...

Das Papier, das die großartigen Merksätze festgehalten hatte, existierte nicht mehr, Kiefer hatte es verbrannt. Doch die Sätze waren Rio tatsächlich haften geblieben. Wort um Wort. Er hatte sie »verinnerlicht«.

Entspannen ... Wie entspannt ein ... – das Wort MÖRDER hatte er in seinem Bewußtsein gelöscht, um es durch ATTENTÄTER zu ersetzen. Wie entspannten sich die Leute der RAF? ... Der Attentäter hat Hunger. Und was für einen Hunger er hat!

Er erhob sich, zog den Vorhang um einen Spalt auf und warf einen raschen Blick hinaus. Auch das würde ihm wohl zur Gewohnheit werden. Es gab nichts zu sehen.

Er ging an den Sekretär, stellte das Zählschloß seines Pilotenkoffers ein und öffnete. Zuerst nahm er die Stadtkarte heraus. Er entfaltete sie und suchte im Straßenverzeichnis den Max-Kroner-Platz. – Hier: »4-C-D«.

»4-C-D« war tatsächlich nicht weit von der Windscheidstraße entfernt. Nach dem Plan zu urteilen, mußte der Platz an einem Park liegen ...

Wieder griff Rio in den Koffer. Er holte die »Heckler und Koch« heraus. Sie schien ihm leichter zu sein als damals, als er sie zum erstenmal in die Hand genommen hatte. Das dunkle Metall des Laufs glänzte im Schein der Lampe. Die geriffelten Griffschalen fühlten sich fremd und trotzdem vertraut an. Er öffnete die Sperre und ließ das Magazin herausgleiten.

»Ein Schuß, Rio! Ein Schuß, das wäre zwar ideal – aber bringt nichts. Du mußt schon nachschießen.«

»Nachschießen«? Er kannte das flaue Gefühl, das solche Worte mit sich brachten, er wußte, daß er damit fertig werden würde ... Aber jetzt, in diesem Pensionszimmer, vor sich die Waffe und die Karte, war es etwas anderes ...

Noch einmal öffnete er den Koffer. Von dem Dokument, das er nun hervorholte, hatte er Ludwig nicht erzählt: Es war ein kleiner Papierstreifen. Auf der einen Seite stand ein Gebet, auf der anderen Seite sah man die Fotografie eines lächelnden Kindes ...

Er betrachtete das Bild sehr lange. Er versuchte dabei, nicht an Vera und an das andere Kind zu denken, das in ihrem Leib heranwuchs.

Dann nahm er das Feuerzeug, zündete das Papier an und hielt die Flamme unter das Gebet. Das Feuer fraß sich durch die Zeile: »Herr, gib ihr die ewige Ruhe ...« Er drehte den Streifen. Nun überzog das Flämmchen Angelas Gesicht mit seinem lichten Schein, ehe es es verbrannte.

Entspannen, Ludwig? – Wie?

Draußen war es Nacht geworden. Die Scheinwerfer der Autos glitten vorüber. Die Motoren klangen gedämpft. Niemand schien es eilig zu haben. Irgendwo hinter Rio hing das metallisch hämmernde Geräusch eines Zugs in der Luft. Kam wohl vom Charlottenburger Bahnhof ...

Er hätte den lächelnden Brillentypen nach einem Restaurant fragen können, doch er hatte es unterlassen. Er wußte den Mann, er wußte die ganze Pension nicht so richtig einzuordnen. Außerdem lief der Fernseher, als er den Schlüssel abgab. Auf dem Schirm wurde ein Fußballspiel gezeigt ...

Im Gehen faßte Rio unter seine Jacke, an die rechte Seite. Die Pistole im Pensionszimmer zu lassen kam nicht in Frage. Und so hatte er sie einfach, wie Mike Douglas in »Die Straßen von San Francisco«, hinter den Gürtel gesteckt. Das jedoch erwies sich als extrem unbequem. Einmal scheuerte das Ding am Hüftknochen, dann wieder hinderte es ihn beim Laufen. Das Ding – wie nannte Bruno es? Ach, ja: Wumme ... Die Wumme klemmte so fremdartig und unangenehm an seinem Körper wie die Prothese bei einem Frischamputierten.

»Ristorante« las er jetzt. In schönstem Rosa.

Er trat ein. Der Laden war brechend voll. Auch hier lief der Fernseher. Es waren die Bayern, die gegen Borussia Dortmund spielten. Fußballfans schien es wenige zu geben, all die jungen Leute, die die Köpfe über ihren Pizzas zusammensteckten, waren viel zu sehr mit sich selbst beschäftigt.

Der Kellner brachte ihn zu einem winzigen Tisch in der hintersten Ecke. Rio bestellte Saltimbocca und eine halbe Flasche Bardolino. Der Wein kam zuerst, und er war froh darum, denn er fühlte, wie unter seiner Wirkung die Kräfte zurückkehrten – und mit den Kräften Ordnung in seine Gedanken.

Zehn Uhr dreißig. Natürlich war er knochenmüde, aber was änderte das schon? Bis zum Max-Kroner-Platz war es ja nicht weit. Das Haus würde er auch in der Dunkelheit finden.

»Erkenntnisse sammeln«, nannte Ludwig das, gut, und die erste Erkenntnis würde die Antwort auf die Frage sein, ob an Hampels Wohnung überhaupt ranzukommen war.

Er aß ziemlich hastig, trank den Wein, fühlte, wie ihm Wärme in den Kopf stieg. Er winkte dem Kellner, zahlte und schob sich aus dem Lokal.

Im Vorraum hing ein schmaler, hoher Spiegel. Er sah sich darin, mit blassem Gesicht und zusammengezogenen Augenbrauen, ein ziemlich bescheuert wirkender Typ. Aber die »H & K« unter der Jacke war nicht zu erkennen, auch nicht, wenn er sich bewegte. Und Mike Douglas war er sowieso nicht ...

Es war tatsächlich nicht weit. Er war nach links abgebogen. Am Ende der Lichtschneise, die die Straße bildete, wartete die Dunkelheit wie schwarze, auslaufende Tinte.

Durch dieses Dunkel schwammen Lichter: Autos ... Die Straße war still.

Eine Viertelstunde ging er, dann erkannte er, daß seine Vermutung richtig war: Der Park! – Es war der Park, den er auf der Karte gesehen hatte. Auf der Karte stellte er sich als kleine Grünfläche mit einer wurmartigen, blauen Form dar. Es mußte also auch einen See geben ...

Rio hielt sich jetzt rechts. An den dunklen, hohen Flächen der Häuserfronten leuchteten Lichtvierecke. Die Baumsilhouetten auf der anderen Seite grenzten sich scharf ab. Und hoch über allem hing eine gelbe Mondsichel.

Rio kam an eine Baustellensperre, zögerte und nahm dann die Parkseite.

Der Max-Kroner-Platz mußte sich weiter oben befinden. Auf der Karte war er eine fast viereckige, kleine Ausbuchtung.

Hinter den Stämmen verlief ein Parkweg. Zwischen den Buschschatten glitzerte es. Wasser? Tatsächlich, der See ... Auf dem Weg dorthin hörte er knirschende Schritte. Es bewegten sich rote Zigarettenpünktchen, man hörte Stimmen, leises Lachen. Liebespärchen.

Na gut, wieso sollten die Leute nicht knutschen oder noch spazierengehen, falls es ihnen Spaß machte? »Erkenntnisse sammeln«, »Phase Rot« – okay, Ludwig! Und was wird am Max-Kroner-Platz sein? Weißt du: Früher hatte ich Reissner bei solchen Spaziergängen dabei. Jetzt kommst noch du auch mit ... Was für ein Trio wir doch sind!

Er ging jetzt langsamer.

Er hatte erkannt, daß die gleichmäßige Kantenlinie der Dachfirste gebrochen war. Dort vorne zeigte sich mehr Nachthimmel, zeigten sich mehr Sterne zwischen den Gebäuden: der Platz!

Zur selben Sekunde, als er das Wort »der Platz« dachte,

strich seine Hand über die Pistole, es geschah ganz selbstverständlich, war so unwillkürlich wie ein Reflex, und lächerlich war die Geste vermutlich auch. Aber die Berührung mit dem »Ding« hatte trotzdem etwas ungemein Beruhigendes.

Dann blieb er stehen.

Auf der Parkseite herrschte Halteverbot, dort drüben aber standen die Autos in Zweierreihen – ein richtiges Blechgedränge war das! Und das ganze Erdgeschoß des großen Wohnblocks war strahlendhell erleuchtet.

Aus den offenstehenden Fenstern schickten die Lautsprecherboxen das dumpfe Wummern ihrer Bässe herüber. Rock ... Jetzt auch noch Elvis? Oldtimer ... Und jede Menge Leute. Selbst auf der langen Parterreterrasse standen sie. Nicht auffallen, ich weiß doch, Ludwig ... Dich nie in der Tatzone von anderen beobachten lassen – aber sicher!

Er überlegte, ob er tiefer in den Park eintauchen sollte, schaffte es gerade bis hinter den ersten Stamm, um dann wie gebannt wieder stehenzubleiben.

Eine Party? Klar doch! Wieso auch nicht? Eine Party junger Leute dazu ... Drei kamen gerade über die Straße gerannt. Das Mädchen zwischen ihnen schaukelte ziemlich unsicher, kicherte, bückte sich jetzt und zog sich mitten auf der Fahrbahn seine hochhackigen Sandaletten aus.

Ein heranrollendes Auto blinkte mit der Lichthupe. Das Mädchen war wirklich jung, neunzehn, höchstens zwanzig, und mit seinen kurzen Haaren und den breiten Wangenknochen erinnerte es ihn an Vera – eine jüngere Ausgabe, eine kleine Schwester. Doch Vera hätte das genauso gebracht: sich beschwipst auf der Fahrbahn die Sandaletten von den Füßen zu ziehen ...

»Hilde, na, los schon! Hast du das wieder gesehen? Ist das nicht typisch ...«

»Ich will baden!« schrie Hilde. »Ich will baden!«

Keine zehn Meter von ihm entfernt rannte sie durchs Laub.

»Tu's doch! Immer rin in die Dreckbrühe, druff auf die Enten!«

»Tu ich ... Tu ich ...«

Der Block, in dem die Party lief und aus dem die jungen Leute kamen, war ein Eckhaus – das letzte vor dem Platz.

Und der Max-Kroner-Platz war noch kleiner, als Rio ihn nach dem Blick auf die Karte geschätzt hatte. Der Häuserblock verlief mit seinen Terrassen auch um die rechte Seite. Die Front- und die linke Seite rahmten jeweils drei Gartengrundstücke ein, aus denen sich die Silhouetten von Ein- oder Zweifamilienhäusern erhoben.

Zehn – bisher war das nur eine Zahl gewesen. Aber nun?

Rio strich über das Wildleder seiner Jacke. Wie bei manchen seiner Reportagen hatte er im Pilotenkoffer ein Glas mitgenommen: ein für seine winzige Größe beachtlich nachtstarkes Opernglas. Er sah sich um. Niemand. Dann hob er das Glas hoch – doch die Zahlen über den Haustüren waren nicht zu erkennen.

Er steckte das Glas in die Tasche zurück und ging weiter durch das Laub, ein etwas zerstreut wirkender Spaziergänger beim Gang durch einen unbekannten Park in einer ihm unbekannten Gegend Berlins. Aber das brachte ihn nicht weiter.

Er setzte seine Sonnenbrille auf. Eine Mann mit Sonnenbrille bei Nacht im Park? Na gut, das konnte verdächtig wirken, aber gab es schließlich nicht genug Vögel, die Sonnenbrillen bei Nacht für originell hielten? Oder andere, die Schwierigkeiten mit den Augen hatten?

Etwa in halber Höhe des Platzes standen zwei dieser Laternennachbildungen aus der Gründerzeit. Hübsch, gemütlich, dekorativ – und Gott sei Dank nicht sehr weitreichend.

Rio ging zurück zu dem Eckhaus. Autos fuhren an, ein

Motorrad preschte näher, zwei Typen sprangen ab, Gelächter, und der Mann am Plattenspieler hatte sich inzwischen für Michael Jackson entschieden.

Rio stellte den Kragen der Jacke hoch und ging auf die beiden jungen Leute zu, die gerade von der Maschine gestiegen waren. Lachend klemmten sie ihre Schutzhelme unter die Arme. Er nickte ihnen kurz zu, fühlte sich auf eine gewisse Weise befreit; die alte Spannung hatte ihn wieder erfaßt, der Reporterkitzel, der bewirkt, daß sich die Schwierigkeiten dieser Welt viel einfacher präsentieren, als sie die übrigen Zeitgenossen wahrnehmen.

Nun um die Ecke. Einer der Wagen der Party-Bande, ein Uralt-Spider mit klapperndem Auspuff, machte sich gerade auf die Parkplatzsuche. Das Mädchen am Steuer winkte ihm zu. Rio stand auf dem Platz, hatte nun den letzten der Hauseingänge des Wohnblocks erreicht. Nummer acht stand da! Herrgott noch mal, dann mußte doch? …

Dort! Der zweistöckige Klinkerbau eines Einfamilienhauses! Aus weißverfugten Backsteinen war auch die Umfassungsmauer. Auf der Umfassungsmauer wiederum zog sich ein niederer, rohrgefaßter Drahtzaun hin. Die Gartenpforte war ebenfalls weiß. Ein kurzer Plattenweg. Die Haustür machte sich in einer prächtigen Steinumrahmung wichtig. Und darüber stand es, ziemlich klein allerdings: »10«.

Er überlegte, blitzschnell und klar: Umdrehen! Schnell rüber in den Park! Bloß weg hier …

Und blieb doch stehen – weil er gar nicht anders konnte, weil da etwas war, das ihn zwang, stehenzubleiben; weil sich in dieser unglaublichen, wie in einem miesen Film inszenierten Sekunde die Tür öffnete.

Und da stand jemand. Stand im Schatten des Vordaches …

Rio drehte sich um und brauchte alle Beherrschung, die Bewegung nicht gehetzt oder erschreckt erscheinen zu lassen.

Es waren ja nicht mehr als zehn Meter, die sie trennten …

Die Souterrainfenster des Wohnblocks waren durch Stahlgitter gesichert, die sich etwa dreißig Zentimeter kastenförmig auf den Gehweg schoben.

Rio setzte, mit dem Rücken zum Platz, den rechten Fuß auf eines der Gitter. Er nahm die Sonnenbrille ab. Er wollte, nein, er mußte besser sehen …

Er trug das Gesicht nicht nur im Gedächtnis, es hatte sich in sein Bewußtsein eingeprägt, als kenne er es seit Jahren: Ein solides, wenn auch vom Fett aufgedunsenes Rechteck; ein Gesicht, zu dem ein entsprechend stabiler, schwerknochiger Körper paßte. Ein deutsches Beamtengesicht. Ein deutscher Leib dazu. In Nordrhein-Westfalen oder in der Hannoverschen Gegend, wo Rio selbst herkam, waren nicht nur die Ämter, da waren auch die Stammtische mit Hampels bestückt.

Denn es war Hampel!

Wer sonst sollte es sein?

Im Abdrehen noch hatte er es gelesen, in Messing geprägt: »Bernhard Hampel«.

Und da kam er – doch nicht allein. An einer Leine zerrte irgendein langhaariges, braunglänzendes kleines Vieh. Wie heißt die Sorte noch? … Richtig, Cocker, Cockerspaniel. Unverheiratet – nein, geschieden war Hampel. Wieso also sollte Herrchen nicht sein Hundchen Gassi führen?

Nein, es war nicht so, wie er es erwartet hatte: Jagdfieber? Was ist das? – Beute, Objekt, Zielperson … Da hast du sie! Aber das Jagdfieber? Ist es in etwa das Gefühl, wie wenn man sich heißen Kaffee mit Cognac hinter die Binde kippt? – Hier ging es um Haß. Und Haß kann wirken wie ein Aufputschmittel. Ludwig Kiefer hatte selbst dafür seinen Spruch: »Den Haß zu personalisieren, ihm als Ziel einen Menschen zu geben, der das Schlechte verkörpert –

das gehörte zu allen Zeiten zu den Waffen der Revolution. Die Geschichte beweist es ...«

Ludwig war ein gewaltiger Theoretiker. Jetzt half er nicht weiter.

Es war anders. Auch der Mann war anders. Er war jetzt vielleicht sechs oder acht Meter zur Platzmitte gegangen, blieb stehen, starrte kopfschüttelnd zu dem lustigen Partyvölkchen hinüber, machte noch drei Schritte, blieb wieder stehen, starrte dem Spider entgegen, der mit röhrendem Motor zurückkam und genau um ihn eine Kurve drehte. Das Mädchen, das auf dem Verdeck saß, brüllte ihm etwas zu. Der Hund kläffte, und Hampel hob die Faust. Und da war er nun, direkt erfaßt vom Lichtkreis der ersten Lampe – vier Meter von Rio entfernt.

Ein käsig-fettes, weißes Gesicht. Eine funkelnde Brille. Nur der Körper schien ihm weggeschmolzen zu sein. Das war kein quadratischer Schädel auf einem mächtigen Unterbau – abfallende Schultern waren es, ein Bauch, dünne Beine in Jeans. Tatsächlich, er trug Jeans!

Aber das Aufschlußreichste war das Gesicht. Aufgedunsen wie ein Ballon, ein vor Empörung wie eine Falle aufklappender Mund, mieser, nein, gemeiner wirkend als auf der Fotokopie vom Schießstand. Und dazu noch Wirklichkeit ...

Vier, höchstens fünf Meter ... Es wäre so schnell vorbei. Es wäre so einfach. Auf eine Krawatte brauchst du nicht zu zielen, die trägt er gar nicht. Unter dem offenen Kragen seiner Trainingsjacke leuchtete ein Unterhemd.

Na also, dann ... Ja, dann, Herrgott noch mal, ziel doch! – Von wegen »Phase Rot«, von wegen »Erkenntnisse sammeln« ...

Jetzt hast du's, das Jagdgefühl. Los, hol die »H & K« raus, viel zu zielen gibt's doch da nicht! – Zieh durch, Mensch ... zieh durch!

Aber er hatte nicht geschossen.

Dabei hätte ein einziger Schuß genügt. Versagt hatte er, jawohl. Nur eine einzige Patrone, und es wäre vorbei gewesen – die Schau zu Ende ...

Aber nein!

Rio wollte wieder zur Flasche greifen, die er mit aufs Zimmer genommen hatte. Er ließ sie stehen, stand vom Bett auf und ging zum Telefon.

Er stand vor dem kleinen Sekretär, spürte, wie der Schweiß ihm das Hemd an den Rücken klebte. Eine einzige Patrone? Und dann Jahre auf der Krankenstation eines Gefängnisses, bis es endlich vorbei ist? Er wußte doch, es fing auch bei ihm an: die ewigen Magenprobleme – dir wird ja schon übel von ein paar Schlucken Wein, die Dauerschlappheit ... »Sekundärinfektion« heißt so etwas, »opportunistische Keime« ...

Er tippte seine Münchner Nummer ein, preßte den Hörer ans Ohr und wartete mit angehaltenem Atem. Nichts. Das Freizeichen. Entweder Vera schlief wie ein Stein, oder sie war ausgegangen – und deshalb bekam Herr Wohlmann in der Pension »Carola« keine Antwort.

Gut, morgen würde er wieder Rio Martin sein, sie aus irgendeiner Redaktion anrufen, um sich von dort ein Berliner Alibi zurechtzuzementieren, so wie Ludwig sich das ausgedacht hatte.

Aber heute – heute hätte er sie gebraucht ...

Er fischte das Notizbuch aus der Brusttasche seiner Lederjacke und schlug die letzte Seite auf. Hier – »00-34-71« lautete die Vorwahl für Mallorca. »Ruf mich an, wenn du mich brauchst, Rio. Auch nachts. Ruf mich an, wenn du's für wichtig hältst.«

Es war nicht wichtig. Und in Ludwigs Augen hatte er sich auch völlig vernünftig verhalten. Wahnsinn wäre es gewesen, einfach loszuballern. So aber hatte er sich die »Zielperson«, den Regierungsdirektor Bernhard Hampel, mal angesehen und es dabei noch so gedeichselt, daß er von ihm nicht erkannt werden konnte. Alles okay demnach. Umwerfende Nachrichten jedenfalls hatte er nicht zu bieten.

Doch nach was es Rio verlangte, war eine Stimme. Er sah auf seine Uhr: Mitternacht war vorüber. Ludwig würde mit ziemlicher Sicherheit in seiner Pension sein. Um zehn Uhr war er in Frankfurt am Main mit der LH-Maschine gestartet und dann elf Uhr fünfundfünfzig, ziemlich genau um die Mittagszeit, in Palma de Mallorca gelandet ...

Heiß war es, verdammt heiß. In der Luft hing Öl- und Benzindunst, doch dahinter glaubte Ludwig Kiefer den Geruch des Meeres zu ahnen. Vorsichtig, sich am Geländer festhaltend, ging er die Rolltreppe hinab. Der verdammte Flug hatte ihn mitgenommen.

Die Flughafenhalle war groß genug, um zwei Fußballfelder aufzunehmen. Vor den Abfertigungsschaltern hatten sich lange Schlangen gebildet. Braungebrannte, hektisch durcheinander schreiende Urlauber, wo man hinsah. Er steuerte den Gepäckkarren mit seinem Koffer durch die Menge. An einem der Touristenshops blieb er stehen.

»*Por favor,* ich hätte gerne das hier ...«

»Das hier« war ein unmögliches, zerknautschtes, olivgrünes Touristenhütchen; »Mallorca« stand in blauer Schrift darauf. Er haßte es bereits, als er es in die Hand nahm. Mußte er wie ein Clown rumlaufen? Auf die Baskenmütze jedoch mußte er bei der Hitze verzichten, also blieb nichts anderes als das Hütchen.

In einer der Flughafentoiletten tauschte er die Mütze gegen den Hut. In seinen Eingeweiden rumorte es. Er warf zwei seiner blauen Pillen ein, trank aus der hohlen Hand übel schmeckendes Wasser nach und wartete. Die Peristaltik beruhigte sich.

Ludwig Kiefers nächster Besuch galt dem Schalter des Hertz-Autoverleihs.

»Haben Sie einen Wagen mit Klimaanlage?«

»Aber sicher, mein Herr.«

Er mietete einen Opel Vectra, ließ die Kreditkarte stekken, bezahlte in bar, nahm den Schlüssel in Empfang und setzte sich in den brandneuen Wagen.

Eine Stunde später bog Ludwig Kiefer in den Seitenweg ein, der über die Hügel hinauf zum »Can Rosada« führte. Zypressen, Olivenbäume, Terrassen, das große Haus – selbst die Landschaft war ihm vertraut.

Er stoppte den Vectra auf dem Parkplatz und stieg aus. Die Gebäude brüteten in der Sonne. Sie warfen harte, schwarze Schatten. Es würde einfach sein. Er würde Engel nach einem der Chalets seiner Urbanisación fragen. »Wissen Sie, ich bin Pensionär und interessiere mich für eines dieser Chalets ...« Ja, einfach und notwendig. Denn dann würde er ihn sehen, Auge in Auge. Er hatte es sich genau überlegt: Nicht nur Engels Anblick, seine Visage, auch seine Stimme wollte er sich noch gönnen, ehe er ihn endgültig fertigmachte und dorthin schickte, wo er hingehörte.

Um die Ecke des Garagenbaus kam ein Mann. Er hielt eine Schaufel in der Hand und sah ihn an. Er war schwarzhaarig und sehnig.

»Quiero hablar con Senor Engel«, sagte Kiefer. »Ich möchte Herrn Engel sprechen.«

»Don Thomas ist nicht da.«

Er verspürte, wie der Schmerz ihm in den Bauch fuhr.

»Ist er ... ist er etwa nicht auf der Insel?«

»O doch, Señor«, lächelte das Mann. »Er ist mit der Yacht rausgefahren. Meist kommt er am Nachmittag zurück, so zwischen fünf und sechs. Natürlich kann's auch später werden. Genau läßt sich das bei ihm nie sagen ...«

Ein Fax nach Bernhagen hatte gereicht. Dort konnte Malzberg weiterbasteln, er aber – er genoß den dritten Nachmittag auf der Yacht: Sonne auf der Haut, blaues, klares

Wasser, schwimmen, das Essen, die Mädchen, die Möwen dort am Himmel ...

Hochstett lag im Liegestuhl und lauschte dem Plätschern der Wellen. Das eigentlich Unglaubliche an diesem neuen Leben war, wie rasch man sich daran gewöhnte.

Er schloß die Augen. Lichtfäden drängten sich durch seine Lider, verschlangen sich zu winzigen, rosafarbenen Knäueln – er war im Begriff einzuschlafen. Doch dann richtete er sich auf. Das Schluchzen eines Saxophons, nun ein Schlagzeug.

Gab Thomas, gaben seine Weiber denn nie Ruhe? Ging das schon wieder los?

Das Schlagzeug schlug den harten, sinnlichen Rhythmus eines Bossa Nova. Bossa Nova paßte vielleicht zu Engel, aber doch nicht in diesen Frieden! Diesmal ankerte die »Pirata II« vor einer mit Felsbrocken gesprenkelten Bucht. Kein Stückchen Sand, kein Mensch zu sehen. Nichts als steil abfallende Felsen – eine Art Fjord.

Hochstett erhob sich. Zum Schlafen kam er wohl nur in seiner Kajüte. Er trat durch die geöffnete Salontür und schob den weiß gestreiften Vorhang zur Seite, der den großen Raum von anderen Blicken abschirmte – und blieb stehen. Der Sonnenbrand auf seiner Stirn begann zu jukken. Er hatte die Augen weit offen. Und nun wurden auch seine Ohren heiß.

Ja, es war wie eine Art Schock.

Natürlich war er auf etwas Ähnliches gefaßt gewesen, und über Kitty wußte er auch Bescheid, seit Engel ihm ins Ohr geflüstert hatte: »Kitty? ... Bei mir ist das wie bei den Eskimos, Jochen – meine Frauen sind auch deine. Und eines kann ich dir garantieren: Die ist eins-a-HIV-geprüft. Also los, Junge!«

Los, Junge? Aber doch nicht am hellen Nachmittag!

Es herrschte Halbdunkel im Salon. Die Trompete sang, das Schlagzeug tobte. Der Tisch in der Sitzecke war hochgeklappt. Das Schwarz der breiten Ledercouch schimmerte matt im Licht der Messingwandleuchten – und auf der Couch …

Kitty – und das andere Mädchen, das sie in Cala d'Or an Bord genommen hatten –, Cleo? Richtig … Cleo war der pure, blutjunge Wahnsinn: Nicht älter als neunzehn. Was es an ihr an Haut, Kurven und Schlankheit zu bestaunen gab, wirkte wie frisch erschaffen. Dazu das dunkle, hüftlange Mahagonihaar, der indianische Gesichtsschnitt mit den schmalen Augen. »Frisch aus Venezuela, Jochen! Was für dich. Hab' ich einem pleitegegangenen Barbesitzer abgeknöpft …«

Jetzt aber hatte Cleo die Augen geschlossen, ihr Mund stand offen, die Oberlippe war über die Zähne gezogen. Cleos Gesicht war nur noch eine Maske von Erregung und Hingabe.

Und über ihr hing Kitty; gerade strich sie dem Mädchen das T-Shirt hoch, die Hände umkreisten die Brust, spielten mit den steil aufgerichteten Brustwarzen, schoben sich unter das Elastikband des Slips. Er kannte die Hände, wußte, was sie auslösten, spürte es geradezu – und Cleo stöhnte, mußte ja stöhnen, aber das Schluchzen des Saxophons übertönte ihre Laute, steigerte sich, als Kittys blonder Kopf, Kittys heller Körper sich zwischen die weit geöffneten Schenkel schob …

»Na, Jochen?«

Engel hing gemütlich im Sessel, hielt ein Sektglas in der Hand und hatte eine Videokamera auf dem Schoß. Die Flasche Moët et Chandon stand neben ihm auf dem Boden.

»Stark, was?!«

Hochstett nickte mit trockenem Mund. Stark? O Gott, sieh dir das an …

Die Frauenkörper hatten sich wild und zuckend verschlungen, Rücken, Brüste, Schenkel, Hände, Haare – welche Glieder wem gehörten, das war kaum noch zu unterscheiden. Das Saxophon gab auf, die Musik verendete; Atmen, Stöhnen, Lustschreie erfüllten den Raum.

»Scharf!« sagte Engel. »Wirklich klasse, oder?«

»Ja«, flüsterte Hochstett. »Schon ... Aber die Tür ist doch offen, Thomas. Und wenn jetzt Tonio ...«

»Tonio?« Engel lachte und hob die Kamera ans Auge. »Willst du den Bootsmann dabeihaben? Trink, Mensch! Nimm ein Glas.«

Hochstett trank nicht. Er nahm auch kein Glas. Hochstett war zu verwirrt, er blieb nur stehen wie angewurzelt.

»Die Cleo fährt vielleicht ab, was? Wenn die losgeht, wird sie zur Tigerin. Nun sieh doch!«

Hochstetts Gesicht brannte.

Der Spot der Kamera flammte auf, löste die schweißglänzenden Körper aus dem Schatten, ließ kein Geheimnis im Dunkel, zeigte jedes Detail ...

»Nun sag, willst du Tonio dazu?«

»Was? – Wie?«

»Ein Dreier, Jochen?« Die Kamera verbarg Engels Gesicht. »Wär' auch was für dich. Du mußt üben, Mann ... Nun komm schon! Auf, der Laden ist offen. Hier bei Engel gibt's alles, was das Herz begehrt. Eins-a-Ware, Jochen, aids-sicher, Junge, und für dich auch noch gratis.«

Und Hochstett streifte sich die Shorts von den Hüften ...

Siebzehn Uhr dreißig. Von der Terrasse der »Windrose« konnte man den Liegeplatz 124 sehen. Er war leer.

Der alte Mann im beigefarbenen Freizeitanzug mit dem kleinen, unmöglichen Touristenhütchen auf dem Kopf bestellte Kamillentee. Den dritten. Ein junger mallorquinischer Kellner brachte ihm das Glas.

»Hören Sie mal, Sie kennen sich doch aus am Hafen?«

»Warum?«

»Die Motoryacht, die dort vorne immer liegt ...«

»Die Motoryacht, die dort immer liegt? Señor, wie stellen

Sie sich das vor? Da gibt's ein paar hundert Schiffe hier im Hafen.«

»Die von Nummer hundertvierundzwanzig.«

Der Junge zwang sich ein Lächeln ab. Was für eine Type! Hockte seit drei Stunden hier, bestellte sich einen Tee nach dem anderen, Kamillentee noch dazu, sah aufs Wasser und zählte Yachten.

»Die gehört einem Deutschen.«

»Ah so? Ein Deutscher?«

»Ja. Hier nennen sie ihn ›Don Thomas‹. Wohnt das ganze Jahr auf Mallorca und hat Geld wie Heu.« Der Junge grinste: »Mädchen übrigens auch.«

»Was Sie nicht sagen! Ich wollte Sie nämlich fragen, ob das vielleicht die Yacht ist, die dort gerade einläuft ...«

Der Kellner schützte die Augen mit der Hand vor den Strahlen der tiefstehenden Sonne. »Ja«, sagte er. »Richtig. Das ist sie. Das ist die ›Pirata II‹.«

»Stop, Toni. Beide Maschinen Stop. – Herrgott noch mal, bring sie nach Backbord rüber.«

Thomas Engel war müde, wütend und nervös. Vor allem aber – und das kam bei ihm sehr selten vor – wußte er nicht, wie er sich verhalten sollte.

Nochmal nahm er das Glas hoch, dabei war er sich absolut sicher: Das Mädchen dort auf der Terrasse neben den Andenkenständen, gleich an der Pizzeria »Bianco y Negro«, das Mädchen in den roten Shorts und dem weißen Hemd war – seine Tochter.

Jetzt hatte er sie wieder, und das Bild war glasklar. Kein Irrtum: Irena! Da stand sie und betrachtete unschlüssig eine Sonnenbrille. Zwei andere Brillen hatte sie in der linken Hand. An der Terrassenmauer aber, auf einem der beiden Mopeds, hockte Madalena, die Tochter des Verwalters von »Can Rosado«, Irenas Freundin.

Engel steckte das Fernglas wieder in die Halterung am

Kartenbord. Dann rannte er den Niedergang hinab, zwängte sich durch den Gang zwischen den Kabinen und riß die Salontür auf.

Und alles war genau so, wie er es sich vorgestellt hatte: Kitty – splitternackt an der Bar, ein Champagnerglas in der Hand. Und drüben, auf der Lederbank, dieser Clown, dieser Vollidiot, den Kopf auf Cleos Brüsten, die Finger irgendwo sonst ... Gleich würden sie an Land sein, und der hatte noch nicht mal was davon gemerkt.

»Jochen!«

Er riß den Kopf hoch und glotzte. Herrgott noch mal, das beste wäre, den Hochstett hier und sofort im Hafenbecken zu versenken.

»Was ist denn, Thomas?«

»Los, zieh dich an! – Und du, Kitty, verschwinde in die Kabine. Du auch, Cleo. Los schon, Beeilung!«

»Aber ...«

»Nichts aber.« Engel las ein Bikiniunterteil vom Boden und pfefferte es Kitty ins Gesicht. »Mensch, ihr bumst hier rum – und draußen am Hafen wartet Irena. Hast du jetzt begriffen, ja?«

Sie nickte nur und rannte los.

Er ging wieder hoch auf die Brücke und sagte Tonio, er könne mit dem Landemanöver beginnen. Tonio nickte. Das Boot drehte sich im Hafen und glitt langsam rückwärts mit gedrosselten Motoren der Mole entgegen.

Engel sah, daß Irena ihm zuwinkte. Neben ihr hatte sich ein alter Mann aufgebaut, einer dieser typischen Touristen in ihren blödsinnigen Freizeitanzügen, ein grünes Hütchen trug er auch noch auf dem Kopf. Auch er hatte beide Hände auf die Terrassenbrüstung gestemmt und beobachtete, wie die »Pirata« sich zwischen den anderen Schiffen an Land schob.

»Thomas! – Papi!« Irenas helle Stimme übertönte das Geräusch des schäumenden Wassers.

Tonio schaltete die Motoren ab und sprang geschickt auf die Mole, um die Leinen festzumachen.

PIRATA II – NEW JERSEY.

Es stand in großen Messinglettern am Heck. New Jersey, dachte Kiefer, was sonst? Auch noch Steuern für einen derartigen Luxuskahn zu zahlen, kam für einen Thomas Engel wohl nicht in Frage. Und da war er nun, turnte über das Vorderdeck; blaue Bootsschuhe, blaue Shorts, nackter Oberkörper, helles Haar um den schmalen Kopf und braungebrannt, dunkler als auf all den Fotos, die Ludwig Kiefer von ihm gesehen hatte.

Ja, da war Thomas Engel!

Und hier, dieses junge Mädchen? Schon von seinem Tisch auf der Terrasse aus hatte er sie beobachtet, als sie an den Verkaufsständen Sonnenbrillen probierte, Badeanzüge hochhielt, ihrer Freundin irgendwelche Dinge zurief, die sich junge Mädchen nun mal so zurufen.

Dann hatte sie, wie er, beide Hände auf der Mauer gehabt. Und schließlich, als die Yacht näherkam, hatte sie wie wild gewunken, so daß ihr blonder Pferdeschwanz hochflog.

THOMAS – PAPI ...

Was in Ludwig Kiefer in dieser Sekunde ablief, darüber konnte er sich auch in den folgenden Stunden keine Rechenschaft ablegen. Wie in einem Brennglas bündelten sich in ihm Energie und Überlegung. Das Resultat warf alles über den Haufen, was er in wochenlangen Gedanken für diesen Augenblick ausgebrütet und geplant hatte.

Aber es war die Chance! – Die Idee ...

Eine Chance, wie sie vielleicht nie wiederkam. Das Mädchen tat ihm leid, gut, aber sie würde es überstehen. Dazu war sie bereits erwachsen genug. Und außerdem: Sie war die Tochter eines Mannes, der anderen, genauso Unschuldigen, nicht nur unendliches Leid, sondern den Tod gebracht hatte. Auch das mußte sie lernen ...

Der Hafen Porto Colom liegt zehn Kilometer östlich von Cala d'Or, ein Naturhafen, ein gewaltiges Felsbecken, das von Kiefern und kleinen, meist zweistöckigen Häusern umstanden ist. Fischerboote tuckerten am Leuchtturm vorbei, auf den Molen trockneten Netze, und Kinder und Hunde sahen zu, wie die Netze geflickt oder die Boote frisch gestrichen wurden.

Zehn Kilometer, dachte Ludwig Kiefer, als er den Wagen an den vertäuten Schiffen vorbeigleiten ließ. Zehn Kilometer – und zwanzig Jahre. Hier herrscht noch eine andere Zeit. Ja, es scheint alles noch genauso wie damals.

Er parkte den Vectra im Schatten einer mächtigen Pinie. Auf dem breiten Bürgersteig vor dem Hostal standen Tische. An den Tischen saßen alte Männer und lasen Zeitungen. Ab und zu war auch ein Tourist zu sehen, doch nur ganz selten.

Kiefer trat in die Kühle des Gebäudes. Niemand war zu sehen. Stille und Schatten. Selbst der Geruch nach Wachs, alten Möbeln und Reinigungsmitteln rief die Vergangenheit hervor. Er sah sich mit Anna auf den Keramikkacheln stehen, und sie blickte sich um wie ein Kind: »Hier, Ludwig?« – »Wenn du meinst, Anna ...« – »O ja, hier! Es ist wie eines dieser Hotels aus meiner Jugend, als ich mit meinen Eltern nach Frankreich fuhr ...«

Und es war noch immer dasselbe Hotel – wie aus Annas Jugend. Eine freundliche, schwarzgekleidete, dicke Frau erschien: »Oh, Sie sind der Gast aus Deutschland?«

Er bekam, wie er es telefonisch gewünscht hatte, das Zimmer vier im ersten Stock. Das Bett war neu. Und ein modernes Bad hatten sie inzwischen auch eingebaut. Er zog die Vorhänge zurück: Da lag der Hafen, unten standen die Tische mit den alten Männern daran ...

Die Fenster der Neubauten auf den Hügeln am anderen Ufer funkelten herüber. Draußen auf der Reede lagen einige beachtliche Schiffe. Der Abend senkte sich über die

Hügel und die Bergkette im Norden – ein Abend wie grüne Seide. Ludwig Kiefer stand lange und lächelte.

Dann endlich drehte er sich um, schob die Hände in die Taschen und befühlte, wie jeden Tag um diese Zeit, durch den dünnen Stoff die Leistendrüsen. Unter Streßeinwirkung pflegten sie sich zu bedrohlich schmerzhaften, harten kleinen Kugeln zu verdicken. Doch nun – ja, sie waren kleiner geworden. Es ging ihm gar nicht so übel. Magen und Darm verhielten sich ruhig, und gehustet hatte er seit seiner Ankunft auf Mallorca nicht ein einziges Mal.

Er nahm den Koffer, öffnete den Deckel und nahm den Karton mit Einwegspritzen heraus. Er wählte sorgsam und mit Bedacht eine der Spritzen, setzte sich aufs Bett, band sich mit der Staubinde die Vene ab, stach ein und sah zu, wie der Kolben langsam das Blut, sein Blut, diese rotschwärzliche Flüssigkeit, in den Spritzenbehälter saugte ...

Damit hatte er das getan, was er sich eine halbe Stunde zuvor, dort am Liegeplatz 124 des Yachthafens von Cala d'Or, neben dem aufgeregten Mädchen, das »Thomas!« rief, vorgenommen hatte ...

Es war zehn Uhr. Vera schleppte den Plastiksack mit Zement vor die Haustür. Wenn Hubert kam, konnte er gleich anfangen. Falls er kam ... Aber er war nun mal Student, wahrscheinlich würde er sie wieder versetzen.

Sie ging in die Küche zurück, um ihre Frühstückstasse abzuwaschen. Das Telefon läutete. – Rio! Na endlich ...

Doch es war nicht Rio. Es war Paul Novotny.

»Ist Rio da?«

»Nein. Er ist weggefahren.«

»Ach ja? Und wohin?«

»Nach Berlin.«

Schweigen. Es war ein sonderbares Schweigen, und sie konnte ganz deutlich Pauls Atem vernehmen. Danach zu urteilen, schien er ziemlich nervös zu sein.

»Berlin?« sagte er schließlich und wiederholte das Wort so langsam, als habe er es nie gehört.

»Ja.«

»Und was ist das für eine Reportage?«

Sie lachte. »Jetzt hör mal, Paul! Was ist das für eine Art 'ne Frage zu stellen? Ich hock' doch nicht bei dir in deinem Präsidium. Ich bin ganz brav in meiner Küche beim Abwasch.«

»Entschuldige ... entschuldige, Vera, aber es ist wirklich wichtig.«

»Was das für 'ne Reportage ist?«

»Wichtig ist, daß ich mich möglichst sofort mit Rio in Verbindung setzen kann. Deshalb habe ich gefragt, was er für eine Reportage vorhat.«

»Irgendwas mit der Theaterszene. Das ist das Thema, soviel ich verstanden habe.«

»Aber da hat er doch bestimmt gewisse Schwerpunkte – ich meine, vielleicht sitzt er jetzt irgendwo in einem Theater oder bei irgendeinem Menschen, den er interviewt, und wir könnten ihn erreichen.«

»Wie soll ich das denn wissen, Paul?«

»Vielleicht sollte man mal die Redaktion anrufen?«

»Ich bin mir sicher, das wissen noch nicht mal die. Rio verteilt doch dort keine Fahrpläne!«

»Sein Hotel?«

»Wenn er nach Berlin fährt, nimmt er immer den Schlüssel für ein Appartement mit, das einem Freund gehört. Das steht meist leer. Da gibt's kein Telefon.«

»Oh, Scheiße«, stöhnte Novotny.

Wieder dieses Schweigen. Und nochmals der Atem. Was war denn nur, um Himmels willen, mit Paul Novotny los?

»Hör mal, Paul, was ist denn so brandeilig? Was soll denn das alles?«

»Das ist nicht so einfach zu erklären. Eine andere Frage: Du hast ihm doch sicher beim Kofferpacken geholfen?«

»Ein bißchen.«

»Hatte er vielleicht eine Waffe dabei?«

»Eine Waffe?!« fragte sie konsterniert.

Es klingelte an der Haustür, heftig und ungeduldig. Sie riß den Kopf hoch. Hubert? – Hubert soll warten ... Eine Waffe?

»Was hast du gesagt? Ob er eine Waffe dabei hat? Wieso? Er hat nie Waffen besessen, Paul. Was soll das alles? – Hör mal, ich wäre dir wirklich dankbar, wenn du mir erklären könntest, warum du so komische Sprüche abziehst und dich so sonderbar aufführst ... Ja, du bist irgendwie sonderbar. Nervös bist du, Paul. Gib's doch zu!«

»Gut«, sagte er, »ich bin nervös.«

»Und warum?«

Schweigen. – Dann: »Paß auf, Vera, ich komme bei dir vorbei. Ich fahre gleich los, ja? Bleib zu Hause. Warte auf mich. Versprichst du mir das?«

»Aber natürlich. Wieso denn nicht?« Sie legte den Hörer auf und betrachtete ihn kopfschüttelnd.

Es klingelte wieder ...

Es dauerte keine zwanzig Minuten, dann sah Vera den großen blauen Polizei-BMW vor der Gartenpforte halten. Hubert hatte sich zum Glück inzwischen seinen Zementsack geschnappt und war hinters Haus gewandert, um dort die frostgeschädigten Fliesen auszuwechseln.

Sie sah auf die Armbanduhr: Keine zwanzig Minuten hatte Paul Novotny gebraucht. Wie hatte er das geschafft? Er mußte die ganze Strecke mit Blaulicht und Sirene zurückgelegt haben.

»Paul! Grüß dich.« Sie öffnete die Tür. Er sah sie an, versuchte ein Lächeln, das gründlich mißlang, und schüttelte ihr flüchtig die Hand. Dann stürmte er durch die geöffnete Tür den Gang entlang ins Wohnzimmer, sah sich um, steckte die Hände in die Taschen und begann auf und ab zu tigern.

»Er hat also keine Waffe dabei gehabt?«

»Waffe, Waffe – Himmelherrgott noch mal, jetzt reicht's. Was verstehst du denn unter Waffe?«

»Eine Pistole natürlich.«

»Was soll denn Rio in Berlin mit einer Pistole? Könntest du mir das freundlicherweise mal verraten?«

Novotny zog sich einen Stuhl heran, setzte sich und deutete auf die Lederbank: »Bitte setz dich, Vera.« Sie saß ihm gegenüber. Sie sahen sich an. Es war wohl der Blick, den er aufsetzte, wenn er bei seiner Arbeit irgendwelchen Witwen mitteilen mußte, daß es leider zu seiner Pflicht gehöre, sie vom Ableben ... und so weiter, und so weiter ...

Aber dann erkannte sie, daß hinter dieser Anteilnahme etwas anderes lauerte: Angst. Jawohl, Angst ...

»Den Namen Kiefer hat er dir gegenüber nie erwähnt?«

»Kiefer?«

»Nein.«

»Ludwig Kiefer. Oder Ludwig? Hast du das nicht mal bei ihm gehört, am Telefon oder so?«

Sie schüttelte nur den Kopf. Und nun war sie es, die die Angst spürte, spürte, wie sie in ihr hochkroch, spürte, wie sie nach ihrer Kehle faßte ...

»Vielleicht könnte ich in seinem Büro unter seinen Sachen irgendeinen Hinweis finden?« Novotny sagte es wohl mehr zu sich selbst. Seine Augen hatten sich halb geschlossen.

»Wer ist dieser Kiefer?« fragte Vera.

»Ludwig Kiefer? Ein alter Freund von mir. – Vera, was ich dir jetzt sage, mußt du für dich behalten. Bitte.«

Sie nickte.

»Kiefer ist ein alter Freund – und Polizist wie ich. Pensionierter Polizist. Kriminalrat. Ich habe Rio mit ihm zusammengebracht.«

»Und wieso?«

»Weil Kiefer den Wunsch hatte, Rio kennenzulernen. Ich hätte es – verdammt noch mal – nicht tun sollen.«

»Und warum wollte Rio ...«

»Kiefer, Vera, hat Aids. Und er hat das verdammte Zeug aus derselben Quelle wie Rio.«

»Bio-Plasma?« flüsterte sie atemlos.

»Ja. Bio-Plasma. Und deshalb hat er begonnen, gegen die Firma Informationen zusammenzutragen. Und da Rio diese Artikel schrieb, hielt ich es für eine ganz gute Idee, daß Rio an diese Informationen rankam.«

»Und weiter, Paul?«

»Na gut ...« Er seufzte. »Kiefer hat eine Schwester, mit der er zusammen in einer Villa in Steinebach lebt. Steinebach am Wörthsee ...«

»Kenn' ich.«

»Auch den Ortsnamen hat er nie genannt?«

Sie schüttelte den Kopf.

»Irma, Kiefers Schwester, saß heute morgen bei mir im Büro. Sie war schon da, als ich ins Präsidium kam. Sie war sehr aufgeregt – und das verstehe ich auch. Ihr Bruder ist verschwunden ... Er hat ihr nichts hinterlassen als eine kurze Notiz: er sei auf einer Reise. Falls er nicht zurückkehre und sich auch sonst nicht melde, möge sie bei seinem Rechtsanwalt vorstellig werden, der ihr einen Brief übergeben würde, in dem er alles niedergelegt und erklärt habe.«

Veras Herz begann heftig zu hämmern. Sie hatte Mühe, die Hände ruhig im Schoß zu halten.

»Doch das ist leider noch nicht alles. Kiefers Schwester erzählte mir nämlich, daß Rio in den letzten drei Wochen mindestens viermal draußen in Steinebach in der Villa gewesen war.«

»Das hast doch du veranlaßt?«

»Schon. Aber nicht das, was sich dort abspielte. Rio kam,

die beiden vertieften sich in Gespräche, das schien durchaus in Ordnung. Aber dann gingen sie in den Keller … In diesem Keller befindet sich ein Schießstand. Ich kenne ihn. Dort haben sie stundenlang geballert.«

»Aber Rio kann doch gar nicht schießen …«

»Jetzt schon«, sagte Paul Novotny. »Der Alte hat's ihm beigebracht.«

»Und wieso, Paul?«

»Wieso? Irma war natürlich neugierig. Und so öffnete sie die Tür und schlich die Treppe hinab. Die beiden machten gerade Pause und unterhielten sich. Und nun kommt der Hammer: Sie unterhielten sich darüber, wie man Engel von Bio-Plasma umlegen könne, und dazu noch einen anderen Mann in Berlin. Über das Verfahren sprachen sie, über die Taktik gewissermaßen – und auch, wer das besorgen sollte …«

Veras Mund war trocken. Berlin! – Sie dachte das Wort, sie wollte es schreien, aber sie bekam es nicht heraus.

»Und noch etwas ist passiert, das mir zu denken gibt, Vera: Ludwig Kiefer hatte sich ein Taxi bestellt. Und der Taxifahrer in Steinebach erzählte Irma Kiefer, er habe ihn zum Flughafen gebracht … Meine Leute ermitteln dort bereits. Aber nach allem, was ich von ihnen bisher über Funk erfuhr, scheint Kiefer fürs Einchecken einen falschen Paß benutzt zu haben. Jedenfalls ist sein Name nirgends registriert … Aber seine Sommersachen fehlen im Kleiderschrank. Das hat seine Schwester festgestellt. Und auf seinem Schreibtisch fand sie einen alten Mallorca-Reiseführer.«

»Und dort …«, flüsterte Vera.

Novotny nickte. »Und dort auf der Insel lebt Engel …«

Es blieb ihr ja nicht viel anderes übrig: Madalena war heute zu ihrer Tante nach Manacor gefahren. Und ewig nur zu lesen, Platten zu hören oder auf der Finca herumzuhängen und im Pool zu planschen war nicht ihr Fall, da war die »Pirata« trotzdem noch besser. Gegen Kitty, so aufgemotzt und bescheuert sie auch sein mochte, hatte Irena im Grunde nichts – aber dieser total verklemmte Langweiler von Hochstett? Das junge Mädchen war an diesem Morgen ziemlich sauer.

Als Thomas schließlich wie immer zu spät am Hafen ankam, waren weder Hochstett noch Kitty dabei. Nur Tonio, der ihm das Angelzeug nachtrug. Thomas selbst hatte seinen Aktenkoffer in der Hand, und das hieß wiederum, daß er sich für Stunden in die Kajüte klemmen würde, um dort dann mit der Satellitenverbindung in der Welt herumzutelefonieren und seine komischen Geschäfte zu machen. »So was ist absolut abhörsicher, Kleines ...«, hatte er ihr einmal anvertraut. Wieso er abhörsicher telefonieren mußte, interessierte Irena nicht. Sollte er ...

Thomas winkte. »Du, Irena, besorg uns doch noch eine Stange Zigaretten. Und nimm einen Karton Eis mit, damit du unterwegs nicht verhungerst.«

Irena nickte und schlenderte hinüber zum Supermarkt am Ende der Ladengalerie.

Thomas und Tonio waren bereits am Boot. Tonio ließ gerade die Gangway herab, als Irena auf den Parkplatz einbog, der zum Supermarkt gehörte. Nicht viel los um diese Zeit. Nur wenige Autos. Die Nächte waren lang in Cala d'Or, und Touristen wie Segler oder Yachtbesitzer krochen spät aus den Betten.

Vor dem Eingang des Supermarkts wuchsen drei Palmen. Sie waren von einem hübschen, aus Natursteinen erbauten, etwa ein Meter hohen Blumenrondell eingesäumt.

Irena ging langsamer und warf einen kurzen Blick auf die gelbleuchtenden Blüten.

Ein schwarzer langer Schatten fiel auf Steine und Blüten. Ein schwarzer, unangenehmer Schatten. Ehe sie den Kopf wenden konnte, fühlte sie einen harten, fast klauenhaften Griff am Oberarm. Und fast gleichzeitig einen schmerzhaften Druck neben der Wirbelsäule. Sie vergaß zu atmen. Sie war zu überrascht, um aufzuschreien ...

»Das im Rücken ist eine Pistole«, sagte eine leise Männerstimme. »Du brauchst trotzdem keine Angst zu haben. Und du brauchst auch nicht zu schreien ... Wenn du jetzt tust, was ich dir sage, passiert dir nichts – hörst du, gar nichts.«

Sie stand wie erstarrt.

»Hast du mich verstanden?«

»Ja«, flüsterte Irena.

»Dann komm jetzt. Siehst du den blauen Wagen dort gleich rechts am Parkplatzeingang?«

»Ja.«

»Da gehen wir hin. Ganz langsam, ganz brav, so wie alte Freunde ...«

Nun sah sie sein Gesicht. Und sie sah auch die Hand, die ihren Oberkörper umklammerte. Die Hand steckte in einem dünnen weißen Handschuh. Das Gesicht war mager und sehr alt. Es hatte spitze hohe Wangenknochen ...

Und da waren die Augen – die lächelten sogar, doch es war ein Lächeln, das trotz der in Irena kreisenden Panik keinen Zweifel zuließ: Der meint es ernst!

Sie gingen. »Ja, Kleine, so ist das gut ... Und nun mach mal die Tür auf.«

Ein kleiner Stadt-Citroën rollte heran.

Irena konnte die beiden Frauengesichter hinter der Scheibe erkennen: Spanierinnen, die eine jung, die andere alt. Die Junge saß am Steuer, drehte ihr nun das Gesicht zu. Ihr Mund klappte auf, die Augen wurden kreisrund. Sie hat kapiert! Sie muß die Pistole gesehen haben, denn die Reifen des Citroëns quietschten in einer Vollbremsung. Das Getriebe knirschte, als die Frau den Rückwärtsgang einzulegen versuchte. Dann beschrieb der kleine Wagen eine scharfe Kurve nach links, wieder protestierten die Gänge, doch nun schoß der Citroën die Hangstraße am Ende des Hafens hoch.

»Ganz ruhig.«

Auch der Alte hatte begriffen.

Trotz ihrer Aufregung war Irena verblüfft. Der Mann hatte Nerven ... Er schien keine Spur nervös.

»Einsteigen! Hier, von der Fahrerseite. Rutsch rüber.«

Sie gehorchte schweigend.

Die Tür klappte zu. Der Motor brummte auf. Sie spürte den Druck der Pistole nun an den Rippen. Dort drüben aber war Thomas, wickelte Tonio irgendwelche Leinen auf, so nah waren die beiden, sie brauchte nur loszuschreien ... Ihr Herz raste. Sie spürte, wie der Schweiß in ihren Achselhöhlen ausbrach. »Nein«, flüsterte sie, »nein ...«

»Ich sag doch, es wird bald vorbei sein.«

Thomas stand noch immer am Heck. Er hatte die Hände in die Hüften gestemmt und blickte suchend die Terrassen entlang.

»Er wartet auf dich, was?« sagte die leise Altmännerstimme neben ihr. »Na gut, dann fahren wir mal zu ihm rüber und sprechen mit ihm ...«

Er ließ den Wagen im Schrittempo rollen, wartete geduldig, bis ein Lieferwagen, der gerade Proviant an einem der Schiffe abgeladen hatte, aus der Parklücke fuhr, lenkte ein und stoppte direkt vor der Gangway der »Pirata II«.

Engel schien seine Tochter nicht gesehen zu haben. Suchend drehte er sich hin und her, rief dann Tonio etwas zu. Doch nun hob er den Arm. Er hatte Irena entdeckt. Sein Gesicht zeigte nichts als Verblüffung. Die rechte Hand in die Tasche gesteckt, kam er über die kleine Aluminiumtreppe, die die Yacht mit dem Zementband der Mole verband, auf den Vectra zu. Er stellte sich auf die Beifahrerseite, legte die linke Hand auf das Wagendach und riß die Tür auf. Sein Gesicht wurde hart.

»Irena, ja, Herrgott noch mal ... Was machst denn du da?«

Irena sagte nichts. Sie wandte nur den Kopf dem alten Mann zu und starrte in das magere Gesicht, in dieses freundliche, nein, verrückte Lächeln.

»Herr Engel, ich habe Ihnen jetzt etwas zu sagen. Und ich bitte Sie, dabei ganz ruhig zu bleiben.«

Für eine so klapprige, alte Type hatte er eine überaus kräftige Stimme. Doch was er nun sagte, ertrank im Röhren eines der Sunseeker-Rennboote, das gerade zur Hafenausfahrt kurvte.

»Thomas!« rief Irena erstickt. »Er ... er ...«

Engels Augen waren jetzt zu Schlitzen verengt: »Was soll das, verdammt noch mal? Wer sind Sie überhaupt? Ist irgendwas los?«

»Ja«, sagte Ludwig Kiefer. »Es ist was los.«

»Er hat eine Pistole, Thomas.«

»Er hat – was?«

»Das hier ...« Ludwig Kiefer hob kurz die »Walter« hoch und versenkte den kurzen Lauf dann wieder dort, wo er zuvor gewesen war: in den Falten von Irenas weitem Hemd.

Ein Lkw fuhr vorbei. Engels Lippen zitterten. »Sind Sie wahnsinnig geworden? – Sie ... Sie Schwein, Sie verdammtes!«

»Das bringt nichts, Herr Engel. Glauben Sie mir. Rumschreien hilft gar nicht weiter.«

Die Stimme des Kriminalrats behielt ihre unerschütterliche, fast abgehobene Sachlichkeit.

»Was wollen Sie von Irena?«

»Von ihr? Überhaupt nichts. Ich will etwas von Ihnen.«

»Geld?«

»Darüber werden wir noch sprechen. Später.«

»Später? Wieso später? – Und – wo?«

»Nur Ruhe, Herr Engel. Und hören Sie mir jetzt gut zu.

Ich werde kein Wort wiederholen, kein einziges. Wenn wir hier fertig sind, fahre ich weg. Und machen Sie hier bloß kein Theater. Ich müßte Ihrer Tochter sonst weh tun. Und das wollen Sie doch nicht. Haben Sie das verstanden?«

»Ja.«

»Gut. Dann passen Sie auf: An der Ostgrenze Ihres Grundstücks beginnt ein kleiner Hügel. Der Weg dorthin führt an einer Mauer mit Zypressen vorbei, Ihrer Mauer, Herr Engel. Drücke ich mich klar aus?«

»Ja.«

»Sie folgen diesem Weg hügelaufwärts. Die Kuppe ist mit Kiefern bestanden. Aber auf halber Höhe steht ein zusammengefallenes Gebäude, eine Hütte oder eine Art Stallruine – sehen Sie es vor sich?«

Engel nickte. Es blieb nichts anderes übrig als zu nicken. Dieses Schwein hier, dieser alte Sack hatte alle Karten. Sehen Sie es vor sich? ... Und ob er es vor sich sah! Er hatte den verdammten Grund, den ganzen Hügel hatte er kaufen wollen, aber der Bauer hatte ihn nur ausgelacht. »Hau ab nach Deutschland«, hatte er gesagt. »Dorthin, wo du herkommst.« Hätte er nur auf ihn gehört ... Oder wäre Irena wenigstens dort geblieben ...

Nie in seinem Leben hatte Thomas Engel sich so hilflos gefühlt – und so voller Zorn. Was jetzt, zum Teufel noch mal? Tonio rufen? Doch was konnte Tonio ausrichten?

»Und was ist mit der Hütte?« stieß er gepreßt hervor.

»Dort treffen wir uns, Herr Engel. Sagen wir, in zwanzig Minuten.«

»Wir ...«

»Irena ist auch dabei. Sie kommt mit. Irena ...« Er lächelte. »Ein hübscher Name übrigens.«

Engel preßte die Lippen fest zusammen.

»Und Sie kommen allein, Herr Engel ... Damit auch das klar ist. Ich fahre jetzt los. Es wäre völlig sinnlos, wenn Sie mir hinterherpreschen würden. Natürlich können Sie auch die Polizei benachrichtigen. Auch das ist sinnlos. Sinnlos und äußerst gefährlich, Herr Engel ...«

»Du heißt also Irena?« Kiefer nickte lächelnd vor sich hin. Er drehte sich zu ihr und sah sie an: »Ich bin übrigens Ludwig ...«

Sie fuhren über eine lange, gerade Straße. Rechts und links zogen sich Bruchsteinmauern hin. Dahinter sah man Mandelbäume und die silbergrauen Blätter von Oliven. Es wurde warm, sehr warm.

»Mach mal das Fenster zu, Irena.«

Er lenkte mit der linken Hand, die rechte hielt die Pistole. Ohne die Pistole loszulassen, betätigte er auch den Schalthebel.

»Siehst du den blauen Knopf dort? Das ist die Klimaanlage. Drück mal drauf ...«

Kühle durchfloß das Wageninnere. Ludwig Kiefer nickte zufrieden. Genau das, was er jetzt brauchte: einen kühlen Kopf.

Er hatte alles genau durchgeplant. Über das rote Land verstreut sah man einzelne Bauernhöfe; dort oben aber die Kirche gehörte bereits zu S'Horta, und von S'Horta bis zur Abzweigung, die zu Engels »Can Rosada« führte, waren es nur achthundert Meter. Natürlich, die beiden Frauen im Citroën konnten inzwischen die Polizei benachrichtigt haben, aber die nächste Streife war in Santanyi stationiert, und wenn sich zufällig ein Wagen hier in der Gegend aufhielt – ja nun ... Sie würden Glück haben, da war er sich sicher. Selbst wenn die Streife alarmiert war, sperrte sie erst die Hauptstraße nach Cala d'Or und nicht diese schmale Seitenverbindung ...

Der Vectra tauchte nun in den Schatten eines Dorfes.

Ludwig Kiefer beugte sich nach vorne: Nichts zu sehen. Kein Polizeiwagen, keine Straßensperre, nichts. Die Kollegen ließen sich Zeit ... Die Kollegen? – Gestern nacht hatte er noch daran gedacht, Pablo Vidal in Palma anzurufen, und es doch unterlassen. Warum sollte er den armen Pablo mit all dem belasten, was nun kommen würde – nein, kommen mußte ...

Vera hätte Harry Tentzien anrufen können, doch es hielt sie einfach nicht länger zu Hause: Stunde um Stunde neben dem Telefon zu sitzen, Stunde um Stunde darauf zu warten, daß es endlich klingelte, sich Gedanken zu machen, die möglichsten, verrücktesten Gedanken über das, was ihr Paul Novotny gesagt hatte ... unerträglich!

Sie fuhr los, quälte sich durch den Verkehr an der Münchner Freiheit und parkte den Wagen direkt vor dem großen alten Haus in der Herzogstraße. Es war ihr vollkommen egal, daß eine Politesse einen Häuserblock weiter unten dabei war, Strafzettel unter die Scheibenwischer zu klemmen.

Die Haustür war angelehnt. Harrys Atelier befand sich im Erdgeschoß. »*HT-Marketing Consultants*« stand hier. Was immer das sein mochte – es schien viel mit Plakaten und imponierenden graphischen Leistungskurven zu tun zu haben.

Vera brauchte nicht lange in dem lichtdurchflossenen Büro zu warten. Ein Gespräch mit den Sekretärinnen fiel in diesem Zustand ohnehin flach, und da war Harry auch schon: rotes Kraushaar, rote Kordhosen, schwarze Slipper, schwarzer Pulli – die Arme weit ausgebreitet.

»Vera, komm an mein Herz! Na, das ist vielleicht 'ne Überraschung ...« Seine Brauen schoben sich zusammen, und sein Gesichtsausdruck wurde wachsam. »Ist was? – Na, komm schon rein, Kleines.«

Er hielt ihr die Tür des Büros auf, und sie versank in einem der riesigen Stahl- und Lederburgen von Sesseln. »Ja, es ist was, Harry.«

»Mit Rio?«

Sie nickte. »Er ist in Berlin.«

»Weiß ich doch! Er hat ja die Schlüssel vom Appartement geholt. Und?«

Sie beugte sich nach vorne: »Harry, glaub mir, ich würde dir so gerne alles erklären, aber ich kann nicht. Wirklich nicht. Noch nicht. Doch es ist dringend. Das mußt du mir abnehmen. Es ist ... es ist schlimm ...«

»Hat es mit seiner Krankheit ...«

»Nein. Es hat nicht damit zu tun. Das heißt, bedingt vielleicht ...«

Sie spürte, wie die Hitze in ihre Schultern hochkroch und wie mit der Hitze wieder die Augen zu brennen begannen. Sie würde nicht losflennen, bei Gott nicht, aber ihre Hände zitterten so, daß sie sie um ihre Handtasche verkrampfte. »In gewissem Sinne schon, ja – aber auch das kann ich dir nicht erklären ...«

»Und was kann ich dabei tun?«

»Harry, ich muß ihn erwischen! Unbedingt. Ich muß mit ihm sprechen. Wieso hast du bloß in dieser blöden Bude kein Telefon?«

»Weil blöde Buden manchmal nur ohne Telefon zu ertragen sind ...«

Er setzte sich neben sie auf die Sessellehne, nahm ihre Hand und drückte sie. »Also?«

»Du hast doch so viele Freunde in Berlin, Harry ... Und vielleicht gibt's in dem Haus jemanden, den du kennst?«

»Den Hausmeister gibt es.« Er rieb sich die Nase. »Aber halt mal, Moment ... ich könnte ein Fax an Winfried schikken. Der ist Rechtsanwalt. Und er hat seine Praxis nur ein paar hundert Meter vom Appartement entfernt. Aber was soll er tun, wenn er Rio erwischt?«

»Was er tun soll? Er soll ihn in seine Kanzlei schleppen, lebendig oder tot. Und dann soll er sofort anrufen.«

»Und wenn Rio nicht im Appartement ist?«

»Wenn nicht – ja dann ... Ja, dann könnte er doch einen Brief schreiben. Oder besser noch: Ich schreibe den Brief, und wir senden ihn gleichfalls durchs Fax.«

Vera sah zu Harry hoch. Hilflos dachte sie: Das ist nicht wahr! Bei Gott, das alles kann nicht wahr sein!

Und dann war es, als senke sich eine Sperre in ihr. Vielleicht, daß sich Kiefers Schwester verhört oder sonst irgendwie getäuscht hatte? Vielleicht waren ihre Ohren nicht die besten, vielleicht hatte sie einiges falsch verstanden? – Aber so ein Fax kann jeder lesen. Und deshalb konnte sie jetzt nicht schreiben: »Rio! Ich flehe Dich an: Werd nicht zum Mörder ...«

Mit zitternder Hand und in krakeligen, großen Buchstaben schrieb Vera:

> RIO! WAS IMMER MIT DIR IST, WAS IMMER DU VORHAST – ICH BITTE DICH: DENK AN UNSER KIND! RUF MICH AN, SOFORT, WENN DU DIESE NACHRICHT ERHALTEN HAST, HEUTE NOCH, RIO.
>
> WIR LIEBEN DICH – VERA

Bis zu der steinernen Umfassungsmauer, die Engels Grundstück umschloß, war Ludwig Kiefer im dritten Gang gefahren. Nun wurde es schwierig, denn nun begann einer dieser unmöglichen Bauernwege der Gegend: Löcher, wo man hinsah, und daneben wölbten sich große graubraune Steine wie Schildkrötenpanzer.

Trotz des Mahlens der Räder war das Bellen eines Hundes zu vernehmen ...

Die Kleine saß stumm neben ihm. Bisher konnte er aus den Augenwinkeln nur ihr Profil erkennen, nun wandte sie ihm das Gesicht zu und sah hinauf zu dem trotzigen, turmbewehrten Gebäude, das sich über seine Terrassen und Zypressen erhob.

Er folgte ihrem Blick und deutete mit der Pistole in

dieselbe Richtung. »Da kommst du schon wieder rauf, Irena. Keine Sorge.«

Aber ohne deinen Vater … Das dachte er, er konnte es ihr jedoch nicht sagen.

Er schaltete in den zweiten Gang. Der Weg umrundete den Hügel. Nun kam eine steile Schleife. Die Räder drehten durch. Es ging wieder hoch, so steil, daß sie bald das Dach von Engels Anwesen und das blaugläserne Rechteck des Pools ausmachen konnten.

Der Citroën zog nun eine große, hohe, weiße Staubwolke hinter sich her. Sie verhüllte den Blick zurück. Wieder waren sie auf der anderen Hügelseite, und nun erschien dort vorne vor einem hitzegrauen Himmel die Ruine, ein aus schweren Quadern gefügtes Geviert. Büsche wuchsen hier. Ginster, dachte Kiefer. Das ist doch Ginster?

Dort, wo einmal das Dach gewesen war, ragten von der Zeit und der Sonne schwarzverbrannte Balken in die Höhe, wie die Rippen eines verendeten Tieres.

Kiefer fuhr vorbei, wendete auf einem Stück hartem, gelbverbranntem Feld und parkte den Vectra mit dem Kühler in der Richtung, aus der sie gekommen waren.

»Bleib sitzen!« befahl er dem Mädchen mit einer kurzen Bewegung der Pistole. Sie schwieg, sah ihn nur aus ihren hellen Augen an. Trotz der Kühle, die im Wagen herrschte, klebte ihr das Haar an der Stirn. Sie tat ihm leid.

Er steckte die Pistole in den Hosenbund und stieg aus.

Die Hitze empfing ihn wie mit Fausthieben. Er holte tief Luft und spürte, wie ihm der Schweiß fast schlagartig ausbrach. Auch daran wirst du dich gewöhnen … Der Mensch gewöhnt sich an alles, nicht wahr? Lange wird es ohnehin nicht mehr dauern. Ja, auch an den Gedanken, daß man bald, sehr bald, tot sein wird, kann man sich gewöhnen …

Er fühlte seine Drüsen ab. Sie taten nicht besonderes weh. Na also …

Er sah sich um und versuchte sich zu orientieren. Von hier, von der Stelle, an der er stand, konnte er die Senke sehen, die sie gerade durchfahren hatten. Und weiter unten, dort, wo der Hang flacher ins Land ausschwang, waren die schwarzen Spitzen von den Zypressen zu erkennen, die auf Engels Besitz standen.

Er betrat die Ruine. Am Boden lag verwittertes Stroh, und die Mauern hielten noch die Erinnerung an den Geruch der Schafe oder Ziegen, die hier wohl einmal Zuflucht gefunden hatten. Aber in der Ecke gab es einen Kamin. Es hatten also auch Menschen hier gewohnt...

Ein schwirrendes, flatterndes Geräusch ... Kiefer fuhr zusammen. Ein Vogel flog davon, hoch in den graublauen Himmel. Dort am First hatte er sein Nest.

Ludwig Kiefer lächelte: Lieber Gott, er kannte doch solche Hütten, kannte sie aus Zeiten, als es hier noch Bauern gegeben hatte, die ihre Herde über die Hügel trieben, als noch keine verrückt gewordenen Millionäre das Land aufkauften, um es von ihrer Umwelt abzusperren – kannte es aus dem einzigen glücklichen Jahr, als er mit Anna in dieser Gegend so viele schöne Wanderungen unternommen hatte ...

Anna ... meine Anna! – Warum konnte sie jetzt nicht bei ihm sein? Er bräuchte sie doch so notwendig ... Warum hatte sie bei diesem verdammten Unfall ihr Leben verlieren müssen, warum mußte alles so kommen, wie es gekommen war? Warum – ja, warum wartete er nun auf seinen Mörder, um bei ihm selbst zum Mörder zu werden?

Er sah durch die Fensterhöhle hinüber zum Wagen.

Das Mädchen saß genauso, wie er es verlassen hatte, die Schultern hochgezogen, den Kopf geradeaus. Dabei konnte sie genausogut davonlaufen. Er wäre doch nie in der Lage, gegen sie Gewalt anzuwenden.

Aber das wußte sie ja nicht ...

Ludwig Kiefer strich über die Waffe.

Es war etwas wie Zärtlichkeit dabei – aber auch viel Resignation ...

»Rio! – Rio Mar-tiin!«

Die Stimme war hoch und sehr hell. Dazu besaß der hohe Trainingsraum ein Echo. Nein, zuordnen konnte er die Stimme niemandem, aber sie erweckte eines in Rio: eine prompte, panische Fluchtreaktion. Das hat dir noch gefehlt! Bloß keine Bekannten! Nur keine Leute, die sich jetzt um dich »kümmern« wollen, weil sie es gut meinen – wäre wirklich das letzte, was du noch brauchst!

Er stellte sich hinter eine der überlebensgroßen Figurinen-Kulissen, die von irgendeiner Aufführung stammten und in dem großen, lichterfüllten Ballettübungssaal als Dekoration herumstanden.

Es war Pause. Die Mädchen des Balletts hatten sich auf den Fußboden gesetzt, bunte Tupfer mit ihren Wollstrümpfen und Trikots. Die Tänzer standen in einer Gruppe vor den Spiegeln an der Übungsstange und lauschten der Taranowska, die ihnen mit weit aufgerissenen, anklagenden Augen ihre Fehler aufzählte. Er wollte die Ballettmeisterin später interviewen. Nun aber wußte er, das Interview würde ins Wasser fallen – denn wer da um die Gruppe herumsegelte, wie immer im Hosenanzug, wie immer mit Hut, den Kopf suchend nach vorne gestreckt, war niemand anderes als Ingrid Kolb – früher Rias, jetzt WDR. »Inge-Schnauze«, hatten sie Ingrid in der Rias-Redaktion genannt ...

Ausgerechnet! Rio drehte suchend den Kopf. Er entdeckte eine mennigefarben gestrichene Tür, lief darauf zu, hoffte, sich noch immer in Sichtdeckung zu befinden, riß die Tür auf – graue Zementstufen. Eine Sicherheitstreppe. Er schob die Tür zu, rannte hinab, blieb dann stehen und wußte nicht, ob er nun heulen oder lachen sollte. Ins Schwitzen jedenfalls war er ganz schön gekommen.

Und dann überlegte er, was Ludwig Kiefer zu diesem Abgang gesagt hätte. Gar nichts wahrscheinlich, dachte er. Ludwig hätte nur den Kopf geschüttelt.

Kiefer hatte den Motor nicht gehört, denn um die Klimakühle im Vectra aufrechtzuerhalten, hielt er alle Fenster geschlossen. Er sprach nun kein Wort mehr. Das Mädchen hatte die Hände verschlungen im Schoß liegen und sah geradeaus – sah wie er den Weg hinab. Sie stellte keine Fragen. Er schien für sie nicht zu existieren. Und eigentlich war das gut so.

Der Motor war nicht zu hören gewesen. Aber die helle Staubwolke, die über die Hügellinie zog, kündigte es an: ein Wagen.

»Was für ein Auto fährt dein Vater?«

»Meist einen Nissan«, antwortete sie leise. »Aber heute hat er den Seat genommen.«

Kiefer nickte und beugte sich nach vorn. Was dort unten um die Biegung kam, war nicht die grüne Schnauze eines Guardia-Civil-Jeeps, wie er in jäher Angst befürchtete, es war ein Personenwagen.

Erleichtert schloß er die Augen und lehnte sich zurück. Na also ...

Der Wagen kam schnell heran. Gnadenlos scheuchte der Fahrer ihn über Steine und Schlaglöcher. Es war ein Seat. Es war Engel!

Ludwig Kiefer seufzte. Dann griff er mit der linken Hand in die Tasche. Er holte eine Plastikfessel heraus.

»Gib mir deine Hände.«

Er brauchte ihr die Pistole nicht zu zeigen – Irena hielt ihm die Hände entgegen. Er sah, daß sie weinte. Nun war nichts mehr zu machen ... Zu spät. Alles zu spät ...

Er legte ihr die Plastikfessel um die Handgelenke, zog den Verschluß zu. Dann stieg er aus, ging um den Wagenkühler herum und öffnete die Beifahrertür.

»Nun die Beine.«

Seine Hand berührte die Knöchel, als er ihr die zweite Fessel anlegte. So zart ... Kinderknöchel. Sein Herz zog sich zusammen. Was ließ sich schon ändern ...

Mit den gefesselten Füßen wirkte sie noch hilfloser als zuvor. Tränen rannen über ihre Wangen, und sie konnte sie nicht einmal abwischen. Er nahm das Taschentuch und tupfte ihre Haut trocken.

»Es ist bald vorüber, Kleines. Ich verspreche es dir.«

Dann schob er ihre Füße in den Wagen zurück und nahm wieder hinter dem Steuerrad Platz.

Steine prasselten, als der Seat fünf Meter vor dem Kühler des Vectra stoppte. Die Tür flog auf. Engel stand da, die Unterarme abgewinkelt, die Hände geöffnet, als wolle er Kiefer an den Hals springen.

»Nun lassen wir das mal, Herr Engel. Ich sagte es Ihnen ja schon vorhin: Versuchen wir uns so vernünftig wie möglich zu verhalten. In dieser Situation ist das vielleicht nicht so einfach, das verstehe ich, aber schließlich ... wir sind erwachsene Männer.«

»Was ist mit Irena?«

»Das sehen Sie doch selbst, Herr Engel: Sie sitzt im Wagen. Wenn Sie hier eine Szene machen, ängstigen Sie sie nur noch mehr.«

»Ich mache keine Szene, Herrgott noch mal. Und was heißt denn ängstigen? Wer ängstigt hier wen? – Was wollen Sie? Ich hab' Sie das schon mal gefragt.«

»Das werden Sie gleich erfahren. Kommen Sie.«

»Wohin?«

»Da rüber. In die Hütte. Kommen Sie schon!«

Es war das erste Mal, daß er den Lauf der »Walter« auf Engel richtete, und es war eine kurze, entschlossene Bewegung. Die dunklen Augen unter dem grünen, zerknautschten Hütchen waren sehr schmal geworden.

Engel nickte und setzte sich in Bewegung. Ludwig Kiefer ließ ihn an sich vorbeigehen und folgte ihm.

»Gehen Sie ruhig rein, Engel«, forderte er. »Bloß keine Angst. Da drinnen gibt's nichts als ein paar Brennesseln.«

Wieder machte die »Walter« eine kurze, herrische Bewegung.

Engel warf ihm einen haßerfüllten Blick zu und trat durch die steinerne Umfassung, Kiefer aber blieb stehen. Er fühlte Schwäche in sich aufsteigen, vernahm in den Ohren einen feinen, sich rasch verstärkenden singenden Ton. Doch die Vorstellung, schlapp zu machen, ausgerechnet jetzt, ausgerechnet in der Situation, die er so lange vor sich gesehen hatte, erfüllte ihn mit einem tiefen, kalten Haß – und der gab ihm Kraft zurück.

Die Eingangsschwelle bestand aus einem einzigen großen Steinblock. Kiefer ließ sich darauf nieder. Engel stand in der Mitte des Raums. Er hatte die Beine gegrätscht, als wolle er losschlagen – aber in dem hellen, wäßrigen Blick stand nichts als Furcht.

»Los, zurück! An die Wand, Herr Engel!«

»Was wollen Sie? – Sagen Sie es endlich!«

Kiefer lächelte – und hatte den Finger am Abzug.

»Sie können sich hinsetzen, wenn Ihnen das lieber ist.«

Stumm schüttelte Engel den Kopf.

»Mir tut das gut, das Sitzen. Und Sie umzulegen, wie Sie das verdienen, schaffe ich auch im Sitzen noch hundertmal. Aber mit Ihnen noch zu reden, das ist wirklich verdammt anstrengend.«

»Wer ... wer sind Sie?«

»Tut das was zur Sache? Ich glaube nicht. Nein, überhaupt nicht ... Aber bitte: Ich bin nur einer von denen, die dran glauben müssen, damit Sie sich einen schicken Wohnsitz auf Mallorca leisten können, die Yacht auch – diese tolle Yacht – und diese ganz tollen Freundinnen natürlich dazu. Oder das Internat für Ihre Tochter – was weiß ich, was Sie so für Wünsche haben.«

»Hören Sie«, sagte Engel, und zum ersten Mal war ein Schwanken in seiner Stimme, »ist doch alles Blödsinn, was Sie hier anstellen. Alt genug sind Sie ja schließlich, um das zu wissen. Die Polizei ist gleich hier.«

»Ja, nun«, lächelte der Kriminalrat, »die Polizei ...«

»Falls Sie Geld brauchen ... Das läßt sich sicher ...«

»Da Sie von der Polizei reden, Engel ... wissen Sie, ich war mal Polizist. In diesem Beruf trifft man auf eine Menge Typen, bei denen man sich fragt, ob sich die ganze Mühe eigentlich lohnt. Rechtsstaat, na schön, eine wunderbare Sache, aber besser wäre es manchmal, man machte gleich ein Ende. Und deshalb ...«

Er hustete. Die Übelkeit sandte aus dem Magen unangenehmen Geschmack in seinen Mund. Ruhig, Alter! Du brauchst noch Kraft, ziemlich viel Kraft brauchst du noch, um das hier zu Ende zu bringen.

»Sie sind ja wahnsinnig«, flüsterte Engel.

»Das könnte vielleicht der Wahrheit nahekommen. Vielleicht bin ich wahnsinnig ... Nur: Sie sind es, der mich wahnsinnig gemacht hat. Deshalb mal eine Frage, die Frage eines Verrückten: Was kostet Ihre Yacht monatlich an Unterhalt?«

Engel schwieg.

Die Pistole kam hoch. Wie hypnotisiert starrte Engel auf das schwarze Auge der Mündung. Sie war gegen seinen Magen richtete.

»Ich hab' Sie was gefragt.«

»Was weiß ich?« stotterte er. »Ein paar tausend Mark vermutlich.«

»Und was hat es gekostet, Ihr Schloß dort drüben hochzuziehen? Wieviele Millionen?«

»Einige«, erwiderte Engel widerstrebend.

»Na, sehen Sie ... Und wieviel Geld haben Sie damals

eingespart, als Sie anordneten, daß nur noch jede achte Packung auf HIV getestet werden darf? Jede achte eine Stichprobe, Engel? Hat die Einsparung denn soviel Geld gebracht?«

Nun wurden Engels Augen groß. Seine Hände preßten sich gegen die Steine hinter ihm, als suche er Halt. »Woher wissen Sie ...«

»Oh, ich weiß vieles. Ich könnte Ihnen sogar helfen, sich ein bißchen zu erinnern: Pro Test haben Sie neun Mark fünfzig eingespart. Sie haben doch schließlich dieses phantastisch verbesserte Methylenblau-Desaktivierungsverfahren entwickeln lassen – verbessert, weil es damit das billigste am Markt wurde. Stimmt's?«

Engels Unterkiefer bewegte sich. Es sah aus, als begänne er verzweifelt zu kauen.

»Eine korrekte Virenabtötung durch Überhitzung war Ihnen ja wohl zu kostspielig, denn durch Hitze kann man bis zu achtzig Prozent des Rohmaterials verlieren. So was wird teuer.«

»Sie ... Sie haben doch keine Ahnung! Selbst das Rote Kreuz hat die Methode eingeführt.«

»Ach ja? Selbst das liebe Rote Kreuz? Natürlich ... Nur – die Verfahrenstechnik, die die haben, ist schon ein bißchen aufwendiger, nicht wahr? Aber mag ja sein, daß ich mich täusche ...«

Der Schweiß lief Ludwig Kiefer nun in Bächen unter seinem grünen Hut hervor. Er spürte es und wußte, daß auch Engel es beobachtete. Doch die Hand, die die Pistole hielt, war noch immer ruhig – sehr ruhig.

»Wir wollen uns doch nicht um ein paar Mark streiten, Engel. Deshalb sind wir ja nicht hier ... Sie haben ja auch schwierige Zeiten mitgemacht, ich weiß ... Ewig der Ärger ... Nicht mal das Bundesgesundheitsamt, wo man doch seine Freunde wie Herrn Hampel sitzen hat, wollte mehr so richtig mitspielen. Früher, ja, das waren Zeiten! Da konnte man aus jedem mexikanischen Gefängnis, jedem US-Puff-Viertel die Rohware importieren, Leute, die Blut und Leute, die Kohle brauchen, gibt's schließlich überall ... Man konnte panschen, das Zeug mit Etiketten versehen, die wieder überkleben, man konnte es hinschicken, wohin man wollte ... Aber plötzlich starben die Hämophilen weg, dann die ersten Frischoperierten, sogar Schadenersatzforderungen gab's, Prozesse.«

Er konnte den nächsten Hustenanfall unterdrücken. War gar nicht so schwierig. Er konnte sogar lächeln. Es war kein gutes Lächeln.

»Der Hämophilenbund wurde munter. Und die im BGA, nicht wahr, die Herren Professoren und Beamten des Bundesgesundheitsamtes verlangten jetzt plötzlich die Inaktivierung von Aids- und Hepatitis-Viren. Aber sterilisieren? Das wurde teuer, sehr teuer ... Und Lizenzen mußte man auch noch kaufen, oder selber Verfahren entwickeln.

Immense Kosten entstanden, jawohl, euer ganzes feines Hersteller-Kartell fing an zu jaulen, eine Klage nach der anderen habt ihr gegen den BGA-Beschluß losgelassen – Sie natürlich immer ganz vorn –, so daß die in Berlin dann auch gleich wieder den Schwanz einzogen und bis 1986 warteten. Und das, obwohl schon drei Jahre zuvor einwandfrei nachgewiesen worden war, daß virenverseuchtes Plasma den Empfängern den Tod brachte. Aber schließlich: Versorgungsengpässe mußten vermieden werden. Und wie sagt das DRK so schön: Wir müssen uns den Gesetzen des Wettbewerbs stellen ...«

»Sie haben doch keine Ahnung ... Keine Ahnung haben Sie!«

»Sie hören jetzt zu!« Diesmal schnellte der Pistolenlauf hoch wie eine zornige Schlange. Engel schloß entsetzt die Augen. Kiefers Stimme war jetzt heiser. Er versuchte den Husten zu unterdrücken, er sprach weiter, konnte es noch immer, aber was er sagte, kam wie in kurzen, konvulsiven

Attacken: »... also habt ihr schließlich alle sterilisiert. Hitze oder Kälte, Methode Horrowitz, ist ja egal, jeder nach seinem Patent und seinem Gusto ... Aber sonderbar: Ob Bluter oder Frischoperierte, die Leute starben immer noch. Gott sei Dank starben sie meist so schnell, daß sie ihre Schadenersatzprozesse noch nicht mal unter Dach und Fach bekommen konnten. Es krepierten also noch immer Menschen, trotz der ganzen feinen HIV-Inaktivierungstechniken. Und warum? Was meinen Sie?«

Engel schwieg. Er starrte nur. Graue Flecken schoben sich über seine gebräunte Gesichtshaut.

»Keine Antwort, Engel? – Na schön, dann geb' ich sie Ihnen: Weil es Sie gab, Engel! Und ein paar andere noch dazu. Euch wurden selbst die Billigmethoden noch zu teuer. Aber außerdem sagten Sie sich: Was braucht man eigentlich jedes Präparat zu testen? So was treibt doch nur die Kosten in die Höhe ... Stichproben tun's ja auch. Oder man macht sich's ganz einfach und schüttet das Zeug im großen Bottich zusammen und nimmt da mal 'ne Probe. Und falls einem – sagen wir mal Firmeninternen – das nicht paßt, gibt's ja auch Methoden, ihm das Maul zu stopfen. Wie im Fall Cenitza. Oder bei der kleinen Laborantin ...«

»Das ist nicht wahr! Sie spinnen doch ...«

Kiefer nickte. Er gönnte sich eine Pause. Es war eine sehr lange Pause. Er behielt Engel genau unter Kontrolle – einen Engel, der immer wieder die Augen aufriß, dessen rechte Hand sich in wilden, hektischen Bewegungen ins Haar grub, der nun leise zu stöhnen begann.

»Die Bilanzen, nicht wahr, Engel, die Bilanzen. Da nahm man alles in Kauf ... Was ist denn eigentlich aus Lars Boder geworden? Das war auch so ein Deklarierungskünstler. Und war ist mit den Oberärzten, die Ihnen Ihre versaute Ware trotzdem abkauften? Und Institute gab's schließlich auch immer. Und wenn's mal nicht klappte, dann erfolgte eine kleine Einladung hierher nach Mallorca. So was half. Oder ein Kuvert mit ein paar zehntausend Mark unter eine Zeitung gelegt. Und auch im BGA hatte man ja so viele schützende Hände, so viele verständnisvolle Seelen! Denn man verkaufte ja nur virus-inaktiviertes Frischplasma; und wenn so ein Virus mal verrückt spielte und sich nicht entdecken lassen wollte ...«

Er konnte den Reiz nicht zurückhalten, nicht dieses Gefühl, als kreisten Eisenspäne in seinen Bronchien; er mußte husten, und er hustete so stark, daß es seinen Körper wie in einem Anfall zurückwarf. Und während er noch darum kämpfte, Herr über Reflexe und Muskeln zu werden, geschah, was er befürchtet hatte ...

Engel!

Engel, der nichts war als ein Schatten ... Engel jetzt über ihm, Engel, der nach ihm trat und nicht traf, nun draußen war, rannte.

Der Kriminalrat rollte seinen schmerzenden Körper zur Seite, hob den Arm, umfaßte sein Gelenk mit der anderen Hand, zielte, schoß. Schoß wieder ...

»Halt!«

Wie er den Schrei hervorbrachte – er wußte es nicht. Aber es mußte ein Schrei gewesen sein, denn Engel blieb stehen und, tatsächlich, er hob beide Hände.

Ludwig Kiefer schob sich an der Mauer hoch.

Er zitterte.

Doch dann beruhigte sich das Zittern wieder, und auch seine Gedanken gewannen an Schärfe zurück. Gott sei Dank ...

Er mußte doch durchhalten. Es war ja noch nicht zu Ende ...

Der Mann mit den gekreuzten Schlüsseln am Revers nickte und griff zum Telefon. Dann legte er den Hörer zur Seite und sah Rio bedeutungsvoll an: »Tut mir leid, aber der

Herr Tannert vom Feuilleton ist im Moment nicht im Hause. Wenn Sie wünschen, kann ich Sie ja mit seiner Sekretärin verbinden ...«

»Bitte.«

Er sprach ins Telefon. Graue Haarbüschel wuchsen aus den großen Ohren. Nun sah er wieder zu Rio auf, doch es war ein anderer Blick als zuvor. Dazu schirmte er die Sprechmuschel mit der Hand ab.

Rio wurde unruhig.

Endlich schien der Portier fertig. Er erhob sich. »Herr Martin, nicht wahr? Rio Martin ...«

»Ja.«

»Wie ich bereits sagte, Herr Martin: Herr Tannert mußte leider dringend weg. Und Frau Wegner, das ist Herrn Tannerts Sekretärin, läßt Sie bitten, sich doch einen Augenblick zu gedulden. Am besten, Sie fahren gleich in die Feuilleton-Redaktion hoch. Frau Wegner sagte, zwei Herren hätten nach Ihnen gefragt und wollten Sie dringend sprechen ...«

Zwei Herren? Und wollten ihn dringend sprechen? – Es war nicht nur ein unangenehmes Gefühl, es waren ein Dutzend Alarmglocken, die sich in Rio meldeten.

»Ah so? Ja, dann ...«

Rückwärts gehend bewegte er sich vom Empfang weg. Der Zeitungsportier kam aus seinem Glasverschlag heraus.

»Bitte, Herr Martin, wenn Sie sich nach rechts bemühen wollen ... gleich dort ist der Lift, Herr Martin!«

»O ja, kenn ich schon ...« Nun begann Rio zu laufen – nicht zum Lift, dem Ausgang entgegen. In dieser Sekunde sah er vor der hellen Glasfront des Eingangs zwei Uniformen. Und sah den Streifenwagen, der halb auf dem Bürgersteig parkte, sah jetzt die Streifenbeamten in Uniform durch die Schwingtür kommen.

Ruhig. Ruhe, ganz langsam ... Er benötigte alle Beherrschung, um seinem Schritt einen nachlässig schlendernden Gang zu verleihen und dem Gesicht ein freundlich-zerstreutes Lächeln.

Vorbei. Nun durch die Tür. Das Polizeiauto draußen war leer.

Er drehte den Kopf und konnte durch die Scheibe erkennen, wie der Empfangsmensch gestikulierend auf die Beamten einsprach. Und da begannen sie auch schon zu rennen.

Auch Rio hetzte los, hatte bereits das Ende des Gebäudes erreicht, das Schild eines Tabakgeschäfts, sah Zeitungen – machte eine rasche Rechtswendung, trat ein und zog die Tür hinter sich zu.

An der Kasse waren drei Männer dabei, Lottoscheine auszufüllen. Sie lachten und machten Witze mit der Verkäuferin. Rechts gab es eine Vitrine mit Pfeifenutensilien und Pfeifen. Links aber, Gott sei Dank, erhob sich ein Ständer mit Postkarten und dahinter zwei Standregale, alle vollgefüllt mit Taschenbüchern.

Er zwängte sich zwischen Postkarten und Bücher.

Die Tür flog auf. Einer der Beamten kam hereingestürmt. Rio konnte nur die weiße Mütze erkennen. Der Mann rief kurz: »Entschuldigung«, und war wieder draußen.

»Kann ich Ihnen helfen?« sagte die dicke Frau an der Kasse.

Rios Blick fiel auf einen Reiseführer. Was stand da? – Nein! ... »*Mallorca – Insel der Träume*« war der Titel.

Engel hatte anscheinend den Gedanken an Flucht aufgegeben. Er stand ganz still da, die Beine gespreizt und noch immer die Arme ergeben zum Himmel erhoben.

Ludwig Kiefer fühlte, wie der Sauerstoff in seine Lungen zurückkehrte, wie das unkontrollierte Zittern aus seinen Beinen wich. Die letzten Schritte machte er ganz ruhig.

»Gut so, Engel. Und bewegen Sie sich nicht. Bleiben Sie so stehen.«

Er holte tief Luft, um sein Herz zu beruhigen. Dann warf er einen Blick hinüber zu seinem Wagen. Er konnte nur die helle Schulter des Mädchens erkennen, die Nackenstütze verbarg ihren Kopf. Um so besser. So würde sie nicht mitbekommen, was geschah ...

Doch dann machte er eine andere Wahrnehmung: Er vernahm das tiefe Dröhnen eines schweren Motors, hörte, wie es anstieg, als er in einen niederen Gang geschaltet wurde, und dann bog dort unten die bullige Schnauze eines Geländewagens der Guardia Civil um den Hügelvorsprung.

Der Wagen näherte sich rasch. Schon vermochte Kiefer das Wappen der spanischen Elite-Polizei auf dem weißen Querstreifen zu erkennen. Die Zeit verkürzte sich rasend, es war, als schnelle sie wie ein losgelassenes Gummiband zusammen. Er versuchte seinen Geist zu konzentrieren, die letzten Kraftreserven, die sein erschöpfter, schwankender Körper noch aufbieten konnte, in dem einen, einzigen Gedanken zusammenzufassen: Du kannst es ... Du schaffst es ...

»Sehen Sie's denn nicht?!« Engel schrie nicht, er schluchzte. »Da kommt die Polizei ...« Er hatte die Arme fallengelassen, und in sein Schluchzen mischten sich Jubel und Erlösung.

»Richtig. Da kommt sie. Und Sie nehmen die Arme sofort wieder hoch. Sonst schieß ich Ihnen in die Kniekehle.«

»Sie haben ja den Verstand verloren. Sie können doch nicht ...«

»O doch, ich kann!«

Kiefer hielt die »Walter« jetzt am Lauf, machte noch einen Schritt, hatte graublondes, dunkelverschwitztes Haar vor sich, hörte Engel schon wieder brüllen – und schlug zu. Schädelbasis. Und genau gezielt ...

Engels Körper sackte wie vom Blitz getroffen auf den steinigen braunen Boden. Der Mann rührte sich nicht mehr, schrie auch nicht mehr – aber er würde zu sich kommen. Bald sogar. Sehr bald …

Ludwig Kiefer griff in die linke Innentasche seiner Jacke und zog ein schmales Plastiketui heraus. Er öffnete es. Seine Hände zitterten nicht länger. Er nahm die Spritze. Das Blut – sein Blut leuchtete in der Sonne wie ein Rubin, heller, soviel heller als damals im dunklen Zimmer des Hostals von Porto Colom, als er die Spritze aufgezogen hatte. Er kniete sich neben den Bewußtlosen, nahm den linken, schlaffen Arm, setzte die Spritze an und stach zu …

Na also! Jetzt hast du zurück, was ich von dir bekommen habe … Das war alles, was er dachte. Er fühlte weder Bedauern noch Triumph dabei. Die Arbeit war getan … Damit hatte es sich. Was jetzt noch kam – im Grunde war es nebensächlich …

Er drehte sich langsam um.

Der Wagen befand sich noch immer in Fahrt, aber zwei der Männer in den olivgrünen Uniformen waren bereits abgesprungen, rannten neben ihm her, überholten ihn, hielten auf Kiefer zu, brachten ihre MPs in Gefechtsbereitschaft.

Guardia Civiles! – Prächtige Jungs, das! Profis. Militärisch gedrillte Profis, eine der besten Polizeitruppen der Welt. Sieh dir das an …

»Alto! – Manos arriba! … Tirase la arma!«

Aber er würde die Waffe nicht wegwerfen. Das brachte nichts mehr. Er ging einige Schritte nach rechts, um den bewußtlosen Engel aus der Gefahrenzone der Salven zu bringen, dann hob er die »Walter« …

Ludwig Kiefer feuerte nur einen einzigen Schuß aus der Pistole.

Die Kugel schlug weit vor den beiden Beamten in den Sand. Er spürte den ersten Schlag an der rechten Schulter.

Es war, als habe ihn jemand mit dem Stock getroffen. Tat nicht weh – und war auch nicht wichtig. Nichts mehr war wichtig ... Der zweite Schlag traf ihn in die Brust und warf ihn zu Boden. Auch er schmerzte nicht ... Warum auch? Nichts schmerzte mehr ...

Der Hang, die beiden Guardias dort, ihr Wagen, der Himmel mit seinen Wolken – alles begann sich zu drehen, alles wurde farbig und bunt, alles rotierte wie ein Kinderkarussell. Und irgendwo – irgendwo ganz ferne spielte Musik ...

Im Raum herrschte Halbdunkel.

Nur das bläuliche Licht des Leuchttischs dort an der Wand warf Schatten. Es waren die Schatten von drei Männern. Der Dicke stand ganz rechts.

Veras Schultern verkrampften sich. Es war ihr so verdammt peinlich, einfach hier einzudringen, aber was blieb ihr denn schon übrig?

»Ewald ...« Sie brachte den Namen kaum heraus.

Olsen drehte sich um.

»Du?«

Sie vermochte nur zu nicken.

Er grunzte irgend etwas, und es klang nicht sehr erfreut. Dann sagte er: »Herzburg! Machen Sie mal weiter. Wir nehmen die Fotoserie zwei. Okay?«

»Alles klar, Chef.«

Dann kam Olsen auf sie zu: »Gehen wir raus hier, ja?«

Er klang verdrossen, aber er nahm ihre Hand dabei, und der Druck war freundlich und warm.

Draußen auf dem Gang lehnte er sich gegen die Türverkleidung und sah Vera an. »Also – was ist so wichtig? Und wichtig muß es ja sein. Was gibt's denn Neues?«

»Nichts«, sagte sie mit einem schwachen, kläglichen Lächeln. »Das ist ja das Fürchterliche. Es blieb mir gar nichts anderes übrig, als zu dir zu laufen, Ewald. Jetzt muß du helfen. Bitte!«

»Warst du beim Funk?«

»Natürlich war ich dort! Ich hab' auch mit Niethammer von der Nachrichtenredaktion des Bayerischen Rundfunks gesprochen. Aber alle, die da rumlaufen, sagen mir dasselbe: Auf Verdacht geht nichts. Ohne handfeste Unterlagen können sie nicht Appelle senden wie: ›Rio, laß die Finger davon ... Komm bitte zurück ...‹ Das einzige, was sie machen könnten, sagen sie, sei einen Aufruf in den Nachrichten zu bringen, er solle sich sofort aus dringenden familiären Gründen zu Hause melden ... Aber wird er das tun, Ewald?«

Sie starrte ihn wie beschwörend an und war nun den Tränen nahe. »Wird er das tun, wenn er mich nicht mal bis jetzt angerufen hat? Warum tat er das nicht? Warum nicht, Ewald?!«

Sie zitterte.

Er legte den Arm um ihre Schultern und strich ihr beruhigend über das Haar. »Ich weiß es doch auch nicht, Vera ... Aber was kann ich tun?«

»Einen Artikel schreiben. Irgend etwas, das ihn erreicht, verstehst du? Etwas, das ihn wachrüttelt – oder auch nur wach macht. Ewald, er hat doch immer so großen Wert auf deine Meinung gelegt ... Und nicht nur das, er hat dich verehrt, wirklich, glaub mir: Für Rio warst du so eine Art Vaterersatz, und das ging manchmal bis zur blinden Vergötterung ...«

»Davon hab' ich nie was gemerkt«, erwiderte Olsen trocken. »Aber einen Artikel ...? Etwas über die Frage, wer da strafen darf und wer nicht. Vielleicht sollte man es zumindest probieren. Obwohl – ich weiß nicht ...«

»Bitte, Ewald, tu das!«

»... ich weiß nicht, ob man ihn damit umstimmen kann. Wenn es wahr ist, was dir Novotny erzählt hat ... Wenn sich einer derartig verrennt – und ein Einzelgänger war Rio immer ...«

»Aber versuchen kannst du's doch?«

»Ja, das kann ich. Und das verspreche ich dir auch. Aber was sagt Novotny?«

»Auch der unternimmt alles, was überhaupt möglich ist. Ich glaube, er hat die halbe Berliner Polizei auf Rio angesetzt. Nur – sie haben ihn noch immer nicht gefunden.«

Ku-Damm, Kleiststraße, der Bahnhof, Großmarkt, das Museum am »Checkpoint-Charly«, dem einstigen Tor zum verblichenen Reich des Bösen; dann hohe Bretterwände, das Lärmen der Niethämmer und Baumaschinen, Fußgängerstege, die über Betonabgründe führen ...

HIER ENTSTEHT DAS AMERICAN-BUSINESS-CENTER. Es entsteht für über eine Milliarde Mark, hatte er irgendwo gelesen. Und Benetton ist natürlich auch dabei, und dort drüben, riesenhoch und wandfüllend, wirbt die »Neue Zeit«, die »führende Tageszeitung der Union«.

Er war gelaufen, gelaufen, gelaufen, hatte unzählige Gesichter gesehen. Aber das Gefühl, in den falschen Film geraten zu sein, hatte ihn nie verlassen. Nun konnte er nicht mehr. Nun schmerzten seine Füße, die Beine zitterten. An einer Kebab-Bude bestellte er ein Stück Fleisch, aber der Geruch nach Knoblauch, heißem Öl und Ketchup ließ prompt seinen Magen rebellieren.

Was jetzt? Himmelherrgott noch mal! Sein Kopf memorierte immer denselben Vers: Die Bullen ... Wer hat dir die auf den Hals gejagt? Und immer fiel ihm nur die eine Antwort ein: Paul Nowotny. Paul ahnte oder wußte, wieso er nach Berlin gefahren war. Vielleicht wußte er alles? Wie er zu der Information gekommen war, darüber zu spekulieren blieb nutzlos. Kiefer war Pauls Freund, und vielleicht hatte Ludwig ihm eine Andeutung gemacht, vielleicht einen Brief hinterlassen. Oder er hatte – sentimental, wie er nun einmal war – seiner Schwester mehr anvertraut, als gut war. Es zählte ja nicht. Wichtig blieb nur eines: Die Polizei sucht dich!

Das war noch nicht einmal alles.

Die »Heckler & Koch«, die Pistole, seine »Wumme« – sie lag in der Pension Carola unter der Matratze!

An einem Ruinengrundstück direkt über der Spree kauerte er sich auf ein paar Trümmern nieder, sah den Anglern zu und versuchte sich zu beruhigen. Brennesseln wuchsen. Die Angler hatten keine Sorgen – und alle Zeit der Welt.

Es war verdammt schwül. Der Durst dörrte seinen Gaumen aus. Der Fluß war grau, der Himmel war es auch, eine graue dünne Fransendecke, die dort silbern aufschimmerte, wo sich die Sonne durchkämpfte.

Sein Kopf schmerzte.

Er ging weiter.

Verdammt nochmal, die Pistole ... Natürlich hast du da einen Fehler gemacht, aber du kannst doch nicht mit einem Stück Eisen am Bauch in der Gegend herumrennen, mit einer »Neun Millimeter« im Gürtel Redaktionen und Ballettinszenierungen besuchen! Wie denn?

Aber es lief immer auf die gleiche Fragestellung hinaus: Was war mit der Pension »Carola« los? Dort, hatte Ludwig gesagt, könne er sich absolut sicher fühlen. »Ist wie eine Art Freizone, Rio. Dort will keiner was von dir. Da mach dir mal keine Sorgen ...«

Er kramte nach seinen Zigaretten. Ein Feuerzeug klickte neben ihm auf. Er sah in ein abgemagertes Gesicht mit dunklen Augenringen. Trotz der Schwüle hatte der Junkie den Kragen seiner Windjacke hochgestellt, als friere er.

»Danke ...«

»Gibst du mir auch eine ...«

Rio nahm sich zwei Zigaretten, steckte sie in die Brusttasche seines Hemdes und gab dem Mann die ganze Pakkung. Der sah ihn nur an, nickte und steckte die Zigaretten ein. »Aus dem Westen, was?«

»Ja. Und jetzt, sei mir nicht böse – jetzt möchte ich allein sein.«

Der Junkie nickte wieder. Nicht älter als fünfundzwanzig – und hat das Gesicht eines alten Mannes! Nur die Augen … Wie hatte Ludwig gesagt? »An den Augen siehst du noch, daß sie jung sind. Jung und verzweifelt. Und daß sie kämpfen wollen.«

Rio steckte die Hand in die Hosentasche und zog das Wechselgeld heraus, das er auf den Zwanzigmarkschein an der Kebab-Bude herausbekommen hatte.

»Hier.«

Wieder das Nicken. Und wieder der Blick. »Danke – danke, Bruder …«

Dann drehte er sich um und trottete davon. Rio sah ihm nach. Der Junge hatte die Schultern hochgezogen, turnte unsicher zwischen den Mauerresten und verschwand im Schatten. Bruder? – Ja. – O ja … Bruder im bösen Blut, Blutsbruder …

Er ging weiter. Sein Blick fiel auf die Stadtkarte der S-Bahn-Station. »Thiel-Allee«, las er …

Es dauerte keine zehn Minuten, dann war er dort. Und es war alles so, wie er es immer vor sich gesehen hatte: Der große nüchterne Zweckbau. Der schwarze Bundesadler auf goldeloxiertem Grund am Eingang. BUNDESGESUNDHEITSAMT – BGA …

Und da waren sie, die, die es so furchtbar wichtig hatten, die in ihren schwarzen Dienstlimousinen vorfuhren und dann, die Krawatte trotz der Hitze eng um den Hals geknotet, ihren Aufgaben zustrebten. Da waren hinter den spiegelnden Scheiben die Gummibäume und die Köpfe der Sekretärinnen. Und dort saßen sie nun wohl, konferierten, machten sich wichtig, diktierten …

Dort hinter diesen Scheiben hatten sie zugesehen, gelächelt, dementiert, abgewiegelt ohne Ende, ihren Freunden aus der Industrie recht gegeben ... lange, über Jahre – so lange, bis es zu spät und nichts mehr zu retten war.

Was half da eine Pistole? Was machte er sich um sein Matratzen-Versteck im »Carola« Sorgen? Im Grunde war das, was er brauchte, eine Sprengladung. Ja, eine Bombe!

Er stand und starrte. Sein Rücken, der Nacken, sein ganzer Körper verspannte sich. Die Hände zogen sich zusammen. Der alte, eisige Haß, er war zurückgekehrt.

Und das war gut so ...

Es war kurz nach neun, als Rio in die Windscheidstraße einbog.

Er blieb stehen.

Aus der Dämmerung leuchtete die kleine, diskret verschlungene Neonschrift »Carola«. Hinter den Fenstern der Erdgeschoßräume brannte wie immer Licht. Im zweiten Stock, wo auch er sein Zimmer hatte, war nur ein einziges Fenster erhellt.

Er ging noch einige Meter und verbarg sich hinter dem hohen, grauen Rechteck eines Telefonschaltkastens. Dort blieb er fünf, zehn Minuten ... Nichts, keine Verdächtigen, die in irgendeinem geparkten Wagen Zigaretten rauchten. Niemand, der am Eingang herumlungerte. Ab und zu ein Wagen. Aber der glitt die Fahrbahn entlang und verschwand ...

Er überquerte die Straße. Das »Carola«, eine Art »Freizone«? Die Stasi hatte ihre »konspirativen Wohnungen« und »Objekte« gehabt, Berlin wimmelte zu allen Zeiten von Geheimdienstleuten, es gab Residenzen für Kontaktmänner, V-Leute, Ganoven, die aus dem Verkehr gezogen werden mußten, verdeckte Ermittler. Es gab alles – aber daß er sich ausgerechnet an einem solchen Ort sicher fühlen konnte, war schon ziemlich exotisch ...

Doch nun war es ohnehin zu spät.

Sein Herz beruhigte sich. Die Hände in den Taschen, in

sich eine tiefe Gleichgültigkeit, ging Rio auf die Haustür zu.

Der Summer – die Tür öffnete sich.

Er betrat die Eingangshalle und sah sich um. Keine Fußspitzen, die hinter den langen Fensterportieren hervorsahen. Und der Krauskopf saß wie immer hinter der Theke und las. Diesmal war es keine Zeitung, sondern ein Buch. Und auch der Fernsehapparat lief wie jeden Abend. Die Nachrichten. RTL.

Rio nahm den Schlüssel im Empfang, nickte nur dankend auf das freundliche: »Gute Nacht, Herr Wohlmann. Ich wünsche wohl zu ruhen.«

»Ich geh wahrscheinlich noch mal aus.«

»Ja dann ...«, sagte der Krauskopf und versenkte sich wieder in sein Buch.

Rio schloß sein Zimmer auf und lief an das Bett, steckte hastig die Hand unter die Matratze. Seine Fingerspitzen berührten Metall. Da lag sie, und soweit er sich erinnern konnte, lag sie genau an demselben Fleck, an dem er sie hinterlassen hatte. Er zog die Pistole hervor und ließ das Magazin herausgleiten. Es war schon eine Art Manie geworden, die Patronen zu zählen und ihre schimmernden Geschoßspitzen zu betrachten.

Er legte die »H & K« auf den Sekretär, öffnete seinen Koffer und holte aus dem Waschbeutel die beiden Ersatzmagazine. Er legte sie neben die Waffe, ging ins Bad, zog sich aus, stellte die Dusche an und fühlte, wie die peitschenden Wasserstrahlen Müdigkeit und Erschöpfung fortschlugen. Dann putzte er sich mit Hingabe die Zähne, ehe er sich neue Wäsche, die gebügelte Hose und ein neues Hemd anzog.

Er schob die »H & K« in den Gürtel, und der Druck am Hüftknochen schien ihm nun schon beinahe vertraut.

Phase grün. So grün wie die grüne Wiese ...

Es war zwanzig vor zehn.

Am Ende der langen stillen Straße bewegten sich die Lichter der Fahrzeuge, die den Park umrundeten. Alles wie gehabt. Nur daß es heute wärmer, nein, schwüler war als das letzte Mal. Der Fußweg durch den Park ... Nicht mehr so viele Spaziergänger und Liebespaare – na Gott sei Dank. Auch der große Mietsblock lag ruhig. Und im Erdgeschoß, wo damals die Party stattgefunden hatte, waren die Jalousien heruntergelassen.

Es war nun völlig dunkel. Die beiden Laternen rechts und links des Max-Kramer-Platzes leuchteten und verteilten ihren stumpfen Milchglasschein auf die Autodächer.

Und dort, Hampels Haus ... die Nummer zehn ...

Rio lehnte sich gegen den Stamm einer alten Buche. Er kannte den Baum, selbst sein Geruch schien ihm vertraut. Etwa zehn Schritte vom Weg und von der Straße entfernt schob er sich in die Höhe. Ein großer Busch, der weiter unten am Wegrand wuchs, schützte ihn einigermaßen vor den Blicken neugieriger Spaziergänger. Und dazu gab es noch die Wolkendecke, die in dieser Nacht den Mond verhüllte.

Er sah auf seine Uhr: Punkt zehn! In den drei vergangenen Nächten war er so gestanden. Immer hatte er dasselbe beobachtet. Beamte, vor allem Regierungsdirektoren und auch ihre verfetteten Cocker sind pünktlich. Jedesmal um diese Zeit hatte sich drüben die Tür geöffnet.

Fünf Minuten nach zehn war es nun.

Über der Nummer zehn flammte das Eingangslicht auf.

Rios Herz begann zu hämmern. Seine Hand tastete nach der »H & K«. Ruhe jetzt, verdammt nochmal. Nur ruhig. Ihn kommen lassen. Er würde gleich oben an der Straße den kleinen Weg nehmen, der weiter vorne hangabwärts zum See führt. Und den Hund würde er wieder hinter sich herziehen. Der Cocker war ohnehin zu alt, als daß er noch irgend etwas mitbekam. An der Uferpromenade kam er dann von der Leine, während Herrchen es sich auf einer Bank mit seiner Zigarre bequem machte.

»Jetzt komm schon. Geh doch, Lola.«

Der Schatten tauchte oben auf der Straße auf. Dann verschwanden Hampel und Hund im Wald. Rio war jetzt so nahe, daß er Hampels Schritte und das Hecheln des Cockers hören konnte.

Laß ihn! Laß ihn seinen Weg gehen. Seinen letzten.

Rio stieß sich von dem Buchenstamm ab. Weiter unten, als er den Sandbelag des Spazierweges unter den Sohlen fühlte, blieb er stehen: Nirgends Stimmen, Schatten auf den Bänken, keine Zigaretten, die glühten, niemand – ideal.

Er lief nun. Lief bis zur Abzweigung. Hier gab es eine kleine Treppe. Er ging die Treppe hinab, auf Zehenspitzen. Den Atem angespannt, versuchte er mit den leichten Gummisohlen seiner Tennisschuhe jedes Knirschen zu vermeiden, die Schwärze der Schatten zerfloß im Grau des Sees.

Er blieb wieder stehen, zog die »H & K« aus dem Gürtel, spannte den Verschluß und öffnete die Sicherheitssperre.

Es ist soweit, Ludwig ... Du wirst es schon bald hinter dir haben, na schön. Aber jetzt hol ich auf, jetzt zieh ich gleich, denn diesmal, Ludwig – diesmal klappt es! Du wirst sehen ...

Am Seeufer hellte die Wasserfläche das Dunkel ringsum ein wenig auf, soviel zumindest, daß die Umrisse von Büschen und die Stämme der Bäume sich deutlich abzeichneten.

Er war nur noch wenige Meter vom Ufer entfernt, doch er befand sich noch immer auf dem schmalen Abwärtspfad. Er rannte nicht mehr. Er war stehengeblieben.

Es war das Hundebellen, das ihn alarmierte. Kein normales Kläffen, eher kreischende, spitze Laute, wie in höchster Angst. Nun ein Jaulen. Es brach ab.

Hampels Köter. Hatte Lola einen Tritt von ihm bekommen? Eigentlich unvorstellbar ...

Rio hatte das Seeufer erreicht und lauschte wieder. Nun

war es nicht mehr Hundegebell und Gejaule – nein, dies war ein Mensch! Nur ein Mensch in höchster Angst konnte dieses kranke, erstickte Stöhnen ausstoßen ... Laut und so qualvoll klang es, als müsse der Mann dort ersticken, als ringe er mit dem Tod. Hampel?! ... Hampel, der aus irgendwelchen Gründen krepierte, einen Infarkt oder weiß der Teufel was bekommen hatte?

Rio lief los. Und sah ... Hampel rang vielleicht mit dem Tod, aber den brachten ihm zwei Männer. Ja, zwei mußten das sein, die dort auf ihn, der am Boden lag, einschlugen, ihn fertigmachen wollten. In der Stille ein Durcheinander von ersticktem Fluchen, Stöhnen, Schreien.

Einer der beiden, das sah Rio nun deutlich, hatte das Knie auf Hampels Kehle, doch Hampel schlug noch immer mit den Beinen, verschmolz mit ihren Schatten ...

Der andere aber sprang jetzt auf, kam ihm entgegen, nahm, die Arme halb erhoben, so etwas wie eine Karatestellung ein.

Rio nahm die »H & K« hoch.

»Hilfe!« schrie es. »Hilfe!«

Der Schrei erstickte.

Der Mann vor ihm war schlank und groß gebaut. Er zögerte. Dann drehte er den Kopf: »Pit! – Da iss eener, Pit! Hau bloß ab! Der hat 'ne Kanone!« – und rannte.

In Rio waren Hilflosigkeit und eine Art leeres Staunen. Er wartete, bis das Getrappel der Flüchtenden auf dem Weg verklungen war. Dann kniete er sich neben Hampel.

Der schwere Mann regte sich nicht. Er stöhnte auch nicht länger. Nur sein heftiger Atem war zu hören.

Widerstrebend drückte Rio die Fingerspitzen gegen die Schläfen. Hier war der Puls – schnell und unregelmäßig, die Haut war schweißig und kühl.

Rasch zog er seine Hand zurück. »Hampel ...«

Er regte sich nicht, bewegte nicht einmal den Kopf. Doch jetzt, ja, er öffnete die Lippen: »Ja?«

Rio sicherte die Pistole und steckte sie in den Gürtel zurück.

»Haben Sie Schmerzen? Haben Sie sich irgendwas gebrochen?«

»Glaube ... glaube nicht ... Mir ist nur schlecht.«

»Kann ich mir denken.«

Sein Atem wurde ruhiger. »O Gott ... Die kamen einfach aus dem Gebüsch. Einer schnappte sich gleich meine Brieftasche. Aber das reichte ... reichte denen nicht ...«

Etwas rührte sich an Rios Knie. Seine Hand fühlte über Fell. Nun kam ein leises, jämmerliches, schluchzendes Fiepen.

»Lola?« flüsterte Hampel.

Der Gedanke an seinen Hund schien ihm Kraft einzuflößen. Er stützte sich auf, stöhnte. In dem wenigen Licht war nun das Gesicht zu erkennen. Ohne die Brille wirkte es wie heller, auslaufender Teig.

»Meine Brille ...«

»Sie haben sicher noch 'ne zweite. Sehen wir zu, daß Sie nach Hause kommen.«

»Ja. Vielleicht kommen die Kerle zurück ...«

»Glaube ich kaum. Aber besser ist es.«

»Ja. Auch wegen Lola.«

»Was sonst«, knurrte Rio und wußte nicht, ob er jetzt laut lachen sollte. Aber ihn so abzuknallen? Ging doch nicht. Am besten, er lief auch davon ...

Er war schwer. Und ob er schwer war! Es kam Rio so vor, als schleppe er einen Sack nassen Zement den Hang hoch, einen stöhnenden, keuchenden Sack. Den Arm hatte Hampel um Rios Schultern gelegt, mit seinem ganzen Gewicht hing er an ihm, und Rio – er zog ihn den Weg hoch, auch ihm begann die Luft auszugehen, bei Gott: Sie waren das Paar des Jahrhunderts.

Dann aber war es doch geschafft. Stumm und nach Luft

ringend standen sie auf dem Platz. »Diese Dreckslumpen«, flüsterte Hampel schließlich, »diese verdammten Gangster.«

Dann aber ging eine sonderbare Verwandlung mit ihm vor. Das Atmen fiel ihm noch immer schwer, er drehte sich, und das Licht der Laterne lag auf dem fleischigen brillenlosen Gesicht. »Vielen Dank ... Wirklich. Vielen Dank ...« Dabei griff er nach seiner Krawatte. Rio hatte sie ihm unten am Weg noch gelockert, nun schob er den Knoten hoch. Angesichts der Nachbarn schien er Wert auf einen ordentlichen Sitz zu legen, auch die Schultern strafften sich – er wuchs buchstäblich um Zentimeter.

»Komm, Lola.«

Lola jedoch war bereits vorausgewatschelt. Sie schleppte ihre Leine hinter sich her, strebte glücklich dem Haus Nummer zehn entgegen.

Hampel war stehengeblieben. Die Straßenlampen erfaßten sein Gesicht. Eine Dreckspur zog sich über die Stirn. Sand klebte am Kinn. Der Hals war gerötet, die Ärmel der Leinenjacke zerrissen.

»Diese dreckigen miesen Banditen ... Es ist unglaublich! Es ist nicht zu fassen! Das Ende ist das doch ... Die Apokalypse. Wo sind wir denn? In Berlin oder in der Bronx? Es ist ...«

Er schüttelte den Kopf und sonderte zwischen den geschwollenen Lippen einen stöhnenden Protestlaut aus, und legte dann Rio feierlich die Hand auf die Schulter.

»Und Sie. Sie kamen im letzten Moment. Der liebe Gott muß Sie geschickt haben. Endlich kann ich Ihnen danken. Übrigens, mein Name ist Hampel.«

Rio nickte. Und da der Dicke auch jetzt auf einer Vorstellung bestand, sagte er zögernd: »Wohlmann.«

»Herr Wohlmann? Nun kann ich dem Mann, der mir das Leben rettete, endlich ins Auge blicken. Meinen tiefempfundenen Dank, Herr Wohlmann ... Wenn es Sie hier gerade nicht gegeben hätte ... nicht auszudenken ist das ... Überhaupt nicht auszudenken ...«

Rio wischte sich den Schweiß von der Stirn.

»Ist schon gut ...«

»Ist schon gut, sagen Sie. Nichts ist gut. Nichts ... Überhaupt nichts. Sie haben es doch gerade selbst erlebt: dieser Staat, die Gesellschaft, die so etwas toleriert ... Zum Untergang ist sie verurteilt. Kaum geht man aus dem Haus, wird man schon überfallen. Wo ist denn meine Lola ...«

»Drüben. Vor der Gartentür.«

»Ich darf Sie doch bitten mitzukommen. Wir können doch ein solches Erlebnis nicht einfach so ... hm ... abklingen lassen. Ein Glas Wein vielleicht. Oder einen Whisky. Wir hätten das doch beide nun verdient. Finden Sie nicht?«

Rio nickte. »Beide verdient?« Ein Faß Whisky hatte er verdient. Ein ganzes Faß, und das allein für sich.

Von Sekunde zu Sekunde erschien ihm die Situation absurder, verrückter – nein, gespenstischer.

Hampel stieß die schmiedeeiserne Gartentür auf.

»Bitte, kommen Sie doch, Herr ... Herr ...«

»Wohlmann«, wiederholte Rio geduldig.

»Wohlmann ... Natürlich ... Ich bitte um Verzeihung. Wissen Sie, ich bin einfach zu aufgeregt. Und das, das kann man ja doch verstehen, nicht wahr.«

Hampels Wohnungseinrichtung war so, wie Rio es erwartet hatte, nur der Modigliani-Druck eines Frauenakts neben dem gemauerten Eckkamin überraschte ihn. Sonst: siebziger Jahre und blauer Plüsch. Ein Bücherregal, daneben die Hausbar, und in der Ecke Lolas Körbchen. Sie hatte sich bereits darin zusammengekringelt. Zwischen ihren Hängeohren sandte sie Rio einen langen, insistierenden, melancholischen Blick. Sie mochte alt, fett und blöd sein – aber sie war nett.

Rio setzte sich. Wenn in seinem Leben jemals Sentimentalität fehl am Platze gewesen war, dann jetzt.

Er lehnte sich in seinem blauen Sessel zurück und zündete eine Zigarette an.

»Mit Eis – ohne?« fragte Hampel von der Hausbar her.

»Ohne.«

»Mach ich auch immer. Ist besser für den Magen. Ich hab' da 'nen schönen alten Scotch, wissen Sie, das Getränk für die besonderen Gelegenheiten. Na dann ...«

Er hatte zwei Gläser in den Händen und blinzelte bedeutungsvoll. Die Farbe der Augen war von fahlem Grau. Man sah, daß er kurzsichtig war. Der Blick wirkte seltsam hilflos und nackt. Rio fürchtete bereite, daß er jetzt rüberkäme, um mit ihm anzustoßen; aber er kippte den Whisky mit einem Schwung weg, gab Rio das andere Glas, setzte sich ihm gegenüber, kreuzte die dicken, fleischigen Finger über dem Bauch, zog die Schublade des Rauchtischs auf, entnahm ihr eine neue Brille und sah Rio nun direkt an.

»Das waren Ossis«, verkündete er. »Das waren mit Sicherheit Ossis.«

»Die vom Weg da unten?«

»Ja, was denn sonst, Herr Wohlmann?«

Rio zuckte mit den Schultern und trank einen langen Schluck. Der Whisky war tatsächlich Klasse. Und er half.

»Ich weiß nicht, wie Sie politisch stehen, Herr Wohlmann, ich will Sie auch gar nicht fragen, geht mich ja nichts an, nicht wahr?« Hampel hielt sein Taschentuch in der Hand und tupfte die Stirn damit ab, betrachtete schaudernd das Ergebnis und schüttelte den Kopf. »Eigentlich müßte ich ja ins Bad ... Ich sehe fürchterlich aus!«

»Es geht«, sagte Rio.

»Ja, Ossi-Banditen! – Wenn die Wiedervereinigung, über deren Sinn man wirklich geteilter Meinung sein kann, irgendeine katastrophale Auswirkung gehabt hat, dann in dieser Stadt ... Drogentäter, Junkies, die für eine Spritze alles zu tun bereit sind – und als ob das nicht reichte, müssen auch noch die Ostzonenkriminellen dazukommen. Und die sind die gefährlichsten. Die sind trainiert. Und wissen Sie, von wem?«

Rio schüttelte den Kopf.

»Von der Russenmafia, Herr Wohlmann. Haben Sie doch sicher auch schon gehört. Das, zum Beispiel, waren trainierte Täter – nicht so ein Müll von Drogenabhängigen. Die haben ja keine Kraft. Von denen hat ja jeder zweite bereits das Virus, nicht wahr ... Aber Kerle wie die eben, die verstehen ihr Geschäft. Ich bin ja kein Leichtgewicht, aber wie die mich ansprangen – ruckzuck ging das, unglaublich ...«

Nun fixierte sich der Blick auf Rio und spiegelte nichts als die reine, uneingeschränkte Bewunderung.

»Aber Sie, Herr Wohlmann ... Sie sind ja nun auch nicht gerade – nehmen Sie mir das nicht übel –, ein Athlet sind Sie ja nun auch nicht. Wie haben Sie's denn geschafft, diese Schweine in die Flucht zu schlagen?«

»Wie? – Eine gute Frage.«

Rio griff unter seine Jacke, zog die »H & K« heraus und legte sie auf den Tisch. Hampels Kinn sackte herunter.

»Eine Pistole ... Eine »Neun-Millimeter«, nicht wahr?«

»Ja.«

»Aber wieso? Sind Sie Beamter?«

»Wie Sie?« Rio schüttelte den Kopf.

»Ich meine, Polizist?«

»Auch nicht.«

Hampel nickte ehrfürchtig. »Ich verstehe ... Sie haben einen Waffenschein. Es ist ja heutzutage tatsächlich so – wir haben es ja gerade erlebt –, daß man nur noch bewaffnet spazierengehen kann.«

»Ich habe keinen Waffenschein. Und ich gehe auch nicht abends spazieren. Dies heute war ein besonderer Spaziergang, Herr Regierungsdirektor.«

»Woher wissen Sie denn, Herr Wohlmann, daß ich Regierungsdirektor bin?«

»Das weiß ich eben, Herr Hampel. Und heute hatte ich nur einen einzigen Grund, am Abend im Park spazierenzugehen. Wollen Sie ihn wissen?«

»Ich bitte darum. Was war das für ein Grund?«

»Sie zu erschießen, Herr Hampel.«

Kleine – Kleines ... Hab keine Angst, er kommt wieder zur Vernunft, im letzten Augenblick – wie immer. Ich kenne ihn doch! So war es jedesmal. Und so wird es auch jetzt wieder sein ...

Vera lag auf der Couch, sie lag auf der Seite und hatte eines von Rios Jeanshemden und ein Kissen im Arm.

Das Telefon stand in Reichweite auf dem niederen Tisch. Vera hatte sich durch die verschiedensten TV-Programme durchgezappt, ohne auch nur eine Andeutung dessen aufgenommen zu haben, was gesendet worden war. Nun sprach sie wieder mit dem Kind, ihrem Kind – »unserem« Kind.

»Was wünschen Sie sich denn, Frau Martin?« hatte Jan Herzog gefragt, als er ihr das Ergebnis des Schwangerschaftstests mitteilte ... »Was wünschen Sie sich?« – Sie war viel zu verwirrt gewesen. Mein Gott, alles, was in ihrem Leben wichtig war, schien sich auf wenige verrückte Tage zu verdichten. Die Zeit war zum Brennglas geworden.

Was?

Ein Mädchen würde es werden, was sonst? Noch war es wohl nichts als ein kleines Zellhäufchen, doch, und davon war Vera überzeugt, verfügte es bereits über Leben – und damit über eine Seele. Und diese Seele würde vielleicht verstehen, diese Seele konnte vielleicht auf irgendeine unerklärliche Weise auch Rio erreichen ...

Er ist in Berlin, Kleines ... Und er ist nur wegen seines elenden Gerechtigkeitsfimmels dorthin gefahren. Dieser elende Gerechtigkeitstick hat ihm schon soviel Ärger eingebracht. Aber er kann nun mal nicht anders …

Die Tränen kamen wieder. Sie kamen viel zu oft. Auch die elende Heulerei mußte sie in den Griff bekommen – so vieles war in den Griff zu bekommen!

Das Telefon.

Rio! – Mein Gott, Rio! Endlich … Wer sonst würde denn jetzt, um die Zeit, kurz vor Mitternacht, noch anrufen?

Es war nicht Rio. Es war der Arzt. Es war Jan Herzog.

»Frau Martin? Es tut mir leid, daß ich Sie noch so spät anrufen muß …«

Herzogs Stimme klang nicht, als würde er irgend etwas bereuen. Kräftig klang sie, kräftig und bestimmt.

»Sie stören doch nicht, Doktor.«

»Wissen Sie, Frau Martin, es ist … ich meine, ich rufe deshalb zu dieser Stunde an, weil ich erst jetzt nach Hause gekommen bin und die Post durchsehen konnte.«

»Ja?« Ihr Herz schlug schneller.

»Wir haben doch, ehe Ihr Mann nach Berlin fuhr, diesen Test … Übrigens, ist er zurück?«

»Nein. Noch nicht.«

»Dann kann ich's ja auch Ihnen sagen.«

Sie starrte auf irgendeinen Punkt an der Wand. Es war einer der arabischen Dolche, die Rio aus Tunesien mitgebracht hatte. Der Dolch verschwamm, ihr Atem setzte aus.

»Bitte«, flüsterte Vera.

»Ich … ich habe eine gute Nachricht, Frau Martin.«

»Der Test? Ist er … ist er …«

»Ja, er fiel negativ aus.«

»Himmel, o du lieber Himmel …« Sie ließ sich auf die Couch zurücksinken, umklammerte dabei den Hörer mit beiden Händen, als brauche sie etwas zum Festhalten, um in dieser heißen Woge von Glück nicht ertrinken zu müssen. »Ich … ich weiß gar nicht … oh, ist das nicht wunderbar?«

»Das ist es wohl. Sie haben das Resultat noch cross-getestet. Zuerst mit dem Elisa-, dann mit dem Abbott-Test. Es blieb jedesmal das gleiche. Es widerlegte den ersten Test. Rio ist aids-frei. Leider kommt eben manchmal so ein Irrtum ...«

Er erzählte ihr irgend etwas von häufig auftretenden Fehlerquellen bei Testverfahren, sie lauschte, aber ihr Gehirn nahm die Worte nicht auf. In ihr war nichts als ein stilles, glückliches Kreisen.

Dann raffte sie sich zusammen.

»Oh, Doktor«, flüsterte Vera, »Jan! Mensch, Dr. Herzog! – Am liebsten wäre ich jetzt bei Ihnen und würde Sie abküssen!«

Der Hund seufzte in seinem Körbchen.

Irgendwo mußte es eine Uhr geben – vorher hatte er sie nicht gehört, doch nun vernahm er das feine Klicken des Quarzwerks. Draußen umrundete ein Moped den Platz. Es klang, als knattere es über dem Tisch, auf dem die Pistole lag.

Hampel starrte wie hypnotisiert auf die »H&K«. Ihr Lauf schimmerte matt.

»Sie ... Sie wollten mich ...«

»Ja. Ich wollte Sie schon im Park erschießen.«

Er fingerte wieder an seinem Krawattenknopf, riß ihn auf, öffnete das Hemd. Die große Schwellung an seiner rechten Halsseite hatte sich inzwischen dunkel verfärbt, die geschlossenen Lippen blubberten Laute, ein Speichelfaden zog sich vom rechten Mundwinkel zum Kinn. Der Blick aber hing noch immer wie fasziniert an der Waffe.

»Aber ... das ist doch ...«

Er faßte nach der Herzseite, die Hand verkrampfte sich in dem schmutzigen Stoff des Hemdes. Dabei flüsterte er: »Warum? – Sie ... Sie kennen mich doch gar nicht.«

»O doch.«

»Woher?«

»Aus meinen Alpträumen, Herr Hampel. Ich träume sehr oft von Ihnen. Oder aus meinem Aids-Test, das auch. Sie sehen, ich bin kein Fixer, kein Junkie. Ich bin auch nicht homosexuell. Ich wurde nur einmal wegen einer ganz harmlosen Geschichte operiert ...«

Rio nahm einen Schluck aus dem Glas, dann setzte er den Zeigefinger seitlich an den Pistolengriff und schon ihn ein wenig zur Seite. Die Waffe drehte sich – die Laufmündung wanderte in die Richtung des dicken, schnaufenden Mannes.

»Das ... das ist sicher sehr schrecklich. Aber was, um Himmels willen, habe denn ich damit zu tun?«

»Viel. Sehr viel sogar, Herr Hampel.«

Wieder schob Rios Zeigefinger die Waffe ein wenig zur Seite. Nun deutete die Mündung direkt auf Hampels Bauch. Er starrte wie das vom hypnotischen Blick der Schlange gebannte Kaninchen darauf.

Rio lächelte: »Ich will gerne versuchen, das zu erklären. Viel braucht es ja nicht. Sie wissen schließlich selbst am besten, wieso Sie von Ihrem Minister geschaßt worden sind ...«

Hampel schwieg. Er zog ein Taschentuch aus der Hose und tupfte sich die Mundwinkel ab. Seine neue Brille war ihm auf die Nase gerutscht. Und dahinter – die Augen. Nichts enthielten sie als Angst und Vorwurf.

»Sie können sich an gar nichts erinnern, Herr Regierungsdirektor? Ist es das, was Ihnen so viel Schwierigkeiten macht?«

Die Stille hielt an. Hampel schwieg beharrlich weiter.

»Ja, ja, das Gedächtnis«, sagte Rio. »Aber versuchen Sie's doch mal ... Nehmen wir zum Beispiel als Stichtag den 1. Oktober '85. Damals stand ja schon zwei Jahre fest, daß Plasma und Plasmaprodukte die Weiterverbreitung von Aids in andere Bevölkerungsgruppen besorgen – vor allem unter den Hämophilen, den ärmsten aller Opfer ...«

»Damit habe ich doch nichts zu tun! Ich war doch nichts als ...«

»Natürlich, nichts als ein kleiner Beamter – wollen Sie das vielleicht sagen? Sie waren ein hoher Beamter, Hampel. Das zu Nummer eins. Aber selbst als kleiner Beamter sind Sie immer Verantwortungsträger, so wenigstens steht es in den Dienstverträgen, so heißt es bei den Versammlungen.«

Hampel schloß ergeben die Augen.

»Aber das ist ein anderes Thema. Davon reden wir vielleicht noch ... Bleiben wir mal bei '85: Selbst die Pharmaindustrie hat damals vor den Gefahren, die in unsterilisierten Plasmaprodukten lauern, gewarnt. Aber da gab's ja diese großartige Lobby, dieses Kartell von Geschäftemachern, zweifelhaften Existenzen, Bankrotteuren – das sage nicht ich, das schreibt die Presse. Na ja, und als ihr euch dann im BGA durchgerungen habt, Ende '85, endlich festzulegen, daß die Produktsterilisierung zur Pflicht gemacht wird, da ging's gleich rund. Und wer war der erste, der sich voll Verständnis der Klagen des Blutkartells annahm? Doch ein gewisser Regierungsdirektor Bernhard Hampel – stimmt's?«

Hampel hielt die Lider geschlossen. Auf seiner Stirn glänzten feine Schweißperlen. Sonst war er nichts als eine Masse stummen Fleischs und Fetts. Gut, die Masse atmete, der Bauch bewegte sich in heftigem Auf und Ab; die dünnen, weißen Haare waren ihm auch ziemlich durcheinander geraten, als er hektisch die Finger durchschob. Auch die Schmutzstreifen und das geronnene Blut an seinem Kinn gab es noch ...

Rio betrachtete ihn mit wachsendem Ekel.

»Aufwachen, Hampel! Sie wollten doch wissen, warum ich Sie nachher erschießen werde. Oder wollen wir's gleich hinter uns bringen?«

Der Regierungsdirektor fuhr hoch. Seine Augen waren nichts als zwei kreisrunde Öffnungen in einem kantigen, schweißigen, blassen Gesicht.

Entsetzen stand darin.

»Da sind wir ja nun wieder«, sagte Rio und gab der Pistole einen Schubs. »Bernhard Hampel, der operative Kopf all dieser Abwehrschlachten. Und gut plaziert im BGA. Nicht der Maulwurf, eher schon die Spinne im Netz ... Könnte man es nicht so definieren?«

»Sie – Sie irren sich ...«

»Das tun alle, die was herausfinden und kritisieren. Das ist seit ewigen Zeiten so ... Aber nochmals zum Thema, sonst verlier' ich den Faden: Sie waren ja nun wirklich Ihr Geld wert, Hampel. Mein Gott, für die paar Beraterverträge, die eine oder andere Vergnügungsreise – zum Beispiel nach ›Can Rosada‹ auf Mallorca – was haben Sie sich da ins Zeug gelegt! In Ihren Klausurtagungen, in den Memos, in den ›Aufklärungsgesprächen‹, den Symposien der ›Betroffenen-Kreise‹ – ›Gefahrenquote eins zu einer Million‹, war die Devise, nicht wahr? Alles andere nichts als maßlose, durch die Sensationshascherei der Presse gekennzeichnete Übertreibung. Und, wie hieß das so schön in einem Ihrer Rundschreiben: ›In dieser Panikmache sehe ich nichts anderes als einen Ausdruck des unersättlichen Erwerbstriebs unverantwortlicher Medien ...‹ Fein gesagt! So sahen Sie's halt. Die Perspektive Hampel ...«

»Das lief vollkommen anders. Und wenn Sie schon von Entscheidungen reden ... Entscheidungsträger war doch nicht ich, das war der Präsident.«

»Und Sie sein kleiner goldener Mann im Ohr, stimmt's? – Natürlich, der Herr Präsident, wer sonst? Nicht Ihre Kompetenz, die der anderen. So läuft's immer. Und Ihr Herr Präsident, der war nun mal meistens etwas schwer zu haben. Der schwirrte rum ... Ob Genf, Paris, London, die USA oder Ferner Osten, er war halt immer auf Reisen. Wie nanntet Ihr ihn im BGA so schön? ›Mister Überall‹ ... Aber eigentlich war's auch ganz praktisch, stimmt's? Mit einem ›Überall‹ im Kreuz kann man sich so ziemlich alles leisten.«

Hampels dicke Finger kneteten hilflos den Hosenstoff an seinen Knien. Rio betrachtete ihn wieder. Er fühlte nun keinen Haß mehr – und auch die erste, fast sadistische Lust, endlich das zu sagen, was er monatelang in sich herumgetragen hatte, der Wunsch, es auch noch dort anzubringen, wo es hingehörte, war verklungen. Er fühlte nur noch Widerwillen – auch gegen sich, gegen die Tatsache, daß er hier saß, bei dem hilflosen Versuch, durch all dieses Fett in ein Gehirn durchzudringen, das ihn ohnehin nicht verstand, weil ihm längst jede menschliche Regung, jeder Funken von dem, was überall als ›Moral‹ beschworen wird, abhanden gekommen war.

Schlußakt! dachte Rio, während er die bläulichen, krampfhaft geschlossenen Lider Hampels betrachtete. Früher, dachte er, als du mit deinen Interviews versucht hast, hartleibige Ganoven zu knacken, war's auch nicht einfach. Der aber hier, der schlägt alles! Trotzdem, knack ihn. Jawohl: Schlußakt. Finale! Laß die Puppen nochmals tanzen ...

»Haben Sie ein bißchen Phantasie, Hampel? Ich meine, außer der Phantasie, die es braucht, um bei Ihren Industriefreunden ein Gutachterhonorar oder einen Beratervertrag herauszukitzeln ...«

»Sie behandeln mich wie einen Lumpen ... Von was reden Sie eigentlich?«

»Reden wir zum Beispiel vom Thema Verantwortung, Hampel. Stellen Sie sich mal vor, Sie würden in einer dieser wunderschönen Talk-Shows sitzen, und der Moderator würde ankündigen: Und hier, meine Damen und Herren, unser Überraschungsgast – Herr Regierungsdirektor Hampel vom Bundesgesundheitsamt! Er wird Ihnen nun seine Sicht der Dinge darstellen. Sie werden dabei erfahren, wie sich die Sache mit den aids-verseuchten Plasmaprodukten, die so viel Unheil über uns gebracht haben, in Wirklichkeit verhielt. Er wird Ihnen mitteilen, daß er zu Unrecht entlassen wurde, daß er ferner die Sache von Anfang an voll im

Griff hatte, daß man ihn – wie auch die anderen leitenden Herren – aus persönlichen Gründen plattgemacht hat, er in Wirklichkeit aber immer ein aufrechter Kämpfer für eine sachdienliche Kontrolle gewesen ist. Deshalb, meine Damen und Herren, das Thema ›Verantwortung‹ ...«

Rio nahm die Pistole. Er legte sie auf die Knie. Fest umschloß seine Hand den Griff. Der Mann dort drüben, keine zwei Meter von ihm entfernt, schien in seinem Sessel zu schrumpfen. Die Perlen auf seiner Stirn wurden zu Schweißbächen, die rechts und links seiner Wangen niederrannen.

»Das Thema lautet Moral und Verantwortung, Herr Hampel. Sie haben das Wort.«

»Sie ... Sie sind ein ... ein ... Sie bedrohen mich hier, und dann ...«

»Ja, und dann verlange ich etwas ... Wir können das Thema auch variieren. Sprechen wir von verantwortungsbewußter Kontrolle. Wie heißt der schöne Terminus: ›Aufsichtspflicht des Staates‹ ... Und lassen wir dabei die Aufsichtspflicht über Frittenbuden, Wirtshäuser und Pharmaklitschen beiseite. Reden wir doch mal von der Kontrolle über den Beamtenapparat. Über Typen wie Sie! Das müßte Ihnen doch gefallen. Haben Sie nicht auch geschworen, treu zu dienen und das Böse abzuwenden?«

»Sie haben ... Es gibt ...«

»Es gibt keine solche Kontrolle, stimmt's? Sonst säßen Sie ja längst im Knast, statt hier Ihre Lola spazierenzuführen ... Nicht nur Sie, Hunderte, Tausende Ihrer Sorte! Nun gut, man geht halt etwas vorzeitig in Pension – aber ein Verfahren, und sei es nur ein Disziplinarverfahren, ist doch nicht drin. Ich bitte Sie!«

Rio griff zum Glas und trank es leer. Dann nahm er die »H & K« und zog den Verschluß zurück. Das metallische Knacken ließ Hampel zusammenfahren, er schob die Fersen vor, sein Körper erstarrte, und diese Starre wurde durch ein konvulsives Zittern abgelöst, das all seine Glieder erfaßte.

Rio sah es sich an.

»Nein ...« Ein Schluchzen. »Bitte! Bitte nicht ...«

Rio hob den Arm und zielte. Wie nannte Ludwig Kiefer das? »Maßnehmen« ... Maßnehmen geht noch. Aber der Rest ... Nein, ganz kann ich nicht deinen Wünschen entsprechen, Ludwig. Schließlich ist da noch ein Kind ... Und soll das einmal sagen: Mein Alter, das war ein Mörder?

»Lassen Sie mich! Was hab' ich Ihnen denn getan?« schrie Hampel.

»Was Sie mir getan haben? – Reden wir nicht davon.« Rios Stimme war nun leise und eiskalt: »Nehmen wir die anderen. Nehmen wir die viertausend Bluter, von denen schon vor 1988 die Hälfte infiziert war. Oder reden wir von dem halben Tausend Hämophilen, die inzwischen gestorben sind. Reden wir von den Frischoperierten, die das Teufelsplasma bekamen ... Nein, reden wir nicht mehr von Schuld und Verantwortung. Wo Ihre Schuld liegt, das wissen wir beide. Und wo Ihr Verantwortungsgefühl ist? Nun, da ist nichts zu entdecken – nichts als ein dunkles, übelriechendes Loch!«

Hampel machte den hilflosen Versuch, sich aus dem Sessel hochzuschieben.

»Sitzenbleiben! Es ist gleich vorbei, Hampel. Ein Loch, ein Abgrund ... Leider nicht nur Ihrer, Hampel. Es ist der Abgrund, in den ich gefallen bin. Das, Herr Regierungsdirektor, wollte ich Ihnen klarmachen. Und jetzt ist Schluß!«

Er zielte in Hampels Gesicht, dann auf Hampels Herz – und zog den Abzug durch.

Ein metallisches Klicken.

Hampel schrie auf.

Stille.

Hampel war zusammengesackt. Seine Lider zitterten, öffneten sich halb.

»Sehen Sie, Herr Hampel, so ist das ...« Rio grinste. »Vielleicht hätte ich Ihnen sagen sollen, daß ich die Patronen vorher aus dem Rahmen genommen habe. Dann hätten Sie wahrscheinlich nicht in die Hose gemacht ... Nun, Sie können sie ja zur Reinigung bringen.«

Er warf einen Blick auf den großen dunklen Fleck zwischen Hampels Beinen, stand auf – und verschwand in der Nacht ...

Diesmal waren sie da. Sie warteten auf ihn. Daß er es sofort erkannte, dafür sorgten sie selbst. Einer lehnte an der Mauer der »Carola«-Einfahrt, der andere saß im Wagen, hatte auch noch die Innenbeleuchtung eingeschaltet und war dabei, irgendeiner Zentrale irgend etwas ins Telefon zu erzählen.

Rio löste sich von der Hausecke und lief das kurze Stück zurück zum Park – ein Schatten unter Schatten.

Es dauerte nicht länger als vier Minuten, dann glitt ein freies Taxi heran. Er hob die Hand, der Wagen stoppte, der Fahrer öffnete die Fronttür.

»Stuttgarter Straße«, sagte Rio. »Die Nummer kann ich Ihnen nicht sagen, aber ich zeige Ihnen das Haus ...«

Er hatte Laszlos Adresse vergessen – wie auch nicht, nach so langer Zeit? Aber den alten Jugendstilkasten gab es noch, und als Rio ausgestiegen war, erkannte er, daß das Haus ganz schön aufgemotzt worden war: neuer Fassadenanstrich, neue Fenstereinfassungen, neue schmiedeeiserne Lampen ... Und Laszlo, das war das Wichtigste, gab's gleichfalls noch!

Hier stand es: LASZLO NÄGELE.

Laszlo würde ihm weiterhelfen, Laszlo half allen weiter, auf die er Wert legte – ein Laszlo, der Nägele hieß, aus Stuttgart stammte, in Berlin in der Stuttgarter Straße wohnte, weil ihm irgendwann mal das Pflaster der Spätzle-Metropole zu heiß geworden war.

Er selbst öffnete Rio die Tür, noch magerer, noch grauer als damals. Doch es waren dieselben schwarzen, schnellen Vogelaugen.

»Ich fall um! – Du?!«

»Ja, ich.«

»Mensch, Mensch, Mensch – komm bloß rein!«

Laszlo trug einen schwarzweißen Kimono. Auch da hatte sich wohl nichts geändert. Jedesmal, wenn er von seinen strapaziösen Hehlergeschäften in die Wohnung zurückkehrte, ließ er, wo er gerade stand, die Klamotten fallen, um den Kimono überzuziehen. Die Wohnung aber? … Bereits im Gang grüßte Rio eine überdimensionale Pop-Tomate aus Plastik, die Wände des Wohnzimmers waren bunt wie der Regenbogen und keines der Möbel dort drinnen höher als zwanzig Zentimeter.

»Hallo!«

Rio drehte sich um: Die Blondine vom Dienst, selbst sie hatte Laszlo beibehalten …

»Das ist Evi. Und wer das ist, Baby, glaubst du nicht. Das ist Rio! Weißt du, der Starjournalist, von dem ich dir erzählt habe; der, der mich damals aus dem Knast herausgehauen hat.«

Darauf bekam Rio Küsse auf beide Wangen.

»Und jetzt zisch ab und besorg uns was zum Schlukken.«

Laszlo sah ihn an. Dann sagte er: »Und?«

»Kannst du mich für eine oder zwei Nächte beherbergen?«

»Was für eine blöde Frage. Aber was ist los?«

»Die Bullen.«

»Hinter dir sind die her? Mach doch keine Witze!«

»Ich mach keine Witze«, sagte Rio. »Ich erzähl's dir morgen.«

Die Blonde brachte ein Tablett mit einer Flasche Whisky und zwei Gläsern.

Rio schüttelte nur den Kopf. Er sah Hampels Wohnung, sah den Dicken an der Bar stehen. Niemals mehr im Leben würde er einen Tropfen Whisky anrühren. Jetzt wollte er nur eines: schlafen, schlafen – und Vera anrufen ... Dazu allerdings mußte er in besserer Verfassung sein. Also morgen ... Gleich morgen früh ...

Nach einem totenähnlichen Schlaf wurde Rio durch ein merkwürdiges, aber angenehmes Geräusch geweckt.

Es dauerte lange, bis er das melodische Auf und Ab als das Gurren zweier Tauben ausmachen konnte, die draußen auf dem Fensterbrett vor seinem Zimmer ihre Spiele trieben. Es dauerte noch länger, bis ihm klar wurde, um welches Zimmer es sich handelte – und wie er hineingeraten war.

Er stand auf, zog den Morgenmantel an, der dort, sorgsam über eine Stuhllehne gefaltet, auf ihn wartete, und ging durch die riesige Altbauwohnung.

Niemand.

Die Wohnung war leer.

In der Küche lag ein Zettel auf dem Tisch: »*Bis Mittag, Alter ...*« In der Kaffeemaschine gab es heißen Kaffee, auf dem Tisch stand ein Frühstück mit frischen Brötchen.

Rio lächelte dankbar. Er strich sich ein Brötchen und aß mit Heißhunger. Der Kaffee begann zu wirken. Er stand auf und schaltete das kleine Fernsehgerät auf dem Küchenbord an.

Nachrichten. Die Tagesschau: Bosnien, Weltwirtschaftsgipfel, Streik in der Autoindustrie ... Und dann?! ... Was sagte der Sprecher da?

»Wie wir bereits in unseren gestrigen Spätnachrichten meldeten, hat auf der Insel Mallorca ein deutscher Urlauber den durch den Aids-Skandal in Verruf geratenen deutschen Pharma-Unternehmer Thomas Engel mit einer AIDS-verseuchten Spritze angegriffen und

VERLETZT. BEI DEM TÄTER HANDELT ES SICH UM DEN SIEBENUNDSECHZIGJÄHRIGEN LUDWIG KIEFER, EINEM PENSIONIERTEN HÖHEREN POLIZEIBEAMTEN.

OBWOHL DIE MOTIVE DER TAT NOCH IM UNKLAREN LIEGEN, WIRD ANGENOMMEN, DASS ES SICH UM EINEN PERSÖNLICHEN RACHEAKT HANDELT.

KIEFER KAM BEI EINEM SCHUSSWECHSEL MIT DER SPANISCHEN POLIZEI UMS LEBEN. ZUVOR JEDOCH SOLL ER DEN SPANISCHEN BEHÖRDEN INFORMATIONEN GEGEBEN HABEN, DIE ZUR VERHAFTUNG ZWEIER DEUTSCHER STAATSANGEHÖRIGER, DES GESCHÄFTSFÜHRERS DER FIRMA ›BIO-PHARMA‹, JOCHEN HOCHSTETT, UND DES BERUFSLOSEN, POLIZEIGESUCHTEN RENÉ HONOLKA GEFÜHRT HABEN.«

Rio schaltete ab.

Er ging zum Tisch, sackte dort auf dem Stuhl zusammen. Er sah sich in der fremden Küche um – und dachte nur Veras Namen. Er mußte ihre Stimme hören, wissen, erfahren, daß es sie gab …

Mein Gott! Ludwig! Ludwig, das verstehst du sicher … Ludwig, sieh doch, ich hab' eine Frau, und die ist doch schwanger …

Er ging in den großen, lichten bunten Raum, in dem das Telefon stand, und wählte seine Münchner Nummer. Vera war sofort am Apparat.

»Ich bin's«, sagte er. Schweigen. Dann vernahm er ein unterdrücktes, fassungsloses Schluchzen. »Vera, Kleines«, flüsterte er. »Weißt du, gerade habe ich im Fernsehen gesehen, daß …«

Er sprach nicht weiter. Ihm fiel ein, daß Vera Ludwig ja gar nicht kannte.

»Vera«, flüsterte er hilflos, »es ist so viel passiert … Und ich habe Probleme.«

»Du? Nein … nicht mehr.«

»Probleme mit der Polizei.«

»O lieber Gott, na gut! Jetzt, wo du dich endlich gemeldet hast, Rio, ist auch das bald vorbei. Rio, du hast doch nicht irgendwelchen Blödsinn gemacht?«

»Nein – ich meine, was heißt schon Blödsinn?«

»Nichts Schlimmes?«

»Nein.«

»Rio – o Rio, ich muß dir was sagen. Sitzt du? Hast du was zu trinken in der Nähe? Rio, es ist so unglaublich ... Rio, ich bin so glücklich ...«

»So? – Dann sag's endlich.«

Und sie sagte es ihm.

Er holte tief Luft, sein Arm wischte durch die Luft, riß eine Vase von einem niedrigen Plexiglastisch. Die Vase lag auf dem Boden, Wasser lief heraus, er merkte es nicht einmal.

»O Gott, Vera! – Nein!! – Du, ich muß dich sofort sehen!«

»Na sicher.«

»Aber die Polizei ...«

»Das hast du jetzt schon mal gesagt. Ich ruf' Paul an, dann hat sich das. Du brauchst dir keine Sorgen mehr zu machen. Die haben dich gesucht, weil sie dich für verrückt hielten. Aber jetzt lassen sie dich in Frieden. Fahr zum Flughafen, hörst du, Rio? Fahr sofort ... Fahr zum Flughafen und nimm die nächste Maschine. Wir warten auf dich, hörst du? Wir holen dich ab. Wir haben solche Sehnsucht nach dir.«

»Wir? Wer – wir?«

»Deine Tochter und ich, du hirnrissiger Idiot!« sagte Vera und lachte.

Er aber preßte den Hörer ans Ohr, lauschte diesem glücklichen Lachen und wünschte sich, es würde nie ein Ende nehmen ...

KONSALIK zählt zu den erfolgreichsten deutschen Autoren der Gegenwart. Seine Romane, inzwischen mehr als 140, sind alle Bestseller. Eine Gesamtauflage von über 75 Millionen, Übersetzungen in viele Sprachen und mehr als 850 Auslandsausgaben unterstreichen die Weltgeltung des Autors.

Im BASTEI-LÜBBE-Programm erschienen:

10033
2 Stunden Mittagspause

10034
Transsibirien-Expreß

10054
Ich bin verliebt in deine Stimme/Und das Leben geht doch weiter

10055
Der Leibarzt der Zarin

10057
Vor dieser Hochzeit wird gewarnt

10077
Ninotschka. die Herrin der Taiga

10089
Der Träumer/Gesang der Rosen/Sieg des Herzens

10280
Spiel der Herzen

10394
Die Liebesverschwörung

10519
Und dennoch war das Leben schön

10607
Ein Mädchen aus Torusk

10678
Begegnung in Tiflis

10765
Babkin. unser Väterchen

10813
Der Klabautermann

10893
Gold in den Roten Bergen

11107
Natalia. ein Mädchen aus der Taiga

11130
Liebe läßt alle Blumen blühen

11151
Es blieb nur ein rotes Segel

11180
Mit Familienanschluß

11214
Nächte am Nil

11377
Die Bucht der schwarzen Perlen

12002
Das Riff der roten Haie

BASTEI LÜBBE